Un bouleversant aveu

*

Le secret de Lexi

*

Une famille à construire

MAGGIE COX

Un bouleversant aveu

Traduction française de
CHARLOTTE MEIRA

HARLEQUIN

Titre original :
THE RICH MAN'S LOVE-CHILD

Ce roman a déjà été publié en 2015

Réalisation graphique : E. COURTECUISSE (HarperCollins France)

HARPERCOLLINS FRANCE
83-85, boulevard Vincent-Auriol, 75646 PARIS CEDEX 13
Service Lectrices — Tél. : 01 45 82 47 47

www.harlequin.fr

ISBN 978-2-2804-3357-0

1

— Qu'elle est belle, cette maison ! Dis, maman, tu as vu ?

— Oui, ma chérie…, répondit Caitlin en serrant la main de sa fille dans la sienne.

— Oh… et regarde ces chevaux, maman ! Ils sont vraiment magnifiques.

— Ils sont surtout très grands !

— Est-ce que nous pourrons les monter ? J'aimerais bien faire du cheval.

— Non, mon trésor.

— Pourquoi ?

— Mais voyons, Sorcha, parce qu'ils ne nous appartiennent pas !

Caitlin sourit distraitement à l'enfant. A travers la vitre du taxi de Mick Malone qui était venu les chercher à l'aéroport, les champs de sa campagne natale s'étendaient à perte de vue, ensevelis sous un épais manteau de neige.

Toute cette étendue de terre dépendait d'une seule propriété. Au-delà des chevaux engourdis par le froid, Caitlin chercha avec une pointe d'inquiétude la grande demeure géorgienne qu'elle redoutait pourtant d'apercevoir.

Elle apparut bientôt dans toute sa majesté : la longue allée sinueuse bordée de conifères, les imposantes colonnes de pierre et un immense portail en fer forgé surmonté de pointes dorées.

— Oh ! s'exclama Sorcha, visiblement émerveillée.

Caitlin la regarda avec tendresse.

Pour la fillette, élevée dans une petite maison de la banlieue sud de Londres, cette somptueuse demeure devait sembler sortir tout droit d'un conte de fées. Le soleil orangé qui dardait ses derniers rayons ajoutait encore à la beauté enchanteresse du lieu.

— A qui appartiennent les chevaux que nous avons vus ? s'enquit Sorcha au bout de quelques instants.

— Aux MacCormac, expliqua Caitlin. Une famille de la région.

En prononçant ces mots, elle évita de croiser le regard inquisiteur de sa fille et, mal à l'aise, se tortilla sur la banquette. Heureusement, Sorcha n'avait pas senti son embarras.

— Je suis sûre que ce sont des gens très gentils, commenta joyeusement cette dernière. Sinon, ils n'auraient pas de si beaux chevaux et une si belle maison. Si on leur demandait très gentiment la permission de les monter, ils diraient oui… dis, tu ne crois pas, maman ?

— Je crois surtout que tu poses beaucoup trop de questions, Sorcha, la gourmanda doucement Caitlin.

Evaluer la gentillesse des MacCormac était bien la dernière chose qu'elle souhaitait faire en cet instant… La seule mention de ce nom suffisait à faire voler un millier de papillons dans son ventre.

Cela faisait quatre ans et demi qu'elle n'était pas revenue dans la région et elle ne s'y trouvait aujourd'hui que pour assister à l'enterrement de son père. Le reste importait peu.

— Ah, les enfants ! Ils vous rendent fous, mais on ne peut pas s'en passer, fit observer Mick Malone en accrochant le regard de Caitlin dans le rétroviseur. J'imagine que la petite doit être un sacré réconfort pour vous, maintenant que vos deux parents sont partis…

— Oui, c'est vrai, murmura Caitlin en espérant que le chauffeur — un vieil ami de ses parents— n'essaierait pas de poursuivre la conversation.

Elle se sentait trop malheureuse, trop fatiguée, pour parler à quiconque. Répondre aux messages de condoléances nécessitait une énergie dont elle ne se sentait plus capable. Ses deux parents étaient partis… Cela semblait impossible à croire, c'était pourtant la cruelle réalité.

Détournant délibérément le regard du rétroviseur, elle passa les doigts dans les cheveux blonds de Sorcha en priant pour qu'elle trouve la force d'affronter les jours suivants.

A la douleur d'avoir perdu son père s'ajoutait la perspective d'une seconde épreuve qu'elle redoutait bien plus encore.

Mais elle portait son fardeau depuis quatre ans et demi maintenant. Il était temps de se débarrasser de ce spectre qui la hantait.

Installé dans l'arrière-salle du bar local, Flynn dégustait un café en relisant les épreuves de son dernier livre : une étude sur la mythologie irlandaise. Quelques hommes, des fermiers pour la plupart, discutaient au comptoir.

— J'ai entendu dire, lança l'un d'eux, que la fille de Tommy Burns était revenue pour son enterrement. C'était un joli brin de fille... Ce doit être une belle jeune femme à présent.

Flynn se raidit instantanément. Reposant sa tasse, il prêta une oreille plus attentive à la conversation.

Un autre fermier était justement en train de poursuivre :

— Une très jolie fille, c'est vrai. Le pauvre homme... il a dû avoir le cœur brisé quand elle est partie d'ici. Il aurait certainement préféré qu'elle épouse un gars du coin et qu'elle reste près de lui. Après tout, c'était sa fille unique. On peut le comprendre.

Un troisième intervint :

— Mais dites-moi, il n'y a pas eu une rumeur à l'époque ? J'ai cru comprendre qu'elle avait eu le béguin pour ce type... MacCormac. Vous voyez de qui je veux parler ? Celui qui a hérité du château et de la moitié du pays avec ?

— Ah oui, ça me revient.

Flynn venait de recevoir un choc. Caitlin était rentrée et son père venait de mourir ? Dévisageant les fermiers qui avaient interrompu leur conversation pour boire leur chope de Guinness, il serra les poings de toutes ses forces. Ces hommes ne pouvaient pas le connaître et venaient sans le savoir de lancer une véritable bombe.

Il trouva la force de se relever, laissant sa tasse à moitié pleine. Le col de sa veste en cuir relevé jusqu'aux oreilles, il sortit du bar et se dirigea vers la Land Rover garée sur le parking enneigé.

Comment était-il possible que la nouvelle de la mort de Tom Burns et du retour de Caitlin ne soit pas parvenue jusqu'à ses oreilles ? D'ordinaire, les informations circulaient vite dans leur petite communauté rurale. L'un de ses proches, amis ou famille, l'avait certainement appris. Pourquoi diable personne ne lui avait-il rien dit ? S'agissait-il d'une conspiration ?

Il avait souvent songé au jour où Caitlin reviendrait, même s'il avait perdu tout espoir de la revoir. Dans sa famille en tout cas, personne ne souhaitait qu'il la revît. Pour les MacCormac, Caitlin n'était qu'une simple fille de fermier, indigne de leur richesse et de leurs valeurs. Flynn se souvenait encore du scandale qu'avait suscité leur relation.

Chacun savait cependant qu'il ne tolérerait aucune remarque à ce sujet. Il avait suffisamment souffert de la pression familiale pour ne pas supporter de nouvelles intrusions dans sa vie privée.

De lointains souvenirs affleurèrent douloureusement à sa mémoire.

Bien avant de rencontrer Caitlin, il avait épousé une jeune héritière de son milieu, accueillie à bras ouverts par ses parents. Mais, peu de temps après leur mariage, cette dernière était tombée enceinte d'un autre homme. Flynn n'avait découvert la vérité que six mois après la naissance du bébé. Déjà profondément attaché au petit Danny, il s'était senti dévasté par le chagrin. Sa jeune épouse lui avait alors révélé qu'elle ne l'avait jamais aimé et n'était restée à ses côtés que pour jouir de la vie luxueuse qu'il pouvait lui offrir.

Quelques semaines plus tard, elle était partie rejoindre son amant, emmenant l'enfant que Flynn avait aimé.

La souffrance avait été si vive qu'il s'était juré que plus personne, jamais, ne le trahirait. Une sage résolution qui ne l'avait pas empêché de succomber de nouveau au charme féminin.

Après cet épisode douloureux, en effet, la fraîcheur et la douceur de Caitlin l'avaient d'emblée séduit. Il avait été incapable de lutter contre l'attirance qu'exerçait sur lui cette très jeune fille d'à peine dix-huit ans. Sa beauté, son innocence lui avaient rendu l'espoir d'une vie meilleure. Jamais il n'aurait pu soupçonner qu'elle le trahirait, elle aussi.

Certes, elle n'était pas partie avec un autre homme, mais elle l'avait quitté au moment même où il commençait à entrevoir un avenir avec elle.

Comment aurait-il pu imaginer que sa douce Caitlin, dont le visage trahissait la moindre des émotions, qui le regardait avec tant d'amour et de confiance, se comporterait avec une telle cruauté ? Il l'avait sincèrement crue incapable de dissimulation.

Le visage de Flynn se rembrunit.

Il l'avait aimée de tout son cœur. Pour elle, il aurait décroché le soleil, la lune et les étoiles. Mais elle ne lui avait même pas laissé le temps de lui dire à quel point elle comptait pour lui !

Il fallait reconnaître qu'ils n'avaient pas eu de chance. D'emblée hostile, lui aussi, le père de Caitlin n'avait cessé de prétendre que Flynn n'était pas assez bien pour sa fille. Il craignait, disait-il, que le jeune homme ne profite de sa fortune pour s'octroyer les faveurs de Caitlin. Flynn avait toujours pensé que Burns avait fortement incité sa fille à partir.

De la même façon, quand les MacCormac avaient appris que la jeune femme avait quitté Flynn, ils avaient soupiré de soulagement...

Flynn referma avec rage la portière de sa Land Rover. Son chagrin était en cet instant aussi vif que si Caitlin l'avait abandonné la veille. Le temps n'était-il pas censé guérir toutes les blessures ? Quelle plaisanterie ! songea-t-il en allumant le contact.

Ce fut deux jours après l'enterrement de Tommy Burns que l'inévitable se produisit.

Caitlin était partie faire quelques courses en ville, seule — une voisine ayant aimablement proposé de garder Sorcha.

Un soleil radieux illuminait les rues enneigées. Caitlin était heureuse d'échapper quelques instants à l'atmosphère de deuil de sa maison d'enfance. Dans la grand-rue, elle fut arrêtée plusieurs fois par d'anciennes connaissances qui lui présentèrent leurs condoléances. Touchée d'être reconnue après ces longues années d'exil, elle s'efforça de trouver un sourire pour chacun.

Elle s'apprêtait à entrer dans l'unique épicerie de la petite ville lorsqu'elle eut le sentiment d'être observée. Son cœur se mit aussitôt à battre et, avant même de tourner la tête, elle sut que Flynn était là.

Il était là, en effet, de l'autre côté de la rue, et elle eut l'impression que le monde s'ouvrait sous ses pieds. Totalement figée, elle le regarda, retenant son souffle.

Malgré la distance, elle fut frappée par le changement qui s'était opéré en lui. Son physique restait inchangé, mais l'expression de son visage s'était modifiée. Elle lui avait toujours connu de la réserve, mais c'était maintenant un véritable mur qu'il semblait avoir érigé autour de lui. Son côté mystérieux n'en était devenu que plus troublant.

Flynn avait toujours dissimulé ses émotions et repoussé quiconque essayait d'empiéter sur son territoire. Apparemment, c'était toujours le cas. Sa beauté virile, aussi, était demeurée intacte et son aura avait toujours sur elle ce même effet ravageur, déchaînant en elle un flot de sensations excessives et contradictoires. Des larmes douloureuses lui vinrent aux yeux, mais, en dépit de son chagrin, elle ressentait une joie intense, presque violente.

Elle n'esquissa pas le moindre mouvement, les yeux rivés sur la grande silhouette vêtue de noir qui traversait la route pour venir vers elle avec une souplesse toute féline.

— J'ai appris que tu étais de retour, dit-il sans prendre la peine de la saluer.

Sa voix était légèrement voilée — comme s'il était en proie à une émotion imprévue. Ses yeux de jade frangés de longs cils noirs brillaient avec une intensité féroce.

La gorge sèche, Caitlin eut toutes les peines du monde à articuler.

— Mon père est mort. Je suis venue pour son enterrement.

L'expression de Flynn se durcit, mais il ne prononça pas la moindre formule de condoléances. Caitlin souffrit de ce silence, mais ne s'en offusqua pas : Flynn n'avait aucune raison d'apprécier son père après tout ce qui s'était passé.

— Je comprends, dit-il froidement.

Puis, sans laisser à Caitlin le temps de répondre, il ajouta :

— Inutile de te demander ce que tu deviens, j'ai l'impression que tu ne t'en sors pas trop mal… En revanche, je serais curieux de savoir où tu as vécu durant tout ce temps.

— A Londres…, répondit-elle en passant une main nerveuse dans ses cheveux. J'ai vécu à Londres chez ma tante.

— C'est là-bas que tu es allée après être partie d'ici ? C'est là-bas que tu as vécu durant tout ce temps ?

Le regard qu'il posa sur elle était accusateur. Caitlin eut la désagréable impression d'être une criminelle en instance de jugement.

— Oui…, murmura-t-elle.

— Tu n'as donc pas perdu la mémoire ou été enlevée par des extraterrestres ?

— Je te demande pardon ?

— Comment aurais-je pu savoir ce qui s'était passé puisque tu n'as pas pris la peine de me dire que tu partais !

Caitlin vacilla comme si elle avait reçu un coup en plein visage. Il lui fallut quelques secondes pour reprendre ses esprits.

— Est-il vraiment nécessaire d'aborder ce sujet dans la rue ? demanda-t-elle en le suppliant des yeux. Si tu veux discuter, je veux bien… mais pas ici.

La rue était relativement animée à cette heure de la journée et la plupart des passants connaissaient Caitlin… et l'histoire de sa liaison avec Flynn. Autant éviter de se donner en spectacle devant un public qui ne tarderait pas à en faire des gorges chaudes. Quatre ans et demi auparavant, elle avait souffert du jugement sévère de tous les gens de la région. Bien entendu, le regard des autres lui aurait été indifférent si Flynn l'avait réellement aimée, mais, hélas, cela n'avait pas été le cas. Aujourd'hui, elle souhaitait donc se montrer aussi discrète que possible et se préserver.

— Si je n'avais pas traversé la rue pour te rejoindre, serais-tu venue me voir ? s'enquit Flynn en coulant sur elle un regard froid.

— Contrairement à ce que tu peux imaginer, j'avais l'intention d'aller te voir…, répondit-elle à voix basse.

— Ah oui ? Et quand avais-tu prévu de venir au juste ? Si je te demande ça, c'est parce que je sais que tu es une femme très occupée. Si occupée qu'en quatre ans tu n'as pas trouvé le temps de me passer ne serait-ce qu'un coup de fil !

— Je sais que ce que j'ai fait peut paraître cruel, mais…

— Cruel ? railla-t-il. C'est un doux euphémisme, ma jolie !

Cette fois, Caitlin eut l'impression de recevoir un coup de poignard en plein cœur. Mais, en dépit du chagrin qui l'étreignait, elle s'efforça de garder son sang-froid.

— Ecoute, Flynn, tu as manifestement envie d'entendre une explication et tu en as entièrement le droit. Mais ce n'est ni le moment ni l'endroit.

Consciente que ses yeux devaient trahir la culpabilité qui la rongeait, elle détourna légèrement la tête.

— Crois-moi, je regrette vraiment que ça se soit si mal terminé.

— Regarde-moi, Caitlin !

Dans un effort qui lui sembla surhumain, elle leva les yeux et croisa le regard dur et ardent de Flynn.

— Pourquoi tout s'est-il « si mal terminé » ? interrogea-t-il, impitoyable.

Elle tenta de répondre.

— Non, ne dis rien. Je vais te le dire, moi ! C'est parce que tu t'es défilée, sans avoir la décence de m'expliquer ce qui se passait !

Caitlin baissa les yeux. Que pouvait-elle dire ? Flynn devait imaginer que son père l'avait influencée et que c'était pour suivre ses conseils qu'elle avait disparu sans crier gare.

Certes, son père avait toujours professé la plus vive animosité à l'égard des MacCormac : il méprisait de toutes ses forces leur richesse et l'influence qu'ils exerçaient dans la région. Mais Caitlin aimait suffisamment Flynn pour passer outre l'objection paternelle.

Elle n'avait donc pas quitté l'homme qu'elle aimait à cause de son père. Non, la raison était beaucoup plus compliquée.

Un jour, Caitlin avait surpris une conversation entre Flynn et sa mère. Estelle MacCormac avait brossé d'elle un véritable portrait à charge :

« Mon pauvre garçon, si elle couche avec toi, c'est par pur intérêt ! Ne va pas imaginer une seconde que ses sentiments sont sincères. Elle veut de l'argent, pour elle et pour sa brute de père. Voilà tout ! Tu vas voir qu'elle trouvera le moyen de se faire épouser en tombant enceinte ! C'est toujours comme ça que ça se passe. »

En entendant ces propos fielleux, Caitlin avait reculé, horrifiée. Cernée de toutes parts, par son père qui l'accusait de se comporter comme une « traînée » et par cette femme qui la percevait comme une intrigante de la pire espèce, elle s'était sentie acculée.

Dans la même journée, elle avait appelé sa tante Marie à Londres pour lui demander de l'héberger. Cette décision avait été d'autant plus urgente à prendre qu'elle venait de découvrir qu'elle attendait l'enfant de Flynn, conformément aux prévisions d'Estelle MacCormac. Mais sans les effroyables arrière-pensées que cette dernière lui avait prêtées.

Elle n'avait donc pas annoncé sa grossesse à Flynn, craignant trop de lire le mépris dans ses yeux. Après l'entretien qu'il avait eu avec sa mère, comment pourrait-il croire ce qu'elle avait envisagé de lui dire ?

De plus, Flynn s'était toujours montré passionné avec elle, mais ne lui avait jamais dit qu'il l'aimait. Lui avouer son état équivalait à lui forcer la main. Aussi, Caitlin avait-elle préféré se taire. Se sentant incapable toutefois de lui mentir, elle s'était envolée pour Londres sans lui dire au revoir.

Elle avait toutefois annoncé la nouvelle à son père qui avait explosé de colère. Refusant que la honte de sa fille rejaillisse sur lui, il l'avait encouragée à partir chez sa tante.

Au début, elle n'avait pas pensé partir si longtemps. Mais, après la naissance de Sorcha, elle avait dû faire face à ses nouvelles responsabilités de mère et gagner sa vie. Flynn lui avait terriblement manqué. Mais comment aurait-elle pu rentrer au pays avec son enfant dans les bras ? Comment aurait-il réagi ?

Au fil du temps, l'idée du retour lui avait paru de moins en moins envisageable. La perspective d'avoir à affronter Flynn la paralysait.

Mais voilà qu'elle se trouvait à présent face à lui et devait subir de plein fouet son mépris. Avec angoisse, elle songea qu'il ignorait l'existence de sa propre fille.

— Que veux-tu, Flynn ? demanda-t-elle dans un souffle.

— Ce que je veux ? J'aimerais pouvoir traverser la rue de nouveau et faire comme si je ne t'avais pas vue. Pourquoi a-t-il fallu que tu reviennes ?

Caitlin ne l'avait jamais entendu parler avec tant d'amertume. Vivement ébranlée par le regard dur et douloureux de Flynn, elle sentit les larmes lui monter aux yeux.

— C'est parce que mon père est mort… je viens de te l'expliquer. Je suis juste revenue pour l'enterrement.

— Je veux que nous parlions et le plus vite possible ! rétorqua Flynn avec feu. Tu as sacrément raison de dire que j'ai droit à une explication. Et je n'ai pas l'intention de te laisser filer !

— D'accord, retrouvons-nous près des menhirs en haut de la falaise de Maiden… demain à 15 heures. Je dois régler les affaires de mon père dans la matinée.

— A 15 heures, c'est entendu. Et… Caitlin ?

Le regard de Flynn était menaçant comme un ciel d'orage. Le cœur de Caitlin se mit à battre furieusement dans sa poitrine.

— Oui ?

— Ne t'avise pas de te défiler demain. Parce que, dans ce cas…, je viendrai moi-même te chercher, crois-moi.

Sans ajouter un mot, il tourna les talons et traversa la rue. Les jambes de Caitlin étaient si faibles qu'elle resta immobile jusqu'à ce que le froid la saisisse enfin. Levant la tête, elle aperçut l'enseigne du salon de thé de Mme O'Callaghan. Elle s'y dirigea toute tremblante.

Un sourire et une tasse de chocolat chaud, voilà ce dont elle avait besoin.

2

Caitlin arriva de bonne heure devant les menhirs de la falaise de Maiden. En dépit de ses vêtements chauds — un jean et un épais pull-over irlandais dissimulés sous son manteau de laine — elle frissonnait. Le froid lui mordait cruellement le visage.

Elle prit le temps d'admirer les gigantesques pierres érigées vers le ciel, alignées en cercle autour du dolmen central. Elle avança jusqu'au bord de la falaise. Une centaine de mètres plus bas, la mer d'Irlande, couleur d'orage, se jetait contre la pierre dans une volée d'écume.

La vue de ce spectacle majestueux alluma en elle une petite étincelle de joie. La beauté de cet endroit, si sauvage et si reculé, lui avait toujours coupé le souffle. Combien de fois l'avait-elle regretté à Londres alors que la ville semblait grouiller autour d'elle !

Chargée d'histoire et de légendes, la falaise de Maiden exerçait son charme sur chacun, mais de façon peut-être encore plus magique pour Caitlin. A l'époque de sa liaison avec Flynn, ils s'y étaient souvent rendus ensemble. Une nuit d'été, ils y avaient même fait l'amour, bercés par le rythme ensorcelant de la mer — nimbés de la clarté argentée de la lune.

Ce souvenir fit tressaillir Caitlin. Pourquoi donc lui avait-elle donné rendez-vous dans cet endroit qui risquait de leur rappeler tant de moments heureux ? Comment pourrait-elle discuter sereinement avec lui, entourée par les fantômes du passé ?

Aujourd'hui, Flynn exigeait une explication. Elle devrait donc lui apprendre qu'elle avait eu un enfant… et qu'il en était le père.

Bien qu'elle fût face à la mer, elle sentit aussitôt la présence de Flynn, lorsqu'il arriva.

L'air, d'un seul coup, s'était chargé d'électricité.

Autrefois, elle se plaisait à songer qu'un lien mystérieux les unissait. Aujourd'hui, cette prescience l'inquiétait : il signifiait que ses sentiments n'avaient rien perdu de leur intensité.

Elle tourna la tête et aperçut en effet sa silhouette de l'autre côté de la falaise. D'un pas décidé, il marchait contre le vent âpre qui s'était levé, rejetant en arrière ses cheveux sombres et plaquant sa veste contre son corps.

— Heureusement, tu es venue, déclara Flynn lorsqu'il l'eut rejointe.

Troublée par la froideur de sa voix et la dureté de son regard, Caitlin répondit maladroitement :

— Il fait affreusement froid… je suis désolée. Ce n'était sans doute pas le meilleur lieu pour un rendez-vous.

— Allons nous abriter derrière les pierres, suggéra-t-il sombrement. Elles nous protégeront au moins du vent.

Caitlin acquiesça et lui emboîta le pas. Lorsqu'ils se furent éloignés du bord de la falaise, le vent soufflait en effet un peu moins fort. Flynn s'arrêta devant l'un des menhirs et posa son bras sur la pierre en granit. Tout en essayant de rabattre les mèches qui dansaient devant son visage, Caitlin l'observa à la dérobée.

Avec son visage taillé à la serpe, son regard dur et la blancheur marmoréenne de sa peau, Flynn était à l'image du décor : pur et sauvage à la fois. Il semblait avoir tiré sa beauté de cette terre irlandaise, riche de légendes et de passions.

Caitlin remarqua bien vite qu'elle était observée, elle aussi. Elle sentit faiblir ses jambes et sa poitrine se serrer. Si le regard de Flynn était dénué de douceur, la voracité qui embrasait ses yeux lui coupa le souffle. A cet instant précis, elle s'aperçut qu'il lui avait manqué plus encore qu'elle ne l'avait imaginé. Malgré la sombre colère qu'il exprimait, elle ressentit l'étrange impression qu'elle venait de retrouver une partie d'elle-même.

Elle se souvint alors de l'effroyable détresse qui l'avait envahie lorsqu'elle s'était exilée à Londres. Seule la naissance de Sorcha avait redonné un sens à sa vie.

— Peut-être devrions-nous commencer..., dit-elle sans parvenir à dissimuler son émotion.

Flynn continuait de se taire, sans dire un mot. Puis, d'un seul coup :

— Pourquoi ?

Il avait parlé entre ses dents, comme pour contenir une rage qui ne demandait qu'à exploser. Caitlin n'eut pas le temps de répondre qu'il répéta :

— Pourquoi ?

Cette fois-ci, sa voix résonna dans l'air chargé d'humidité et de menaces.

Flynn scrutait avec avidité le visage pâle de Caitlin, en espérant y trouver un début de réponse. Avait-elle la moindre idée de ce qu'elle avait laissé derrière elle : une étendue de misère et de douleur ? Pouvait-elle deviner que pour lui chaque journée avait paru un siècle ? Le temps était passé, sans amour, sans chaleur. L'hiver, le printemps, l'été et l'automne n'existaient plus depuis son départ. Une seule saison subsistait, féconde des fruits amers de son chagrin.

Son travail seul lui avait apporté quelque réconfort. Depuis le départ de Caitlin, sa carrière d'écrivain avait réellement pris son essor. Ce qui n'était guère surprenant, étant donné qu'il y consacrait l'essentiel de son temps. Sa volonté d'approfondir ses connaissances sur la mythologie irlandaise l'avait porté durant toutes ces années. Les livres qu'il avait publiés avaient suscité l'intérêt des plus éminents universitaires et de quelques producteurs d'émissions culturelles, si bien qu'il était désormais régulièrement sollicité pour donner des conférences.

Une équipe de régisseurs très compétents l'aidait à diriger Oak Grove, la propriété familiale. Aussi n'avait-il rencontré aucune difficulté pour accomplir sa vocation d'écrivain, même si son talent ne soulevait aucun enthousiasme dans sa famille, pour laquelle l'état de propriétaire terrien était une fin en soi.

A présent, tout en observant les yeux bleu saphir de Caitlin, il prenait pleinement conscience qu'il aurait toutes les peines du monde à lui pardonner... et ce, en dépit de sa joie à la revoir. Rien ne justifiait qu'elle l'eût quitté de cette façon. Rien ni personne : ni son père qui l'avait incitée à rompre, ni les ragots colportés en ville, ni l'hostilité de sa propre famille. Elle était partie et cela signifiait une seule chose : ses sentiments pour lui n'avaient pas été suffisamment forts pour l'en dissuader.

Flynn savait pourtant qu'il n'était pas un amoureux facile à vivre. Isabel ne lui en avait-elle pas apporté la preuve cinglante ? Il pouvait être taciturne à ses heures, et cette tendance naturelle s'était accentuée après la trahison de son ex-épouse. Lorsqu'il avait rencontré Caitlin, il avait commencé à croire que ce qu'Isabel avait détruit en lui pouvait être réparé. Hélas, il s'était lourdement trompé.

Lorsque Caitlin était sortie de sa vie, il avait décidé de rénover un ancien cottage dans les montagnes afin d'y trouver la sérénité de l'esprit. Au début, il l'avait utilisé comme un lieu de retraite pour écrire, puis, peu à peu, comme un lieu de retraite tout court.

En entrant dans sa vie, Caitlin avait bien failli briser le mur de solitude qu'il avait bâti autour de lui. En le quittant, elle en avait construit un second.

Comme souvent durant ces longues années, Flynn se demanda s'il avait simplement imaginé l'affection qu'elle lui avait portée.

Elle était si jeune à l'époque ! Peut-être avait-elle été attirée par sa relative maturité. L'attirance classique d'une gamine pour un homme plus âgé. Avait-elle rencontré quelqu'un d'autre, sans oser le lui avouer ?

— Pourquoi ? répéta-t-il une dernière fois.

— Mes raisons ne sont pas… faciles à expliquer.

Le vent soulevait ses beaux cheveux blonds. Flynn résista à la tentation d'en saisir une mèche pour humer leur doux parfum exhalé par la pluie.

Il connaissait la saveur de son corps, le temps n'avait pu émousser ses souvenirs. Le désir qui l'étreignait était d'une insoutenable violence, mais il devait trouver la force de l'ignorer.

— J'ai tout mon temps devant moi, ma douce, railla-t-il. Et s'il faut que j'attende jusqu'à ce que nous gelions tous les deux sur place, eh bien, qu'il en soit ainsi !

— Rassure-toi, je n'ai pas l'intention de mourir de froid, dit-elle en s'efforçant de faire un peu d'esprit. J'ai envie de rentrer à la maison. J'ai énormément à faire avant de retourner à Londres. En premier lieu, je dois régler la succession de papa…

— Alors, tu as l'intention de repartir ? coupa-t-il durement. J'imagine aisément ton impatience ! C'est curieux… il y a quelques années de cela, tu disais que tu serais incapable de vivre ailleurs qu'ici… que tu aimais trop ces paysages, ce climat, le côté sauvage de la région… que ce pays, c'était un peu ton âme. Je constate que Londres et ses séductions ont vite eu raison de ton enthousiasme juvénile. Il est vrai que la constance n'est pas vraiment ton point fort.

— Comment peux-tu dire ça ?! s'insurgea la jeune femme. Crois-tu que je sois heureuse de vivre à Londres ? Que je n'ai jamais l'impression d'étouffer ? Et que je ne préférerais pas vivre ici plutôt que dans cette ville à l'air vicié ? Si tu le crois, tu te trompes, Flynn, je n'ai jamais réussi à m'attacher à cette ville.

— Quoi qu'il en soit, il a bien fallu que quelque chose t'attire là-bas ! Quoi donc ? Un autre homme ?

— Bien sûr que non !

Ce cri lui avait échappé tant cette hypothèse la scandalisait.

— Tu sais bien que c'est impossible, reprit-elle en le regardant droit dans les yeux. Je passais tout mon temps avec toi, Flynn ! C'était tout ce qui comptait à mes yeux.

— Tu mens, rétorqua-t-il. Tu as oublié cette terre, que tu prétendais tant aimer, aussi facilement que tu m'as oublié.

— C'est faux. Je ne t'ai jamais oublié. Je n'ai jamais…

Elle s'arrêta et soutint le regard incandescent de Flynn.

— Personne ne regardait notre relation d'un bon œil, Flynn, murmura-t-elle. Tu ne te souviens pas à quel point c'était difficile pour nous ? Mon père… ta famille… tout le monde s'était ligué pour nous séparer.

— Il va falloir trouver mieux que ça, ma jolie, dit-il avec froideur. Cherche autre chose.

— Je n'avais que dix-huit ans ! Que pouvais-je faire ? Je n'avais pas mon mot à dire dans l'histoire. Ta famille voulait que tu épouses une fille du même milieu que toi, et non pas une simple fille de fermier ! Ça ne pouvait pas marcher ! Je sais que j'aurais dû t'annoncer que tout était fini et que je partais… mais je n'ai pas trouvé la force de le faire. Tu dois penser que j'ai été terriblement lâche, mais j'étais véritablement perdue à ce moment-là.

— Tu aurais dû me le dire, en effet ! C'était la moindre des choses, tu ne crois pas ? Mais non, tu as pris la fuite en me laissant dans l'ignorance la plus totale.

— J'ai eu tort, c'est vrai, reconnut-elle. Mais ce n'était pas facile d'aborder certains sujets avec toi.

— Et pourquoi cela ?

— Tu ne... je ne pensais pas que tu comprendrais. Tu n'aimais pas parler de tes sentiments. Je craignais que tu ne te contentes de balayer mes craintes d'un revers de main... ou que tu ne me dises que j'étais stupide.

— Je n'aurais jamais fait ça ! s'écria-t-il.

Il paraissait sincèrement choqué et Caitlin sentit son cœur se serrer.

— J'essaie simplement de te faire comprendre mon état d'esprit de l'époque.

— Si tu m'avais parlé, au lieu de partir comme tu l'as fait, nous aurions peut-être pu trouver une solution. Mais au lieu de cela, tu m'as laissé sans rien ! Rien, tu m'entends ? Et après ton départ, j'ai dû supporter les quolibets de ton père qui ne s'est pas gêné pour me dire que tu avais « enfin retrouvé la raison » et que « tu étais beaucoup mieux à l'endroit où tu te trouvais ». Bien entendu, il s'est bien gardé de me dire où tu étais exactement ! Et tout cela, vois-tu, je ne peux pas le comprendre et encore moins le pardonner !

— Que veux-tu que je te dise..., si ce n'est que je suis vraiment désolée, répondit-elle en refoulant les larmes qui lui brûlaient les yeux.

Il ne répondit pas, et durant quelques instants ils se tinrent face à face, résistant aux bourrasques de vent glacé qui s'engouffraient entre les pierres.

— Tu ne peux même pas imaginer à quel point je suis désolée, dit-elle encore.

— Alors, c'est tout ? Voilà la seule explication que tu me donnes ?

— Ecoute... il fait très froid. Nous devrions partir à présent.

— Tu n'as pas entendu ce que je viens de dire ?

Flynn n'était guère disposé à se satisfaire de la pauvre explication qu'il venait d'entendre. Intimement convaincu qu'il manquait quelques pièces au puzzle, il n'avait pas l'intention de laisser Caitlin s'en tirer à si bon compte. Elle lui avait implicitement reproché de ne pas exprimer ses sentiments. Bon sang ! Comment osait-elle dire une chose pareille, alors qu'elle lui avait brisé le cœur en partant ?

Il regretta d'avoir croisé son chemin une nouvelle fois, car ses justifications ne guériraient jamais ses blessures. Il devait accepter l'idée qu'il n'avait pas su la retenir… et encore moins l'oublier.

Il ne lui restait plus qu'à reprendre le cours de sa triste existence.

Mais comme c'était dur, cruel, de la revoir !

La déception de Flynn était si évidente, si profondément imprimée sur son visage, que Caitlin n'eut pas le courage de lui révéler l'existence de Sorcha… leur magnifique petite fille. Elle craignait sa réaction et ne se sentait pas capable d'attiser sa haine. Du moins pas pour le moment. Apprendre qu'elle lui avait caché l'existence de son enfant risquait d'anéantir Flynn. De toute évidence, la revoir avait été une épreuve pour lui. Autant ne pas lui en imposer une seconde immédiatement.

Elle-même se trouvait en état de choc. Car la violente réaction de Flynn à son égard prouvait qu'elle avait beaucoup plus compté pour lui qu'elle ne le pensait à l'époque. L'homme dont elle se souvenait était très peu démonstratif et ne révélait rien de ses sentiments — sauf lorsqu'ils faisaient l'amour, peut-être. Dans ce moment-là, en effet, tout son corps semblait exprimer les sentiments qu'il taisait habituellement.

Combien de fois n'avait-elle pas pensé à ces instants de pur bonheur durant ses années d'exil ? Combien de fois, le soir, dans son lit solitaire, n'avait-elle pas tenté de conjurer le souvenir voluptueux de leurs corps enlacés ? Un souvenir douloureux, et magnifique cependant, qui avait souvent réchauffé sa solitude.

Oui, il fallait qu'elle lui parle de Sorcha, et vite. Mais pas à cet instant précis, c'était hors de question.

— Je sais que nous ne pouvons pas en rester là, dit-elle finalement. J'ai encore des choses à te dire, des choses dont j'aurais dû te parler avant de partir… Peut-être que quand tu te seras calmé, nous pourrons alors…

— Quand je me serai calmé ?

Un éclair de rage sembla déchirer le regard de Flynn. Caitlin songea amèrement que la colère de celui-ci n'était pas prête à s'apaiser.

— Je vois bien que tu es encore furieux, soupira-t-elle. Je crois que nous ferions mieux de prendre un peu de recul, chacun de notre côté, avant de poursuivre cette conversation.

— Prendre un peu de recul ? Je ne suis pas sûr de bien comprendre.

— Eh bien, je ne sais pas… réfléchir un peu à tout ça…, répondit-elle, plus hésitante.

— Je rêve ! tonna-t-il. Et que crois-tu que j'aie fait durant toutes ces années ?

Il fit un pas vers elle, si bien que leurs deux visages se touchaient presque. Le cœur de Caitlin se mit à battre avec frénésie. Elle recula.

— Je me disais que… tu t'étais peut-être marié ou que tu vivais avec quelqu'un.

C'était du moins ce qu'elle avait redouté.

— Je ne vis peut-être pas comme un moine, mais, non, il n'y a personne dans ma vie. Pourquoi me parles-tu de cela, de toute façon ? L'idée que je puisse être remarié apaisait ta culpabilité, c'est ça, hein ? Eh bien, désolé de te décevoir. Je suppose que les trahisons de ce genre laissent un goût amer dans la bouche. Mes relations avec les femmes sont assez… comment dirais-je ? limitées…, mais je suis sûr que tu n'as pas besoin que je te fasse un dessin.

— Non, en effet.

C'était bien plus que Caitlin ne pouvait supporter. Imaginer Flynn en train de faire l'amour à une autre femme était un véritable supplice. « Oh, mon Dieu… la douleur ne disparaîtrait-elle donc jamais ? » Les yeux fixés sur les lèvres pleines de cet homme qui avait été son amant, elle frémit en se remémorant le goût exquis de ses baisers.

— Et toi ? demanda brusquement Flynn. Tu ne vas tout

de même pas me faire croire que tu as passé toutes tes nuits seule, ces dernières années ?

— A quoi bon, de toute façon ? Je sais que tu ne croiras que ce que tu as envie de croire.

— Tu peux difficilement me le reprocher, non ?

Il passa dédaigneusement devant elle et se dirigea à grands pas vers le bas de la colline. Abasourdie par la soudaineté de ce départ, Caitlin se précipita derrière lui.

— Flynn ! s'écria-t-elle. Ne pars pas si vite !

Il se retourna pour la toiser.

— Et pourquoi pas ? C'est bien ce que tu as fait, non ?

— Je t'en prie, implora-t-elle.

Elle s'arrêta pour reprendre son souffle. Pourquoi ne pas le laisser partir ? songea-t-elle. Flynn était trop en colère pour que ses paroles puissent agir sur lui. Malgré tout, comme il s'était arrêté de marcher, elle essaya maladroitement de se faire entendre.

— Arrêtons de nous disputer. Nous devons parler au contraire. Je sais que nous ne pouvons pas être amis, mais nous pourrions au moins tenter de résoudre nos différends ?

— Pour le moment, on ferait mieux de partir. Comme tu le disais tout à l'heure, il fait affreusement froid.

En dépit de la colère qu'il ressentait, Flynn ne souhaitait pas que Caitlin tombe malade. Les cheveux blonds de la jeune femme étaient à présent trempés et ses jolies lèvres avaient perdu toute couleur. Il se souvint qu'elle venait d'enterrer son père. Ce n'était vraiment pas le moment qu'elle attrape une pneumonie.

— Le vent souffle de plus en plus fort et le jour va tomber vite. Comment es-tu venue jusqu'ici ?

— J'ai fait du stop et puis j'ai marché, répondit-elle.

— Ma voiture est garée plus bas. Je vais te raccompagner chez toi.

L'espace d'un instant, il crut qu'elle allait refuser, mais elle finit par acquiescer.

— Merci… tu peux me déposer devant le petit chemin. Je ferai le reste à pied.

Lorsque Flynn s'arrêta devant l'allée sinueuse qui menait à

l'ancien cottage de Tom Burns, il coupa le contact et regarda sa passagère. Durant les quelques minutes du trajet, ils n'avaient pas échangé un seul mot.

— Je propose que nous nous retrouvions chez moi, demain à 10 heures. Est-ce que tu veux que je vienne te chercher ?

— Non, je te remercie, mais je préfère marcher. Je serai là demain à 10 heures.

Lorsqu'elle eut claqué la portière, Flynn la regarda remonter le chemin enneigé. Soulevées par le vent, les mèches blondes de ses cheveux voltigeaient sur la capuche de son duffle-coat. Les bras croisés sur la poitrine, elle courait plus qu'elle ne marchait — comme pour mieux le fuir une nouvelle fois.

3

Caitlin s'enveloppa dans un châle dans l'espoir de se réchauffer un peu. Depuis qu'elle était rentrée des falaises de Maiden, elle ne pouvait s'empêcher de frissonner, comme si le froid était entré trop profondément en elle. La perspective d'annoncer l'existence de Sorcha à Flynn le lendemain n'arrangeait rien ! Elle pensait à la colère légitime qui saisirait ce dernier et sa famille. L'idée qu'une simple « fille de ferme » ait pu « coincer » leur fils de la sorte risquait de les anéantir. Estelle MacCormac la soupçonnerait instantanément d'avoir tout manigancé.

Elle monta jusqu'à la chambre où dormait sa fille et sourit tristement en bordant les draps du petit lit de fer blanc qui avait été le sien de longues années auparavant. Puis, après avoir descendu le petit escalier de bois, elle entra dans le salon sans prendre la peine d'allumer la lumière.

Debout, contre la fenêtre, elle contempla les étoiles qui illuminaient le ciel. Jamais elle n'avait retrouvé un tel ciel nocturne à Londres. Et pourtant, aucun de ces astres ne brillait avec la même intensité que le regard de Flynn.

Des yeux qu'elle avait retrouvés aujourd'hui, incendiés de colère.

C'était tellement injuste !

Pourquoi la faute devait-elle retomber entièrement sur elle ? Après tout, si Flynn avait été plus démonstratif à l'époque, moins réservé en tout cas, elle aurait sans doute trouvé le courage de lui parler. Mais comment aurait-elle pu lui avouer qu'elle attendait un enfant, son enfant, alors qu'elle ignorait comment il allait réagir ? Et si Flynn l'avait prise pour une jeune fille vénale, prête à tomber enceinte pour se faire épouser ? S'il avait cru cela, elle ne s'en serait sans doute pas remise, elle dont l'amour avait été si sincère et si pur.

Sa gorge se serra en pensant aux torrents de larmes qu'elle avait versées dans l'avion, après son départ.

Lorsque Flynn apprendrait la vérité au sujet de Sorcha, son cœur lui serait à jamais fermé… Il ne pourrait lui pardonner cela, c'était plus qu'une certitude : une évidence.

Elle lui devait pourtant la vérité.

Sa vie en serait peut-être bouleversée. Comment supporterait-elle cela ? Et si Flynn exigeait de voir Sorcha régulièrement ou d'exercer un quelconque droit de garde ? Quelle douleur de voir Sorcha admise dans cette illustre famille, et de continuer à être celle que l'on rejette !

Très tôt, ce matin-là, Flynn fit une promenade à cheval dans l'espoir de se clarifier les idées. De retour à Oak Grove, il confia l'animal au palefrenier des écuries et gagna ses appartements pour prendre une douche avant l'arrivée de Caitlin.

L'élégante demeure de style géorgien qu'il habitait depuis son plus jeune âge était divisée en quatre ailes, chacune comprenant ses quartiers particuliers.

Mais, pour l'heure, Flynn était le seul habitant du château. Il passait en fait le plus clair de son temps dans le cottage qu'il avait fait rénover. Depuis la trahison d'Isabel, cette maison n'était guère qu'un lieu de travail où il ne se rendait que pour diriger les affaires de la propriété familiale.

Lorsque Caitlin était brutalement sortie de sa vie, il en était même arrivé à haïr ce lieu. Les pièces immenses et les longs couloirs lui semblaient étrangement hostiles. Tout lui rappelait ce que ce lieu n'était pas : un foyer… un foyer avec une femme et des enfants.

La chambre de Danny était restée vide et froide. Flynn s'était finalement résolu à en condamner la porte. Autant que possible, il évitait de passer devant cette pièce où le petit garçon avait dormi autrefois.

Caitlin ne tarderait plus et il se sentait effroyablement tendu.

L'air glacé du matin l'avait aidé à retrouver quelque énergie, après une nuit sans sommeil. Mais la perspective de voir la jeune femme le remuait jusqu'aux tréfonds de son être.

Il n'aurait sans doute pas dû lui donner rendez-vous ce matin-ci, mais la traîtresse lui avait laissé entendre qu'elle ne lui avait pas encore tout dit.

Bien malgré lui, il était intrigué et souhaitait en apprendre davantage.

Et puis il y avait ce reproche qu'elle lui avait implicitement adressé, en lui rappelant qu'il n'avait pas été très démonstratif avec elle : cela, il ne pouvait le nier, hélas.

Il avait pourtant bien l'intention de persévérer dans sa froideur, lorsqu'il se retrouverait face à elle. Car l'attirance qu'il ressentait pour elle n'était pas morte : durant toutes ces années, ses sentiments s'étaient figés comme une rivière en hiver. Mais, sous la glace, la rivière n'avait rien perdu de sa force.

Ce n'était pas la première fois que Caitlin entrait dans l'imposante demeure de Oak Grove. Elle n'en fut pas moins intimidée lorsque Flynn lui en ouvrit les portes. Debout dans l'élégant salon des MacCormac, elle mesurait cruellement tout ce qui la séparait de Flynn. Au milieu de ces meubles raffinés et de ces toiles de maîtres, elle se sentait étrangère… aussi minuscule qu'Alice au pays des merveilles après avoir bu sa potion.

En cet instant, penser au vieux cottage humide de son père lui fendait le cœur. Pour un peu, les larmes lui seraient montées aux yeux. Mais elle se morigéna bien vite. Il n'y avait aucune honte à avoir : elle avait été élevée par d'honnêtes gens qui avaient travaillé dur toute leur vie. Elle releva le menton et refusa le fauteuil que Flynn lui proposait.

— Je ne resterai pas très longtemps, dit-elle fermement. J'ai l'intention de donner les affaires de mon père à la paroisse, pour leur prochaine vente de charité. L'air de rien, rassembler tout cela prend du temps… même s'il n'y a pas grand-chose à donner. Mon père n'était pas attaché aux biens matériels…

Elle balaya la pièce du regard, reprit son souffle et ajouta :

— Après mon départ, il est resté seul… Il se contentait de peu, je crois : du moment qu'il pouvait écouter les courses à la radio et retrouver ses amis au pub de temps en temps, il était heureux.

Etait-ce la vérité ? Caitlin prit conscience qu'elle ignorait si son père avait été réellement heureux. A la réflexion, c'était fort peu probable. Le pauvre homme avait cultivé trop de colère, trop de ressentiment, pour goûter aux joies simples de la sérénité. D'ailleurs, depuis la mort de sa mère, elle ne l'avait plus jamais vu sourire.

— Si tu ne veux pas t'asseoir, viens au moins près du feu. Cette pièce est mal chauffée et tu trembles.

— Ne t'inquiète pas pour moi. Tout va bien.

Il s'approcha et la regarda avec attention. « N'avance pas plus », le supplia-t-elle mentalement en sentant le rouge lui monter aux joues. Il était si séduisant, si viril, qu'elle se demanda si elle pourrait encore parler… surtout avec ce qu'elle avait à lui révéler.

— J'espère que tu n'as pas attrapé froid, hier ?

— Non, Flynn…

— Tu as coupé tes cheveux, dit-il d'une voix douce.

Caitlin frissonna — comme sous l'effet d'une caresse.

— C'est plus pratique pour travailler…, bafouilla-t-elle. J'ai l'impression que les tiens, au contraire, ont poussé. Ils étaient plus courts à l'époque, non ?

Flynn la dévorait des yeux à présent.

— Cela correspond sans doute à mon nouveau mode de vie. Plus bohème, dirait ma mère !

— Tu as toujours été très indépendant, murmura Caitlin en soutenant son regard.

— A l'époque, ça ne semblait pas te déranger.

— Je te trouvais différent des autres… c'est ce qui me plaisait.

D'un seul coup, la tension devint palpable, si forte qu'elle semblait électriser l'air autour d'eux. Ils gardèrent le silence, aussi troublés l'un que l'autre.

Flynn esquissa un rictus amer.

— Alors, dis-moi, tu as toujours un penchant pour les

hommes plus âgés ou tes goûts ont-ils changé depuis tout ce temps ?

Caitlin poussa une exclamation horrifiée.

— Pas de ça entre nous, Flynn !

Flynn ne semblait pas avoir entendu. Au grand dam de Caitlin, il saisit une mèche de ses cheveux et la caressa doucement.

— Au fait, que fais-tu à Londres ? demanda-t-il à mi-voix.

— Euh…, je travaille dans une librairie…

Elle vit un éclair d'intérêt illuminer son regard. Oui, elle connaissait ses livres — la première fois qu'elle avait vu son nom sur la couverture de l'un d'eux, son cœur avait bondi dans sa poitrine. Et, en dépit de la tristesse qui l'étreignait, elle s'était sincèrement réjouie de savoir qu'il allait bien et qu'il était devenu un auteur de renom.

Flynn caressait toujours ses cheveux. Il fallait qu'il arrête à présent, car elle sentait faiblir ses défenses.

— J'ai vu que tu étais devenu écrivain, dit-elle en affectant d'ignorer la main qui la caressait. On vend tes livres dans ma librairie. Ça m'a fait un choc la première fois, tu sais…

Elle se mit à rire nerveusement.

— Je savais que tu écrivais à tes heures, mais tu ne m'avais jamais dit que tu souhaitais écrire des livres. Ta famille doit être extrêmement fière, non ?

— Fière ? reprit Flynn avec ironie. Fière que la gestion de la propriété ne soit pas mon unique occupation ? Tu plaisantes ! Pour ne rien te cacher, mon goût pour l'écriture les dépasse. Peu importe… de toute façon, je ne vois pas beaucoup ma famille en ce moment.

Il lâcha la mèche de Caitlin et fit glisser ses doigts sous son menton. Il était si près à présent qu'elle pouvait sentir la chaleur de son souffle. Elle reconnut l'odeur de sa peau : un mélange de savon, d'after-shave et d'un je-ne-sais-quoi qui semblait provenir de la terre elle-même.

Héritier des traditions celtes, Flynn aimait la nature par-dessus tout. Rien ne lui plaisait tant que la vie au plein air, les longues marches dans la campagne ou les chevauchées sauvages le long du rivage. Si Caitlin avait toujours admiré son tempérament sportif, elle se souvenait également d'un homme capable d'admirer en silence un lever ou un coucher de soleil. Il n'était guère étonnant qu'il ait choisi d'écrire des livres sur la mythologie celte.

— Que fais-tu ? demanda-t-elle en retenant son souffle.

Il ne répondit pas à sa question, mais poussa un soupir d'impatience. Et, l'instant d'après, elle sentit ses lèvres contre les siennes.

L'idée de lutter ne lui traversa pas l'esprit. Au lieu de cela, elle encercla sa taille et s'abandonna contre son torse. Submergée par la passion et par le flot tumultueux des sensations qu'il faisait naître en elle, elle répondit avec ardeur aux caresses exigeantes de sa langue.

Quatre ans et demi auparavant, un tel baiser les aurait naturellement conduits à se dénuder pour faire l'amour. Mais, d'un seul coup, Caitlin se souvint de sa petite fille qui l'attendait à la maison. Elle se remémora également ce qui motivait sa visite à Oak Grove. Cruellement consciente qu'elle devait lui parler de Sorcha au plus vite, elle finit par le repousser.

Le soupir que poussa Flynn trahit la frustration qu'il ressentait. Son air hagard céda très vite la place à une expression amère.

— Je devrais sans doute te présenter mes excuses, dit-il sèchement. Mais je suis humain… et tu as manifestement le don de me faire perdre la raison. J'ai eu tort… je devrais résister à mes pulsions. Pourtant, ce qui s'est passé entre nous aurait dû me servir de leçon.

Caitlin baissa les yeux. A peine remise de son émoi, elle se mordilla nerveusement les lèvres.

— Nous devrions parler de la raison de ma visite, dit-elle d'une voix frêle.

Elle marcha vers la cheminée et regarda les flammes danser dans l'âtre. Par quoi commencer ? songea-t-elle aux abois. Quelle était la meilleure manière de lui annoncer qu'il était le père de Sorcha ? Cette nouvelle terrible allait changer pour toujours l'existence de Flynn. Mais en était-elle si sûre ? Il n'était pas impossible, après tout, que Flynn accueille avec indifférence ce qu'elle avait à lui dire.

Après quelques instants d'hésitation, Caitlin prit conscience qu'il n'y avait aucun moyen d'atténuer l'impact de ses propos.

Il ne lui restait plus qu'à dire la vérité, le plus simplement possible, et laisser Flynn recevoir ce coup comme il le pourrait.

— J'ai un enfant…, déclara-t-elle.

A l'expression de Flynn, elle comprit qu'elle venait de le terrasser.

— Un enfant ? reprit-il d'une voix d'outre-tombe.

— Oui. Une petite fille… elle s'appelle Sorcha.

— Eh bien…, souffla-t-il péniblement. Eh bien, je constate que tu n'as pas manqué de compagnie à Londres. C'est bien normal, d'ailleurs ! Quel homme normalement constitué pourrait résister à une fille aussi sensuelle et angélique que toi ? Je dois bien reconnaître que le mélange des deux est assez redoutable.

— Je n'ai jamais couché avec un autre homme que toi, rétorqua-t-elle d'une voix blanche. C'est toi, le père de Sorcha…

— Bon sang, Caitlin ! Tu dois vraiment penser que je suis un idiot ! Tu n'imagines tout de même pas que je vais te croire ?

L'exclamation de Flynn blessa profondément Caitlin, qui se récria aussitôt :

— Tu te trompes ! Jamais je ne mentirais à ce sujet ! Pour qui me prends-tu ? Je t'ai peut-être caché la vérité pendant des années, mais je ne suis pas une manipulatrice. Tu as le droit de m'en vouloir, mais, en venant jusqu'ici aujourd'hui, j'ai simplement souhaité t'informer. J'ai compris qu'il était grand temps que tu apprennes ce qui s'était passé après mon départ. Sorcha a presque quatre ans. J'ai son certificat de naissance avec moi si tu veux le voir. La date parle d'elle-même.

Au début, Flynn eut du mal à croire que le même cauchemar recommençait.

Cette femme lui annonçait qu'il était le père de son enfant et lui demandait de le croire sur parole ! Durant quelques secondes, un voile brumeux obscurcit sa vision. Pourquoi le sort s'acharnait-il sur lui de la sorte ? Il avait déjà suffisamment souffert quand Isabel lui avait appris que Danny n'était pas son fils. Lui qui avait tant aimé être son père ! Après son mariage avec Isabel, il avait rapidement compris que leur union était fragile — après tout, le mariage avait été voulu par leurs parents — mais pour l'enfant, il s'était senti prêt à se battre pour que leur ménage tienne bon.

Apprendre que Caitlin, qu'il avait tant aimée, lui avait caché sa grossesse dépassait son entendement. Jusqu'à cet instant, il avait naïvement imaginé que les femmes ne pouvaient le malmener davantage : manifestement, il s'était lourdement mépris.

— Si la petite est ma fille, comme tu le prétends, pourquoi ne pas me l'avoir dit plus tôt ? s'enquit-il sans chercher à dissimuler sa colère. Et que se serait-il passé si ton père n'était pas mort ? Est-ce que tu me l'aurais dit un jour ?

— Je n'ai… je ne t'ai rien dit avant aujourd'hui parce que je ne savais comment tu allais réagir. Tu as toujours été une énigme pour moi, Flynn… Il m'était impossible de deviner tes pensées. Tu ne te livrais jamais à moi. Comment aurais-je pu savoir si tu avais envie d'avoir un enfant ? Je sais que j'ai mal agi, mais souviens-toi un peu : tu ne m'as jamais dit si, à tes yeux, notre relation pouvait durer ou non… Du coup, je me disais que, pour toi, ce n'était qu'une simple liaison. Une histoire qui finirait par se terminer un jour ou l'autre. Et, franchement, je ne voulais pas que tu restes avec moi simplement parce que j'attendais un enfant.

— Pour cette raison, plutôt que de me donner l'occasion de m'exprimer, tu as préféré prendre la fuite ?

Elle baissa la tête piteusement et fixa le parquet à travers ses larmes.

— A t'entendre, j'ai pris cette décision à la légère. Crois-moi, ça n'a pas été facile du tout.

— Arrête ! ordonna-t-il. Ce que je vois, c'est que tes prétendus scrupules ne t'ont pas empêchée de partir. C'est un peu facile de se trouver des excuses, non ?

— Je t'assure, Flynn, il n'y a pas eu un jour où je n'ai pas pensé à ce que j'avais fait.

Flynn la regarda, l'air sidéré. L'énormité de la situation lui apparaissait de plus en plus.

— Tu es vraiment sérieuse ? questionna-t-il, soupçonneux. J'ai une fille et elle a presque quatre ans ?

— Oui, répondit Caitlin tandis que des larmes brûlantes inondaient son visage.

— Et tu l'as élevée toute seule ces dernières années ? Il n'y a pas d'homme auprès de toi… je veux dire auprès de vous ?

— Non ! s'écria-t-elle, scandalisée à cette idée. C'est ma tante Marie qui m'aide à l'élever. Elle garde Sorcha dans la journée. Moi, eh bien, j'ai dû trouver un travail pour subvenir à nos besoins.

— Je dois être en train de faire un cauchemar, murmura Flynn, atterré.

— Je t'en prie, ne dis pas ça ! C'est donc si terrible que cela d'apprendre que tu as un enfant ?

L'image de Danny dansa quelques instants devant les yeux de Flynn, lui rappelant la profondeur de son chagrin lorsque l'enfant était sorti de sa vie.

— Et où est-elle ? Je veux dire, ta fille ?

— Elle est restée à la maison avec une voisine… Mary Hogan.

— Bon sang !

Flynn se mit à faire les cent pas dans la pièce. L'idée qu'il était peut-être le père d'une fillette de quatre ans prenait peu à peu forme dans son esprit.

A la décharge de Caitlin, il devait bien reconnaître qu'il n'avait pas toujours été très prudent à l'époque. Emporté par la passion dévastatrice que lui inspirait la jeune femme, il lui était en effet arrivé d'oublier de mettre un préservatif, et ce à plusieurs reprises. C'était arrivé à la fin de leur liaison, alors qu'il avait baissé sa garde avec elle. Comment avait-il pu être aussi stupide ?

Aucun mot ne pouvait décrire l'état dans lequel il se trouvait désormais. Ceux qui lui venaient à l'esprit — surprise, incrédulité, effarement — lui semblaient trop faibles à côté du tumulte d'émotions qui s'était emparé de lui.

— Je suis désolée…

Flynn entendit à peine les paroles de Caitlin, prononcées à mi-voix. Néanmoins, il se retourna et la dévisagea longuement. Elle se tenait près de la cheminée et la chaleur des flammes avait légèrement rosi ses joues pâles. Son regard embué de larmes lui sembla plus limpide que jamais.

En dépit de la colère et du chagrin qui l'animaient, en dépit du coup qu'il venait de recevoir, le charme puissant qu'elle exerçait sur lui opérait encore. Il devait donc doublement lutter contre elle et contre lui. Ce qui était en jeu à présent lui donnait le vertige : il s'agissait de l'avenir d'une enfant.

— Que viens-tu de dire, Caitlin ?

— Je te disais que j'étais désolée, répéta-t-elle d'une voix plus basse encore.

— Désolée ? reprit-il. Voilà un mot qui sonne curieusement dans la bouche de quelqu'un comme toi. Jusqu'à présent, tu ne m'as témoigné que du mépris. Alors, je te préviens, tu ferais mieux de ne pas me mentir ! Parce que je te garantis que si ce sont encore des mensonges, tu le regretteras lourdement.

— Ce n'est pas la peine de me menacer, Flynn. Tu ferais mieux de m'accompagner à la maison pour rencontrer Sorcha. Elle te ressemble, tu verras, bien qu'elle soit blonde comme moi.

— Est-ce que tu lui as parlé de moi ?

— Non, je ne lui ai rien dit. Ne sachant pas ce que tu aurais envie de faire, j'ai jugé préférable de ne pas lui parler de tout cela, jusqu'à ce que tu prennes une décision en tout cas. Tout à l'heure, je te présenterai comme un ami si tu veux. C'est sans doute la meilleure solution pour nous.

— La meilleure solution pour qui ? railla Flynn.

— Je ne vois pas l'intérêt d'annoncer à Sorcha que tu es son père si jamais tu décides que tu ne veux plus la revoir... C'est ce que je voulais dire. Ce serait trop dur, elle ne pourrait pas comprendre, c'est encore un bébé. Je sais que tu viens de recevoir un choc, mais nous devons la protéger avant tout.

La douleur qu'il avait ressentie après le départ de Danny était si vive encore que Flynn redoutait d'aimer un autre enfant. Néanmoins, si cette petite fille était vraiment la sienne, il n'avait pas l'intention de l'abandonner à sa mère.

— Si je suis bien son père, j'ai envie qu'elle le sache, rétorqua-t-il durement. Je ne veux plus de mensonge ou de secret. Cette enfant a le droit de savoir la vérité, elle aussi ! Je vais chercher ma veste et on file !

Il se dirigea aussitôt vers la porte, ivre de rage, mais aussi, et de façon totalement contradictoire, secrètement ému à l'idée de rencontrer l'enfant.

Lorsque Caitlin et Flynn entrèrent dans la petite maison, Sorcha était en train de résoudre un puzzle avec Mary Hogan. Toutes deux s'étaient installées à la table de la salle à manger.

La présence de Flynn à ses côtés ouvrit un peu plus les yeux de Caitlin sur la piètre apparence de la demeure paternelle.

Rien dans la pièce ne pouvait soutenir la comparaison avec l'élégant château des MacCormac. Des chaises en paille dépareillées entouraient la table de bois brun mouchetée de noir. Les murs avaient besoin d'un sérieux coup de peinture et un modeste tapis de laine aux couleurs passées ornait le sol en pierre. Une vague odeur d'humidité flottait dans la pièce, comme toujours en hiver.

Oui, il fallait bien reconnaître que l'ensemble était rudimentaire et peu chaleureux.

Oubliant son embarras, Caitlin fit entrer Flynn dans la pièce et le présenta aussitôt à Mary Hogan. Celle-ci, qui connaissait la renommée des MacCormac, parut aussitôt intimidée. Flynn serra la main de la vieille femme en souriant, mais son regard se porta aussitôt sur le petit visage d'elfe de Sorcha qui le regardait avec curiosité.

— Et je suppose que voilà la petite Sorcha ?

Flynn avait parlé sur un ton enjoué, mais Caitlin perçut une légère fêlure dans sa voix. Elle se demanda si sa voisine s'en était aperçue, elle aussi. Heureusement pour eux, Mary Hogan était une femme discrète qui n'avait pas pour habitude de colporter des ragots.

— Sorcha, ma chérie… dis bonjour à Flynn.

— Bonjour, répondit timidement la fillette en glissant aussitôt sa main dans celle de sa mère.

— Ne t'inquiète pas, ma puce, dit Caitlin en s'efforçant de rire. Flynn a peut-être l'air impressionnant, mais je te promets qu'il ne mord pas !

Ignorant si cette tentative d'humour serait bien accueillie par son invité, Caitlin jeta un regard inquiet à Flynn. Pour son plus grand soulagement, celui-ci esquissa un sourire.

— Je ne mords que si j'ai très faim, dit-il, l'air taquin. Et, heureusement pour toi, j'ai pris un petit déjeuner copieux avant de venir te voir.

La petite Sorcha se mit à rire et Caitlin respira plus librement.

— Qui veut une tasse de thé ? s'enquit-elle. Mary ?

— Non merci, Caitlin, répondit sa voisine en rassemblant ses effets. Je vais rentrer chez moi à présent puisque tu as de la compagnie. Je passerai vous voir demain matin avant d'aller faire mes courses. Si tu as besoin de quoi que ce soit, n'hésite surtout pas. Ah oui… j'ai fait un gâteau pour la petite et toi. Il est encore au four. Vous pourrez le prendre avec le thé.

— Merci mille fois, Mary ! s'exclama Caitlin avec reconnaissance. Vous êtes vraiment un amour. C'était adorable de garder Sorcha.

— Oh, ça m'a fait plaisir, tu sais. Sorcha est une petite fille délicieuse. Elle est vive et très bien élevée. Ton père m'avait déjà montré sa photo… Il était très fier d'elle, tu sais. Il trouvait qu'elle te ressemblait.

Caitlin sentit le regard de Flynn se poser sur elle. Seigneur ! Il devait être furieux d'apprendre que son père lui avait également caché l'existence de Sorcha, alors qu'il l'avait croisé à plusieurs reprises ces dernières années. Elle espérait de toutes ses forces qu'il parviendrait à dissimuler son amertume en présence de Sorcha. Car il n'était pas souhaitable que celle-ci découvre la vérité de façon brutale. La pauvre enfant était si jeune, il fallait avant tout la préserver.

— Monsieur MacCormac, j'ai été ravie de faire votre connaissance, dit Mary à l'intention de Flynn. Caitlin, je connais le chemin. Occupe-toi plutôt de ton invité.

Caitlin insista toutefois pour raccompagner sa voisine jusqu'à sa voiture.

Lorsqu'elle retourna dans le salon, elle trouva Flynn assis à côté de Sorcha. Le père et la fille discutaient doucement, avec une déconcertante facilité.

La vision de leurs têtes, l'une brune, l'autre blonde, penchées sur les pièces du puzzle, bouleversa Caitlin. Ils avaient l'air si bien, l'un près de l'autre, qu'elle se sentit profondément coupable de les avoir séparés durant tout ce temps.

— Tout va bien ? demanda-t-elle, le cœur serré.

— Oh oui, on fait un puzzle ! Et on a presque fini en plus, répondit joyeusement Sorcha.

Flynn, lui, ne releva pas la tête.

— Je serais ravi d'avoir une tasse de thé, si ton offre tient toujours, dit-il d'une voix atone.

— Mais bien sûr…, répondit Caitlin. Je vais la préparer.

Flynn la regarda froidement, puis il changea radicalement d'expression pour s'adresser à l'enfant.

— Alors… voyons… je suis prêt à te parier que ce petit bonhomme se met ici… tu vois ?

— Près de l'arbre, tu crois ?

— Essaie, tu vas voir. Là… qu'est-ce que je t'avais dit !

— C'est vrai, tu as raison ! s'écria Sorcha, qui avait oublié toute timidité.

Vivement émue, Caitlin se rua dans la cuisine pour préparer le thé.

4

Après le thé, Caitlin s'aperçut que l'attitude de Flynn à l'égard de Sorcha était en train de changer. L'intérêt passionné qu'il lui avait témoigné durant les premières minutes s'était peu à peu refroidi. Flynn se montrait plus réservé avec la fillette, comme s'il voulait reprendre ses distances.

Doutait-il qu'elle soit véritablement sa fille ?

De son côté, Sorcha avait retrouvé sa timidité initiale. Elle regardait l'invité avec une perplexité teintée de méfiance — comme si elle avait confusément perçu que la situation n'était pas totalement naturelle.

Au début, Caitlin pensa que Flynn ne s'attarderait pas chez elles, mais, de toute évidence, il n'était pas pressé de partir.

Caitlin prépara donc un repas qu'ils partagèrent dans un silence pesant, puis alla coucher Sorcha qui devait faire sa sieste.

Lorsqu'elle redescendit au salon, elle se sentit soulagée à l'idée de pouvoir parler plus librement.

— Nous allons rentrer à Londres dans quelques jours, annonça-t-elle. As-tu pris une décision au sujet de Sorcha ? Souhaites-tu la revoir ?

En dépit de tous ses efforts, elle n'avait pu empêcher sa voix de trembler.

Assis dans un vieux rocking-chair au coin de l'âtre, Flynn semblait démesurément grand. Il darda sur elle un regard pensif.

— Tu avais raison en disant que la petite me ressemblait un peu. L'héritage des MacCormac est visible.

Caitlin retint son souffle. Comme il n'ajoutait rien, elle s'assit sur un petit tabouret de bois, de l'autre côté de la cheminée.

— Je n'arrive pas à croire que ton père savait…, lança-t-il

au bout de quelques instants. Comment a-t-il pu me cacher une chose pareille ? Je l'ai croisé plusieurs fois en ville. Au début, il n'hésitait pas à me narguer, mais, assez vite, il a fait semblant de ne pas me voir. Et dire que ce sont les MacCormac qui passent pour des arrogants ! Ton père nous battait à plate couture !

— Tu sais, il n'agissait de cette façon que pour me protéger. Tu étais… tu étais plus âgé que moi. Il pensait que tu avais profité de la situation, tu comprends.

— Peut-être, mais taire le nom de la ville où tu vivais était une chose, me cacher que tu portais mon enfant en était une autre ! Ah, s'il était encore en vie, je lui dirais…

— Flynn, je t'en prie, dit-elle faiblement.

— Enfin bref… son attitude me laisse vraiment sans voix, c'est tout. Il devait bien imaginer que j'aurais envie de connaître la petite et de jouer mon rôle dans son éducation. Je suppose que, dans son esprit borné, je n'en étais pas digne.

— Franchement, Flynn, je serais incapable de te dire ce qu'il pensait. Je sais juste qu'il était furieux, hors de lui, quand je lui ai dit que j'étais enceinte. D'après lui, c'était une honte pour la famille. Il était très passéiste pour certaines choses : dans son esprit, une fille devait arriver vierge au mariage. Bref, nous n'avons plus eu beaucoup de contacts après mon départ. Je lui ai envoyé des lettres, des photos de Sorcha, mais il répondait rarement. Tout à l'heure, quand Mary a affirmé qu'il était très fier de la petite, je n'en croyais pas mes oreilles. Peut-être a-t-elle simplement dit ça pour me faire plaisir.

— Tu ne le sauras sans doute jamais, trancha durement Flynn. En ce qui me concerne, il est évident que j'ai l'intention de revoir ma fille.

— En es-tu sûr, Flynn ? Tu m'as semblé un peu réservé avec Sorcha tout à l'heure. Ce doit être un choc terrible pour toi. Peut-être as-tu besoin d'un peu de temps pour te faire à cette idée.

— Arrête d'imaginer ce que je peux ressentir, coupa Flynn avec virulence. Tu n'en as pas la moindre idée !

— Dans ce cas, dis-le-moi ! implora Caitlin ! Au moins, ça nous mènerait quelque part ! Tu sais que je ne te forcerai jamais à faire quelque chose que tu ne veux pas faire… y compris reconnaître Sorcha.

— Ecoute, voici ce que nous allons faire : je veux que vous veniez chez moi demain, dans ma maison sur la montagne. On pourra y continuer notre conversation tranquillement. Pour le moment, il faut vraiment que je parte.

— Tu veux parler de cet ancien cottage… Tu l'as finalement acheté ?

Elle se souvint qu'il l'avait emmenée là-bas autrefois. Il avait été intrigué par une annonce immobilière qui vantait les mérites du décor et de la maison : « Des vieilles pierres et une chèvre pour seule résidente. » Tous deux avaient beaucoup ri en découvrant que la chèvre était bien là. D'emblée séduite par le lieu, elle s'était plu à imaginer toutes sortes d'aménagements possibles, pour la maison, et… pour la chèvre !

Flynn ne put s'empêcher de sourire.

— Non seulement je l'ai achetée, mais je l'ai fait rénover aussi.

— Vraiment ? C'est merveilleux ! Et c'est là-bas que tu écris tes livres ?

— Oui.

— J'imagine que l'inspiration doit t'y venir sans peine. Je me souviens d'un lieu extraordinaire.

L'espace d'un instant, Flynn oublia sa colère, oublia que cette femme l'avait quitté en lui cachant sa grossesse. Car les seuls moments de paix et de bonheur qu'il avait connus, c'était auprès de Caitlin. Son innocence et sa capacité à profiter des joies simples de la vie l'avaient ravi à l'époque.

— C'est un très bel endroit, en effet, reconnut-il.

— Et qu'est devenue la chèvre ?

— Je l'ai donnée à un fermier du coin.

— Tu aurais pu la garder, elle ne manquait pas de caractère !

Sentant qu'il risquait de se laisser attendrir, Flynn cessa de sourire.

— Je passerai vous chercher vers 13 heures. Soyez bien couvertes, la météo annonce du froid et du vent.

Il sortit précipitamment de chez Caitlin, résistant à l'envie de la serrer contre lui. C'était bien la dernière chose à faire, étant donné les circonstances. Il devait au contraire garder l'esprit clair pour penser à ce qu'il convenait de faire.

Aussi incroyable que cela puisse paraître, il était devenu père à présent. Il devrait réapprendre à s'occuper d'un enfant, réapprendre à aimer aussi…

Après le départ de Flynn, Caitlin fut assaillie par un flot de questions. Qu'allait-il se passer, à présent que Flynn connaissait la vérité ? Elle pressentait une foule d'épreuves à venir et les redoutait.

Pour commencer, il était clair que Flynn avait l'intention d'assumer son rôle de père auprès de Sorcha. Qu'entendait-il au juste par là ? Elle l'ignorait encore. Mais l'idée qu'il pût exiger une garde conjointe la mettait au supplice : ils ne vivaient pas dans le même pays. Jamais elle ne supporterait de rester séparée de sa fille plus de quelques jours !

Pourtant, si Flynn l'exigeait, elle n'aurait guère le choix.

Quelques heures après le départ de Flynn, sentant Sorcha sensible à l'angoisse qu'elle essayait pourtant de lui cacher, Caitlin se résolut à lui parler.

— Tu te souviens du monsieur qui est venu tout à l'heure ?

— Celui qui s'appelle Flynn ?

—Oui, ma puce. Il faut que je te dise quelque chose qui va beaucoup t'étonner, ma chérie. Tu sais, Flynn n'est pas tout à fait un monsieur comme les autres. Flynn est ton papa.

— Mon papa ?

Les yeux de jade de la petite fille exprimaient à présent la plus complète confusion.

— Mon papa, reprit-elle dans un souffle. Celui avec qui j'ai fait un puzzle ? Mais… je ne savais pas que j'avais un papa.

— Eh bien si, ma chérie. Seulement, quand tu es née, nous n'étions pas ensemble, voilà tout.

— Alors c'est lui mon papa, ce grand monsieur ! Il s'appelle Flynn ?

La petite fille ne semblait toujours pas y croire.

— Flynn MacCormac… oui, mon ange.

— Oh MacCormac ! Dis, maman, c'est le même nom que

les gens qui ont des chevaux ? Tu sais les beaux chevaux de l'autre jour.

— Oui, confirma Caitlin, la gorge serrée.

— Mais maman… il y a quelque chose que je ne comprends pas.

— Quoi donc, mon trésor ?

— Pourquoi vous n'étiez pas ensemble quand je suis née ?

Caitlin baissa les yeux et chercha une réponse appropriée au jeune âge de sa fille. Comment lui présenter une situation si compliquée ? Elle ne le pouvait pas et, pour le moment, Sorcha devrait se contenter d'une explication incomplète.

— Maman, pourquoi tu ne dis plus rien ?

— C'est que c'est un peu compliqué à expliquer, ma puce…

— Peut-être que Flynn ne veut pas d'une petite fille comme moi, déclara alors l'enfant. Il a tout de même attendu très longtemps avant de venir me voir ! Pourquoi, dis, maman ? Pourquoi il a mis tout ce temps, hein ?

Caitlin dut tourner la tête pour cacher ses larmes à sa fille.

Lorsque Flynn arriva, le lendemain, sur le coup de 13 heures, Sorcha l'accueillit avec un sourire intimidé.

— Bonjour, murmura-t-elle.

Sans prendre la peine de saluer Caitlin, Flynn s'accroupit devant l'enfant et lui rendit son sourire.

— Bonjour, Sorcha. Je suis content de te revoir.

La petite fille jeta un regard à sa mère et ajouta :

— Tu sais que je vais avoir quatre ans à mon prochain anniversaire ?

— Je l'ignorais, répondit tranquillement Flynn. Tu es vraiment une grande fille, je trouve.

— Est-ce que tu vas nous emmener chez toi maintenant ? Dans ta maison où il y a des chevaux ?

Flynn lança un regard interrogateur à Caitlin.

— Nous sommes passés devant ta grande maison l'autre jour, sur le chemin de l'aéroport, expliqua-t-elle. La petite m'a demandé à qui appartenaient les chevaux qu'on aperçoit derrière les enclos. Je lui ai dit qu'ils étaient à ta famille.

— Je vois.

Il se releva et posa la main sur le bonnet indigo de la petite fille.

— Je t'emmènerai les voir très bientôt, promit-il. Mais, pour le moment, je vais te montrer ma maison en haut de la montagne. C'est un peu loin, nous ferions donc mieux de monter dans la voiture.

— D'accord, répondit Sorcha.

Flynn prit Sorcha dans les bras et la porta jusqu'à sa Land Rover, car les plaques de verglas qui recouvraient l'allée enneigée rendaient le chemin dangereux.

Le véhicule de Flynn était heureusement conçu pour des conditions de route extrême, car le cottage se trouvait en haut d'une montagne particulièrement difficile l'hiver.

Un refuge idéal pour un homme aussi sauvage et solitaire que lui, songea Caitlin.

Au bout d'un quart d'heure de route à travers bois, ils arrivèrent devant le cottage. L'endroit était encore plus beau que dans le souvenir de Caitlin. Une forêt de vieux chênes blanchis par la neige entourait la maison comme pour mieux la tenir à distance de l'agitation du monde. Là, en plein cœur d'une nature préservée, la qualité du silence était incomparable. L'ensemble ressemblait à une illustration de conte de fées.

Non loin de la demeure, Caitlin aperçut le chemin étroit qui grimpait jusqu'au sommet de la montagne. Elle savait, pour l'avoir gravi par le passé, que de l'autre côté la mer s'offrait au regard à perte de vue, déclinant à l'infini toutes ses gammes de bleus, de verts et de gris.

— Retirez vos manteaux, déclara Flynn en les faisant entrer dans sa maison. Je vais mettre le chauffage en route, mais nous pouvons également faire un bon feu de cheminée. Qu'en dites-vous ?

— C'est une bonne idée, répondit Caitlin.

Flynn n'avait pas dit un mot tout au long du trajet. Il fallait bien reconnaître que la route, bordée par un vertigineux précipice, exigeait du conducteur une concentration sans faille. A présent qu'ils étaient arrivés, Caitlin espérait que la conversation pourrait s'engager.

En dépit de la gravité de la situation, elle se sentait étrangement enthousiaste de retrouver ce lieu que Flynn avait visité avec elle quatre ans auparavant.

L'ancien cottage lui sembla métamorphosé. De toute évidence, Flynn s'était beaucoup investi dans l'aménagement de son refuge. D'importants travaux avaient été réalisés pour le rendre habitable, sans rien lui ôter de son âme.

La maison était à la fois élégante et chaleureuse. Le salon, largement ouvert sur la campagne enneigée grâce à une baie vitrée, semblait abolir la frontière entre l'intérieur et l'extérieur. Devant une robuste cheminée de pierre, deux canapés couleur d'automne se faisaient face. Au sol, d'épais tapis de laine grège rehaussaient les teintes profondes du parquet brut. Des bibliothèques de bois blond tapissaient les murs — ajoutant à la pièce une note studieuse et chaleureuse. A l'extrémité du salon, une véranda projetait sa cage de verre vers l'extérieur, comme pour s'enfoncer dans la forêt. C'était le bureau de Flynn. Caitlin aperçut un nombre impressionnant de livres et de dictionnaires.

Ce lieu lui rappelait tant de souvenirs !

Tandis que Flynn se penchait pour allumer un feu, elle continuait d'explorer le salon du regard. Soudain, son cœur se mit à battre plus fort dans sa poitrine ; elle venait de remarquer les aquarelles qu'elle avait offertes à Flynn pour son anniversaire. Celles-ci étaient de bonne facture, mais fort simples : un paysage forestier, une marine et une représentation stylisée de la falaise de Maiden. Dans l'imposante demeure des MacCormac, ces toiles auraient certainement détonné, mais, là, dans le refuge de Flynn, elles semblaient parfaitement à leur place. Caitlin était bouleversée. Jamais elle n'aurait imaginé qu'il les aurait accrochées dans sa maison, dans ce lieu où il se tenait à distance du monde pour écrire en paix.

— C'est joli, ici !

La petite voix pointue de Sorcha l'arracha à ses pensées. S'efforçant de sourire, elle se pencha sur sa fille pour l'aider à ôter son manteau et ses gants.

— Est-ce que vous avez soif ? s'enquit aimablement Flynn.

— Je peux faire du thé, si tu veux. Comme ça, je te laisse discuter tranquillement avec Sorcha.

Elle avait essayé de parler sur un ton dégagé, mais n'était pas sûre d'y être parvenue. A la vérité, la perspective de laisser sa fille seule avec Flynn, fût-ce pour quelques instants, l'angoissait. Elle savait pourtant le rapprochement inévitable et elle devait faire cela pour Flynn et pour sa fille. Mais elle redoutait l'avenir — le moment où elle devrait partager ce qu'elle avait de plus cher au monde.

— La cuisine est à ta droite, répondit Flynn. Je pense que tu n'auras aucun mal à trouver ce dont tu as besoin. Tu n'as qu'à crier si tu n'y arrives pas. Tu trouveras des jus de fruits dans le réfrigérateur pour Sorcha.

— Parfait ! Je m'en occupe.

Dans les anciens cottages irlandais, la cuisine était traditionnellement le cœur du foyer. Celle de Flynn en avait conservé l'atmosphère : vaste et chaleureuse à la fois. Caitlin n'eut aucun mal à trouver les boîtes de thé alignées sur une étagère de bois. Tout était parfaitement rangé.

Elle remplit la bouilloire et attendit que l'eau frémisse. Le son des voix de Flynn et de Sorcha lui parvenait du salon, l'une grave et profonde, l'autre légère et chantante. En versant l'eau dans la théière, elle songea qu'il était impossible de faire marche arrière. Elle préférait ne pas imaginer le vent de tempête qui allait souffler chez les MacCormac d'ici peu.

— Tu as tout trouvé ?

Caitlin tourna la tête. Flynn la regardait, adossé au cadre de la porte. Il avait retiré sa veste. Vêtu d'un pantalon noir et d'un col roulé assorti, il paraissait plus ténébreux et séduisant que jamais.

— Oui, je te remercie…, répondit-elle en s'efforçant une nouvelle fois de paraître naturelle. Ce que tu as fait de cette maison est tout simplement magnifique.

Il laissa couler son regard sur elle, ce qui eut pour effet immédiat de la faire rougir. Ayant conscience d'être gauche, Caitlin se retourna et reposa nerveusement le couvercle de la théière.

— C'est l'œuvre de l'amour, dit-il au bout d'un moment.

Surprise qu'il décrive ainsi les choses de cette façon, Caitlin renchérit.

— Oui, c'est indéniable.

— Elle est si intelligente... Et elle a un tel vocabulaire pour une enfant de son âge ! C'est assez extraordinaire, je trouve.

Cet étonnant quiproquo laissa Caitlin pantoise. « L'œuvre de l'amour »... c'était donc ainsi qu'il voyait sa petite fille ! Touchée et troublée à la fois, elle avala péniblement sa salive. Puis elle scruta le regard de Flynn, comme pour y chercher une réponse. L'émotion qu'elle crut y déceler lui procura un sentiment confus, mêlé de joie et d'attente.

— Oui, c'est vrai que Sorcha est très vive d'esprit, répondit-elle en souriant. C'est une petite fille gentille, mais elle a une volonté de fer, attention ! Avec son visage d'ange, elle sait mener son monde à la baguette.

— Comme sa mère, si je comprends bien ?

Cette remarque, prononcée d'une voix douce, fit frémir secrètement Caitlin.

— Tu as dit qu'il y avait du jus de fruits ? s'enquit-elle pour faire diversion.

— Oui, dans le réfrigérateur, à ta gauche. Il y a aussi des gâteaux secs dans le placard.

Caitlin ouvrit prestement la porte du garde-manger et, dans sa hâte, fit tomber un paquet de biscuits. Flynn se baissa aussitôt pour le ramasser.

— Nerveuse, on dirait ? fit-il remarquer avec une pointe d'ironie.

— Mais non..., répondit-elle, bien consciente de ne pas être très convaincante.

— Allons prendre le thé. Ça nous fera le plus grand bien.

— Il ne faudra pas partir trop tard, déclara-t-elle tout à trac. Les routes sont affreusement dangereuses, il est plus prudent de ne pas attendre la tombée du jour.

— Tu as déjà envie de partir ?

— Je n'ai pas dit ça ! se récria-t-elle. Je sais que nous avons encore beaucoup de choses à nous dire !

— C'est un doux euphémisme, tu ne crois pas ?

Caitlin disposa la théière, la bouteille de jus d'orange et les biscuits sur un plateau et sortit de la cuisine sans répondre.

Lorsque le thé fut servi, Sorcha se mit à dessiner allongée sur le tapis, devant la cheminée. En l'espace de quelques minutes, la petite fille avait englouti quatre biscuits et bu d'un seul trait son verre d'orangeade. Assis sur le canapé, Flynn observait Caitlin qui buvait à petits coups, l'air songeur. A la lueur des flammes, sa chevelure blonde semblait incendiée d'or et de lumière.

Il avait du mal à croire qu'elle se trouvait chez lui, dans son refuge secret. S'il fermait les yeux, peut-être disparaîtrait-elle ? Ce serait alors la preuve qu'elle n'était qu'une image créée par son imagination malade. Depuis qu'elle l'avait quitté, ce cottage lui-même avait perdu un peu de sa valeur à ses yeux. C'était avec elle que tout avait commencé. Et, malheureusement, c'était sans elle qu'il avait dû continuer.

Pourquoi l'avait-elle traité avec tant de mépris en lui cachant l'existence de Sorcha ? Comment cette femme, au visage si doux, si angélique, avait-elle pu se montrer si cruelle ?

Parviendrait-il à le comprendre un jour ? Il en doutait fortement. Une chose était sûre : depuis son arrivée, il détenait la désagréable impression d'être le jouet du destin.

— Où se trouve la librairie dans laquelle tu travailles ? s'enquit-il, choisissant délibérément un sujet de conversation neutre.

L'enfant chantonnait à côté d'eux et il ne souhaitait pas l'effrayer par une dispute.

— C'est dans le coin de Tottenham Court Road… C'est une librairie assez connue. On y trouve à peu près tout !

— As-tu fait part à ta tante de ton intention de me révéler l'existence de la petite ? ajouta-t-il en baissant d'un ton.

— Oui…, répondit-elle plus bas encore. Nous en avons discuté. Cette perspective l'inquiétait, bien sûr.

— Ça ne m'étonne pas beaucoup ! Ta tante avait dû s'entendre à ce sujet avec ton père.

— Tu te trompes, Flynn, coupa Caitlin. Elle était inquiète, c'est vrai, mais elle m'a pourtant conseillé de te parler, dans l'espoir que ça me guérirait du passé. Tante Marie n'a jamais cherché à couvrir quiconque. Elle a accepté de m'aider, parce qu'elle m'aimait, c'est tout.

— Ce que je constate, c'est qu'aucun d'entre vous, ni ton père, ni ta tante, ni toi, n'a une seule seconde songé à moi.

Cette fois-ci, il avait sensiblement haussé le ton, si bien que Sorcha releva la tête et le dévisagea avec gravité.

Flynn regretta de s'être laissé déborder par ses émotions. Heureusement, la fillette ne paraissait pas effrayée. Elle les regardait l'un et l'autre, d'un air pensif. D'un seul coup, une lueur malicieuse s'alluma dans son regard.

— J'ai envie de faire un bonhomme de neige ! s'écria-t-elle, bondissant sur ses pieds.

L'instant suivant, elle se campa devant Flynn en souriant.

— Dis, tu veux bien m'aider, s'il te plaît ? J'ai envie qu'il soit immense.

Flynn sentit sa colère fondre comme neige au soleil. La proposition spontanée de l'enfant lui faisait immensément plaisir. Il se leva aussitôt.

— Il faut que je te prévienne, ma toute jolie : ça fait des années que je n'en ai pas fait. Il va falloir que tu m'apprennes.

— Ne t'inquiète pas pour ça, répondit Sorcha en glissant sa petite main dans la sienne. Je vais tout t'expliquer.

— N'oublie pas de mettre ton manteau, ton bonnet et tes gants, Sorcha Burns ! lança Caitlin comme père et fille se dirigeaient vers la porte.

Flynn s'arrêta et lui adressa un regard dur, destiné à lui faire comprendre qu'il n'appréciait guère que sa fille ne porte pas son nom.

A l'air déconfit de Caitlin, il comprit qu'il s'était fait comprendre.

5

Le bonhomme de neige était particulièrement réussi, songea Flynn en regardant sa fille planter une carotte au milieu de ce qui devait être le visage.

La petite l'avait surpris par son agilité et son entrain. A aucun moment elle ne s'était plainte du froid. Et Dieu sait qu'elle aurait pu le faire ! Elle battait des mains à présent en riant aux éclats, indifférente au froid mordant de cet après-midi. Manifestement, Sorcha n'éprouvait aucune difficulté à s'adapter aux conditions climatiques rudes de cette région de l'Irlande.

Il se sentit étrangement fier.

Oui, elle avait travaillé dur, amassant la neige pour construire une grosse motte, qu'ils avaient divisée en deux parties pour donner vie au bonhomme.

Flynn ne parvenait pas à se souvenir de la dernière fois qu'il avait fait un bonhomme de neige. En fait, il aurait été incapable de dire s'il avait déjà connu ce plaisir auparavant.

Son enfance avait été solitaire : en dehors de l'école, il ne fréquentait guère d'autres enfants — à l'exception de son frère, Daire, qui lui avait toujours préféré ses propres amis. Aussi Flynn avait-il peu joué dans son jeune âge. Sa solitude avait été peuplée de lectures ainsi que de longues promenades en forêt… ou dans son imaginaire.

Gagné par l'enthousiasme de Sorcha, Flynn alla chercher une brindille qu'il cassa en deux pour faire les yeux. Puis il ôta son écharpe pour la nouer autour du cou du bonhomme.

— Bravo ! Bravo ! s'écria Sorcha. Attends, je vais lui dessiner un sourire.

Du bout de son gant mouillé, la fillette traça un arc de cercle sous la carotte et recula pour mieux admirer le résultat.

— Je n'en ai jamais vu de plus beau, commenta Flynn.

Caitlin sortit alors de la maison pour contempler le résultat.

— C'est magnifique, dit-elle. Il ne lui manque que la parole. Vous pouvez être fiers de vous !

Elle ponctua son compliment d'un sourire si joyeux que Flynn ne put s'empêcher de lui rendre la pareille. Mais il se souvint des souffrances endurées et se rembrunit aussitôt.

— On ferait mieux de rentrer, décréta-t-il. La petite va attraper froid.

D'un geste protecteur, il posa la main sur l'épaule de Sorcha et la guida jusqu'à la maison.

— Je crois que je vais appeler mon bonhomme de neige Tom, comme mon grand-père, déclara la petite fille de sa voix fluette. Pas vrai que c'est une bonne idée, hein, maman ?

— C'est une très bonne idée, ma puce, répondit Caitlin.

Flynn se garda bien de prononcer le moindre commentaire. De toute façon, Caitlin savait très bien ce qu'il pensait de son père.

Lorsqu'ils furent dans la maison, il aida sa fille à retirer son anorak et l'installa devant le feu après l'avoir enroulée dans une couverture.

— Je vais préparer du chocolat chaud, annonça-t-il avant de disparaître dans la cuisine, en évitant soigneusement le regard de Caitlin.

Caitlin regardait avec inquiétude la lumière du jour disparaître derrière les arbres du jardin.

Ils devraient partir très vite s'ils souhaitaient prendre la route, car il n'était pas envisageable d'emprunter le chemin de la corniche dans l'obscurité.

Après avoir dégusté le chocolat chaud préparé par Flynn, Sorcha s'était endormie. Elle reposait à présent en boule sur l'un des canapés. Seules quelques mèches blondes dépassaient de la couverture.

Depuis un certain temps, Flynn s'était éclipsé en cuisine et des effluves délicieux parvenaient à présent jusqu'aux narines de Caitlin.

La perspective de prendre un repas ici lui parut terrifiante. S'ils ne levaient pas le camp immédiatement, Sorcha et elle seraient bloquées pour la nuit. Il était sans doute plus raisonnable de se lever pour lui demander de les raccompagner — quitte à le contrarier. Peut-être avait-il perdu le sens de l'heure ?

Elle était sur le point de le rejoindre dans la cuisine quand Flynn réapparut. Il posa aussitôt son regard sur l'enfant assoupie.

— Ce n'est pas étonnant que la petite se soit endormie, déclara-t-il avec un sourire attendri.

Puis il se tourna vers elle, le regard de nouveau durci.

— Je viens de nous préparer un repas.

Caitlin prit son courage à deux mains.

— Tu sais, je crois que nous ferions mieux…

Mais il ne la laissa pas finir sa phrase.

— Te souviens-tu du nom que les Celtes donnent à cette période de l'année ? demanda-t-il en dardant sur elle un regard pénétrant.

— Non… je ne sais pas… je ne sais plus, répondit-elle, troublée.

— *Anagantios*… « la saison où l'on reste chez soi ».

— Le bon sens à l'état pur, commenta Caitlin. Que faire d'autre par un temps pareil de toute façon ?

Flynn esquissa un sourire.

Caitlin détourna les yeux. La vision de ce sourire, si fugace soit-il, la mettait au supplice. Il lui rappelait une autre époque.

Flynn avait toujours aimé partager sa passion pour la culture celte. Elle l'avait d'ailleurs rencontré pour la première fois cinq ans auparavant, à l'occasion d'une conférence qu'il avait donnée, dans l'une des librairies de la ville, sur le folklore irlandais. A la fin de la soirée, elle avait fait la queue avec les autres auditeurs pour lui poser quelques questions. Il avait fallu pour cela surmonter la timidité qui l'étreignait. Déjà à l'époque, elle connaissait le nom de MacCormac et mesurait l'abîme qui les séparait.

Leurs yeux s'étaient alors rencontrés pour la première fois

et n'avaient pu se détacher. Maladroitement, Caitlin avait posé quelques questions, et une longue conversation s'était engagée.

Les quelques personnes qui attendaient derrière elle avaient fini par quitter les lieux, découragées. Lorsqu'elle avait voulu partir à son tour, Flynn l'avait invitée à prendre un verre le soir suivant. Tout était allé très vite ensuite.

En acceptant ce premier rendez-vous, Caitlin avait songé à la fureur de son père s'il l'apprenait. Mais les instants magiques qu'elle avait vécus avec Flynn, le lien évident qui s'était instantanément établi entre eux, ne pouvaient être mis en balance.

Elle avait découvert ce jour-là que l'amour pouvait naître en un instant, avec la force d'une révélation.

— Vous allez devoir passer la nuit ici, déclara Flynn, l'arrachant subitement à ses pensées. Dans quelques minutes, il fera nuit et il commence à neiger beaucoup. Prendre la route est impossible.

Caitlin sursauta.

— Mais on ne peut pas rester dormir ici !

— Et pourquoi pas ? s'enquit-il, non sans ironie. Tu crains peut-être que j'essaie de profiter de la situation ? Si c'est le cas, laisse-moi te dire que tu te trompes lourdement. Tu penses que je n'ai pas de fierté… après tout ce que tu m'as fait ? Non, ne t'inquiète pas, Caitlin… je suis échaudé, crois-moi.

Les propos de Flynn heurtèrent Caitlin de plein fouet. La colère de ce dernier restait intacte. Elle ne le percevait que trop !

— Je suis désolée de t'avoir blessé, murmura-t-elle. J'ai bien compris que tu ne pourrais jamais me pardonner ce qui s'est passé.

Elle marqua une pause, refoula le sanglot qui lui nouait la gorge et reprit :

— Mais tu m'as fait souffrir, toi aussi. Tu ne t'en rends peut-être pas compte, mais c'est la vérité. Lorsque nous étions ensemble, tu ne m'as jamais laissé l'occasion de m'ouvrir totalement à toi… J'avais parfois le sentiment que tu me tenais à distance. Ce n'était pas facile… Et franchement, aujourd'hui encore, j'ai du mal à comprendre. Tu avais pourtant dû t'apercevoir que j'étais folle de toi, non ? Mais ça ne sert sans doute à rien de dire ça. Ce qui est fait est fait, on ne peut pas revenir en arrière. Nous avons vécu ensemble une belle histoire et j'ai bien conscience d'avoir tout gâché en partant sans crier gare. Depuis quatre ans et demi, je dois assumer tous les jours les conséquences de ma décision. Et… et chaque fois que je regarde Sorcha, je te retrouve… dans son sourire, dans ses yeux. Crois-moi ou non, mais chaque fois qu'elle a franchi une étape importante — ses premiers mots, ses premiers pas —, j'ai regretté que tu ne sois pas là. Tu ne crois pas que je regrette ce que j'ai fait, ce que je t'ai fait ? Parfois, j'ai l'impression de n'être que cela : un amas de regrets.

— En tout cas, tes regrets ne t'ont pas incitée à revenir sur ton choix jusqu'à présent.

— Peut-être, mais…

Il l'interrompit immédiatement.

— Et, comme tu viens justement de le faire remarquer, j'ai manqué les quatre premières années de ma fille. Tu pourras dire ce que tu voudras, on ne peut pas rattraper le temps perdu. Je n'ai pas été là pour la naissance de ma fille, pour ses premiers sourires, pour ses premiers pas. Ce temps, si précieux, tu me l'as volé, Caitlin. Et cela, vois-tu, j'ai beaucoup de mal à l'accepter. Quoi qu'il en soit, vous pouvez passer la nuit ici. Le salon est encore la pièce la plus chaude de la maison et il y a un canapé-lit. J'ai préparé une soupe et je suis en train de faire réchauffer du pain. Nous pouvons aller dîner dans la cuisine. Sorcha n'aura qu'à nous rejoindre lorsqu'elle se réveillera.

Caitlin souffrait infiniment d'entendre les propos sans concession de Flynn, mais l'amertume de ce dernier ne la surprenait guère. Elle était parfaitement consciente de ses torts et regrettait seulement que son ancien amant refuse d'entendre ses explications.

Pour ce qui était de dormir chez lui, en revanche, elle savait qu'il était vain de protester. Il aurait été imprudent de repartir si tard avec la neige, cela ne faisait aucun doute.

— Tu n'as pas faim ? s'enquit Flynn.

Cela faisait dix minutes que Caitlin faisait tourner sa cuiller dans la soupe, sans y toucher.

— Pas très, répondit-elle.

Depuis le début du repas, ils n'avaient pas échangé un

seul mot. Dehors, la neige tombait maintenant à gros flocons, achevant d'étouffer tous les bruits de l'extérieur. Le silence était tel que le simple frôlement des couverts contre les assiettes emplissait la pièce.

Flynn lui-même n'avait guère d'appétit.

Il regarda Caitlin avec intensité. Celle-ci semblait fatiguée. L'ombre bleutée qui cerclait ses beaux yeux clairs et l'opalescence de sa peau le touchèrent. Depuis la mort de son père, elle n'avait sans doute pas beaucoup dormi.

Et pourtant, elle ne lui avait jamais semblé aussi belle. Ces quatre années passées à élever sa fille n'avaient sans doute pas été faciles, mais le temps n'avait pas eu prise sur elle. Au contraire, la maturité présente dans son regard ajoutait encore à son charme.

Il repensa à ses reproches. En l'accusant de l'avoir tenue à distance, elle l'avait blessé. Il se sentait injustement calomnié. Cependant, au fond de lui-même, il savait qu'elle avait raison : il avait peut-être une part de responsabilité dans cette triste histoire, même si rien ne justifiait l'attitude de Caitlin. En lui cachant sa grossesse, elle lui avait infligé un châtiment disproportionné.

Ce soir-là, face à elle, il vivait un véritable supplice. Il regrettait de ne pouvoir la haïr complètement, de se laisser surprendre de temps à autre par un élan de tendresse ou de compassion.

Exaspéré, il se recula d'un seul coup, faisant grincer sa chaise sur le sol de la cuisine.

Caitlin sursauta.

— Puisque nous n'avons pas très faim, je ferais aussi bien de nous préparer une infusion, grommela-t-il en se levant.

— Je veux bien, répondit Caitlin. Et puis, je crois qu'il faudrait tout de même qu'on discute un peu de la situation.

— Je t'écoute.

— Eh bien, tu n'as pas dit ce que tu comptais faire vis-à-vis de Sorcha.

— Qu'entends-tu par là ?

— Pour commencer, je me demandais à quel rythme tu envisageais de la voir lorsque je serai rentrée à Londres.

Puisque nous sommes coincés ici pour la nuit, autant essayer de trouver un arrangement.

Flynn prit le temps de remplir la bouilloire et de la poser sur le feu avant de répondre à Caitlin.

— J'y ai réfléchi, figure-toi.

— Bien…, répondit Caitlin avec une nervosité évidente. Et puis-je savoir ce que tu en penses ?

— Je ne vois pas comment on pourrait trouver une solution acceptable, moi habitant ici, toi en Angleterre.

— Il le faudra bien pourtant…

Flynn hocha la tête.

— Non. Me contenter d'une visite par mois ne suffira pas. Et je ne vois pas comment faire mieux en habitant dans des pays différents. La seule solution, c'est que vous reveniez toutes les deux habiter en Irlande.

Caitlin poussa une exclamation étouffée.

— Manifestement, cette idée ne t'a pas traversé l'esprit, commenta-t-il. La perspective de rentrer te déplaît donc à ce point ?

— Ce n'est pas le problème, répondit Caitlin. Tu ne te rends peut-être pas compte, mais les choses ne sont pas aussi simples que cela. Il ne suffit pas de claquer des doigts, Flynn. J'ai construit notre vie à Londres. J'ai un travail, un foyer. Sorcha aime énormément ma tante. C'est sa seule famille, avec moi. Je ne peux pas tout chambouler d'un seul coup.

— Même si c'est ce qu'il y a de mieux pour Sorcha ?

— Qui te permet de juger de ce qui est le mieux pour elle ? Je te trouve bien sûr de toi. Je ne suis pas toujours sûre, moi-même, de savoir ce qu'il y a de mieux. En devenant parent, vois-tu, on apprend à douter.

Flynn garda le silence.

— Je veux bien y réfléchir…, poursuivit-elle. Mais, pour le moment, je ne peux rien te promettre.

— As-tu oublié qui je suis, Caitlin ? Pense un peu à tout ce que je pourrais offrir à cette enfant. Sa vie ici serait beaucoup plus facile, beaucoup plus stable… tu ne vas tout de même pas lui refuser cette chance ?

— Je souhaite ce qu'il y a de mieux pour mon enfant, mais je dois aussi penser à moi, Flynn !

— Et alors ? Peux-tu m'expliquer en quoi ton sort est enviable ? Tu es une mère célibataire. Tu vis dans une grande ville au beau milieu de l'indifférence générale. Et tu boucles tant bien que mal tes fins de mois en bossant dans une librairie. Tu ne vas pas me faire croire que c'est la panacée ?

Tout en prononçant ces paroles, Flynn sentit son cœur se serrer. Bien qu'il n'ait pas l'intention de pardonner à Caitlin, il lui reconnaissait néanmoins un certain courage.

— Je t'ai dit que j'avais l'intention d'assumer pleinement ma paternité. Dans mon esprit, il est évident que je vais également subvenir à ses besoins, et aux tiens puisque tu es sa mère.

— Tu veux plutôt dire que tu vas m'aider à subvenir à ses besoins ?

Caitlin le dévisageait avec angoisse.

— Je suis prête à accepter de partager les responsabilités avec toi, poursuivit-elle, mais je tiens à préserver mon indépendance. J'ai l'habitude de travailler, de prendre les choses en main. Je n'envisage pas d'être sous la tutelle de quiconque. D'après toi, revenir habiter ici est la seule solution. Ce n'est pas si simple pour moi. Les offres d'emploi sont très rares dans la région et j'aime mon travail à la librairie. Je n'ai pas l'intention de te laisser prendre toutes les décisions… et régenter nos vies.

— Je ne cherche pas à régenter quoi que ce soit ! Moi aussi je fais partie de la famille de Sorcha, au même titre que toi… ou que ta tante ! Si Sorcha vit ici, sa vie sera plus facile qu'à Londres. Pardonne-moi si je présente les choses de manière un peu brutale, mais est-ce si difficile que cela de choisir entre la richesse et la pauvreté ?

Il s'arrêta quelques secondes et soupira profondément.

— La solution la plus sage serait que vous vous installiez toutes les deux à Oak Grove. Je ne vois pas comment vous pourriez habiter dans la maison de ton père. Cet endroit est laissé à l'abandon depuis des années ! Je n'ai pas envie que ma fille habite un pareil taudis !

Caitlin bondit sur ses pieds. Cette fois, c'en était trop.

— Comment oses-tu ? s'enflamma-t-elle. Je ne te permets

pas de dire que la maison est un taudis ! Mon père a peut-être négligé l'entretien ces dernières années, mais il n'avait pas beaucoup d'argent. Je suppose aussi qu'après la mort de ma mère et mon départ en Angleterre, il n'avait plus très envie de faire des efforts pour la maison. Nous étions peut-être pauvres — ce qui est manifestement une véritable calamité à tes yeux—, mais mes parents étaient des gens honnêtes et travailleurs. Papa a fait de son mieux, avec ses ressources. Il n'y a rien de honteux à cela et je ne supporte pas que tu regardes de haut la maison où j'ai grandi ! Alors ne t'avise plus de prendre un air supérieur parce que tu es né dans une famille fortunée et moi pas !

— Oh par pitié ! s'exclama Flynn. J'ai l'impression d'entendre ton père ! Il avait un sacré problème avec la richesse, lui aussi !

— Ça, c'est ta vision des choses ! Je te trouve hautain et imbu de ta personne.

— J'ignore ce que vaut ma vision des choses, et il ne s'agit pas d'être hautain mais réaliste.

— C'est faux ! Tes propos sont condescendants !

— Caitlin, bon sang : arrête d'être sur la défensive et sois raisonnable ! Quel que soit ton point de vue, il est évident que Sorcha serait bien mieux ici qu'à Londres où tu gagnes tout juste de quoi la nourrir convenablement.

— Tu exagères ! Nous sommes loin de vivre dans la misère. Certes, je ne gagne pas une fortune, mais j'ai un vrai travail. Avec l'aide de ma tante, je parviens à me débrouiller.

— Avec l'aide de ta tante, oui. C'est elle qui vous entretient en somme. Franchement, tu appelles ça une situation stable ?

— Sorcha est aimée ! s'écria Caitlin. C'est ce que j'appelle une situation stable. La petite est épanouie et heureuse. Nous lui apportons toute la sécurité dont elle a besoin et plus encore ! Ma fille n'a jamais manqué ni d'attention ni d'affection... mais ça, ça vous dépasse dans ta famille !

— Oh, je te déconseille de t'aventurer sur ce terrain-là, rétorqua Flynn avec sévérité. A qui la faute si je n'ai pas eu l'occasion d'aimer ma fille jusqu'à présent ? J'ignorais encore son existence il y a deux jours ! J'ai encore du mal à croire que tu aies osé me faire une chose pareille ! Alors, je t'en prie, cesse de monter sur tes grands chevaux pour me donner des leçons. Tu n'es pas en position de le faire.

Caitlin se sentit blêmir. Si la suffisance de Flynn l'avait mise hors d'elle, la situation, en effet, ne lui permettait pas de lui adresser la moindre remarque.

Il était en position de force et le savait.

— Je suis désolée, murmura-t-elle, défaite.

— Encore ce mot…

Lui pardonnerait-il un jour ? Caitlin cherchait désespérément une réponse dans les yeux de Flynn, mais elle n'y lut que tristesse et incompréhension.

— Laisse-moi le temps de réfléchir à ta proposition. Je…

— Maman !

Le cri effrayé de sa fille en provenance du salon l'arrêta net.

Flynn se précipita avant elle. Ils trouvèrent Sorcha, assise en boule sur le canapé, au milieu des couvertures. Son visage était inondé de larmes.

— Maman est là, ma chérie ! Que se passe-t-il ? Tu as fait un cauchemar ?

Caitlin s'installa sur le canapé et prit sa fille dans les bras.

— Là, ma puce, c'est fini… tout va bien.

— J'ai… j'ai rêvé que tu partais et que… et que tu ne revenais plus jamais, hoqueta Sorcha. Comme… comme mon papa a fait !

Caitlin ne put s'empêcher de regarder Flynn. Celui-ci paraissait dévasté. Rongée par la culpabilité, Caitlin dut se faire violence pour ne pas pleurer. Que pouvait-elle dire pour apaiser sa fille… et pour apaiser Flynn aussi ?

— Ne t'inquiète pas, mon ange. Maman ne t'abandonnera jamais. J'étais juste dans la pièce d'à côté avec… avec ton papa.

Flynn s'accroupit devant Sorcha et repoussa les cheveux qui étaient collés au petit visage. Il faisait un effort évident pour sourire, mais paraissait vivement ému.

— Sèche tes larmes, ma toute belle, dit-il tendrement. Tu sais quoi ? Je n'ai pas l'intention d'aller où que ce soit sans toi. Ça, je te le promets. Et je ne suis jamais parti. Je ne savais pas que tu existais, c'est tout.

Dans les bras de Caitlin, Sorcha se mit à respirer plus

calmement. Peu à peu, ses larmes se tarirent. Elle tourna alors la tête vers Flynn.

— On va continuer de se voir, alors ?

— Bien sûr, princesse, répondit Flynn d'une voix enrouée.

— Tu veux dire que tu seras vraiment mon papa — mon papa pour toujours ?

6

Cette nuit-là, Flynn ne put trouver le sommeil. Il se tourna et se retourna dans son lit, en proie à la plus vive agitation. Le petit visage de Sorcha l'avait hanté durant ces longues heures nocturnes. Jamais il n'oublierait l'expression de la petite fille lorsqu'elle lui avait demandé s'il serait toujours son papa. La facilité avec laquelle elle l'avait intégré à son existence relevait du miracle.

Pour Flynn, toutefois, la situation était beaucoup plus complexe. S'il désirait plus que tout jouer son rôle de père, il redoutait que Caitlin ne revienne tôt ou tard sur sa décision. Que pourrait-il faire si un jour elle disparaissait de nouveau ? Il avait déjà tant souffert en perdant Danny. Il ne supporterait jamais de revivre une épreuve aussi cruelle.

La nuit semblait peuplée des fantômes du passé. Les visages de Danny et de Sorcha dansaient devant ses yeux, finissant par se confondre. Etouffant un cri de rage, Flynn se releva d'un seul coup et alluma la lumière. La température de la pièce était si froide qu'il se mit à trembler. Quelle heure pouvait-il bien être ? Il jeta un coup d'œil furtif à son réveil.

6 heures.

Au dehors, il faisait encore nuit noire. Il avait espéré apercevoir les premières lueurs de l'aube, afin d'y puiser quelque force, mais ne pouvait même pas compter sur ce réconfort.

Il ne voulait pas rester dans cette pièce hantée par ses propres démons.

Mais où aller ? Caitlin et Sorcha dormaient dans le salon et il ne souhaitait pas les déranger. D'ailleurs, il préférait ne pas songer à Caitlin en cet instant. Tout au long de la journée précédente, il avait pu mesurer à quel point il la désirait encore.

Seigneur ! Il avait besoin d'un café.

Sans doute lui était-il possible de se glisser discrètement jusqu'à la cuisine. Plus tard, lorsque Caitlin serait réveillée, il aurait une conversation sérieuse avec elle au sujet de l'avenir de Sorcha. La nuit passée avait apporté son lot de tourments, mais il y voyait plus clair à présent. Il savait exactement ce qu'il désirait, même s'il n'était pas sûr d'en comprendre les raisons profondes.

— J'ai réfléchi à ta proposition, déclara Caitlin. Tu sais, quand tu m'as parlé de venir m'installer chez toi avec Sorcha.

Flynn reposa immédiatement sa tasse — la troisième depuis le début de la matinée— et dévisagea Caitlin avec une extrême attention.

— Et ?

— Eh bien, j'ai décidé d'accepter…

Flynn sentit toute la tension accumulée la nuit précédente disparaître d'un seul coup.

— Puis-je connaître les raisons de cette décision ? s'enquit-il doucement.

— Tout ce que tu as dit hier, je suppose. Ce n'est que justice que tu aies l'occasion de connaître Sorcha… et réciproquement. La seule chose…

— Quoi donc ?

— Es-tu sûr que c'est ce que tu souhaites ?

— J'en suis certain. Et puisque tu es d'accord, rien ne t'empêche d'emménager à Oak Grove aujourd'hui.

— Aujourd'hui ?

— Pourquoi pas ? Le plus tôt sera le mieux en ce qui me concerne.

— Ce n'est pas possible aujourd'hui.

Il y avait une pointe d'appréhension dans la voix de Caitlin, et Flynn se demanda si elle n'avait pas changé d'avis. L'instant suivant, il fut pleinement rassuré.

— Je dois encore faire le tri dans les affaires de mon père.

Je vais me débarrasser de la plupart des meubles. Et puis il faudra que je fasse un ménage complet avant de rendre les clés au propriétaire. Ensuite…

Flynn l'interrompit aussitôt.

— Tu veux dire que ton père n'était pas propriétaire de sa maison ?

— Bien sûr que non, soupira Caitlin. Mes parents n'avaient pas les moyens de rembourser un emprunt. Travailler la terre ne rapporte pas grand-chose, tu sais… Non, mon père louait le cottage à Ted MacNamara. Ce dernier m'a dit après l'enterrement que je pouvais y rester aussi longtemps que je le souhaitais, mais il sait bien que je n'ai pas l'intention de m'y éterniser.

Caitlin prit une gorgée de café, reposa la tasse, mais garda la tête penchée. Si son père avait possédé le vieux cottage, cela aurait fait un modeste bas de laine pour Sorcha et elle. Mais il était inutile de se lamenter sur le passé.

Elle n'avait guère dormi dans le salon de Flynn. Elle avait pensé toute la nuit à sa proposition, pesé le pour et le contre et décidé finalement que c'était sans doute la meilleure solution pour Sorcha et pour Flynn. Elle préférait ne pas songer à son propre intérêt.

— Tu as pris la bonne décision, décréta ce dernier.

— Il faudra tout de même que j'aille à Londres avec la petite pour récupérer nos affaires.

— J'y ai réfléchi aussi et je pense que je vous accompagnerai. Je veux être sûr que tu ne changeras pas d'avis au dernier moment et que Sorcha ne s'imaginera pas que je l'ai abandonnée.

Caitlin, qui ne s'était pas attendue à une telle défiance, reçut de plein fouet les propos de Flynn. Elle souffrait de la piètre estime dans laquelle il la tenait mais était ébahie de voir à quel point il s'était attaché à sa fille. Il devait réellement prendre son rôle de père à cœur pour les accompagner à Londres, alors qu'il avait sans doute un emploi du temps extrêmement chargé. Elle commençait à apercevoir des aspects de sa personnalité qu'il lui avait toujours cachés jusqu'à présent.

— J'ai maintenant pris ma décision, je ne changerai plus d'avis. Et je ne laisserai jamais Sorcha croire que tu l'as abandonnée. Je ne lui mentirai pas. Puisque nous sommes en plein dans le sujet, laisse-moi te dire que je ne suis pas très rassurée à l'idée d'emménager à Oak Grove. Qu'est-ce que ta famille va penser d'un tel arrangement ? Et surtout que diront-ils en apprenant l'existence de Sorcha ?

— Leur opinion importe peu : Oak Grove m'appartient — c'est moi qui y habite, pas mes parents. C'est donc à moi de décider. Maintenant, si tu as terminé ton petit déjeuner, nous ferions mieux de réveiller la petite et de nous préparer doucement à partir. Il ne neige plus pour le moment, autant en profiter pour redescendre.

Il fut finalement décidé que Caitlin et Sorcha ne s'installeraient à Oak Grove que le lendemain. Le reste de la journée, dès que Flynn les eut déposées chez elles, fut occupé à ranger la maison. Caitlin n'était pas mécontente de se retrouver seule avant de s'installer officiellement chez Flynn. Elle avait besoin de temps pour s'habituer à cette idée. Sa vie prenait subitement un tour inattendu et, bien qu'elle fût en accord avec sa décision, elle savait pertinemment qu'elle se sentirait toujours comme une intruse chez Flynn.

Elle n'avait accepté que pour Sorcha, et pour elle seule.

Certes, elle aimait encore Flynn. Mais vivre à ses côtés alors qu'il lui vouait une haine tenace la mettait au désespoir. Saurait-elle puiser les forces nécessaires pour affronter cette nouvelle vie ? Elle ne pouvait que l'espérer, sans certitude aucune. De plus, la famille de Flynn finirait tôt ou tard par venir. La perspective de devoir faire face à la redoutable Estelle MacCormac ne la réjouissait guère. Elle n'était pas prête à oublier que cette femme l'avait crue prête à tout pour « mettre le grappin » sur son fils.

Le lendemain, la température s'éleva de quelques degrés et la neige qui recouvrait la campagne depuis quelques jours commença à fondre.

Après avoir donné son petit déjeuner à Sorcha, Caitlin déposa les dernières affaires de son père devant la maison. Le père O'Brien avait promis d'envoyer quelqu'un les chercher dans le courant de la journée.

Lorsqu'il ne lui resta plus rien à faire, elle contempla le modeste jardin avec tristesse. « Et voilà, tout a une fin », songea-t-elle. C'était ici qu'elle avait grandi et dans moins d'une heure elle rendrait les clés au propriétaire. En songeant à la solitude de son père, à leur dispute, aux nombreux malentendus, elle sentit les larmes lui monter aux yeux.

Une nouvelle vie commençait. C'était un grand saut dans l'inconnu. Comment la cohabitation avec Flynn allait-elle se passer ? Avait-elle pris la bonne décision ? Tant de questions demeuraient sans réponses.

La vie à Londres avait fait d'elle une femme forte, pleine de ressources. Son rôle de mère célibataire l'avait durablement endurcie et elle se sentait fière d'avoir construit une vie solide, seule avec sa tante.

Aussi, en remettant son destin, et celui de sa fille, entre les mains de Flynn, se sentait-elle étrangement dépossédée.

Ses vieilles valises d'un vert passé détonnaient curieusement dans l'élégant salon de Flynn, songea Caitlin avec un sourire ironique.

— Oh, que c'est joli ici ! s'écria joyeusement Sorcha en ouvrant de grands yeux émerveillés. Je crois bien que c'est la plus grande maison du monde.

— Tu es ici chez toi, Sorcha, déclara Flynn avec chaleur. N'hésite pas à explorer le rez-de-chaussée si tu veux. Je te montrerai l'étage tout à l'heure.

— Chic alors, répondit Sorcha qui commença timidement son exploration en faisant le tour de la pièce.

Au bout de quelques minutes, la petite fille avait oublié toute réserve. Elle sautillait d'une pièce à l'autre, en poussant, de temps à autre, des petits cris enthousiastes.

— Tu ne veux pas retirer ton manteau, Caitlin ?

Flynn la dévisageait avec attention.

Il portait une tenue à la fois décontractée et élégante. Inutile d'être un expert pour s'apercevoir que le pull en cachemire chocolat et le pantalon en laine venaient d'une excellente maison, s'avisa Caitlin en songeant au jean et au vieux pull à torsades qu'elle portait.

Le soleil pâle qui entrait par la fenêtre illuminait la chevelure brune de Flynn et faisait ressortir le vert intense de ses yeux. Engoncée dans son duffle-coat, Caitlin se sentit presque gamine à côté de lui. Pas étonnant qu'elle fût tombée sous le charme de Flynn quatre ans et demi auparavant. Cet homme avait de quoi rendre folle n'importe quelle femme !

— Je vais retirer mon manteau dans quelques minutes, dit-elle en s'approchant de la cheminée. J'ai encore un peu froid.

— C'est un miracle que vous n'ayez pas attrapé une pneumonie dans la maison de ton père. Vous auriez dû venir hier.

— Je t'ai expliqué que j'avais des choses à faire : beaucoup de rangement et de classement. En fait, il y a même des objets que j'ai dû laisser, parce qu'ils n'intéresseront personne, pas même les ventes de charité.

— Si tu veux en récupérer quelques-uns, n'hésite pas à me le dire, offrit Flynn. Je trouverai un endroit où les ranger.

Cette proposition surprit Caitlin.

— C'est très gentil de ta part, mais ça ne sera pas nécessaire. Et puis, je ne suis pas particulièrement sentimentale avec les objets.

Flynn remarqua non sans inquiétude que Caitlin paraissait épuisée. Une fois de plus, il dut lutter contre l'élan de tendresse qui s'emparait de lui. Il devait se méfier d'elle—et de lui-même. Avec tout ce que les femmes lui avaient fait endurer, s'il ne comprenait pas qu'il ne fallait pas leur faire confiance, son cas était désespéré !

La mythologie celtique offrait une multitude d'exemples de la trahison féminine. S'il voulait se protéger contre une nouvelle déception, il ne devait pas baisser sa garde en présence de Caitlin. Non, il ne commettrait pas la même erreur deux fois.

— Je vais monter les valises dans vos chambres, déclara-t-il. Je pense que vous y serez confortablement installées.

Il était presque sorti de la pièce, quand la voix de Caitlin l'arrêta.

— Flynn ?

— Oui ?

— Te rends-tu compte à quel point tout ceci est difficile pour moi ?

— Sans doute, mais tu l'as accepté.

— C'est vrai, mais ce n'est pas tant le fait de m'installer à Oak Grove que de partager ton quotidien, alors que tu me détestes, qui me semble difficile. Comment pourrons-nous rendre la petite heureuse si nous ne parvenons pas à être amis ?

Flynn ferma les yeux un instant puis les rouvrit.

— Nous finirons bien par trouver un *modus vivendi*. Et, contrairement à ce que tu crois, je ne suis pas ton ennemi, dit-il avec une froideur qui démentait quasiment le propos. J'ai envie que tu te sentes la bienvenue chez moi.

— Ce n'est pas si simple.

— Je n'ai pas jamais dit que ce serait simple. Efforçons-nous de garder la tête froide, ce sera déjà bien. Pour ce qui est de devenir amis ou non, ce n'est pas le plus urgent à mon sens. Nous devons faire passer l'intérêt de Sorcha avant le nôtre et l'aider à s'habituer à sa nouvelle vie. Après… nous verrons. Nul ne peut prédire l'avenir.

Sur ces paroles, il souleva les valises et disparut dans le vestibule. Caitlin ne le suivit pas. Elle s'était promis de rester forte, mais la distance à laquelle Flynn la tenait, le détachement dont il faisait preuve la blessait profondément. Des larmes coulèrent sur ses joues. Lorsqu'elle entendit de nouveau le pas de Flynn dans l'entrée, elle eut tout juste le temps de les effacer.

— Ça y est, j'ai déposé vos valises, annonça-t-il calmement. Vous êtes ici chez vous.

« Chez nous ? » releva intérieurement Caitlin. L'expression aurait pu la faire sourire, si la situation n'avait pas été si grave.

Avait-il remarqué qu'elle avait pleuré ? Si tel était le cas, il n'en laissa rien paraître.

— Dis-moi, Caitlin ? ajouta-t-il, je voulais te dire que…

Un coup sec frappé à la porte l'interrompit. En quelques enjambées, il alla ouvrir.

— Oh, c'est vous Bridie, déclara-t-il sur un ton jovial, venez, je vous en prie.

Une femme d'une cinquantaine d'années au visage épanoui entra.

— Je voulais justement vous présenter Caitlin... Caitlin, je te présente la gouvernante de Oak Grove — Bridie Molloy.

Caitlin serra la main de Bridie en souriant. Le regard de cette dernière était franc et bon. Cette femme respirait la gentillesse et la tolérance, et Caitlin se réjouit d'avoir trouvé en elle une présence adulte amicale.

La précédente gouvernante, celle qui officiait à l'époque où Caitlin sortait avec Flynn, était un personnage bien plus inquiétant. Elle ressemblait singulièrement au personnage de la gouvernante dans le film d'Hitchcock, *Rebecca*, adapté du roman de Daphné Du Maurier. Flynn se moquait souvent de la terreur qu'elle inspirait à Caitlin. A la longue, c'était devenu un sujet de plaisanterie entre eux. Il lui avait même révélé que, lorsqu'ils étaient enfants, son frère et lui l'avaient surnommée « la sorcière ». Un surnom bien mérité.

Fort heureusement, Bridie ne pouvait pas être comparée à l'ancien cerbère !

— J'ai appris pour votre père, déclara gentiment la gouvernante. Je suis désolée pour vous. Ça ne doit pas être facile de rentrer au pays dans des conditions pareilles.

— Non, c'est vrai, répondit Caitlin avec reconnaissance.

A ce moment-là, Sorcha fit irruption dans la pièce.

— Maman ! Qu'est-ce que c'est beau ici ! Et c'est grand, mais grand ! On dirait un château. Tu crois qu'il y a un roi et une reine ? Ce serait rigolo.

En apercevant Bridie, la fillette s'arrêta net, sa timidité reprenant le dessus.

La gouvernante lui adressa un large sourire.

— Je me demande qui peut être cette charmante petite fille, dit-elle. Mais voyons... si cet endroit est un château, je suppose qu'il s'agit alors de la petite princesse... Vous ne pensez pas comme moi, monsieur MacCormac ?

— Je suis entièrement d'accord avec vous, Bridie. Cette petite jeune fille est bien la princesse de ces lieux, répondit Flynn en souriant à son tour.

— Sorcha, dis bonjour à Bridie, recommanda Caitlin.

— Bonjour Bridie, dit Sorcha en tendant sa main d'un air solennel.

Bridie s'agenouilla devant l'enfant pour se mettre au même niveau, puis serra la petite main.

— Je suis ravie de faire votre connaissance, petite princesse. Est-ce que sa majesté aimerait faire un petit tour du palais en ma compagnie ? Et lorsque nous aurons terminé, nous irons dans la cuisine. Qui sait ? Un gâteau pourrait sortir du four, comme par enchantement.

— Oh oui ! s'exclama Sorcha en battant des mains. C'est une bonne idée. Dis, je peux, maman ?

— Oui, ma puce, vas-y et sois bien polie avec Bridie.

Caitlin déposa un baiser sur le front de sa fille et la laissa partir, un peu à contrecœur. Elle avait instinctivement confiance en la gouvernante, mais la perspective de se retrouver de nouveau seule avec Flynn l'angoissait.

— Mme Molloy a l'air charmante, commenta-t-elle lorsque Bridie eut emmené Sorcha.

Flynn acquiesça.

— Après Peg Donovan, c'est sûr que Bridie est une vraie bouffée d'air frais !

— Et qu'est devenue Mme Donovan ? Elle n'est tout de même pas… euh, morte ?

— Morte ? reprit Flynn avec une pointe d'amusement. Non… rien de si tragique, même si la mort n'est pas étrangère à tout cela !

— Tout cela est bien mystérieux. Que s'est-il passé ?

— Eh bien, notre brave Peg Donovan est tombée amoureuse d'un croque-mort qui passait ses vacances dans la région. Le vrai coup de foudre !

— Non !

— Si ! Elle l'a épousé et suivi à Dublin où j'imagine qu'elle vit toujours. Nous étions stupéfaits quand ça s'est passé. Qui aurait pu croire que Mme Donovan avait un cœur ? Ce croque-mort devait être homme à aimer le danger ! Il faut dire qu'en travaillant dans les cimetières il était habitué aux apparitions terrifiantes !

Caitlin ne put s'empêcher d'éclater de rire. Le plaisir évident de Flynn à raconter cette histoire inattendue ajoutait encore à sa gaieté. Lui-même se mit à sourire.

Mais cet instant de complicité s'arrêta brusquement au bout de quelques instants, comme si ce rire partagé avait réveillé en eux d'anciens souvenirs. Des souvenirs déplacés qu'il était sans doute préférable de garder dans l'ombre.

Caitlin se racla discrètement la gorge.

— Tu ne voulais pas me dire quelque chose au moment où Bridie est entrée ?

— Si… j'ai repensé à ce que tu m'as dit hier au sujet de ton indépendance. Et tu as raison, il n'y a pas beaucoup d'emplois intéressants dans la région. Du coup, je me suis demandé si tu accepterais de m'aider de temps à autre pour les tâches administratives du domaine.

— Travailler avec toi ?

— C'est exact. Tu sais qu'en plus d'écrire je gère la propriété. Les MacCormac possèdent beaucoup d'exploitations agricoles dans la région. Nous avons des gérants qui se chargent d'organiser le travail sur les exploitations, mais je suis tenu de centraliser l'ensemble des informations. Et puis, c'est à moi de prendre les décisions. Beaucoup de gens pensent que c'est une sinécure. C'est loin d'être le cas et je te garantis que j'ai parfois beaucoup de pain sur la planche. Bref, je te paierai.

Caitlin hésitait.

— Je ne sais pas, c'est une offre généreuse, mais c'est peut-être un peu embarrassant.

— Et pourquoi cela ? Je trouve que c'est au contraire un excellent moyen de préserver ton indépendance. Et puis j'imagine que tu as pris goût au travail durant ces dernières années. Ainsi, ta vie serait un peu moins « chamboulée », non ? Alors, qu'en penses-tu ?

Caitlin n'en croyait pas ses oreilles. Jamais elle n'aurait osé espérer une telle proposition.

— Tu es sérieux ?

— Je suis parfaitement sérieux, crois-moi. Il te suffira de jeter un coup d'œil à la pile de courrier en attente sur mon bureau pour comprendre que je suis loin de plaisanter.

— Quand veux-tu que je commence ? Et comment ferai-je avec Sorcha ?

— Prends un ou deux jours pour t'installer tranquillement. J'en parlerai à Bridie. La connaissant, je suis sûr qu'elle sera ravie de garder la petite pendant que tu travailleras.

— Très bien. Dans ce cas, j'accepte ton offre avec joie. Merci beaucoup.

7

La soirée était déjà bien avancée et Flynn travaillait dans son bureau. Il devait rendre un manuscrit à son éditeur un mois plus tard, mais peinait à se concentrer. D'ordinaire, son esprit était accaparé par le sujet du chapitre. Mais ce soir-là, les stratégies de chefs celtes à l'approche de l'ennemi n'avaient pas le même attrait qu'à l'accoutumée.

Depuis une semaine, Caitlin et Sorcha avaient emménagé, et son degré de concentration n'était plus le même. En l'espace de quelques jours, sa vie avait été totalement bouleversée. Tout s'était passé si vite qu'il lui semblait parfois difficile de recouvrer ses esprits.

Dans la journée, il entendait à intervalles réguliers le rire de sa fille et la voix calme de sa mère. Chaque fois, il relevait la tête et prêtait l'oreille, aux aguets.

Les portes, pourtant taillées dans un bois épais, ne parvenaient pas à étouffer complètement ces sons.

Il ne le regrettait pas, bien au contraire.

Il lui arrivait fréquemment d'entrouvrir la porte de son bureau pour mieux entendre cette douce musique enfantine qui lui ravissait le cœur.

En dépit du vent et du froid, Caitlin proposait chaque jour de longues promenades à sa fille. Si Flynn n'avait pas connu son goût pour le grand air, il aurait admiré son sens du sacrifice. Mais Caitlin avait toujours été une amoureuse de la nature, comme lui. C'était l'un de ses nombreux charmes et l'une des raisons de son attirance pour elle.

La petite fille, quant à elle, profitait pleinement de la vie.

Heureuse et gaie comme un pinson, elle ajoutait à la demeure le supplément d'âme qui lui avait toujours manqué.

Soucieux d'accueillir le mieux possible Caitlin et la petite chez lui, Flynn avait demandé à Bridie de servir le repas dans ses appartements privés, au premier étage. La salle à manger y était plus intime qu'au rez-de-chaussée et il ne souhaitait pas effaroucher Caitlin avec un cadre trop intimidant.

Non, il voulait que la jeune femme se sentît chez elle.

Après le dîner, il aimait consacrer du temps à Sorcha : jouer un peu avec elle, lui lire des histoires. A la vérité, il y prenait autant de plaisir qu'elle, si ce n'était davantage.

Lorsque l'enfant était couchée, tout devenait soudain plus difficile. Il se retirait dans son bureau pour travailler. Cette situation présentait l'avantage de lui épargner un tête-à-tête douloureux avec Caitlin. Malgré cela, il devait engager un rude combat contre lui-même pour rester concentré. Il savait très bien qu'elle était restée dans le salon, occupée à lire près de la cheminée.

En dépit de la rancœur qu'il nourrissait encore et toujours, le désir le rongeait chaque soir un peu plus. Les yeux rivés sur l'écran de son ordinateur, incapable de penser, incapable d'écrire ni même de se relire, il détenait l'étrange impression de se transformer en statue de pierre.

Une chose importait plus que toutes les autres : c'était que Caitlin s'habitue le plus vite possible à sa nouvelle vie. Dans le cas contraire, il ne supporterait pas de la voir partir avec Sorcha. Il espérait donc que la jeune femme oublierait peu à peu les attraits de son ancienne vie à Londres. Après tout, comme il le lui avait dit, était-ce si difficile de choisir entre la pauvreté et la richesse ?

Peu convaincu par son propre raisonnement, il éteignit son ordinateur et s'étira. Il était tard. Caitlin avait dû regagner sa chambre à présent. Du moins, il l'espérait. L'espérait-il vraiment ? « Menteur ! » se morigéna-t-il, car il n'attendait qu'une chose en entrant dans le salon : la retrouver à la même place dans le gros fauteuil en cuir.

— C'est un bon livre ? J'imagine que c'est le cas si tu veilles si tard pour le lire.

S'arrachant au récit des aventures et des amours perdus du peuple celte, Caitlin leva les yeux vers Flynn, un peu hagarde.

Son père lui avait maintes fois reproché d'avoir un pied dans le monde réel, l'autre dans son imaginaire. Sans doute avait-il raison sur ce point.

Mais était-ce un mal ? Elle l'ignorait et ne s'en portait pas plus mal.

Enfant, elle n'aimait rien tant que s'inventer des histoires peuplées de fées et de farfadets. Et, bien souvent, ses parents l'avaient surprise en train de discuter avec un compagnon imaginaire.

Combien de fois avait-elle espéré qu'un événement magique se produirait, pour l'arracher à la monotonie du quotidien ?

Sans jamais oser le confier à quiconque, elle avait souvent craint que sa vie ne soit qu'une suite d'épreuves et de tâches ingrates, comme l'avait été celle de ses parents. Durant toute son adolescence, elle avait rêvé d'un monde enchanté et d'un amour hors du commun. Aussi, lorsqu'elle avait rencontré Flynn, s'était-elle plu à croire qu'elle avait découvert cet amour tant espéré.

— C'est l'un de tes livres, répondit-elle en se redressant légèrement. Je me suis permis de le prendre dans ta bibliothèque. J'espère que ça ne te pose pas de problème ?

— Montre-moi.

Au grand dam de Caitlin, Flynn se pencha à son côté et prit délicatement le livre qui était posé sur ses genoux. Elle n'osait plus bouger. Chaque respiration lui coûtait. « Relève-toi », supplia-t-elle intérieurement.

— Ah, je vois que tu es plongée dans l'aventure de Deirdre et de Naoise. Cette légende est intéressante. On y voit bien l'art consommé avec lequel les femmes profitent de la crédulité de certains hommes.

— Tu exagères ! On ne peut pas vraiment considérer Naoise comme un homme crédule et sans défense. Il était tout de même un guerrier.

— Je te l'accorde, mais Deirdre n'était pas une faible femme de son côté. Quoi qu'il en soit, je constate avec plaisir que tu apprécies toujours autant les légendes celtes.

— Oui, je ne m'en lasse pas. Je trouve que la mythologie a beaucoup à nous apprendre. Il y a toujours une leçon à tirer de ces récits, beaucoup plus complexes qu'ils n'y paraissent à première vue. En lisant ce texte, je ne m'étais pas rendu compte qu'il était si tard. J'aurais pu y passer la nuit si tu n'étais pas entré dans la pièce !

Flynn était toujours agenouillé devant elle. Il la regardait en silence avec une intensité insoutenable.

Une bûche dans la cheminée crépita.

Caitlin sentit son cœur battre la chamade. Pourquoi ne disait-il plus rien ? Pourquoi ne partait-il pas ? Etait-ce à elle de se lever et de regagner sa chambre ? Curieusement, elle en était incapable ; elle aurait voulu bouger, mais ses membres étaient comme paralysés. Elle continua de baisser la tête, cherchant désespérément quelque chose à dire pour briser le silence.

D'un geste lent, il passa la main derrière son cou et attira son visage contre le sien.

Le contact de ses lèvres contre les siennes la fit légèrement tressaillir. Elle ne songea pas à lutter. La douceur, l'incroyable suavité de ce baiser la submergea de désir. Embrasée, arrachée à elle-même, elle s'abandonna totalement aux caresses impétueuses de sa langue.

Flynn redoubla d'ardeur et laissa glisser sa main le long du dos de Caitlin. L'instant suivant, ils tombèrent tous deux sur le tapis, devant la cheminée. Comme enivrés, ils s'enlacèrent furieusement, donnant libre cours à la passion qui les avait tant fait souffrir les jours précédents. Flynn pressa le corps de Caitlin contre le sien tout en refermant une main possessive sous ses fesses. En sentant, contre son ventre, la force du désir qu'il ressentait, elle poussa un petit cri et l'embrassa de plus belle.

Pendant ce temps, Flynn achevait de détacher les boutons de son corsage un à un. Caitlin ferma les yeux, prête à accueillir le plaisir qui s'offrait à elle. Mais, alors qu'elle se sentait prête à capituler, une force souterraine la retint, la poussant à tout arrêter. Dans un effort surhumain, elle mit un terme au baiser.

Flynn poussa un soupir douloureux et l'interrogea du regard.

— Que se passe-t-il ?

— Que faisons-nous, Flynn ? répondit-elle, peinant à retrouver son souffle.

— Je ne pensais pas qu'il était utile de te faire un dessin, répondit celui-ci, avec un rictus moqueur.

Caitlin se sentit glacée. Ce n'était pas de l'amour… elle en était parfaitement consciente. Ni même de l'affection. Non, la vérité était beaucoup plus simple : Flynn désirait son corps et la volupté qu'il pouvait en tirer.

Certes, rien n'empêchait Caitlin de céder à ce désir, d'autant plus qu'il était partagé. Mais elle savait qu'une telle étreinte, purement sexuelle, la laisserait profondément insatisfaite.

Pour le bonheur de son enfant, elle avait consenti à un immense sacrifice, mais elle n'avait pas l'intention d'offrir son corps à un homme qui ne l'aimait ni ne la respectait.

— Je ne sais pas ce qui m'a pris, dit-elle d'une voix blanche. Il ne faut pas que cela se reproduise. Et tu le sais aussi bien que moi. Nous devons établir des règles strictes pour cohabiter euh… en bonne intelligence.

— Des règles, rien que ça ? observa Flynn. Tu oublies un peu vite que tu en avais envie autant que moi !

Caitlin sentit ses joues s'enflammer de honte et de colère.

— Le désir n'a rien à voir avec l'amour, répondit-elle à mi-voix.

— Et tu oses me parler d'amour ? Tu oses jouer les moralisatrices alors que tu m'as quitté comme si je n'étais que l'homme d'une nuit rencontré un soir, oublié le lendemain ! Je n'en crois pas mes oreilles.

— Tu es devenu bien amer. Est-ce donc moi qui t'ai rendu comme ça ?

— A ton avis ?

Le regard qu'il lui adressa la glaça. D'une main nerveuse, Caitlin remit ses cheveux en place. Que pouvait-elle répondre aux accusations de Flynn ?

— Ecoute…, dit-elle en cherchant ses mots. Quand je t'ai dit que j'étais partie à cause d'une pression familiale que je ne pouvais plus supporter, je ne t'ai pas menti… seulement, ce n'est pas tout…

Le visage dur, fermé, de Flynn n'invitait guère à la confidence, mais Caitlin était habituée à se heurter à ce mur d'hostilité. Elle devait essayer d'y trouver une brèche, de se faire entendre au moins. Sinon, comment pouvaient-ils espérer cohabiter ?

Elle soupira profondément et reprit.

— Comment te faire comprendre ma réaction ? Je n'avais pas envie de te quitter, Flynn ; je t'aimais de tout mon cœur. J'étais jeune et la vie n'avait pas été toujours tendre avec moi. Quand j'ai perdu ma mère, je n'avais que quinze ans. Après sa disparition, mon père n'était plus le même homme. Il souffrait énormément, mais se confiait très peu à moi. Du coup, nous n'avons pas pu nous aider mutuellement pendant ce terrible deuil. J'aurais aimé trouver du réconfort chez lui, mais c'était impossible. Mon père s'est peu à peu barricadé en lui-même, comme pour mieux tenir son chagrin à distance. Et puis je t'ai rencontré. Je garde un souvenir merveilleux de notre relation, mais toi aussi tu m'as tenue à distance.

— Tu exagères, protesta-t-il.

— Souviens-toi, Flynn. Jamais tu ne te confiais à moi. Tu semblais réticent à l'idée de te livrer. Du coup, j'étais dans l'incertitude permanente. Je ne savais pas ce que tu ressentais pour moi… et je n'osais pas te poser de questions. Tu me semblais si sombre certaines fois, si mystérieux… je me demandais pourquoi. Et tu ne m'as jamais donné la moindre clé.

Flynn se redressa, fit quelques pas en arrière et s'arrêta devant la cheminée. Son visage, de profil, paraissait plus dur que jamais.

— Il y a quelque chose dont je ne t'ai jamais parlé, déclara-t-il d'une voix sourde.

— Tu peux me parler, Flynn. Essaie, je t'en prie. Même si tu me méprises, même si tu…

— L'autre jour, quand tu m'as annoncé l'existence de Sorcha, j'ai eu le sentiment de revivre un cauchemar.

Caitlin fut saisie par un sentiment de peur épouvantable.

— Pourquoi *revivre* ? souffla-t-elle.

— Ce n'était pas la première fois qu'une femme m'annonçait que j'étais le père de son enfant, répondit-il en regardant les flammes.

Instantanément, le cœur de Caitlin se mit à battre plus fort.

Incapable d'encourager Flynn d'une parole ou d'un regard, elle attendit qu'il poursuive avec une inquiétude croissante.

— Je t'ai déjà dit que j'avais été marié et que ce mariage s'est terminé par un divorce.

Caitlin acquiesça de la tête.

— Tu me l'avais rapidement raconté, en effet. Sans trop t'attarder sur le sujet.

— Ce que je ne t'avais pas dit, c'est qu'Isabel, ma femme, avait eu un petit garçon… Danny. Pendant six mois, j'ai cru que cet enfant était le mien. Puis, un jour, Isabel m'a avoué qu'elle était amoureuse d'un autre homme et que Danny était en fait le fils de ce dernier. Elle avait fait faire un test de paternité pour le prouver. Bref, elle est partie en emmenant Danny avec elle. Voilà. Fin de l'histoire.

Flynn se tut et détourna légèrement la tête.

Abasourdie, profondément choquée par ce qu'elle venait d'entendre, Caitlin se leva et s'approcha de Flynn.

— Fin de l'histoire… c'est vite dit, non ? demanda-t-elle avec douceur. Tu souffres encore aujourd'hui, ce qui est bien normal. Ton fils te manque… Oh, mon Dieu, Flynn, pourquoi ne m'as-tu rien dit quand nous nous sommes rencontrés ?

— Ce n'était pas le moment. Je ne voulais pas que tu restes avec moi par pitié !

— Qu'est-ce que tu racontes ! Je ne serais pas restée par pitié — même s'il faudrait être inhumain pour ne pas ressentir de la compassion à ton égard. Ce que tu as vécu est terrible. Nous étions intimes à l'époque…

— De toute évidence, pas assez.

— Tu as raison. Aucun de nous n'a pu confier son secret à l'autre. C'est terrible de ne pas pouvoir se faire confiance.

— Je ne sais pas quoi te dire, Caitlin. A l'époque, je n'étais pas encore prêt pour en parler, c'est tout. Ce n'est pas le genre d'épreuve que l'on surmonte aussi facilement. Il m'aurait fallu plus de temps. Tu ne m'en as pas laissé beaucoup.

— Je suis désolée.

— Pas tant que moi. Bref, tu es partie… Dans mon esprit, c'était une trahison de plus. Et pourtant, je ne connaissais pas encore l'ampleur des faits. Je souffrais de ton départ. Tu es revenue et j'ai souffert de ton mensonge. Mes mots sont peut-être durs, Caitlin, mais ce n'est pas mon intention d'être agressif avec toi. Comprends que la vie ne m'a pas ménagé.

— Je comprends ce que tu ressens, murmura Caitlin. Mais…

— Je ne sais pas si tu peux vraiment comprendre, répondit Flynn sur un ton las.

— Je peux simplement essayer de me mettre à ta place et puis…

— Je vais te laisser finir ton livre, coupa Flynn. Bonne nuit, Caitlin.

Elle savait qu'il était inutile de le retenir. En ce moment, ce dont Flynn avait réellement besoin, c'était de solitude et de calme. Ce qu'il venait de révéler lui permettait de mieux comprendre la froideur et le détachement dont il avait toujours fait preuve à son égard.

Convaincue qu'elle ne trouverait pas le sommeil, Caitlin reprit l'ouvrage qu'elle avait posé et essaya de poursuivre sa lecture.

En vain. Elle relisait sans cesse la même page, incapable de songer à autre chose qu'au petit garçon qui avait été si cruellement enlevé à Flynn.

Oui, elle comprenait mieux à présent. Après avoir subi un tel traumatisme, trouverait-il encore un peu de place dans son cœur pour Sorcha et elle ?

8

Le lendemain matin, lorsque Flynn rejoignit Caitlin pour le petit déjeuner, il semblait parfaitement naturel. L'expression tourmentée qu'il arborait la veille avait laissé place au calme et à la retenue.

Sorcha discutait gaiement à côté d'eux, heureusement inconsciente du drame souterrain que traversaient ses parents. Après avoir englouti plusieurs tartines de confiture, elle demanda la permission de sortir de table.

— J'ai comme l'impression que tu as hâte d'aller voir les jouets dont Bridie t'a parlé hier soir, la taquina Caitlin. Mais, avant d'aller inspecter le grenier, j'aimerais que tu ailles te brosser les dents.

— D'accord, soupira Sorcha, que cette tâche prosaïque semblait exaspérer à l'avance.

— Demande à Bridie de t'escorter jusqu'à la salle de bains, jeune fille, ajouta Flynn. Si tu ne te brosses pas les dents correctement tu risques de finir tes jours édentée, comme l'affreuse sorcière du conte que je t'ai lu hier soir.

Sorcha mit ses mains sur les hanches, en affectant d'être scandalisée.

— Mais voyons, papa ! Tu as dit l'autre jour que j'étais une princesse. Et tu sais bien que les princesses ne vieillissent pas !

La petite fille ponctua sa phrase d'un grand éclat de rire et déposa un baiser sur la joue de son père qui lui ébouriffa les cheveux, l'air joyeux.

— Allez file, princesse ! lui dit-il d'un ton attendri.

— A tout à l'heure, vous deux ! chantonna la fillette en quittant la salle à manger.

Caitlin ne put s'empêcher de sourire.

La fraîcheur de Sorcha lui faisait le plus grand bien et elle ne doutait pas un instant qu'elle était également agréable à Flynn. Avec une déconcertante spontanéité, sa fille l'avait appelé papa, comme si elle l'avait définitivement adopté.

En regardant Flynn à la dérobée, Caitlin constata avec plaisir qu'il souriait aussi. « Voilà sans doute de quoi panser ses blessures », songea-t-elle avec espoir.

— J'ai pensé à quelque chose, dit soudain Flynn en retrouvant d'un seul coup son air sérieux.

— Oui ?

— Tout d'abord, il faut que nous discutions ensemble du moment où tu rentreras à Londres.

— Nous devons partir samedi… je croyais te l'avoir dit. As-tu toujours l'intention de venir avec nous ?

— Bien sûr, mais ça ne pourra pas être le samedi qui vient. J'aimerais que tu décales de quinze jours ce voyage.

— De quinze jours ! s'exclama-t-elle, horrifiée. Mais c'est énorme ! Pourquoi ?

— J'ai beaucoup trop de travail en ce moment pour partir. Comme je te l'ai dit, mon éditeur attend le manuscrit à la fin du mois. Je ne peux vraiment pas me permettre ce voyage pour le moment.

— Dans ce cas, le plus simple, c'est que je parte samedi avec Sorcha comme prévu. Tu pourras nous rejoindre dès que tu auras terminé ton livre.

— Non.

Une onde d'irritation parcourut Caitlin. Le ton définitif, voire autoritaire de Flynn, lui déplaisait au plus haut point.

— Comment ça, non ?

— Tu n'emmèneras ma fille nulle part sans moi.

— Sois raisonnable, Flynn, rétorqua-t-elle en faisant son maximum pour rester calme. Il faut absolument que nous soyons rentrées samedi prochain ! Mes billets d'avion ne sont pas échangeables et je dois prévenir la librairie où je travaille.

— Cela devra attendre. Et pour les billets d'avion, nous trouverons une solution.

— J'ai l'impression que tu ne te rends pas vraiment compte,

s'irrita Caitlin. Je ne peux pas me comporter comme bon me semble, et encore moins comme bon *te* semble !

— Tu n'as pas besoin de demander la permission au libraire qui t'embauche. Il te suffit de lui expliquer que tu arrêtes ton travail pour des raisons familiales. Le plus simple serait sans doute de lui passer un petit coup de fil immédiatement. Tu feras suivre un courrier, voilà tout.

— Tu oublies ma tante…

— Quel est le problème ?

— Elle nous attend, je te signale ! Qu'est-ce que je vais bien pouvoir lui dire ?

— La vérité, tout simplement. Dis-lui qu'à partir de maintenant j'ai l'intention de m'occuper de Sorcha et de toi.

— Je n'ai pas besoin que tu t'occupes de moi ! s'exclama Caitlin, outrée. Je ne suis pas une enfant !

— Ne te fâche pas, je t'en prie. Ce que tu peux être susceptible ! rétorqua Flynn. Je te propose de réfléchir calmement à tout cela. Après tout ce que tu viens de vivre, la perte de ton père, la gestion de ses biens, tu ne crois pas que tu as besoin de repos ? Je suis certain que ta tante comprendra. Il n'y a pas d'urgence à rentrer à Londres. Tu as juste à donner ta démission à la librairie et à rapatrier tes affaires. A part ça, tu es libre.

Libre ? Le mot résonna étrangement aux oreilles de Caitlin. L'adjectif était loin, très loin, de convenir à la situation.

— Tu as une façon pour le moins curieuse de présenter la situation, lâcha-t-elle sèchement. Cela fait quatre ans et demi que j'habite chez ma tante et tu voudrais que je quitte ce qui a été notre foyer sans le moindre état d'âme ? La vie londonienne ne me manquera pas particulièrement, mais j'aime ma tante. Nous avons traversé beaucoup de choses ensemble. C'est plus qu'une tante pour moi, une véritable amie.

— Nous aussi, nous avons été amis autrefois. Tu t'en souviens ?

— Oui… mais pardonne-moi si je ne vois pas vraiment le rapport.

— Peu importe… de toute façon, nous sommes d'accord, n'est-ce pas ? Le voyage à Londres est reporté de deux semaines.

— Promets-moi que nous irons dès que tu auras terminé ton travail.

Une lueur victorieuse illumina le regard de Flynn. Caitlin s'en voulut instantanément d'avoir cédé.

— Je te le promets, ma chère.

— Je m'en souviendrai. Et maintenant, puisque tu viens de dire que tu étais débordé, j'aimerais commencer à t'aider comme tu me l'avais proposé l'autre jour. Puis-je commencer aujourd'hui ?

Flynn parut surpris et les traits de son visage se détendirent.

— Mais pourquoi pas ? Je vais demander à Bridie si elle peut garder Sorcha. Mais avant cela j'avais autre chose à te dire.

— Quoi donc ?

— Je pensais à la façon d'améliorer notre cohabitation, dit-il en soupirant. En fait, je me suis dit que tu serais sans doute plus heureuse d'occuper l'appartement de l'aile est, plutôt que de rester ici avec moi. Ainsi, tu aurais ton espace privé, tout en vivant sous mon toit. Qu'en penses-tu ?

Caitlin ignorait à la vérité ce qu'elle en pensait. La proposition était aussi sage que généreuse, mais la perspective d'être tenue à distance ne lui plaisait guère. Comment pouvait-elle espérer améliorer ses relations avec Flynn si elle était recluse à l'autre extrémité de la demeure ?

— C'est une bonne idée, s'entendit-elle dire malgré tout.

— Parfait. Ah oui… sais-tu conduire ? Je me rappelle que tu n'avais pas le permis il y a quatre ans. Est-ce que tu as pu le passer entre-temps ?

Caitlin esquissa une moue ennuyée.

— Non. J'aimerais bien conduire, mais à Londres ce n'était vraiment pas la peine. J'utilisais systématiquement les transports en commun. C'est un mode de vie très différent.

— Dans ce cas, je vais m'arranger pour que tu prennes des leçons le plus vite possible. Je t'achèterai une voiture, comme ça tu seras vraiment libre.

Confuse, Caitlin ne sut que répondre.

— Merci, Flynn, mais vraiment je ne sais pas si je peux accepter…

— Bien sûr que si ! Comme tu le disais à l'instant, le mode

de vie ici est très différent de celui d'une grande ville. Sans voiture, tu ne pourras rien faire sans moi.

— Dans ce cas, merci beaucoup.

Flynn faisait preuve d'une grande générosité à son égard. Jouir de la tranquillité d'un appartement privé avec Sorcha était incontestablement la solution idéale, même si Caitlin peinait un peu à s'y résoudre. Après tout, ses relations avec Flynn étaient encore extrêmement tendues, même s'il avait accepté de se confier à elle la veille.

Il restait encore sur ses gardes. Caitlin n'était là qu'en tant que mère de Sorcha.

Sans plus tarder, Flynn l'emmena visiter l'aile est du château.

— Tu verras, l'exposition est particulièrement agréable, observa-t-il en lui ouvrant la porte. Et puis, tu as un accès personnel au rez-de-chaussée par l'escalier qui se trouve à ta droite. Je vais demander à Bridie de préparer vos lits et d'augmenter un peu le chauffage. Nous pourrons également y aménager une salle de jeux pour la petite.

L'appartement se composait d'une grande pièce de réception décorée avec goût dans les tons beige et ocre, d'un petit salon plus intime, d'un bureau et de deux chambres. L'ensemble avait un cachet fou.

Elle n'aurait sans doute aucun mal à s'y sentir bien.

— Je te remercie beaucoup, Flynn. Nous serons très bien ici. Et comme ça, tu pourras travailler tranquillement du côté ouest.

Il fut convenu que Caitlin ne travaillerait pas dans la matinée. Elle devait prendre possession de ses nouveaux quartiers et s'installer à sa guise. Savoir qu'elle avait la jouissance complète des lieux la mettait un peu mal à l'aise. Au moins, quand elle partageait l'appartement privé de Flynn, elle gardait l'illusion d'être invitée.

Elle n'était pas encore habituée à tant de luxe et ses effets personnels lui manquaient. Néanmoins, tout ce dont elle pouvait avoir besoin dans l'immédiat se trouvait dans l'appartement.

Après avoir défait ses valises et celle de Sorcha, elle s'avança vers la grande fenêtre de sa chambre et contempla le parc qui s'offrait à sa vue.

Ce matin-là, Flynn avait décidé d'emmener Sorcha voir

les chevaux. La petite fille était ravie et Caitlin se réjouissait de son bonheur.

Malgré cela, elle ne parvenait pas à se défaire d'un profond sentiment de tristesse et de découragement. Certes, Flynn s'était montré très attentionné en lui proposant de s'installer dans un appartement privé, mais, oui, elle ressentait l'impression d'être délibérément tenue à l'écart.

Depuis que Flynn lui avait raconté l'histoire de Danny, elle éprouvait le désir de l'aider, de l'accompagner dans ses premiers pas auprès de Sorcha… mais comment le pouvait-elle, alors que c'était elle qui avait avivé cette blessure du passé ?

Connaissant à présent l'épreuve qu'il avait traversée avant de la rencontrer, il lui semblait miraculeux qu'il ait pu s'attacher si facilement à Sorcha.

Si le père et la fille parvenaient à être heureux ensemble, c'était merveilleux.

Mais y avait-il encore un espoir de bonheur pour Caitlin ?

Quatre ans et demi auparavant, lorsqu'elle avait pris la décision de fuir, s'était-elle condamnée à ne jamais être heureuse ?

Une écrasante solitude l'envahit soudain. Sentant les larmes lui monter aux yeux, elle décida d'appeler sa tante pour lui raconter ce qui s'était passé. Elle devait également lui expliquer qu'elle ne rentrerait pas aussi tôt que prévu à Londres.

Après avoir longuement discuté avec sa tante au téléphone, Caitlin s'effondra de fatigue sur le canapé du petit salon. Un petit coup sec frappé à la porte l'arracha à son sommeil.

Elle sursauta et bondit sur ses pieds.

— Qui est-ce ?

— C'est Flynn. Puis-je entrer ?

Elle eut tout juste le temps de passer une main dans ses cheveux.

— Mais oui, je t'en prie.

— Je ne te dérange pas au moins ? s'enquit-il en entrant dans la pièce. Je voulais voir si tu étais correctement installée. Bridie a proposé d'emmener Sorcha faire quelques courses en ville. Je lui ai dit oui. J'espère que ça ne te dérange pas.

— Non, pas du tout. Je suis sûre que ça amusera Sorcha.

Flynn tournait en rond dans la pièce, vérifiant l'emplacement d'un livre, d'une horloge ou la température de la pièce. En le regardant faire, Caitlin ne pouvait s'empêcher de penser à ce qui s'était passé la veille, lorsqu'ils étaient tombés dans les bras l'un de l'autre. Ce seul souvenir suffisait à mettre ses sens en émoi. Elle ne regrettait pas de l'avoir éconduit puisqu'elle avait agi avec lucidité, mais une partie d'elle-même se plaisait à imaginer ce qui se serait passé si elle avait succombé.

Flynn finit par se camper devant elle. L'expression de son regard semblait étrangement indécise.

Le fait était suffisamment rare pour que Caitlin lui en fasse la remarque.

— Que se passe-t-il ? On dirait que tu as quelque chose derrière la tête, demanda-t-elle.

— Ce n'est pas faux, reconnut-il. Je voulais te demander quelque chose.

— Je t'écoute…

— J'aimerais que tu me parles de la naissance de Sorcha, dit-il en s'asseyant en face d'elle.

C'était bien la dernière chose à laquelle Caitlin s'était attendue.

— Comment… ?

— J'ai besoin de savoir. Je viens de passer deux heures avec elle et j'ai eu envie d'en savoir plus… tu comprends.

— Bien sûr, répondit Caitlin avec empressement. Je te dirai tout ce que tu veux savoir. Par où veux-tu commencer ?

— Eh bien, parle-moi d'abord de ta grossesse.

— Le premier trimestre fut le plus difficile, commença-t-elle. J'ai souffert de nausées terribles et puis j'étais surtout très fatiguée. Puis, doucement, les choses se sont arrangées et j'ai fini par ressentir un sentiment de bien-être, de plénitude. Dans le cinquième mois, j'ai commencé à sentir bouger le bébé. C'était une sensation incroyable, que je ne suis pas près d'oublier…

Elle marqua une pause et observa Flynn. Entendre l'histoire de sa grossesse ne devait pas être facile pour lui.

Ces instants, il aurait dû les vivre avec elle.

Plus que jamais sans doute, il devait avoir le sentiment qu'elle lui avait volé une expérience très précieuse.

Mais Flynn la regardait sans méchanceté, avec gravité et attention.

Caitlin reprit sa respiration avant de poursuivre.

— Les six dernières semaines m'ont semblé très longues. Je me trouvais lente et très lourde, un peu fatiguée aussi. Heureusement tante Marie était là pour m'aider. Elle a vraiment joué le rôle d'une mère pour moi. C'est pour cette raison que, tout à l'heure, quand tu as parlé de repousser le voyage à Londres… enfin bref, ce n'est plus le moment. Ce que je voulais dire, c'est que tante Marie m'a beaucoup encouragée tout au long de ces neuf mois.

— Et comment la naissance s'est-elle passée ? Raconte-moi cette journée.

— Les premières douleurs m'ont réveillée au petit matin. J'ai tout de suite su que c'était le grand jour car j'avais déjà dépassé mon terme. Ma tante a appelé une ambulance et j'ai été transportée à l'hôpital. Le travail a duré toute la journée et la nuit suivante.

Elle esquissa une grimace à ce souvenir.

— Sur la fin, les choses se sont un peu compliquées. Les médecins m'ont parlé de souffrance fœtale. Difficile de ne pas paniquer… Un moment, il a été question de me faire une césarienne, mais je voulais absolument mettre mon enfant au monde de manière naturelle. Comment dire ? J'étais intimement persuadée que tout se passerait bien. Finalement, l'obstétricien a accepté et Sorcha est née. Je peux te garantir que ses poumons ont tout de suite fonctionné à merveille, elle a poussé un de ces cris !

Flynn avait la gorge serrée. Penser que Caitlin avait souffert et que le travail s'était éternisé le mettait au supplice. C'était un sentiment très étrange, qu'il ne parvenait pas à analyser. Quand Caitlin lui avait appris qu'il était le père de Sorcha, la colère l'avait submergé. Mais à présent qu'elle lui avait raconté son histoire, il découvrait qu'il ne supportait pas l'idée qu'elle et Sorcha eussent pu souffrir.

— Et quand tu es rentrée chez toi avec elle… est-ce qu'elle dormait bien ? Danny, lui…

Il s'arrêta net. Le nom de Danny lui avait malheureusement

échappé. Comme chaque fois qu'il pensait au petit garçon, un vague de chagrin déferla sur lui.

— Danny… ? reprit Caitlin en l'encourageant du regard. Est-ce qu'il a rapidement fait ses nuits ? Devais-tu te lever plusieurs fois pour lui ?

Flynn expira péniblement l'air qui semblait coincé dans ses poumons.

— Oh oui, je devais me lever plusieurs fois pour lui. Isabel n'y arrivait pas. Elle se plaignait d'être constamment dérangée dans son sommeil. C'est donc moi qui m'occupais de ses biberons. Ça ne me dérangeait pas du tout. C'était l'occasion de passer des moments privilégiés avec lui, dans le silence et la sérénité de la nuit.

Flynn s'interrompit de nouveau. L'émotion qui le soulevait était trop forte, presque intolérable. Il était étonné d'en avoir tant dit. Cela lui ressemblait si peu.

— Ce petit garçon devait beaucoup compter pour toi, commenta Caitlin d'une voix douce.

— Revenons à Sorcha, veux-tu ? Parle-moi encore d'elle bébé.

Flynn voyait bien que Caitlin essayait de l'encourager à parler de Danny, mais il avait déjà le sentiment désagréable d'en avoir beaucoup trop dit. Pour l'heure, il voulait parler de Sorcha, sa fille. Une enfant à laquelle il s'attachait de plus en plus. Et le lien qui était en train de se créer lui faisait peur.

Il avait tant souffert par le passé ; il ne voulait pas que son amour paternel fût bafoué une seconde fois.

Caitlin lui sourit avec gentillesse.

— Sorcha était un bébé adorable ! s'exclama-t-elle. A sa naissance, j'ai été frappée de voir à quel point elle était éveillée. Elle ouvrait ses grands yeux et fixait avec attention tout ce qui l'entourait. C'était très impressionnant. Et puis c'était déjà une petite fille très facile. L'allaitement s'est passé à merveille et elle a fait très vite ses nuits. Je garde moi aussi un bon souvenir de l'époque où je devais me lever pour la nourrir, mais heureusement que cette période ne s'est pas trop prolongée. Je ne sais pas comment j'aurais pu gérer des nuits écourtées et mon travail à la librairie !

— Manifestement, tu t'es parfaitement débrouillée, répondit

Flynn. Et d'après ce que je peux voir, tu as très bien élevé Sorcha. Tu as la fibre maternelle, Caitlin, ça crève les yeux.

— Oui, je crois, reconnut Caitlin. Mais je sais aussi que je ne suis pas parfaite. Peut-être que je me fais trop de soucis pour Sorcha. Mais je l'aime tellement !

— Ça se voit aussi.

— Est-ce qu'il y a autre chose que tu voulais savoir ?

— Non, pour le moment ça ira. Je te remercie.

Il lui adressa un sourire. Un vrai sourire.

9

Pendant quelques instants, ils gardèrent le silence. Pour la première fois depuis longtemps, Caitlin se sentait calme, presque apaisée. C'était pour elle un immense soulagement que Flynn s'entretienne si librement avec elle.

Quant au sourire qu'il venait de lui offrir, c'était un miel qu'elle savourait avec délice.

A présent qu'il paraissait d'humeur plus conciliante, elle souhaitait lui poser quelques questions plus personnelles.

— Et ton ex-femme… Isabel… ? osa-t-elle dire.

— Oui ?

— Tu ne m'en as jamais beaucoup parlé quand nous étions ensemble… à part pour me dire que ça ne marchait pas entre vous.

— C'est vrai, mais j'imagine que ce n'est jamais très agréable de raconter un épisode peu glorieux de sa vie. Tout ce que je peux dire, c'est que cette femme s'est bien moquée de moi. Et pourtant, avec le recul, je m'aperçois qu'on peut difficilement faire porter tous les torts à la pauvre Isabel, même si je lui en veux beaucoup.

— Que veux-tu dire par là ?

— J'ai ma part de responsabilité, moi aussi. Nous n'étions pas faits l'un pour l'autre, je me suis voilé la face. Je voulais que notre mariage tienne, sans m'apercevoir qu'il n'avait pas de fondations solides. J'étais jeune… j'ai confondu l'attirance physique avec un sentiment plus profond que je n'éprouvais pas du tout en fait. De ce point de vue, nous nous sommes trompés mutuellement.

— Pourquoi l'as-tu épousée ?

Il haussa les épaules.

— J'ai manqué de discernement, c'est tout. Il y avait aussi la pression familiale. Tout le monde me poussait dans les bras d'Isabel. Il faut reconnaître qu'elle avait tout pour plaire à ma famille : elle était riche, jolie, parfaitement élevée.

— Et sa liaison avec l'autre homme, alors ? Ça a commencé peu de temps après votre mariage ?

— Même avant pour tout te dire.

— Et tu ne t'étais jamais douté de rien ?

Flynn fixa un point dans le vague.

— Je n'étais pas très attentif, ce qui n'est pas à mon honneur. Isabel aimait sortir et j'étais ravi qu'elle ne passe pas son temps à la maison. Elle avait un petit cercle d'amis qui organisait des sorties diverses. J'avais ma propre vie de mon côté. Jusqu'à ce qu'elle m'annonce sa grossesse, ce mode de vie me convenait tout à fait.

— Et tu étais content à l'idée de devenir père ?

Il la regarda de nouveau, ému.

— Oui.

— Oh Flynn…, murmura Caitlin, bouleversée. Ça a dû être terrible pour toi d'apprendre que…

— Que Danny n'était pas mon fils ? « Terrible »… le mot est faible, très faible.

— Alors… tu ne le vois plus jamais… ?

— Isabel et son amant sont partis en Italie juste après qu'elle m'eut quitté. Manifestement, cet homme avait là-bas de la famille prête à lui offrir une maison et un emploi. Avec Isabel, nous sommes convenus qu'il serait sans doute préférable que je ne vois plus Danny. Elle voulait que son fils se rapproche de son vrai père. Et puis, quel rôle pouvais-je tenir auprès de lui ? Tu sais, il n'y avait pas vraiment de solution.

— Quelle situation épouvantable ! Tu as dû avoir le cœur brisé.

Flynn était silencieux et immobile. La soudaine gravité de son visage trahissait une grande force d'esprit et une nature passionnée. Caitlin comprit qu'elle l'avait mal jugé. Blessée par sa froideur, elle s'était sincèrement demandé s'il était capable d'aimer. Aujourd'hui, elle découvrait ses véritables émotions, enfouies au plus profond de lui-même depuis toutes ces années.

La cruauté de ce qu'il avait vécu était inimaginable. Il ne faisait aucun doute que Flynn n'oublierait jamais le petit garçon qu'il avait chéri de tout son cœur. Il porterait toute sa vie cette blessure indélébile.

Comment pouvait-elle alléger le fardeau qu'il portait seul depuis tout ce temps ?

Cédant à l'élan de son cœur, elle se pencha vers lui et posa tendrement la main sur sa joue.

— Pendant quelques mois, tu as été le père de Danny, murmura-t-elle. Même s'il n'a pas de véritables souvenirs de toi, quelque part dans son esprit il y aura toujours la trace de ta présence et de l'amour que tu lui as donné. Sa capacité à aimer lorsqu'il aura atteint l'âge adulte n'en sera que plus forte. C'est l'héritage que tu lui as transmis. L'amour ne meurt jamais, Flynn. C'est un pouvoir… une force sans égale.

Flynn prit sa main et y porta les lèvres.

— Tu étais la seule à pouvoir dire une chose pareille… la seule à pouvoir comprendre ce que j'ai traversé.

— C'est ce que je crois intimement, Flynn. J'aimerais tellement…

Elle s'arrêta, doutant soudain de l'opportunité de continuer.

— Tu aimerais quoi ?

— Je voudrais te montrer… te dire…

Flynn s'approcha un peu plus près.

— Ce n'est pas moi qui vais t'arrêter, dit-il d'une voix légèrement rauque.

Le temps semblait suspendu. Une onde d'impatience doublée d'une attente délicieuse parcourut Caitlin.

— Je crois que je mourrais si tu ne me laissais pas te toucher comme j'ai envie de le faire, déclara Flynn en caressant les lèvres de Caitlin du bout des doigts.

Elle ferma les yeux, acceptant de tout son être cette caresse aussi délicate que sensuelle.

— Moi aussi, Flynn, répondit-elle dans un souffle.

Dans la chambre, ils tombèrent enlacés sur le lit. En proie à une joie indescriptible, Caitlin laissa glisser ses mains le long du dos musclé de Flynn et promena ses lèvres le long de son cou.

Comment avait-elle pu se passer d'un tel bonheur ? songea-t-elle, hagarde, tandis que sa bouche cherchait celle de Flynn. Elle la trouva enfin et ils s'embrassèrent avec une passion confinant au désespoir.

Flynn se redressa pour la regarder, puis entreprit de la déshabiller. Lorsqu'elle fut enfin libérée de ses vêtements, il sema des baisers brûlants sur sa gorge et son ventre, lui arrachant des gémissements de plaisir.

— J'ai l'impression que c'est la première fois, murmura-t-elle d'une voix légèrement brisée. Tu m'as tellement manqué, Flynn.

— Tu ne peux même pas imaginer à quel point j'ai eu envie de toi durant tout ce temps, répondit-il. Mais il y a quatre ans et demi, je n'ai pas pensé à te protéger quand nous faisions l'amour et tu es tombée enceinte.

— Ne t'inquiète pas, Flynn, je prends la pilule aujourd'hui.

Caitlin craignit un instant que son compagnon ne s'en étonne. Il aurait été en droit de le faire puisqu'elle lui avait assuré ne pas avoir connu d'autre homme à Londres. Ce n'était sans doute pas le moment de lui expliquer que la pilule lui permettait de soulager les douleurs de ses règles, mais elle était prête à le faire s'il lui posait la question.

Fort heureusement, Flynn ne lui posa aucune question.

— J'ai envie de toi, murmura-t-elle. Et je suis tellement désolée de t'avoir fait souffrir. Ce n'était pas ce que je voulais…

Il s'immobilisa et, un bref instant, Caitlin craignit d'avoir ravivé sa colère. « Ne pars pas, Flynn, j'ai tellement besoin de toi », supplia-t-elle intérieurement.

Mais elle s'était trompée. Flynn émit un son rauque, à moitié étouffé, et s'empara de nouveau de ses lèvres.

Sans cesser de l'embrasser, il ôta ses propres vêtements, et ils furent bientôt nus l'un contre l'autre. Caitlin soupira. Ils se retrouvaient enfin, leur désir décuplé par les années. Lorsqu'elle sentit Flynn s'immiscer au plus secret d'elle-même, un plaisir incandescent s'empara d'elle. Elle se pressa un peu plus fort contre Flynn, tandis qu'unis par un même désir ils accordaient leur mouvement, se donnant l'un à l'autre sans la moindre retenue. Emportée dans un tourbillon voluptueux, qui semblait ne jamais devoir cesser, elle gémit de bonheur et se laissa entraîner jusqu'à ce qu'une ultime vague la soulève dans un dernier cri d'extase. Quelques instants plus tard, Flynn s'abandonnait à son tour sans la quitter du regard.

Bouleversée, Caitlin enfouit son visage contre l'épaule de Flynn, essayant maladroitement d'essuyer ses larmes. Quoi qu'il pût arriver à présent, rien ni personne ne pourrait lui voler les instants merveilleux qu'ils venaient de partager.

— Chut… chut… tout va bien, chuchota Flynn en embrassant ses yeux. Chut…

Sans cesser de caresser le visage de Caitlin, Flynn songeait à la conversation qu'ils avaient eue un peu plus tôt. Il regrettait amèrement de ne pas avoir osé faire confiance à Caitlin à l'époque de leur rencontre. Il aurait dû lui raconter son histoire, lui parler de Danny et de sa souffrance. S'il avait alors accepté de se confier, Caitlin ne serait sans doute pas partie vivre à Londres sans lui annoncer sa grossesse. Et lui n'aurait pas passé ces dernières années à la maudire et à reprocher à Tom Burns de lui cacher délibérément sa fille. Il comprenait à présent qu'il avait blâmé autrui trop vite, sans jamais remettre en cause sa propre attitude. La trahison d'Isabel l'avait terriblement atteint, mais il n'avait pas su réagir comme il l'aurait dû. Oui, il avait accepté que son ex-femme fasse de lui un homme amer, fermé aux autres, suspicieux.

Contre toute attente, il comprenait mieux pourquoi Caitlin ne lui avait pas parlé de sa grossesse. Elle n'avait pas pu lui faire confiance parce qu'elle sentait bien que, de son côté, il était incapable de lui accorder la sienne.

Il résolut d'attendre un peu avant de lui en parler. Ses sentiments lui paraissaient encore confus et il devait prendre le temps de les démêler.

Il déposa un baiser sur ses cheveux et déclara :

— Tu devrais essayer de faire une petite sieste. Je vais me lever pour être avec Sorcha lorsqu'elle rentrera.

— J'avais promis de t'aider dans ton travail, répondit

Caitlin en réprimant un bâillement. Je vais me lever et me préparer.

— C'est hors de question. Le travail peut attendre.

— Tu es sûr ?

— Certain.

— Dans ce cas, je crois que je vais suivre ton conseil… à condition que tu restes encore un peu avec moi.

— Je te le promets.

Presque instantanément, Caitlin ferma les yeux et s'endormit. Flynn la garda tout contre lui, heureux de sentir le mouvement apaisé de sa respiration.

Il soupira de bien-être. Cela faisait une éternité qu'il ne s'était senti aussi bien. Caitlin lui avait manqué plus qu'il n'aurait pu l'imaginer.

Il regarda son beau corps nu : la délicatesse de ses mains, la finesse de ses épaules et l'arrondi de ses seins… Tout en elle éveillait le désir. Mais, pour l'heure, il devait s'arracher à ses bras. Sorcha n'allait pas tarder à arriver et il voulait être là pour l'accueillir.

Plus tard dans l'après-midi, alors que Flynn s'était retiré dans son bureau pour travailler, Caitlin accompagna sa fille jusqu'à la cuisine où Bridie l'attendait. La gouvernante avait promis à la fillette de lui apprendre à faire des muffins.

Dans le grand escalier qui menait jusqu'au rez-de-chaussée, Caitlin prit la fillette par la main pour l'aider à descendre les marches.

— Mais, maman, je ne suis plus un bébé ! Je te parie même que je peux descendre et remonter les marches quatre à quatre !

Caitlin fronça les sourcils.

— Trêve de fanfaronnade. Je te déconseille de le faire, ma chérie. Descends prudemment et tiens-toi à la rampe si je ne suis pas là pour t'aider.

Lorsqu'elles eurent atteint la dernière marche, Caitlin s'arrêta net. La porte d'entrée venait de s'ouvrir et une silhouette familière se tenait dans l'embrasure.

C'était Estelle MacCormac, la mère de Flynn.

En dépit du choc qu'elle venait de recevoir, Caitlin s'efforça de n'en rien laisser paraître. Instinctivement, elle attira Sorcha contre elle, dans un geste protecteur.

Pourquoi diable Flynn ne lui avait-il pas dit que sa mère passerait dans le courant de la journée ? Elle aurait au moins pu se préparer psychologiquement à cette confrontation.

Agée d'une soixantaine d'années, Estelle était d'une élégance parfaite. Sous son manteau de cachemire noir, qu'elle n'avait pas encore eu le temps de retirer, on pouvait apercevoir un tailleur de couleur sombre et un chemisier de soie blanche.

Caitlin prit cruellement conscience de l'absence de recherche de sa propre tenue : un col roulé noir et un simple jean.

Le regard d'acier de la femme qui se tenait face à elle se posa sur elle, puis sur l'enfant. Une expression de surprise passa subrepticement sur son visage.

— Bonjour madame, dit Caitlin en prenant son courage à deux mains. Cela fait longtemps que nous ne nous sommes pas vues.

— Bonjour mademoiselle, répondit la mère de Flynn avec un sourire figé. En effet, cela fait des années. Est-ce que Flynn est ici ? J'ai essayé d'appeler plusieurs fois en début de journée, mais le téléphone ne répondait pas. Je suppose qu'il était occupé à ce moment-là.

Connaissant, et pour cause, la nature de cette occupation, Caitlin ne put s'empêcher de rougir.

— Je vais aller le chercher, si vous voulez. Il est en train de travailler, je crois.

Estelle hésita un instant et secoua la tête.

— Non… attendez, je vous en prie. J'aimerais profiter de cette opportunité pour échanger quelques mots avec vous, si vous le voulez bien.

— D'accord, répondit Caitlin, ne trouvant aucune excuse à invoquer.

Estelle MacCormac regarda de nouveau Sorcha, visiblement intriguée.

— Est-ce votre fille ?

— Oui. Elle s'appelle Sorcha.

— Elle est vraiment ravissante, commenta-t-elle en souriant à l'intention de la fillette.

— Dis, maman, c'est qui ? demanda Sorcha, sans la moindre trace d'insolence dans la voix.

— La mère de Flynn, ma chérie. Dis bonjour poliment.

— Bonjour Sorcha, dit aimablement Estelle MacCormac.

Trop impressionnée pour répondre sans doute, Sorcha se colla contre sa mère en cachant à moitié son visage.

— Ma pauvre petite, on dirait que je t'intimide, commenta Estelle. C'est bien normal, tu ne m'as jamais vue après tout. Et si nous passions dans le salon, Caitlin ? Je suis sûre que Bridie a préparé un bon feu.

— Oh, moi je voulais aller voir Bridie ! s'exclama alors Sorcha, l'air inquiet. Dis, je peux, maman ? Je connais bien le chemin de la cuisine !

— Oui, ma chérie, vas-y et amuse-toi bien, répondit tendrement Caitlin qui se réjouissait que sa fille ne soit pas témoin de sa conversation avec la mère de Flynn. Bridie a promis de lui apprendre à faire des biscuits, ajouta-t-elle à l'intention de cette dernière.

— Je comprends…

Sorcha courut en direction de la cuisine, non sans jeter un dernier regard suspicieux à la mère de Flynn.

Sans ajouter un mot, Estelle avança vers le salon. Caitlin lui emboîta le pas. A présent que Sorcha n'était plus avec elle, un sentiment d'angoisse s'empara d'elle.

Elle ne pouvait s'empêcher de penser aux paroles brutales que cette femme avait prononcées quatre ans et demi auparavant.

— Asseyons-nous près du feu, voulez-vous ? proposa Estelle MacCormac.

Caitlin s'exécuta presque à regret. Durant quelques instants, Estelle garda le silence. Il ne s'agissait pas d'un silence hostile, mais concentré. De toute évidence, elle cherchait ses mots.

— Je ne sais pas si vous le savez, mais ma relation avec mon fils s'est nettement dégradée ces dernières années, dit-elle finalement en pesant chacun de ses mots. En fait, tout a commencé à se gâter après votre départ.

— Vraiment ? Je l'ignorais, madame.

— Pour ne rien vous cacher, c'est la première fois que je rends visite à mon fils depuis des mois. La dernière fois que nous nous sommes vus, ça s'est très mal passé. Flynn m'en veut beaucoup, vous voyez. D'après lui, je suis partiellement responsable de votre départ. Il me l'a souvent reproché.

En entendant ces paroles, Caitlin se sentit plus légère. C'était réconfortant de savoir que Flynn n'avait pas totalement rejeté la faute sur elle.

— Tout… cela a dû être très difficile pour Flynn, ajouta Estelle.

Curieusement, celle que Caitlin avait toujours tenue pour sa plus grande ennemie, paraissait sincèrement désolée. Mais elle préférait la laisser parler encore avant de formuler le moindre commentaire.

— Mon fils me manque. Vous êtes mère, vous aussi… et je suppose que vous souhaitez ce qu'il y a de mieux pour votre enfant… Est-ce que mon fils est le père de votre petite Sorcha ? Je vous en prie, dites-moi la vérité.

— Oui, Flynn est son père, répondit Caitlin avec un calme qui la surprit elle-même.

— Vous étiez donc enceinte de lui au moment de votre départ ?

— C'est exact.

— Malgré cela, vous avez décidé de ne rien dire.

— Oui… je n'ai pas…, je n'ai pas pu le faire.

— Puis-je savoir pourquoi ?

Estelle MacCormac se montrait très directe, mais il n'y avait pas d'agressivité dans sa voix.

En fait, Caitlin avait même l'impression qu'il y avait un soupçon de regret dans son regard.

— Je vais être très franche avec vous, madame. J'avais prévu de révéler ma grossesse à Flynn, mais, le jour où je suis venue ici pour le lui dire, j'ai surpris votre conversation.

Estelle parut sincèrement surprise. Il sembla à Caitlin que les joues de celle-ci rosissaient discrètement.

— Vous avez surpris notre conversation ? Mais comment cela se peut-il ?

— Les fenêtres étaient ouvertes et votre voix portait sans peine au-dehors. Quand je vous ai entendue dire que je me servais de lui et que je tomberais certainement enceinte pour me faire épouser, j'ai eu si mal que… que je n'ai pas pu rester. Il fallait que je parte. Je ne voulais pas que Flynn imagine que cette grossesse était destinée à le piéger. Ce jour-là, madame, vous m'avez jugée très durement alors que vous ne me connaissiez pas. Pourquoi ne pouviez-vous accepter le choix de votre fils ? Oh, je sais qu'à vos yeux j'étais indigne de lui. Je ne venais pas du même milieu que vous, mon père était un simple agriculteur qui tirait le diable par la queue pour boucler ses fins de mois. Mais, madame, votre fils était un adulte. C'était sa vie, et non pas la vôtre.

Estelle soutint son regard.

— Je n'aurais pas dû me mêler de votre histoire, reconnut-elle. Je le comprends maintenant. J'ai manqué de discernement et il a fallu que je souffre beaucoup pour le comprendre. Je regrette de vous avoir fait tant de mal, à vous et à Flynn. Mais, si je suis prête à reconnaître mon erreur, serez-vous assez généreuse, Caitlin, pour me pardonner ?

Stupéfaite, Caitlin regarda la femme qui se tenait en face d'elle. L'air orgueilleux qu'elle affichait autrefois avait disparu. Si Mme MacCormac demeurait digne, il y avait dans son regard l'expression d'un sincère repentir.

— Je ne crois pas utile de nourrir du ressentiment, répondit Caitlin en usant délibérément d'une formule prudente. Mais je tiens à ce que vous sachiez exactement pourquoi je suis partie il y a quatre ans. Je craignais vraiment que Flynn ne vous croie sur parole. Et puis, je ne savais pas s'il voulait être père… Ajoutez à cela mon jeune âge et le sentiment que personne ne regardait notre relation d'un bon œil… je n'ai trouvé qu'une solution : fuir. Jamais je n'ai eu l'idée de le piéger avec cette grossesse. Cette idée seule m'horrifie. J'aimais votre fils, madame ! Je l'aimais pour ce qu'il était et non pas pour ce qu'il était en mesure de m'offrir. Croyez-moi, j'ai eu le cœur brisé en partant.

— Je vous crois, Caitlin, je vous crois.

Visiblement remuée par les explications qu'elle venait d'entendre, Estelle détourna le regard un bref instant.

— Qu'est-ce que tu viens de dire à Caitlin ?

Les deux femmes sursautèrent au même instant. Flynn

venait d'apparaître sur le pas de la porte. Il les regardait d'un air sévère.

— Maman, j'espère vraiment que tu n'es pas en train de semer de nouveau la zizanie derrière mon dos.

10

— Ta mère est simplement en train de discuter avec moi, Flynn, dit Caitlin.

— C'est bien ce qui m'inquiète, répondit durement ce dernier.

Flynn serrait les poings de rage. Sa mère, comme toujours, semblait parfaitement maîtresse d'elle-même. Caitlin, de son côté, paraissait pâle, en proie à une très forte émotion.

Si seulement Bridie l'avait prévenu à l'avance de cette visite ! Il aurait au moins eu le temps de préparer Caitlin à cette rencontre.

— Je ne suis pas venue pour créer des problèmes, répondit sa mère.

Elle s'approcha de lui.

Il fut surpris de constater que son visage n'était pas si calme qu'il l'avait cru d'abord. Ses yeux, ses gestes trahissaient en fait une certaine nervosité qu'il n'avait pas décelée en entrant dans la pièce.

— Tu m'as manqué, Flynn. Je suis venue dans l'espoir que les choses s'arrangent entre nous.

— Je vais vous laisser, murmura Caitlin en prenant la direction de la porte.

Flynn la retint par le bras.

— Non, je t'en prie, reste. C'est ma maison ici, et, si quelqu'un doit partir ici, ce n'est certainement pas toi.

— Je peux faire une promenade…, insista-t-elle. Comme ça, vous pourrez vous retrouver tous les deux. Je reviendrai vite. C'est promis.

— Ne tarde pas trop.

— Non, ne t'inquiète pas.

— Je vous remercie, Caitlin, dit Estelle. Pour tout.

En sortant de la maison, Caitlin fut surprise par l'intensité du vent qui soufflait. L'air était glacé et le jour touchait à son déclin.

Mais peu importait.

Cette promenade lui permettrait de faire le point. La journée avait été riche en événements, et elle éprouvait un étrange vertige. Durant toutes ces années, elle avait souvent redouté de croiser le chemin d'Estelle MacCormac, cette femme lui ayant toujours inspiré crainte et méfiance. C'était à présent chose faite et elle ressentait l'étrange impression qu'un cycle s'achevait.

Les excuses de la mère de Flynn l'avaient bouleversée. Que signifiait tout cela ? Y avait-il quelque espoir que tout s'arrange après tout ? L'optimisme enterré de longues années auparavant semblait refaire doucement surface, tel un bourgeon perçant la terre après un long hiver.

Mais, à l'image de ce bourgeon, l'espoir était encore bien frêle.

L'amour que Flynn portait à Sorcha ne faisait pas l'ombre d'un doute. Mais que pouvait-il ressentir pour elle, Caitlin ? Parviendrait-il à accepter le passé et à pardonner lui aussi ? Serait-il capable de l'aimer comme elle l'aimait ? Beaucoup de questions et si peu de réponses…

Apercevant un banc au détour d'une allée, Caitlin décida de s'y asseoir un bref instant. Elle se sentait fatiguée et l'endroit semblait un peu abrité.

— Caitlin ?

Perdue dans ses pensées, elle mit du temps à relever la tête.

— Oh, Flynn… c'est toi. J'espère que tout va bien…

— Tu devrais rentrer à présent. Il fait un froid de canard ici !

— Ta mère est-elle partie ?

— Non, elle est en train de faire connaissance avec sa petite-fille. J'espère que ça ne te dérange pas.

— Alors, vous avez fini par vous réconcilier ?

Flynn s'assit à côté d'elle.

— Maman m'a dit que tu avais surpris notre conversation… et que tu l'avais entendue dire que…

— Que j'allais te « piéger avec une grossesse »…

— Pas étonnant que tu sois partie, décréta Flynn en la

regardant avec gravité. Je m'en rends mieux compte aujourd'hui. Je n'ai rien fait à l'époque pour que tu me fasses confiance. J'imagine volontiers qu'il ne devait pas être facile de m'avouer que tu attendais un bébé. Et puis, tu avais entendu les propos abjects de maman.

— Elle les regrette, tu sais, intervint Caitlin.

— Oui, je sais, c'est ce qu'elle m'a dit, à moi aussi. Mais le mal est fait. Bref, si j'avais été à ta place, une très jeune femme de dix-huit ans, j'aurais sans doute agi de la même façon. Nous t'avons tous laissée tomber, Catie… moi, ma famille, ton père. Mais c'est moi qui ai le plus de torts dans cette histoire. Car, si je m'étais davantage ouvert à toi, le reste n'aurait pas eu d'importance. Je m'en veux beaucoup, tu sais.

— Je n'ai jamais voulu te piéger, Flynn. Je voulais être avec toi, à condition que toi aussi tu le veuilles. Mais, cela, j'étais loin d'en être sûre. Et puis, j'ignorais tout des épreuves que tu avais traversées… Je suis heureuse que tu aies pu discuter de tout cela avec ta mère. J'ai eu le sentiment qu'elle avait véritablement changé.

— Je l'espère, Caitlin. Les choses se remettront sans doute en place doucement. Mais je suis plutôt optimiste. Ma mère était ravie d'apprendre qu'elle avait une petite-fille. Elle m'a posé beaucoup de questions sur Sorcha. Puis nous sommes allés dans la cuisine pour qu'elles puissent faire plus ample connaissance.

— Sorcha devait être intimidée, non ? Tout à l'heure, quand j'ai croisé ta mère dans l'entrée, elle était quasiment tétanisée. Elle a profité de la première occasion pour détaler.

Flynn se mit à rire.

— Au début, un petit peu, mais tu la connais… la glace a vite été brisée.

— Tant mieux.

— M. MacCormac ! Vite ! Venez vite !

Caitlin et Flynn s'interrompirent aussitôt. Bridie arrivait en courant dans leur direction. Elle s'arrêta à bout de souffle devant eux.

— C'est Sorcha ! Elle vient de tomber dans l'escalier. Elle s'est cogné la tête.

— Comment ? rugit Flynn.

— Oh, mon Dieu, non ! s'écria Caitlin.

Ils se mirent à courir. Flynn saisit la main de Caitlin et l'entraîna jusqu'à la maison.

Lorsqu'ils entrèrent dans le hall, Sorcha était en train de pleurer à chaudes larmes dans les bras d'Estelle.

Caitlin remercia le ciel que sa fille fût consciente. Mais elle savait aussi qu'il fallait être très prudent après une chute de ce genre. S'il y avait eu commotion cérébrale, la plus grande vigilance s'imposait.

Estelle était défaite.

— La petite voulait me montrer comment elle descendait l'escalier, expliqua-t-elle d'une voix tremblante. Elle m'a dit « regarde, je peux descendre les marches quatre à quatre » et, avant que j'aie le temps de réagir, elle est tombée. C'est arrivé si vite. Oh, je suis tellement désolée !

Flynn se tourna vers Bridie.

— Bridie, appelez immédiatement le médecin, je vous prie. Dites-lui exactement ce qui s'est passé. Qu'il vienne immédiatement !

— Oui, monsieur MacCormac.

Caitlin s'empressa de s'agenouiller à côté de Sorcha. Elle avait eu si peur qu'elle peinait à retrouver son souffle.

— Oh, mon petit trésor… tu t'es fait très mal ? questionna-t-elle en lui caressant doucement les cheveux. Je t'avais dit de faire attention dans l'escalier… tu as oublié ? Il faut toujours te tenir à la rampe.

— Pardon… maman, j'ai désobéi, sanglota Sorcha.

Derrière elles, Flynn examinait l'ecchymose avec attention.

— Combien de temps est-elle restée inconsciente ? demanda-t-il sèchement à sa mère.

— Pas plus de quelques secondes, répondit Estelle. Elle a ouvert les yeux quand je suis arrivée.

— Est-ce que tu as mal ailleurs, ma toute belle ?

Sorcha secoua la tête, les lèvres encore tremblantes.

— J'ai mal à ma tête, gémit-elle.

— Je sais, mon ange, dit Flynn d'une voix rassurante. Mais

ça va s'arranger très vite. Un gentil docteur va venir te voir pour t'aider à aller mieux. Est-ce que tu as mal au cœur aussi ?

— Oui, un peu.

— Ne t'inquiète pas, ça va passer. Je te promets que tu te sentiras bientôt beaucoup mieux.

Bridie entra de nouveau dans la pièce.

— Le docteur Ryan s'est mis en route. Il sera là d'ici vingt minutes. Il demande que la petite reste allongée en l'attendant.

— Je vais l'étendre sur le sofa du bureau, déclara Flynn. Bridie, auriez-vous la gentillesse d'aller chercher une couverture à l'étage ?

En attendant le Dr Ryan, chacun s'efforça de tromper son inquiétude. Après avoir installé Sorcha sur le canapé, Flynn lui lut quelques histoires pour la distraire. Juste à côté, Caitlin caressait tendrement la main de l'enfant, en la surveillant avec attention.

Quant à la mère de Flynn, après avoir fait les cent pas dans la pièce, elle accompagna Bridie dans la cuisine pour préparer du thé.

Le Dr Ryan était un homme charmant, qui connaissait fort bien la famille MacCormac. Il inspira d'emblée confiance à Caitlin. Il examina longuement Sorcha tout en lui adressant des paroles rassurantes. Puis il prit tout le temps nécessaire pour convaincre Flynn et Caitlin que tout allait bien. Il leur suffirait d'être particulièrement attentifs durant les vingt-quatre heures à venir.

Lorsque le médecin fut parti, Estelle et Bridie laissèrent Flynn et Caitlin seuls avec leur fille.

L'un comme l'autre étaient secoués par l'incident qui venait de se produire. Caitlin se sentait vidée, mais, et c'était un sentiment particulièrement étrange, cette journée trépidante l'avait également purifiée.

De quoi ? Pourquoi ?

Elle n'aurait su le dire. Ce qui était en train de se passer en elle résistait à toute tentative d'explication.

Une certitude pourtant était en train de s'enraciner au plus profond d'elle-même : plus rien ne serait comme avant. L'amour que Flynn portait à sa fille crevait les yeux. Désormais le père et la fille ne se sépareraient plus jamais.

Quant à elle…

Elle savait qu'elle ne désirait rien tant que vivre auprès de Flynn… et l'aimer, si, toutefois, il était prêt à accepter son amour.

— Papa…, tu vas bien ?

La petite voix de Sorcha, fraîche et chantante, les ramena à eux-mêmes.

— Comment ça va, ma petite chérie ? s'enquit Flynn, avec un sourire attendri.

— Je me sens un peu fatiguée, répondit la fillette en fermant les yeux.

Flynn déposa un baiser sur son front et remonta légèrement la couverture.

—Dors, ma puce. Une petite sieste te fera le plus grand bien.

La fillette acquiesça, à moitié endormie déjà.

— Et toi, Caitlin ? Est-ce que tu te remets de tes émotions ?

— Je commence à me sentir un peu mieux. Mais je n'ai jamais eu aussi peur de ma vie !

— Ça ne m'étonne pas. Tu es vraiment très pâle. Je pense que même le fantôme de la maison a plus de couleurs que toi.

Caitlin parvint à rire.

— Il y a un fantôme ici ? Décidément, je ne serai jamais au bout de mes surprises.

— Mais oui, un vrai fantôme.

— Si tu racontes ça à Sorcha, tu risques de la terrifier.

— C'est pour ça que j'ai attendu qu'elle soit endormie.

— Et qui est ce fameux fantôme ?

— C'est une femme qui veille sur les amoureux malheureux, enfin, d'après la légende. Elle avait épousé un jeune homme, un MacCormac très casse-cou, marin dans l'âme. Il passait le plus clair de son temps en mer. Son navire a coulé au large de l'Atlantique. La pauvre femme ne s'en est jamais remise. On dit qu'elle allumait tous les soirs une lampe qu'elle plaçait devant sa fenêtre pour guider son mari.

— Comme c'est triste ! s'exclama Caitlin en frissonnant. Comment s'appelait cette femme ?

— Lizzie… mais assez de ces histoires tragiques. Ce qui m'intéresse, c'est de savoir si tu vas mieux.

— Oui, ça ira. Cela dit, j'en tremble encore. J'avais dit à Sorcha de ne pas jouer dans l'escalier. Mais quand cette petite a une idée dans la tête… A cet âge-là, les enfants n'ont aucune conscience du danger.

— Avec une mère comme toi, ce n'est pas très étonnant.

— Je ne suis pas si têtue que cela…, protesta-t-elle mollement.

— On croirait rêver !

Il lui adressa un sourire chaleureux, un de ceux qu'il lui offrait lorsqu'ils étaient ensemble, avant… Emue, Caitlin posa la main sur la sienne.

— Je te remercie beaucoup de ta sollicitude, dit-elle. Tu devrais aller voir ta mère à présent, elle avait l'air très angoissée tout à l'heure.

Flynn esquissa une moue incertaine, comme si l'ancienne colère n'était pas encore tout à fait éteinte.

— Moui… je ne suis pas très pressé.

— Ne lui en veux pas. Elle était vraiment bouleversée. Tout s'est passé très vite. Comment aurait-elle pu deviner que Sorcha avait l'intention de dégringoler l'escalier ? Tu devrais aller la voir, vraiment.

Flynn la dévisagea avec fascination.

— Tu as un cœur aussi grand que l'océan, Caitlin, commenta Flynn.

Caitlin se mordit la lèvre, hésitant à parler. Il le fallait pourtant.

— Flynn, qu'allons-nous faire ? demanda-t-elle enfin, dans un souffle.

— Que veux-tu dire ?

— Je veux parler de *nous*.

— Il faut que nous en parlions. Mais pas tout de suite… attendons ce soir, veux-tu ?

Flynn jeta un coup d'œil en direction de la chambre de Sorcha. Caitlin venait de vérifier pour la troisième fois de la soirée que la petite fille dormait bien.

— Tout va bien ?

— Oui, elle n'a pas bougé depuis tout à l'heure. Ne t'inquiète pas. Après la sieste de cet après-midi et la nuit qu'elle va passer, demain rien n'y paraîtra plus.

— C'est parfait. Viens t'asseoir un peu avec moi avant que tu ne t'écroules de fatigue. Tu tiens à peine debout, ma pauvre !

C'était un euphémisme, songea Flynn en regardant les traits tirés de Caitlin. Tout comme lui, elle avait vécu des instants extrêmement angoissants.

Mais ils étaient deux maintenant à partager la responsabilité la plus écrasante qui soit.

Lorsque Bridie leur avait annoncé la chute de Sorcha, il avait cru perdre la raison. Fort heureusement, l'incident s'avérait moins grave qu'il aurait pu l'être. Mais il avait sans doute vécu les minutes les plus longues de sa vie.

En l'espace de peu de temps, il s'était profondément attaché à sa fille. Une enfant radieuse qui illuminait ses journées avec sa bonne humeur et son esprit espiègle. L'amour paternel né en lui était indestructible.

Bien sûr, il y aurait toujours une place dans son cœur pour Danny, et il n'oublierait jamais qu'il avait été son père pour un temps.

Mais, à présent, c'était sa fille qui avait besoin de son amour.

Savoir que l'enfant dormait paisiblement le soulageait beaucoup.

A présent, il pouvait penser librement à Caitlin. Il avait attendu ce moment toute la journée.

Seigneur, il avait tant à lui dire ! Par où commencer ?

11

Comment guérir une blessure négligée depuis des années ? songea Flynn en regardant Caitlin qui s'était installée de l'autre côté du canapé.

Sa peau sans défaut lui parut plus blanche que jamais. La fatigue se lisait sur ses traits, sans altérer sa bouleversante beauté. Après la journée qu'il venait de traverser avec elle, Flynn se sentait incapable de nourrir le moindre ressentiment à son égard. Le plaisir de retrouver le corps de Caitlin, de s'unir charnellement à elle, avait anéanti ses dernières défenses.

Caitlin lui présenta un petit album photo, de la taille d'un portefeuille.

— J'ai pensé que tu aimerais y jeter un coup d'œil, dit-elle. Je le garde toujours dans mon sac, mais c'est idiot, cela m'était complètement sorti de l'esprit. Il y a des photos de Sorcha bébé et quelques clichés d'elle à un ou deux ans.

Flynn sentit son estomac se nouer.

— Merci…

Il regarda les photographies en silence, en prenant tout son temps, comme pour imprégner sa mémoire à tout jamais de ces images.

Tandis que Flynn tournait les pages du modeste album, Caitlin le regardait du coin de l'œil. L'avenir demeurait incertain, mais elle savait à présent que son retour au pays avait un sens. Désormais, sa fille avait un père. Un homme qui, elle n'en doutait pas, l'aimerait de toutes ses forces.

Elle-même avait l'impression d'avoir beaucoup grandi en quelques jours. A l'époque de sa rencontre avec Flynn, elle avait naïvement imaginé que tomber amoureuse était la chose la plus simple au monde.

Ce l'était en quelque sorte, mais aimer supposait également être prêt à franchir des obstacles.

Flynn et elle n'en avaient pas été capables quatre ans et demi auparavant.

— J'aime beaucoup celle-là.

— Laquelle ?

Caitlin se rapprocha de Flynn pour regarder avec lui. C'était un cliché que sa tante Marie avait pris quelques heures après la naissance de Sorcha. Elle était assise dans son lit d'hôpital, enveloppée dans un châle tricoté par sa tante, avec le bébé dans les bras. Son sourire était fatigué mais heureux.

Oh, comme Flynn avait pu lui manquer en cet instant ! Elle avait regretté qu'il ne fût pas à son côté pour assister à la naissance de leur fille !

En repensant au mélange de joie et de tristesse qui l'avait envahie le jour de la naissance de Sorcha, une vive émotion s'empara d'elle.

— Je ne suis pas à mon avantage sur cette photo, dit-elle en esquissant une grimace.

Flynn secoua la tête.

— Vous êtes toutes les deux incroyables, murmura-t-il, visiblement ému lui aussi. C'est la plus belle photo que j'aie jamais vue…

— J'avais tellement envie que tu sois là, confessa Caitlin dans un souffle. Je n'ai pas pu dormir cette nuit-là tant je pensais à toi… et pourtant, crois-moi, j'étais épuisée.

— L'idée de savoir que tu as accouché seule, en souffrant beaucoup, m'est insupportable.

— Ma tante Marie était là, tu sais, dit Caitlin sur un ton qu'elle espérait réconfortant. Elle attendait derrière la porte. Et puis le médecin et la sage-femme étaient très gentils. C'est vrai, ce que l'on dit, tu sais. Dès que le bébé est là, on oublie la douleur que l'on a ressentie avant. Quand j'ai regardé Sorcha pour la première fois, j'ai pensé « et voilà, c'est ce qu'on appelle un miracle ». Mais…

Elle s'arrêta. Flynn la regardait avec intensité. Elle s'offrit à son regard et le laissa lire dans ses yeux. Peu lui importait qu'il y découvre à quel point elle l'aimait. C'était trop tard pour songer à se défendre. L'heure des faux-semblants était passée.

— Mais… ? l'encouragea-t-il.

— Mais, de toutes les souffrances, celle de ne pas t'avoir à mes côtés était la pire. Tu m'as tellement manqué. Pendant toutes ces années…

Le regard de Flynn s'assombrit.

— Je suis surpris que tu puisses encore dire cela après tout ce que j'ai fait.

— Que veux-tu dire ?

— Pendant des années, j'ai été persuadé que je ne pourrais jamais te pardonner d'avoir pris la fuite. Mais, depuis peu, j'ai compris que c'était à toi de me pardonner.

Le cœur de Caitlin se mit à battre la chamade. Elle n'osait croire ce qu'elle entendait.

— Te pardonner ? reprit-elle. Mais pourtant, c'est moi qui…

— Durant tout ce temps, la rancœur que j'éprouvais me servait de protection. J'ai tellement souffert de ton départ que j'ai eu besoin de te détester. Le problème, c'est qu'à aucun moment je ne me suis remis en question. Et tu as entièrement raison, je ne t'ai jamais rien dévoilé de moi-même, je n'ai pas cherché à gagner ta confiance car j'étais trop préoccupé par ma propre méfiance. Dans ces conditions, comment pourrais-je t'en vouloir d'être partie ?

Il referma le petit album photo et soupira profondément.

— Ce qui s'est passé avec Isabel m'a rendu amer. Amer au point que je n'ai pas mesuré la chance que j'avais de te rencontrer. Ce n'est qu'à ton départ que j'ai pris conscience de l'étendue de ma perte. Même à ce moment, j'ai mal agi. Mon orgueil était si blessé que je n'ai pas fait l'effort de te retrouver. Au lieu de m'enfermer dans mon chagrin comme dans une tour d'ivoire, j'aurais dû aller parler à ton père et le supplier de me dire où tu étais parti.

Caitlin, qui pleurait à présent, ne put s'empêcher de sourire.

— Tu n'es pas vraiment le genre d'homme à supplier quiconque, commenta-t-elle.

Flynn saisit sa main et y déposa un baiser.

— La trahison d'Isabel m'a rendu craintif. Le jour du départ de Danny, j'étais fou de chagrin, fou de colère… je me suis juré que je ne ferais plus jamais confiance à une femme. Quand je t'ai rencontrée, j'ai été terrifié de succomber à ce point… le moindre de tes sourires me faisait perdre la raison. J'ai su que tu étais dangereuse au premier regard que j'ai posé sur toi.

— Dangereuse ?

Caitlin le dévisagea sans comprendre. L'adjectif qu'il venait d'employer lui correspondait si peu.

— Ne te méprends pas, Caitlin. Je sais que tu n'es pas une femme calculatrice. Et, aujourd'hui, ma mère l'a enfin compris, elle aussi. Non, ce n'est pas ce que je voulais dire.

Il posa un baiser sur son front.

— Je voulais juste dire que tu étais dangereuse pour moi, pour mon cœur… j'avais le sentiment que tu détenais le pouvoir de l'atteindre comme jamais il n'avait été atteint.

— Et qu'en est-il aujourd'hui ?

— A présent, nous devons panser nos blessures. Par ma faute, tu as dû vivre un enfer ! Tu étais une jeune fille, seule et enceinte dans un pays étranger. J'aurais dû être à tes côtés pour t'aider. Je veux que tu saches que je le regretterai toujours. Pour ce qui est d'aujourd'hui, je pense qu'il est inutile de brusquer quoi que ce soit… nous allons essayer de guérir, et je sais que ce ne sera pas forcément facile.

En sentant une pointe de réserve dans la voix de Flynn, Caitlin recula instinctivement.

— Si tu penses que ça ne marchera pas… si tu crois que nous ne pourrons pas…

— Nous avons tous les deux été blessés dans cette histoire, coupa-t-il. Tout ce que je dis, c'est que nous devons surmonter, soigner nos blessures avant de nous engager définitivement l'un avec l'autre.

Caitlin reconnut la sagesse de ses propos. Il n'était pas souhaitable de précipiter les choses. Tous deux devaient être sûrs que c'était véritablement ce qu'ils souhaitaient. Et puis ils devaient également penser à Sorcha et à son bien-être. Ils ne pouvaient plus se permettre d'erreurs à présent.

Tout en soupirant, Caitlin posa la tête sur l'épaule de Flynn. Celui-ci passa aussitôt son bras autour de son épaule.

— Raconte-moi une de tes histoires, Flynn, demanda-t-elle.

— Une de mes histoires ? Quel genre d'histoire ?

— J'aimerais entendre une histoire où tout semble perdu, mais où tout se termine bien malgré tout.

Elle sentit Flynn sourire.

— Tu as de la chance, je ne connais que ça.

La lampe de chevet de la chambre de Caitlin projetait à présent leurs ombres en mouvement sur le mur. Au moment où Flynn entra en elle, elle poussa un petit cri, fermant les yeux pour mieux accueillir les sensations délicieuses qui jaillissaient en elle.

— Ouvre les yeux, ordonna-t-il doucement.

Elle obéit et croisa son regard incendié de désir.

— Est-ce que faire l'amour avec moi t'a manqué ? susurra-t-elle.

Il émit un grognement, terriblement sensuel, qui la fit frissonner de plaisir. Instinctivement, elle rejeta la tête en arrière, pour mieux s'offrir à la volupté.

— Faire l'amour avec toi m'a terriblement manqué, répondit-il en penchant la tête pour happer le bout de son sein. Il est urgent de rattraper le temps perdu.

— Je te le promets, dit Caitlin entre deux caresses.

Bientôt, tous deux furent incapables de prononcer le moindre mot. Les gémissements de Caitlin s'intensifièrent pour s'épanouir enfin en un long cri d'extase lorsqu'elle atteignit la jouissance. Alors, Flynn unit son plaisir au sien, laissant toutes les barrières patiemment construites céder d'un seul coup.

Lorsque le dernier frisson de plaisir eut achevé de soulever leurs sens, une profonde béatitude les envahit.

Flynn serra très fort Caitlin contre lui. Il se sentait plus fragile et plus fort que jamais. Il ne souhaitait être avec aucune autre femme au monde que celle qu'il tenait dans ses bras.

A quoi avait-il pensé, quelques heures auparavant, lorsqu'il lui avait proposé de ne rien précipiter entre eux ? Il avait parlé de guérir… Mais vivre avec Caitlin et Sorcha était sa guérison et il ne pouvait en souhaiter de meilleure.

Caitlin, de son côté, était pensive. Plus tôt dans la journée, elle avait révélé à Flynn qu'elle prenait la pilule. Mais à présent elle ne pouvait s'empêcher de se demander si, un jour, elle aurait un autre enfant de Flynn.

Sorcha avait presque quatre ans, et Caitlin avait toujours eu du mal à se résoudre à ce qu'elle restât enfant unique. Néanmoins, elle n'aurait jamais mis au monde un deuxième enfant en tant que mère célibataire. La naissance de Sorcha l'avait comblée de joie, certes, mais, pour l'élever, elle avait dû faire face à de très grandes difficultés. Elle ne prendrait pas le risque d'imposer cela à un autre enfant.

A ses yeux, et dans la mesure du possible, les enfants devaient être élevés par leurs deux parents. Il lui suffisait de voir à quel point Sorcha s'était épanouie en quelques jours pour en être convaincue.

— A quoi penses-tu ? s'enquit Flynn en lui caressant tendrement la joue.

— Tu me crois vraiment capable de penser après ce qui vient de se passer ? plaisanta-t-elle.

— Dis-moi.

— Puisque tu insistes…

Elle hésita. Pouvait-elle se permettre de livrer des pensées pareilles alors qu'il l'avait exhortée à ne pas brûler les étapes ? Elle prit une inspiration profonde.

— Je me demandais si nous aurions un jour un autre enfant ensemble, dit-elle finalement. Je sais que c'est un peu tôt pour aborder le sujet et qu'il nous reste beaucoup de choses à régler, mais…

— J'aimerais avoir un fils.

— Je te demande pardon ?

— J'aimerais un fils — un petit frère pour Sorcha.

— C'est vrai ?

Caitlin n'en croyait pas ses oreilles. Une joie indescriptible prit possession de son être. Un avenir radieux était donc possible ?

— Flynn, c'est vrai ? insista-t-elle, incrédule.

— Tu ne vas tout de même pas mettre en doute tout ce que je te dis ? la gourmanda Flynn en feignant d'être vexé.

— Non, répondit-elle fermement. Je préfère de loin l'harmonie aux disputes. Quand j'étais petite, je souffrais beaucoup d'assister aux querelles de mes parents.

— Ils se disputaient tant que ça ?

— Oh oui, malheureusement. Tout était prétexte à dispute. La vie quotidienne, les loisirs de mon père, mon éducation, et j'en passe…

— Mais pourtant…

— Pourtant, ils s'aimaient beaucoup, oui, mais c'était leur mode de fonctionnement. Ils se réconciliaient toujours. Mais c'était difficile à vivre. Je n'ai plus envie de subir cela en tant qu'adulte, ni de l'infliger à nos enfants.

— Je suis désolé que tout se soit si mal terminé entre ton père et toi et que tu l'aies perdu…, dit Flynn. J'imagine que ça doit être douloureux pour toi.

— Oui, je crois que je garderai toute ma vie ce sentiment de frustration. J'aurais aimé faire la paix avec papa. J'aurais aimé le voir heureux. Mais je me dis qu'il est sans doute mieux là où il est… auprès de maman…

— Tu as raison.

Pendant quelques instants, aucun d'eux ne prononça une parole.

— Et toi, Caitlin ? Est-ce que tu es heureuse là où tu es ? demanda Flynn. Est-ce que tu te sens prête à y vivre avec moi ?

— Oh oui, Flynn ! C'est le seul endroit où je veux vivre… Je veux être avec toi et Sorcha.

— Tant mieux, répondit-il en l'attirant tout contre lui. Parce que je ne veux plus jamais te perdre. Plus jamais.

Le lendemain, Bridie entra dans la salle à manger où ils prenaient leur petit déjeuner.

— Je suis désolée de vous déranger, mais j'ai quelque chose pour vous, mademoiselle Burns.

Elle posa une petite enveloppe brunie sur la table, devant Caitlin.

— Mary Hogan est venue déposer ceci il y a quelques minutes, déclara-t-elle.

— Mary Hogan ! s'exclama Caitlin. Pourquoi n'est-elle pas entrée ? C'est dommage, je lui aurais bien parlé. Cette femme est si gentille.

— Je lui ai proposé d'entrer, mais elle a refusé, répondit Bridie. Elle tenait cependant à ce que je vous transmette un message.

— Quel message ? C'est au sujet de cette lettre ?

— Oui, Ted MacNamara a trouvé l'enveloppe coincée dans un recoin du lit de votre père. Ça doit être important, car elle a beaucoup insisté.

Caitlin reposa sa tasse de café et échangea un regard avec Bridie. Cette dernière lui sourit avec bonté, comme si elle avait déjà compris que la lettre risquait de la bouleverser.

Flynn fronça les sourcils et se mit à étudier le visage de Caitlin avec attention.

La gorge serrée, Caitlin tourna et retourna l'enveloppe, puis croisa le regard de Sorcha qui dégustait tranquillement sa quatrième tartine. Heureusement, la chute de la veille n'avait pas entamé l'entrain de la fillette qui semblait avoir tout oublié. La bosse sur son front s'était d'ailleurs bien résorbée.

— Tu ne veux pas ouvrir cette lettre ? demanda Flynn.

— Bien sûr que si !

Rassemblant son courage, Caitlin ouvrit l'enveloppe, qui était à peine fermée. Elle en sortit un feuillet blanc sur lequel elle reconnut instantanément l'écriture large et tourmentée de son père.

Son cœur se serra.

« Chère Caitlin,

« J'ai essayé de te dire pendant des années que tu me manquais, mais depuis que ta mère n'est plus de ce monde j'ai du mal à parler. Tu lui ressembles tant que ça me faisait parfois mal de te regarder.

« J'ai été un idiot de te laisser partir, ma Catie.

« Je n'ai jamais été très doué pour exprimer mes sentiments, mais, ce soir, j'en éprouve le besoin. Comment te dire tout cela ? Les mots me manquent. Dis-toi simplement que je suis triste que tu sois partie. Et puis je regrette de ne pas connaître ma propre petite-fille. Oh oui, je le regrette ! Au début, je ne regardais même pas les photos que tu envoyais, mais, au bout d'un moment, j'ai réussi à le faire.

« Elle est bien belle, ta Sorcha, n'est-ce pas ? J'aimerais tant que tu reviennes à la maison pour que je puisse la voir, mais pour être franc avec moi-même je ne suis pas sûr de trouver le courage d'envoyer cette lettre. Je me suis mal conduit et je n'ai pas été un bon père pour toi. Je sais que ta mère me le reprocherait à grands cris si, par bonheur, elle était encore en vie.

« De temps en temps, je croise ce gars, MacCormac, en ville. J'aimerais bien lui dire où tu es, mais je n'y arrive pas. J'ai toujours eu un peu de mal avec ce genre de type. Mais j'ai peut-être tort. Est-ce qu'il aurait pu te rendre heureuse ? Je ne sais pas, mais je regrette de m'être mis en travers de votre chemin. Ce n'était pas mon rôle.

« Prends soin de toi, ma Catie… et embrasse bien la petite de la part de son grand-père.

« Papa »

Les larmes coulaient en silence le long des joues de Caitlin. « Papa, pourquoi ne m'as-tu pas envoyé cette lettre ? Oh, papa, si seulement j'avais su ! »

— Oh, maman, qu'est-ce qui ne va pas ? s'écria Sorcha. Mais, mais tu pleures !

— De mauvaises nouvelles ? demanda Flynn, visiblement inquiet.

— Non…, parvint à dire Caitlin tout en essuyant ses larmes. Papa a écrit cette lettre il y a quelque temps de cela. C'est une belle lettre…

Elle essaya tant bien que mal de sourire.

— Mais il ne l'a jamais envoyée, malheureusement.

— Me permets-tu d'y jeter un coup d'œil ?

— Oui, je t'en prie, répondit Caitlin en lui remettant la missive.

Il la lut rapidement.

Et dire que Caitlin avait cru que son père ne lui pardonnerait jamais de l'avoir déçu ! Il avait été si dur avec elle parfois.

Elle savait que la mort de sa mère l'avait profondément affecté et qu'il s'était montré plus renfermé à partir de ce moment-là. Mais jamais il ne lui avait expliqué la raison de sa froideur.

Aujourd'hui, elle découvrait enfin qu'il l'avait aimée et cette nouvelle la remuait jusqu'aux tréfonds de son être. Seulement il n'avait jamais pu lui témoigner son affection car elle lui rappelait trop la femme qu'il avait aimée et qu'il avait perdue.

C'était une immense joie de découvrir après tout ce temps qu'il était fier de sa petite-fille et qu'il aurait été heureux de la rencontrer.

— Ton père était l'homme le plus obstiné du monde…, grogna Flynn en lui rendant la lettre. Si seulement il l'avait postée ! Tu te rends compte de ce qu'il a perdu parce qu'il n'a pas pu se résoudre à le faire ?

— Il avait peur, répondit Caitlin, qui se sentait apaisée malgré tout. Après la mort de maman, tout l'effrayait. Toute sa vie était gouvernée par la peur. Je m'en rends compte à présent et je lui pardonne. Je suis si contente que Ted ait retrouvé cette lettre.

Flynn secoua la tête et se mit à sourire.

— Comme je l'ai déjà dit, tu as le cœur aussi large que l'océan. Et ta générosité doit être contagieuse, car, moi aussi, je ne parviens plus à lui en vouloir. Je le plains au contraire beaucoup. J'imagine que les dernières années de sa vie n'ont pas été faciles.

— Je suis heureuse d'être en paix avec la mémoire de mon père.

— Il repose en paix à présent. A présent, il faut que tu penses à toi.

— A nous, corrigea-t-elle. Tout le reste appartient au passé. Pour le moment, nous devons penser au présent et au futur. Tu ne crois pas ?

Ils échangèrent un regard ému.

— Oui, je le crois, répondit Flynn.

— Papa ?

La petite voix de Sorcha lui fit tourner la tête.

— Je t'écoute, ma toute belle.

— J'aimerais bien aller voir les chevaux ! Est-ce que tu veux bien m'emmener, dis ?

— Plus tard, ma chérie… je te le promets. Mais d'abord je dois me rendre quelque part avec ta mère.

— Bon, d'accord. Alors, je peux jouer avec Bridie ?

— Mais bien sûr, trésor. Bridie avait prévu de t'emmener jouer dans le jardin — à condition que tu te couvres suffisamment, bien sûr. On se retrouvera à l'heure du déjeuner. Si tu es bien sage, Bridie t'aidera à planter quelques bulbes pour que de jolies fleurs poussent au printemps prochain.

— D'accord, mais je voudrais avoir ma propre pelle !

— Ce que cette petite est exigeante ! s'écria Caitlin en levant les yeux au ciel !

— Ce n'est pas une MacCormac pour rien, commenta Flynn en ébouriffant les cheveux de la fillette.

12

Après avoir traversé un chemin bordé d'arbres, Flynn gara sa voiture devant une belle maison géorgienne, construite dans un écrin de verdure, à la lisière d'une forêt. La neige avait fondu et l'on devinait que le printemps ne tarderait plus.

— Est-ce que nous allons rendre visite à quelqu'un ? s'enquit Caitlin.

Le visage de Flynn demeurait impénétrable.

— J'aurais préféré que tu me préviennes, poursuivit-elle sans attendre de réponse. J'aurais fait un petit effort pour m'habiller.

Elle n'avait pas grand-chose à se mettre, l'essentiel de sa garde-robe se trouvant encore chez sa tante Marie, mais elle aurait préféré porter autre chose que son sempiternel jean.

— Rassure-toi, ce n'était vraiment pas la peine que tu te changes, *mo cridhe.*

En entendant ce petit nom affectueux, qui venait de l'ancien gaélique, Caitlin ne put s'empêcher de sourire.

— Tout de même..., murmura-t-elle.

— Nous ne rendons visite à personne. C'est moi qui possède cette maison.

Elle le regarda, interloquée. Il n'avait jamais mentionné ce lieu auparavant.

— Vraiment ? C'est ravissant !

— Oui, j'aime beaucoup cet endroit. Il y a sans doute quelques travaux à faire à l'intérieur. Elle est vide actuellement, les locataires m'ont rendu les clés à Noël.

— Tu loues cette maison depuis longtemps ?

— Cela faisait quelques années, mais je n'ai plus l'intention de le faire.

— Ah bon ? Ça ne s'est pas bien passé ?

— Ce n'est pas cela.

Il s'arrêta et prit un air extrêmement grave.

— Je t'offre cette maison, Caitlin.

— Comment… comment ça ?

— Je vais m'arranger pour que les papiers soient à ton nom. Prends-le comme un cadeau de mariage… comme ça, tu auras toujours un endroit à appeler « la maison ». Ici, tu seras toujours chez toi.

Caitlin crut défaillir. Elle n'arrivait pas à y croire. Que Flynn lui donne une maison… et une maison telle que celle-ci… c'était vraiment incroyable… mais qu'il lui offre comme cadeau de *mariage* ? Cela dépassait de loin tout ce qu'elle avait pu espérer jusqu'à présent.

Les larmes lui montèrent aux yeux.

— Tu viens de parler d'un « cadeau de mariage » ?

Elle se jeta dans ses bras et l'embrassa avec toute la fougue dont elle était capable.

— Dois-je comprendre que tu acceptes ?

— Oh oui ! Mille fois oui !

— J'aurais dû demander ta main il y a quatre ans, mais j'étais trop bête pour le comprendre à l'époque.

— C'est… c'est ce dont j'ai toujours rêvé depuis le jour où je t'ai rencontré. J'ai toujours su que tu étais l'homme de ma vie.

— J'ai ressenti la même chose, mon amour. Je t'aime et j'ai trop attendu pour te le dire.

— Je t'aime infiniment, Flynn, et je sais que je t'aimerai toute ma vie.

— Dans ce cas, ce sera un nouveau commencement pour nous deux… A propos, tu as carte blanche pour décorer la maison comme il te plaît. Dès que ce sera terminé, nous emménagerons ici avec Sorcha.

— Et Oak Grove ?

— Je devrai toujours m'occuper de la gestion des terres, mais rien ne nous oblige à y vivre. Mon grand frère, Daire, m'a récemment appris qu'il avait l'intention de s'occuper davantage des affaires de la famille. Du coup, ce sera beaucoup moins lourd pour moi. Nous garderons l'appartement de l'aile est pour d'éventuelles visites ou vacances — comme tu voudras. Et puis, il y a aussi ma petite maison dans la montagne, tu te souviens ? Mais je tenais vraiment à créer un nouveau foyer avec toi, mon amour. Si tout cela te convient, naturellement.

— Si tout cela me convient ? reprit-elle avec une pointe d'amusement. Je suis au septième ciel, tu veux dire ! Mais Flynn... bien que ton magnifique cadeau me comble de joie, il faut que tu saches une chose.

— Quoi donc ?

— Peu importe l'endroit où je vis du moment que c'est avec toi.

Posant la tête sur l'épaule de Flynn, Caitlin soupira de bonheur. Le rêve de toute une vie était en train de se réaliser. Désormais, un avenir radieux l'attendait.

Réconciliée avec le passé et confiante en l'avenir, elle se sentait prête à déplacer des montagnes avec l'homme qu'elle aimait.

— Et si je te faisais visiter ta maison, mon amour ? suggéra Flynn.

— Avec le plus grand plaisir, mais, d'abord, embrasse-moi.

Ils unirent leurs lèvres en un baiser, scellant leur corps, scellant leur vie... pour toujours.

Au-dehors, un rayon de soleil perça les nuages, comme pour souhaiter la bienvenue à Caitlin. Lorsqu'ils sortirent de la voiture, l'air semblait plus doux que les jours précédents. Un oiseau se mit à gazouiller dans un arbre.

Un long hiver, un hiver de quatre ans et demi, s'achevait enfin.

Flynn et Caitlin s'avancèrent jusqu'à leur nouvelle maison.

Main dans la main.

MICHELLE CELMER

Le secret de Lexi

Traduction française de
MARION BOCLET

HARLEQUIN

Titre original :
THE OILMAN'S BABY BARGAIN

Ce roman a déjà été publié en 2015

1

Juin

Alexis Cavanaugh n'était pas tombée amoureuse du bon frère.

Elle était incapable de dire précisément quand elle en avait pris conscience, mais ce soir, tandis qu'elle regardait, de l'autre côté de la table éclairée aux chandelles, l'homme avec lequel elle avait passé toute la semaine à Washington, elle en eut la certitude. Mitch Brody parlait avec ferveur de Brody Oil and Gas, la compagnie qu'il possédait en copropriété avec son frère Lance, celui-là même qu'elle était censée épouser, mais elle ne l'écoutait qu'à moitié tant elle était troublée par le choc de cette révélation. *Elle aimait Mitch Brody et allait épouser Lance Brody…*

Elle ne s'était pas attendue à tomber amoureuse de Lance : leur mariage n'était guère plus qu'un marché conclu entre les frères Brody et son père, Bruce Cavanaugh, sénateur du Texas, dont elle était originaire. Elle savait bien que ce genre d'« arrangement » n'avait plus court et qu'une union sans amour était bien triste. Mais n'avait-elle pas toujours fait ce que son père attendait d'elle ? Ne savait-il pas, comme il le disait toujours, ce qui était le mieux pour elle ? Epouser Lance lui garantirait la sécurité financière et la place dans la société qu'elle méritait, bien qu'elle ne vît pas vraiment ce qu'elle avait fait pour les mériter, à part porter le nom de Cavanaugh.

Lance était grand, brun, solidement bâti, et avait beaucoup de charme. Alexis le trouvait attirant, mais ce n'était pas un homme aussi raffiné que ceux qu'elle avait l'habitude de fréquenter. Il semblait plus à son aise avec les employés de la raffinerie qu'avec des actionnaires en costume trois pièces. Son frère Mitch, en revanche, semblait parfaitement à l'aise avec l'élite de Washington. Ils étaient allés à une demi-douzaine de réceptions et de dîners ensemble. Manifestement, c'était lui le cerveau de Brody Oil and Gas.

C'était tout aussi clairement le frère Brody dont elle était amoureuse.

La plupart du temps les hommes la traitaient comme un trophée, en compagnie duquel il était important d'être vu, mais qui n'avait pas d'autre véritable valeur. Mitch, lui, l'entendait, il l'*écoutait*, et semblait sincèrement s'intéresser à ce qu'elle avait à dire.

Soudain, elle se rendit compte qu'il la regardait fixement, un large sourire sur son beau visage, ce visage qui lui était maintenant devenu si familier. Elle en connaissait chaque trait, chaque courbe, l'arête de son nez, la forme de ses yeux bruns, le volume de ses lèvres et l'angle de sa mâchoire. Elle connaissait chacune de ses expressions et toutes leurs nuances, et le sourire qu'il affichait maintenant était amusé.

— Quoi ? demanda-t-elle.

— Tu n'as pas entendu un mot de ce que j'ai dit, n'est-ce pas ?

C'était vrai. Il avait parlé de son entreprise, qui était visiblement ce qu'il y avait de plus important pour lui, et elle n'avait pas fait attention. A sa décharge, c'était difficile de regarder ses lèvres pulpeuses sans être troublée, sans être bercée par sa voix grave et sensuelle. Mais ce n'était pas une raison pour se montrer mal élevée. Elle savait bien écouter, d'habitude.

— Je suis désolée.

— C'est à moi de m'excuser, je t'ennuie à mourir. J'avais oublié que tout le monde n'est pas aussi passionné que moi par l'industrie pétrolière.

— J'aime bien t'écouter parler de cela. Je suis juste un peu fatiguée, la semaine a été très chargée.

— C'est vrai, acquiesça Mitch avec un sourire des plus séduisants. Mon frère ne sait pas ce qu'il rate.

Sentait-il le même courant passer entre eux, le même désir

qu'elle ? Ou était-il simplement poli, naturellement flirteur, comme son frère ?

— Il est tard, ajouta-t-il, je ferais mieux de te raccompagner à l'hôtel.

L'espace d'un instant, elle se plut à croire qu'il avait hâte de la conduire jusqu'à sa chambre pour lui faire l'amour avec passion. Cette idée la transportait et la terrifiait à la fois. Elle avait toujours espéré que sa première fois serait spéciale, et elle savait sans l'ombre d'un doute qu'avec Mitch, elle le serait.

Mais cela n'arriverait jamais, car elle allait épouser son frère. Ne se devait-elle pas de préserver sa précieuse virginité pour son époux, même si ce n'était pas un mariage d'amour ?

Il appela le serveur et paya l'addition exorbitante sans sourciller. A quoi s'attendait-elle d'autre, quand il l'emmenait dans le restaurant le plus chic de la ville ? L'argent n'était pas un problème pour les Brody.

Il lui tendit la main pour l'aider à se lever et la conduisit à la porte. Elle prit plaisir à voir que toutes les têtes se tournaient vers lui. Les hommes le regardaient avec envie tandis que les femmes se pâmaient d'admiration, les yeux pleins de désir.

Désolée, les filles, il est à moi ! Du moins jusqu'à ce qu'elle soit officiellement fiancée à Lance. Elle aurait tant voulu faire durer ce moment éternellement, faire sa vie avec Mitch plutôt qu'avec Lance…

Lorsqu'ils sortirent, ils trouvèrent la limousine qui les attendait. Il faisait lourd dehors et le cuir souple de la banquette était frais quand elle se glissa dans la voiture.

— Au Watergate Hotel, dit Mitch au chauffeur.

Elle espérait qu'ils parleraient davantage en chemin, prolongeant ainsi le délicieux moment qu'ils avaient passé ensemble, mais le portable de Mitch sonna.

— Excuse-moi, je dois décrocher.

Elle comprit à son ton qu'il parlait de l'incendie à la raffinerie. Son père lui avait dit que l'enquête laissait à penser qu'il s'agissait d'un incendie criminel et, bien qu'il n'y eût pas de suspects solides, le bruit courait qu'Alejandro Montoya, le concurrent de Lance, était peut-être le responsable. Alexis ne comprenait pas que quelqu'un puisse mettre autant de vies en danger, mais elle avait grandi au milieu de politiciens et savait que certaines personnes étaient capables de faire des choses terribles.

Mitch raccrocha alors que la limousine s'arrêtait devant l'hôtel. D'habitude, ils se séparaient dans le hall, leurs chambres étant dans deux ailes différentes, mais ce soir-là, Mitch lui proposa de l'accompagner jusqu'à sa chambre.

Il agissait sans nul doute par pure galanterie, mais elle ne put s'empêcher de se demander pourquoi ce soir-là et pas les autres. Il n'avait en effet jamais fait preuve d'autant de zèle auparavant. Quand ils montèrent dans l'ascenseur, elle crut sentir comme un courant électrique passer entre eux. Elle se sentait plus consciente de sa présence qu'à l'accoutumée, mais peut-être n'était-ce que son imagination.

Quand les portes de l'ascenseur s'ouvrirent, il lui toucha la taille pour la guider. Sa main lui sembla immense et sa chaleur traversa le fin tissu de sa robe, la faisant frissonner. Elle ne se rappelait pas qu'il l'ait déjà touchée ainsi. Si cela avait été le cas, elle s'en serait rappelée. Quand ils arrivèrent devant sa chambre, il lui prit la clé des mains et ouvrit la porte pour elle. Elle entra, persuadée que Mitch allait la planter là sur un simple bonsoir, mais à sa grande surprise, il s'appuya au chambranle.

— J'ai passé une très bonne soirée, Lexi.

Il la dévora des yeux, puis son regard se posa sur son décolleté, mis en valeur par un soutien-gorge pigeonnant très cher et très inconfortable. Mitch appréciait manifestement le spectacle.

Elle n'avait jamais joué les séductrices. Pourtant aujourd'hui, elle se sentait capable de toutes les audaces. Elle avait toujours fait ce que l'on attendait d'elle, se comportant comme la parfaite petite fille de bonne famille, mais ce soir elle voulait faire quelque chose de scandaleux, d'égoïste. Qui, à part eux deux, le saurait ? Ne méritait-elle pas une nuit de passion débridée et d'extase ?

Elle savait sans l'ombre d'un doute que c'était exactement ce qu'il lui donnerait.

— Moi aussi, dit-elle avec un sourire qu'elle espérait séduisant.

Etait-ce dû au vin, au dîner aux chandelles, ou à tous ces

moments passés aux côtés de Mitch durant cette semaine, mais elle se sentait étrangement désinhibée.

— Veux-tu prendre un dernier verre ?

Sans hésiter, Mitch entra et referma la porte derrière lui. Avant même qu'elle ait eu le temps de lui demander ce qu'il souhaitait boire, il la prit dans ses bras et la tira vers lui. Le souffle coupé par l'émotion, elle sentit ses genoux se dérober sous elle. Elle devinait maintenant ce qui allait arriver, pourtant lorsqu'elle sentit la bouche de Mitch se poser sur la sienne, elle crut que son cœur allait exploser.

Elle s'attendait à ce qu'il soit dominateur, comme les héros des romans d'amour qu'elle aimait tant, mais ses baisers étaient doux et tendres. Elle avait désiré cela de tout son cœur, mais elle était tellement surprise qu'elle se tenait toute rigide entre ses bras. Mitch était son futur beau-frère, ils n'avaient pas le droit de se comporter comme cela.

Il dut prendre sa réaction pour de la réticence, car il la relâcha et recula.

— Je suis désolé, dit-il, j'ai eu envie de faire cela toute la soirée, toute la *semaine.*

Elle aussi en avait eu envie, et elle n'allait pas tout gâcher. Elle n'allait pas laisser sa peur de l'inconnu l'empêcher de passer une nuit avec l'homme de ses rêves. Une nuit, une seule petite nuit rien que pour elle.

Elle lui adressa son sourire le plus malicieux et passa ses mains sur son torse, puis autour de son cou.

— Alors pourquoi as-tu arrêté ?

Mitch ne se le fit pas dire deux fois et déjà il l'embrassait de nouveau. Un baiser tendre, langoureux, qui se transforma pourtant bien vite en une étreinte passionnée.

Lorsqu'il l'emmena dans son lit, il se révéla être tout ce qu'elle avait imaginé, et plus encore.

La nuit passée avait été la plus incroyable, la plus terrifiante et la plus merveilleuse de sa vie. Elle ne savait pas que deux personnes pouvaient se comprendre aussi bien, être en parfaite harmonie, comme Mitch et elle. Elle avait essayé de cacher le fait qu'elle était vierge, mais il s'en était rendu compte. Elle avait eu peur qu'il ne soit fâché ou dégoûté mais, bien au contraire, il avait été extrêmement doux. Cette expérience, qui aurait pu être douloureuse et gênante, avait été plus belle que tout ce qu'elle avait imaginé.

Dès qu'elle se réveilla le lendemain matin, au chaud dans les draps de soie encore imprégnés de l'odeur de Mitch, elle eut la certitude qu'elle n'épouserait pas Lance. Elle voulait Mitch, et elle était sûre que si elle suppliait son père, il verrait que l'aîné des Brody était un bien meilleur parti. Après tout, pour son père, tout ce qui comptait était le nom de Brody.

Avant même d'ouvrir les yeux, elle sourit en pensant à la vie qu'elle aurait en épousant Mitch, imaginant à quel point elle serait heureuse, parce qu'ils s'aimeraient. Elle se demanda à quoi leurs enfants ressembleraient. Ils auraient un fils, grand et mince, qui aurait les cheveux noirs de Mitch, son teint mat et sa beauté, ainsi qu'une fille, jolie et gracieuse, avec sa peau laiteuse et ses cheveux blonds à elle.

La cérémonie aurait lieu dans le jardin de la propriété de Houston de son père, et la lune de miel dans un endroit chaud et exotique, comme Cabo San Lucas ou les Bahamas. Si Mitch était d'accord, ils pourraient même essayer de faire un enfant là-bas. Y avait-il un moment plus propice que celui du voyage de noces pour tomber enceinte ? Elle avait toujours voulu être mère, avoir au moins trois ou quatre enfants.

Du bruit provenant de la salle de bains la tira de ses rêveries. Mitch était déjà levé. Elle regarda le réveil sur la table de nuit et fut surprise de constater qu'il était à peine 7 heures.

— Tu es réveillée ? demanda Mitch.

Elle se retourna pour le regarder, prête à sourire et à dire « Reviens dans le lit pour le savoir », mais il était déjà douché et habillé, et quand elle vit son expression, son cœur se serra. Puis, elle se rendit compte qu'il était normal qu'il ait l'air bouleversé, puisqu'il allait voler la fiancée de son frère. Peut-être pensait-il qu'elle aimait Lance.

Elle s'assit, tenant le drap contre sa poitrine nue.

— Bonjour !

— Il faut qu'on parle, dit-il.

Elle hocha la tête, maîtrisant à grand-peine son excitation. Allait-il lui dire qu'il l'aimait, la supplier de l'épouser lui plutôt que Lance ? Elle accepterait, bien sûr. Puis il se déshabillerait, la rejoindrait au lit, et elle passerait le reste de la matinée à lui prouver son amour. Tout serait alors parfait, ils vivraient heureux.

L'air sombre, Mitch dit :

— Je suppose que je n'ai pas besoin de te dire que nous avons fait une grossière erreur.

Quoi ! Une erreur ?

Elle dut se répéter plusieurs fois ces mots dans sa tête, persuadée qu'elle avait mal compris.

— Personne ne doit jamais apprendre ce qui s'est passé, continua-t-il d'un ton sinistre, surtout pas mon frère.

Submergée par une douleur d'une intensité inouïe, elle eut l'impression qu'il venait de lui arracher le cœur.

C'était toujours la même histoire. Depuis des années, elle endurait la critique et l'indifférence de son père. Peu importait qu'elle fasse tout pour lui faire plaisir, qu'elle se plie à ses volontés, cela ne suffisait jamais pour qu'elle trouve grâce à ses yeux. Maintenant, une fois de plus, elle avait été rejetée par un homme dont elle cherchait désespérément l'affection.

Peut-être y avait-il quelque chose qui clochait chez elle, quelque chose qui faisait qu'on ne pouvait pas l'aimer.

— Lance arrive en avion cet après-midi pour faire sa demande en mariage officiellement, lui dit Mitch. Il faut que tu fasses comme si tout allait bien, comme s'il ne s'était rien passé.

Comment pourrait-elle faire comme si tout allait bien alors qu'elle était effondrée ? Et comment avait-elle pu être aussi bête, ne pas se rendre compte que ce n'était que sexuel, pour lui ? Peut-être s'agissait-il d'une rivalité perverse entre frères, peut-être que Mitch séduisait toutes les petites amies de Lance.

Elle était rongée par un sentiment d'humiliation, mais mourrait plutôt que de l'avouer à Mitch. Jamais il ne saurait qu'il lui avait tout simplement brisé le cœur.

Elle leva le menton d'un air de défi et prit un air ennuyé.

— Je n'ai pas besoin de prétendre que tout va bien, Mitch. En ce qui me concerne, tout va très bien. Tu as parfaitement rempli ton rôle.

Il fronça les sourcils, perplexe.

— Quel rôle ?

Elle se creusa la tête, cherchant la chose la plus affreuse qu'elle pût dire pour le blesser autant que lui l'avait blessée.

— Une aventure facile, pour escroquer ma virginité à mon futur mari. Et qui serait mieux placé pour cela que son frère ? Même si je dois dire que j'attendais mieux, ta performance n'était pas ce que l'on peut appeler stupéfiante.

L'air déconcerté de Mitch se changea en une expression de haine glaciale. Elle s'attendait à ce qu'il crie, comme le faisait son père quand il était mécontent, mais il se contenta de dire :

— J'aurais dû m'y attendre de la part d'une enfant gâtée.

C'était lui qui avait de dernier mot au final. Car aucune attaque n'aurait pu la blesser davantage.

Il prit son portefeuille sur la table de nuit.

— Retrouve-moi en bas dans le salon à midi, dit-il.

Puis, il tourna les talons et sortit sans un mot de plus.

Elle resta assise là quelques minutes, malade de chagrin, puis un autre sentiment l'envahit, un sentiment de colère. Comment avait-il osé jouer avec ses émotions de la sorte, lui faire l'amour et lui prendre ce qu'elle avait de plus précieux à offrir, son innocence, puis la rejeter sans pitié ?

Eh bien, elle allait lui montrer ! Elle allait épouser son frère et s'arrangerait pour que Lance tombe amoureux d'elle. Elle serait l'épouse parfaite, la mère parfaite, tout ce dont Lance pouvait rêver.

Mitch verrait combien ils étaient heureux, et il regretterait toute sa vie de l'avoir perdue.

2

Septembre

Mitchell Brody n'avait jamais été doué pour faire des compromis, mais quand il s'agissait de Brody Oil and Gas, il aurait pu faire n'importe quoi pour assurer sa croissance et son succès, même épouser une héritière sans cœur et manipulatrice.

Bruce Cavanaugh lançait à Mitch un regard furieux, derrière son énorme bureau (qui avait soi-disant appartenu à JFK). Fidèle à sa terrible réputation, Bruce s'adressait à lui comme un roi à son valet. Dans la pièce, tout était destiné à intimider, du riche mobilier jusqu'aux photos de lui en compagnie de célébrités accrochées aux murs. Mitch aurait volontiers dit à ce sale type dominateur d'aller se faire voir, mais malheureusement Lance et lui avaient besoin de son soutien sénatorial, surtout depuis l'incendie de la raffinerie. S'ils voulaient continuer à faire des bénéfices, il fallait qu'ils se développent.

— Votre frère a humilié ma famille.

— Je sais, monsieur. Une fois de plus, je tiens à vous présenter nos plus plates excuses.

— Rejeter ma Lexi pour une pauvre secrétaire ! dit-il d'un ton méprisant, comme si la profession de Kate la rendait indigne d'intérêt.

Mitch se demanda ce que le sénateur penserait s'il savait que sa fille chérie l'avait séduit alors qu'elle aurait dû être en train de préparer son mariage avec Lance.

— Lance aime Kate, dit-il, ce qui semblait, pour Bruce Cavanaugh, importer peu, voire pas du tout.

Le sénateur se contenta de lui jeter un regard furibond.

— Je crois que nous n'avons plus rien à nous dire, monsieur Brody.

Mitch essaya de maitriser la colère qu'il sentait monter en lui. Il n'avait jamais eu à supplier dans sa vie et la simple idée de s'aplatir devant Bruce Cavanaugh l'emplissait d'une rage folle. Mais il devait penser à son entreprise avant toute chose. Son frère avait intérêt à lui en être reconnaissant.

— J'aimerais que vous envisagiez un compromis, monsieur.

Bruce Cavanaugh plissa les yeux, soupçonneux.

— Quel genre de compromis ?

— Nous avons toujours besoin de votre soutien, sénateur, et je présume que vous voulez toujours ce qu'il y a de mieux pour votre fille.

— Où voulez-vous en venir ?

— Le nom de Brody peut vous apporter cela.

— Qu'insinuez-vous ?

Mitch dut se forcer à parler, car les mots qu'il s'apprêtait à prononcer lui coûtaient.

— Un mariage entre Alexis et moi.

Bruce Cavanaugh semblait sur ses gardes, mais intrigué. Il se laissa aller en arrière dans son fauteuil et croisa les mains sur sa poitrine.

— Expliquez-vous.

En d'autres termes, il voulait que Mitch lui cire les bottes. Car il ne faisait aucun doute que Bruce Cavanaugh voyait très bien où il voulait en venir. Il se contentait donc de l'humilier toujours un peu plus.

— Je pense que cet arrangement sera dans l'intérêt de tout le monde, sénateur. Une fois mariée avec moi, Alexis aura la sécurité financière à vie et fera partie du gratin de la société texane.

— Et en échange ?

— Avec votre soutien sénatorial, mon frère et moi développerons Brody Oil and Gas, qui atteindra des sommets que notre père n'aurait jamais crus possibles.

— Vous imaginez à quel point ma Lexi a été humiliée quand notre premier arrangement est tombé à l'eau. Si j'accepte, quelles garanties aurai-je que vous n'allez pas à votre tour tomber amoureux de votre secrétaire et l'épouser, elle ?

Mitch fut agacé de l'entendre appeler sa fille « ma Lexi », comme si elle lui appartenait. S'il tenait vraiment à elle, attendrait-il d'elle qu'elle se contente d'un mariage arrangé et sans amour ? Un père devait souhaiter le meilleur pour sa fille, il devait souhaiter qu'elle soit heureuse. A moins, bien sûr, que pour lui, le bonheur ne se résume à la fortune et à la sécurité.

Pourtant, quelles que soient les motivations de cet homme, ce n'était pas le problème de Mitch. De plus, d'après lui, Lexi avait exactement ce qu'elle méritait. Il aurait dû s'apercevoir que sous des dehors doux et sages, c'était en fait une enfant gâtée et manipulatrice. Elle lui rappelait sa propre mère, qui avait fait en sorte que leur père tombe amoureux d'elle, avait donné naissance à ses deux fils, puis les avait abandonnés tous les trois.

Lexi avait joué avec ses émotions et s'était servie de lui, il allait lui rendre la pareille.

— Premièrement, dit Mitch, ma secrétaire a soixante-huit ans, est mariée et a des petits-enfants. Deuxièmement, je ne suis pas un homme frivole. Je suis prêt à tout pour mon entreprise. J'ai également un plan pour neutraliser toute humiliation causée par le comportement de mon frère. Au bout du compte, ce sera Lance qui aura l'air d'un idiot.

— Comment vous y prendrez-vous ?

— Avec tout le respect que je vous dois, monsieur, je préférerais en discuter avec Lexi d'abord, pour être sûr que cela lui convient.

Le sénateur Cavanaugh réfléchit en silence quelques instants, puis hocha la tête.

— Je suis tenté de dire oui, mais à une condition : je ne vais pas forcer Lexi à vous épouser. Elle doit consentir à cette union, ou le marché ne tient plus.

Cette idée fit grimacer Mitch. Cela pouvait vraiment poser problème. Manifestement, Lexi le méprisait, et il devrait déployer des trésors d'imagination pour lui faire une proposition qu'elle ne pourrait pas refuser. Peut-être qu'une carte de crédit ferait l'affaire. Il lui donnerait tout ce que son petit cœur avide et gâté désirait, du moins, si elle avait un cœur.

— C'est d'accord, dit-il.

Il se leva et tendit la main au sénateur, qui la lui serra vigoureusement.

— Encore une chose, dit-il alors que Mitch faisait demi-tour pour s'en aller, si vous faites du mal à ma fille d'une façon ou d'une autre, je vous écraserai, vous et votre frère. Compris ?

Mitch hocha la tête, fit volte-face et sortit de la pièce. Il avait réussi à sauver la situation, mais il ne pouvait s'empêcher de penser qu'il était sans doute en train de commettre la plus grosse erreur de sa vie.

Lexi était dans sa salle de bains personnelle, dans la propriété de Houston de son père. Elle se sentait mal tous les matins depuis quelque temps, et cela faisait deux mois qu'elle n'avait pas eu ses règles : elle avait donc fini par se décider à faire un test de grossesse. Mais au fond d'elle-même, elle savait bien quel en serait le résultat. Elle ne fut donc pas surprise de voir apparaître le petit signe plus rose sur la baguette.

Elle sentit une immense frayeur l'envahir. Elle avait toujours été la fille parfaite et obéissante, et voilà ce qui arrivait pour la *seule* fois de sa vie où elle avait eu le cran d'aller contre la volonté de son père pour s'amuser.

Cela n'était-il pas logique ?

On frappa doucement à la porte et Tara, son assistante personnelle, qui avait eu la gentillesse d'aller acheter le test de grossesse, passa sa tête dans l'entrebâillement.

— Alors ?

Incapable de prononcer les mots fatidiques, Lexi montra à Tara le résultat.

— Je suis fichue ! dit-elle.

Tara s'approcha d'elle et la prit dans ses bras.

— Tout va bien se passer.

Lexi posa la tête sur l'épaule de Tara et laissa les larmes couler. Tara était sa meilleure amie, mais c'était aussi sa seule amie. Son père ne voulait pas qu'elle se lie d'amitié avec n'importe qui, et selon lui, personne n'était assez bien pour sa petite fille. En conséquence, les gens la prenaient pour une snob.

Et que penseraient-ils si elle avait un enfant hors des liens du mariage ? Son père serait mort de honte. Cela faisait des années qu'il disait qu'un jour elle se marierait et lui donnerait des petits-fils à gâter, mais un enfant hors mariage ne faisait pas du tout partie de son plan si soigneusement élaboré.

— Si mon père l'apprend, il me tuera.

Tara la tint à bout de bras.

— Il y a des alternatives.

Lexi voyait très bien ce qu'elle voulait dire et secoua la tête.

— L'interruption de grossesse est hors de question.

— Alors, tu vas garder l'enfant ?

— Si je le garde, mon père va me renier.

Cela ne faisait aucun doute, car rien n'importait plus que les apparences à ses yeux. Il l'accuserait probablement de l'avoir fait exprès, pour saboter sa réputation, il l'accuserait de ne pas l'aimer ni le respecter, après tout ce qu'il avait fait pour elle. Elle avait souvent été tentée de lui demander ce qu'il avait fait pour elle, au juste, à part lui donner un toit, diriger sa vie et la traiter comme un instrument politique plus que comme une fille.

Mais elle n'aurait jamais le courage de le lui dire. Malgré tout, c'était quand même son père, et elle n'avait personne d'autre que lui.

— Et *toi*, Lexi, que veux-tu ? demanda Tara.

Elle ne savait pas ce qu'elle voulait, c'était bien là le problème. Si son père la reniait, qu'il lui coupait les vivres, cela ne serait pas juste pour l'enfant de l'élever dans la pauvreté et dans la honte. Mais l'idée qu'un étranger élève la chair de sa chair lui brisait le cœur. En plus, en dépit de sa peur et de ses angoisses, elle ne pouvait s'empêcher d'éprouver une certaine exaltation à l'idée d'avoir un enfant. *Son enfant…*

« C'est aussi l'enfant de Mitch », se rappela-t-elle. N'avait-il pas son mot à dire ?

Comme si elle devinait ses pensées, Tara demanda :

— Et le père de l'enfant ?

Mitch avait beau être le père, il avait été très clair sur ses sentiments. La nuit qu'ils avaient passée ensemble avait été une erreur, et personne ne devait jamais l'apprendre. De toute évidence il ne sauterait pas de joie à l'idée de devenir père.

— Le père ne veut pas entendre parler de moi.

— C'est étrange, dit Tara d'un air pensif, Mitchell Brody m'a toujours semblé être quelqu'un de responsable.

Lexi eut du mal à masquer sa surprise. Elle n'avait parlé à personne de la nuit qu'elle avait passée avec le frère de son ancien fiancé, cela aurait été trop humiliant. Comment Tara… ?

— Il faudrait être idiote pour ne pas avoir compris, dit Tara. Tu n'as parlé que de lui pendant une semaine, c'était Mitch par-ci et Mitch par-là, Mitch m'a emmenée au Smithsonian et Mitch m'a emmenée dans le restaurant français le plus chic de tout Washington, Mitch et moi sommes restés des heures assis à parler… C'était évident que tu avais des sentiments pour lui. Une femme ne garde pas sa virginité pendant vingt-quatre ans pour l'offrir à un parfait inconnu.

Lexi repensa à tous les moments qu'elle avait passés en compagnie de Mitch. Cette semaine-là avait été l'une des plus belles de sa vie. Elle avait découvert qu'il y avait autre chose chez Mitch que son apparence sérieuse et parfois intimidante. Il savait être doux et amusant. Elle s'était laissé séduire, et maintenant elle devait en assumer les conséquences.

— D'un autre côté, dit Tara, s'il était vraiment si responsable que cela, il se serait protégé.

— Il l'a fait ! C'est pour cela que j'hésitais tellement à croire que je pouvais être enceinte.

— Vous êtes-vous protégés chaque fois ?

— Bien sûr que…

Lexi s'interrompit, les sourcils froncés.

— Quoi ? demanda Tara.

— Non, dit Lexi en secouant la tête, c'est impossible…

— Vous avez eu des rapports non protégés ?

— Pendant à peine une minute ! C'était en plein milieu de la nuit, nous nous sommes réveillés et il a commencé à…

Elle s'arrêta, rougissante. C'était la première fois de sa vie qu'elle parlait de quelque chose d'aussi intime à quelqu'un.

— Mais il a mis un préservatif avant de… tu sais… finir.

Tara eut un air peiné.

— Cela ne suffit pas toujours, on apprend cela en cours d'éducation sexuelle, Lexi.

Elle n'avait jamais eu de cours d'éducation sexuelle : des tuteurs lui avaient donné des leçons particulières, pour lui épargner la mauvaise influence d'autres enfants, et pas un seul de ces tuteurs, pas même son professeur de biologie, n'avait parlé de sexualité. Son père en aurait fait une attaque. Elle avait appris tout ce qu'elle savait du sexe dans les romans d'amour qu'elle lisait en cachette. Depuis quelque temps, elle commençait à se rendre compte que ces livres offraient une vision un peu biaisée de l'amour et des relations amoureuses.

— Alors c'est ma faute, dit-elle.

Si elle n'avait pas été aussi naïve, elle aurait eu plus de bon sens.

— Ce n'est de la faute de personne. Et puis on dirait que vous avez passé une sacrée nuit ! Avec un peu de chance, peut-être que…

— Non, dit Lexi en secouant la tête, il n'y a pas la moindre chance de ce côté-là. Il n'est pas celui que je croyais qu'il était.

— Oui, mais il a quand même des droits.

— Je sais, dit-elle, plus déconcertée que jamais. Je ne sais pas quoi faire.

— Tu aurais peut-être besoin d'un peu de temps loin d'ici pour y réfléchir. Cela fait des mois que tu me dis que tu aimerais partir en vacances. N'avais-tu pas parlé d'un voyage à Cabo San Lucas ?

C'était l'endroit où elle avait espéré passer sa lune de miel avec Mitch. Elle s'était montrée ridicule avec tous ses rêves de gamine. Comment avait-elle pu se montrer aussi naïve et immature ?

— Trop chaud, dit-elle.

— D'accord. Et une croisière en Alaska ?

A cette simple idée, Lexi sentit son estomac se soulever.

— Comme si je n'étais pas assez nauséeuse !

— Je n'y avais pas pensé.

Tara réfléchit quelques instants, se mordillant la lèvre inférieure, puis son visage s'éclaira soudain.

— Je sais ! s'écria-t-elle. Pourquoi pas cette villa dans les îles grecques dont parlait le sénateur Richardson ? Ce serait parfait !

C'était effectivement une excellente idée. Elle voulait du calme et de la solitude, et personne en Grèce ne saurait ni ne se soucierait de qui était son père. Mais il restait un problème.

— Et si mon père refuse ?

— Dis-lui que l'humiliation que Lance t'a fait subir est trop dure à supporter et que tu as besoin d'être seule un moment.

Elle renonça à préciser que c'était l'humiliation que Mitch lui avait fait subir qui la minait. Tout était déjà suffisamment compliqué comme ça.

— Culpabilise-le de t'avoir mise dans cette situation, continua Tara. En définitive, il est responsable de toute cette histoire.

Ce n'était pas faux. Si son père n'avait pas insisté pour qu'elle épouse Lance, Lexi n'aurait jamais rencontré Mitch. Indirectement, c'était donc sa faute, même si elle doutait qu'il soit d'accord. Il rejetterait toute la responsabilité sur elle, comme toujours. Peu importaient les efforts qu'elle faisait, on aurait dit qu'elle ne faisait jamais rien de bien, et bien qu'elle n'eût jamais été du genre à jouer la carte de la pitié, si les circonstances l'exigeaient…

Elle sourit à son amie, heureuse de pouvoir compter sur quelqu'un dans un moment pareil. Même si elle était grassement payée pour être à ses côtés, Tara n'en était pas moins une véritable amie.

— Quand peux-tu réserver au plus tôt ?

3

Dès qu'il eut quitté le bureau du sénateur, Mitch appela son frère.

Lance répondit tout de suite.

— Qu'a-t-il dit ? demanda-t-il.

— Il est d'accord.

Lance poussa un soupir de soulagement.

— Tu es sûr que tu es prêt à affronter le contrecoup ? lui demanda Mitch. Cela ne fera pas très bon effet, pour toi.

— Après l'avoir humiliée de cette façon, j'imagine que je le mérite, mais je suis désolé que tu sois obligé d'en passer par là.

— Désolé de quoi ? Tu allais faire le même sacrifice.

— Mais je ne l'ai pas fait, j'ai décidé de suivre mon cœur et de me marier avec la femme que j'aime. Tu n'auras plus jamais cette chance.

— Je suis sûr que Lexi et moi finirons par être fous l'un de l'autre.

C'était un mensonge, il en avait parfaitement conscience. Il était en effet plus probable qu'ils vivent des vies complètement indépendantes, s'ils ne s'entretuaient pas.

— Je me sens horriblement coupable de te faire faire cela. Maintenant que je sais ce que c'est que d'être avec quelqu'un qu'on aime et en qui l'on a confiance, je te souhaite la même chose, je veux que tu sois heureux.

— Je le serai quand notre entreprise sera prospère et que nos concurrents mordront la poussière. Et puis, tu sais que je ne crois pas à l'amour.

C'était vrai, il ne laisserait plus aucune femme le blesser

comme sa mère l'avait fait. Il s'en était fait la promesse, bien des années plus tôt.

Son frère voyait clair en lui.

— Toutes les femmes n'abandonnent pas leur famille, dit-il, et quand maman l'a fait, je suis sûr qu'elle avait ses raisons.

Bien sûr qu'elle avait ses raisons. Leur père était un salaud qui les maltraitait, mais si leur mère les avait aimés, pourquoi les avait-elle abandonnés pour qu'ils souffrent à sa place ? Pourquoi ne pas les avoir emmenés avec elle ?

Pour lui, il ne faisait aucun doute que Lexi était assez égocentrique et gâtée pour faire la même chose. Si elle acceptait de l'épouser, il insisterait pour qu'ils n'aient pas d'enfants. Ce serait cruel de mettre au monde un bébé dans un mariage sans amour. Parfois, il regrettait que ses parents ne lui aient pas épargné le fardeau d'être né.

— Il y a une condition, cependant, il faut qu'Alexis m'épouse de son plein gré.

Lance siffla.

— Je me trompe peut-être, mais j'ai eu l'impression que vous ne pouviez pas vous sentir quand j'ai rompu les fiançailles.

S'il savait…

— Il m'a aussi prévenu que si je lui faisais du mal, il nous détruirait.

Lance eut un petit rire.

— Ce vieil imbécile n'y va pas de main morte, hein ?

— Tu n'es pas inquiet ?

— Pourquoi le serais-je ? J'ai une totale confiance en toi.

Mitch avait mauvaise conscience. Il avait trahi son frère en couchant avec sa fiancée. S'il avait su que Lance aimait Kate le soir où il avait couché avec Lexi, il lui aurait peut-être demandé de l'épouser lui, plutôt que son frère. Il avait sincèrement pensé que le courant passait entre eux, et qu'à défaut d'un mariage d'amour, ils auraient pu s'entendre. Mais il avait très vite compris son erreur : elle n'avait fait que l'utiliser.

C'était quelque peu ironique qu'il soit quand même obligé de l'épouser.

— Tu peux encore faire marche arrière, dit Lance.

Non, il ne le pouvait pas. Ce mariage était impératif.

— Ma décision est prise. Je vais l'appeler immédiatement et convenir d'un rendez-vous.

— Imagine qu'elle refuse.

C'était un scénario très probable, mais tout le monde avait un point faible. Il trouverait le sien et s'en servirait. Car il ne pouvait pas échouer, pas si près du but.

— Je vais simplement devoir lui faire une offre qu'elle ne pourra pas refuser.

Bien qu'elle n'eût pas encore demandé la permission à son père, Lexi sortit ses affaires pour que la femme de chambre fasse ses bagages. Son avion décollait le surlendemain et rien n'aurait pu l'empêcher de monter à bord. Elle avait l'intention de faire céder son père en fondant en larmes pendant le dîner et en le suppliant.

Elle était en train de penser à tous les arguments qu'elle allait pouvoir utiliser lorsque son téléphone sonna. C'était un numéro de Houston qu'elle ne connaissait pas. Pleine de curiosité, elle décrocha.

— Lexi, c'est Mitchell Brody.

Elle sentit son cœur se serrer en reconnaissant la voix.

— Bonjour, dit-elle de son ton le plus froid.

— Je me demandais si nous pouvions nous voir, cet après-midi, si possible.

Elle resta un instant sans voix. Se voir ? Que pouvaient-ils bien avoir à se dire ?

Soudain, un sentiment de peur l'envahit. Pouvait-il être au courant, pour le bébé ? C'était pourtant impossible, seule Tara était au courant, et elle lui avait promis de n'en parler à personne.

Elle était paranoïaque, bien sûr qu'il ne savait rien. Et rien de ce qu'il pouvait avoir à lui dire n'avait d'importance à ce stade.

— Je crains de ne pas avoir le temps, je m'apprête à partir en voyage. Peut-être pourrons-nous nous voir à mon retour, dans quelques semaines.

Elle saurait peut-être alors ce qu'elle avait l'intention de faire.

— J'ai bien peur que cela ne puisse pas attendre. Je dois

te parler aujourd'hui, c'est urgent. Je peux être là dans vingt minutes.

Bien qu'il fût la dernière personne qu'elle ait envie de voir maintenant, sa curiosité était piquée. Peut-être voulait-il implorer son pardon, lui dire qu'il s'était trompé en parlant de leur nuit ensemble comme d'une « erreur ».

Même si elle ne se faisait plus d'illusion sur les sentiments qu'il éprouvait pour elle, elle ne put s'empêcher d'espérer qu'il se sente un peu coupable de l'avoir traitée aussi durement. Elle pouvait au moins écouter ce qu'il avait à lui dire. Elle le laisserait se confondre en excuses, ramper devant elle et ensuite, elle l'enverrait au diable.

— Très bien, dit-elle.

— A dans vingt minutes.

Mitch arriva un quart d'heure plus tard. Quand la sonnette retentit, elle fit signe au majordome de s'en aller et alla ouvrir elle-même.

Elle avait presque oublié à quel point il était beau, comme il était grand et impressionnant, comme il sentait bon. Quelque chose en elle brûlait d'être près de lui, de le toucher de nouveau, de lui sauter au cou. C'était sans doute dû aux hormones de la grossesse qui perturbaient ses émotions depuis quelques semaines. Il fallait qu'elle garde en tête que Mitch ne l'aimait pas et ne l'aimerait jamais.

Il n'arborait pas son habituel sourire décontracté. Sa mâchoire était serrée et son expression sérieuse. En fait, il avait l'air presque... nerveux. Elle n'aurait pas cru qu'un homme comme lui puisse être nerveux.

— Merci d'avoir accepté de me voir, dit-il.

Elle croisa les bras, bien décidée à ne rien faire pour lui faciliter la tâche.

— Qu'y a-t-il de si important qui ne pouvait pas attendre ?

— Pourrions-nous parler en privé quelque part ?

Elle acquiesça d'un signe de tête, et le conduisit dans le bureau, dont elle ferma la porte derrière eux.

— Eh bien ?

— Tout d'abord, je voudrais m'excuser une fois de plus pour le comportement de mon frère.

— C'est inutile, il m'a rendu service, nous aurions été très malheureux ensemble.

Elle s'interrompit, puis demanda :

— Comment va-t-il ?

— Très bien, il est très heureux.

— Tant mieux. Mais ce n'est pas pour parler de cela que tu es venu.

— Non, effectivement, dit-il, l'air préoccupé. Comme tu le sais probablement, Lance et moi avons toujours besoin du soutien de ton père.

— Bonne chance !

Elle ne put s'empêcher d'éprouver une certaine compassion pour Mitch. Son père était furieux contre les frères Brody, et elle était sûre qu'il avait dû leur faire passer un très mauvais moment. Elle était bien placée pour savoir qu'on ne tenait pas tête impunément à Bruce Cavanaugh.

— J'ai eu un entretien avec lui aujourd'hui.

Elle écarquilla les yeux, sidérée.

— Il a accepté de te voir ?

— Je peux être très convaincant.

Cela, elle en avait fait la cruelle expérience. Si elle avait été capable de lui résister, elle ne se retrouverait pas dans une telle situation.

— Le sénateur et moi sommes arrivés à un… arrangement, ajouta-t-il.

Elle avait le pressentiment que cela n'allait pas lui plaire. Car il ne faisait aucun doute qu'elle faisait partie de cet *arrangement*.

— Quel genre d'arrangement ?

— Ton père m'a promis son soutien si tu m'épouses, moi à la place de Lance.

L'épouser ? Elle n'arrivait pas à croire que son père allait la forcer à épouser l'autre frère Brody après ce qui s'était passé. Il ne lui en avait même pas parlé, ne l'avait même pas prévenue. Elle sentit une immense colère la submerger. Cette fois-ci, c'en était trop.

— Un autre mariage arrangé ? demanda-t-elle en essayant de maîtriser les tremblements de sa voix.

Mitch hocha la tête.

— Ai-je le choix ?

— En fait, oui. La condition de ton père est que tu acceptes.

Elle n'en croyait pas ses oreilles.

— Il a *vraiment* dit ça ?

— En gros, oui.

Elle comprenait que la perspective d'avoir à la supplier de l'épouser mettait Mitch mal à l'aise. C'était normal, après la façon dont il s'était servi d'elle. Pour une fois, elle était reconnaissante à son père. Mais elle savait aussi exactement pourquoi celui-ci avait accepté : il avait dit plus d'une fois que Mitch avait l'étoffe d'un président. Le prestige était tout pour lui, et rien ne lui ferait plus plaisir que de voir sa chère fille devenir première dame des Etats-Unis.

Elle ne savait pas du tout si Mitch était intéressé par une carrière politique, et de toute façon l'idée de passer le reste de sa vie mariée à quelqu'un d'aussi froid et manipulateur que son père lui serrait le cœur.

D'un autre côté, elle ne pouvait nier que c'était peut-être là la solution à tous ses problèmes. Si elle l'épousait, son enfant ne serait pas illégitime. Elle pourrait l'élever dignement et dans de bonnes conditions. Bien sûr, les gens, et en particulier son père, auraient peut-être des soupçons lorsqu'elle mettrait au monde un bébé sept mois après son mariage, mais elle réglerait cela plus tard.

La seule vraie question était de savoir si elle pourrait supporter d'être mariée à Mitch pour le restant de ses jours.

Même si elle décidait de l'épouser, elle ne le laisserait pas s'en tirer aussi facilement.

— Qu'est-ce qui te fait croire que j'envisagerais de me marier avec toi après l'humiliation que ton frère m'a fait subir ?

— J'ai un plan. Nous allons faire passer mon frère pour celui qui est humilié.

Elle le regarda en plissant les yeux, incapable de ne pas mordre à l'hameçon.

— Comment t'y prendras-tu ?

— On fera courir le bruit que toi et moi nous voyions secrètement et que je t'ai séduite au cours de la semaine que nous avons passée à Washington. Les gens croiront que tu avais l'intention de rompre les fiançailles, mais que Lance t'a devancée.

— Qu'est-ce qui leur fera croire ça ? Ils risquent de penser que ce ne sont que des rumeurs.

— Mon frère et moi nous disputerons publiquement pour que cela soit plus crédible.

Des hommes comme Lance et Mitch tenaient beaucoup à leur réputation, et elle ne put s'empêcher de se sentir un peu touchée. S'ils prenaient le risque de faire cela, et publiquement en plus, peut-être que cela signifiait qu'ils avaient un minimum de considération pour elle.

— Lance ferait cela pour moi ?

— Nous ferions n'importe quoi pour notre entreprise.

Elle ressentit aussitôt une immense déception. Bien entendu, ce n'était pas pour elle qu'ils le faisaient, mais pour leurs affaires. La défense de sa vertu passait au second plan, elle aurait dû s'en douter.

L'ironie de la chose, c'était que leur plan n'était pas très loin de la réalité : Mitch l'avait effectivement séduite, et pendant un bref moment elle avait sérieusement envisagé de l'épouser lui plutôt que son frère. Mais cela, elle ne le lui dirait jamais.

— Lance est-il au courant de ce qui s'est passé ?

— Tu veux dire ce soir-là, à l'hôtel ?

Elle fit oui de la tête.

— Bien sûr que non. Pour lui, cette histoire est une pure invention.

Elle voyait à l'attitude de Mitch qu'il n'avait pas l'intention de lui dire la vérité. Mais quand sa grossesse sera plus visible, Lance se doutera forcément de quelque chose.

En fait, elle se souciait peu de son humiliation et de ce que les gens pouvaient penser d'elle, mais elle pensait à son enfant à naître. Il fallait qu'elle accepte la proposition de Mitch, dans l'intérêt du bébé. L'épouser donnerait à l'enfant la vie qu'il méritait.

— C'est d'accord, dit-elle, j'accepte de t'épouser.

Il sembla surpris qu'elle y consente aussi facilement.

— Nous devrions faire cela rapidement. Je pensais à une petite cérémonie civile au palais de justice.

— Très bien.

Il avait raison, mieux valait faire vite et simple. Et tant pis pour ses rêves de grand mariage romantique.

— Et nous devrions prévoir un voyage de noces, pour que cela soit plus crédible.

Elle pensa au billet d'avion qu'elle venait juste de réserver.

— Je pars pour une semaine en Grèce après-demain, cela serait suffisamment crédible à tes yeux ?

— C'est parfait.

— Je vais demander à mon assistante de te réserver un billet.

— Et je demanderai à la mienne de s'occuper des préparatifs du mariage.

— D'accord.

Tout cela semblait si froid, si impersonnel, comme s'ils étaient en train de conclure une simple transaction et non un mariage. Mais n'était-ce pas le cas après tout ? Tout ça n'était qu'un arrangement financier et professionnel. Malgré elle, elle sentait son cœur se serrer à la perspective d'une union aussi peu romantique. Elle pensa très fort à son bébé, afin de se donner du courage.

— Je veillerai à ce que l'on apporte tes affaires à mon hôtel particulier pendant que nous serons partis.

Elle n'avait pas réfléchi au fait qu'il s'attendrait à ce qu'elle vive avec lui, mais c'était évident, les gens mariés vivaient ensemble. Elle fut prise d'une immense panique. A l'idée de vivre sous son toit, elle se sentait très vulnérable. Essaierait-il de diriger sa vie, de contrôler chacun de ses gestes, comme son père ? Elle avait l'impression qu'elle ne ferait que passer d'une prison à une autre.

Et une fois de plus, elle n'avait pas le choix.

Mitch devait avoir deviné à quoi elle pensait, car il dit :

— Tu auras ta propre chambre, tu ne manqueras de rien.

Malheureusement, ce n'était pas vrai : elle voulait quelque chose qu'il était incapable de lui donner, elle voulait être aimée. Elle voulait que quelqu'un la respecte et l'apprécie telle qu'elle était, et même s'il semblait apprécier ce qu'elle faisait pour lui, il ne pouvait ni l'aimer ni la respecter. Peut-être n'en était-elle pas digne, peut-être était-ce le prix à payer pour la richesse et la sécurité. Ou peut-être simplement que la triste vérité était qu'elle n'était pas assez bien pour être aimée.

— Tu ne le regretteras pas, dit Mitch.

Elle fut sensible à la chaleur contenue dans la voix de Mitch. Visiblement il essayait sincèrement de la mettre à l'aise. Mais il était trop tard, elle commençait déjà à regretter sa décision et elle ne voyait vraiment pas ce qui pourrait la faire changer d'avis.

— Tu es prêt ? demanda Lance à son frère le lendemain soir.

Ils étaient assis à une table de la salle à manger du Texas Cattleman's Club. C'était l'endroit le plus exposé qu'ils avaient trouvé pour mener à bien leur fameux plan. Si tout se déroulait comme prévu, la rumeur de leur dispute allait se répandre dans la ville comme une traînée de poudre.

— Je suis prêt, répondit Mitch.

Il avait du mal à croire qu'à la même heure le lendemain, il serait marié et en route pour la Grèce. Vingt-neuf ans était un âge bien trop jeune pour se marier, pour perdre sa liberté. Bien sûr, ni lui ni Lexi ne voyaient cela comme un vrai mariage. Cela allait sans aucun doute lui coûter fort cher, sur le plan émotionnel autant que financier. Il le devinait à l'alliance au prix astronomique qu'elle avait choisie. Ses goûts de luxe étaient apparemment sans limites.

Lance sourit.

— Je vais y aller doucement avec toi, frangin.

— Ne t'en fais pas, je suis prêt à recevoir tout ce que tu pourras donner.

Il avait supporté bien pire de la part de son père.

— Il faut que cela ait l'air réel, Lance, ajouta-t-il.

— Ne t'inquiète pas, ce sera le cas.

Le sourire de Lance s'évanouit, il prit un air purement dégoûté, et dit d'une voix assez forte pour que toute la pièce entende :

— Espèce de salaud !

Tout à coup, tout le monde se tut, et les visages se tournèrent vers eux. Il était trop tard pour faire marche arrière. La grande scène avait commencé et il allait falloir être convaincant.

Mitch leva les mains comme pour se défendre et dit d'une voix suppliante :

— Laisse-moi t'expliquer !

Lance se leva si vite que sa chaise tomba à la renverse, ratant de peu la table derrière la leur. Il prit son verre encore à moitié plein et en jeta le contenu au visage de Mitch, qui ne put s'empêcher de penser, alors que l'alcool lui brûlait les yeux et coulait sur sa chemise, « Quel gâchis ! Le meilleur whisky du club… »

Muets de surprise, les gens retenaient leur souffle, alors que Lance sortait en trombe du bar. Mitch prit une serviette de table et s'essuya le visage. Alors que tout le monde le regardait, ses amis, ses voisins, ses associés, il se leva d'un bond et suivit son frère qui se dirigeait vers le grand hall bondé.

— Lance, attends ! Je vais tout t'expliquer !

Il le rattrapa juste à l'entrée de la salle à manger. Lance semblait fou de rage.

— *M'expliquer ?* Quel genre d'homme es-tu pour séduire la fiancée de ton frère ?

La foule poussa des exclamations outrées.

— Nous n'avions pas prévu que cela se passerait comme ça, dit Mitch.

Quelle ironie ! C'est exactement ce qu'il aurait dit si Lance avait découvert la vérité. Pourtant, Mitch aussi avait été trahi puisque Lexi avait avoué qu'elle l'avait manipulé.

— Si tu veux mon avis, vous êtes faits l'un pour l'autre, dit Lance avec mépris avant de tourner les talons.

Comme ils l'avaient prévu, Mitch lui saisit le bras.

Son frère lui lança un coup de poing avec une telle rapidité qu'il n'eut pas le temps de l'esquiver, alors même qu'il s'y était attendu. Il ne put que rester là, sans défense, alors que le poing de Lance le frappait en pleine mâchoire. Le coup le projeta en arrière, il perdit l'équilibre et tomba sur l'impitoyable sol de marbre.

Lance lui jeta un dernier regard furibond, puis se fraya un chemin à travers la foule jusqu'à la porte et disparut. Mitch avait mal au dos et à la mâchoire, et sa fierté en avait pris un coup, mais la réaction du public lui disait que cela en avait valu la peine. Il y avait un brouhaha dans le hall et au moins une demi-douzaine de personnes caquetaient sur un ton animé dans leur téléphone portable. Mitch estimait qu'il ne faudrait pas plus d'une heure pour que toute la population de Maverick County soit au courant.

Il essuya le filet de sang au coin de sa bouche. Deux employés apparurent de chaque côté de lui pour l'aider à se relever.

— Ça va ! marmonna-t-il en se dégageant d'un haussement d'épaules, comme s'il se sentait humilié.

Il entendit le crissement des pneus de Lance au-dehors, alors que celui-ci mettait la touche finale à leur petite mise en scène. Quel spectacle cela avait été !

Il espérait simplement que le jeu en valait la chandelle.

4

Avec pour seuls témoins Tara, Lance, et Justin Dupree, le meilleur ami de Mitch (le père de Lexi s'étant rendu à Washington pour une affaire soi-disant urgente), Lexi et Mitch se dirent « oui » devant un juge le lendemain matin, puis ils partirent directement pour l'aéroport.

Lexi était assise à côté de son nouveau mari, en première classe, les yeux fermés, et elle essayait d'ignorer les élancements de son estomac. Jusqu'à maintenant, ses nausées n'avaient été qu'occasionnelles et modérées. Aujourd'hui, elle avait vomi trois fois : une fois chez elle, juste après s'être levée, une fois dans les toilettes du palais de justice, et une fois à l'aéroport, juste avant d'embarquer. Elle se sentait mal, fatiguée comme jamais encore elle ne l'avait été et commençait à se demander si ce voyage était vraiment une bonne idée.

Une idée encore plus mauvaise que celle d'épouser Mitch Brody.

— Tout va bien ? lui demanda-t-il d'une voix douce.

Elle ouvrit les yeux et fit une fois encore la grimace en voyant l'horrible bleu qui s'étalait sur la mâchoire de Mitch et la vilaine estafilade au coin de sa bouche.

— Oui, mentit-elle.

L'air inquiet, il replia son journal et le posa sur ses genoux.

— Sans vouloir t'offenser, tu n'as pas bonne mine.

Au moins, il se donnait la peine de s'inquiéter de comment elle se sentait.

— Toi non plus.

Il passa la paume de sa main sur sa mâchoire et grimaça de douleur.

— Je n'arrive pas à croire qu'il t'ait frappé. Il n'aurait pas pu se contenter de faire semblant ?

Mitch haussa les épaules comme si ce n'était pas grave.

— Je te l'ai déjà dit, il fallait être convaincant.

Apparemment, cela avait marché. D'après Tara, toute la ville était au courant et, chaque fois qu'elle en avait l'occasion, elle jetait de l'huile sur le feu. En un rien de temps, tout le monde serait persuadé que Mitch et Lexi avaient eu une liaison, et l'annonce de la grossesse ne ferait que consolider la rumeur.

Lexi savait que Mitch et Lance avaient fait cela pour leur entreprise, mais elle ne pouvait pas s'empêcher de leur être reconnaissante d'être allés jusque-là en partie pour sauver son honneur.

Malgré l'attitude désinvolte de Mitch, cela avait dû être humiliant pour lui, à moins qu'il ne fît partie de ces hommes qui ne se souciaient vraiment pas du regard des autres.

— Je pourrais appeler l'hôtesse pour avoir une poche de glace, proposa-t-elle.

— Non merci, dit-il. Tu as besoin de quoi que ce soit ?

Elle secoua la tête, ce qui était une erreur, car cela lui donna un haut-le-cœur. Elle regretta de ne pas avoir mis quelque chose de plus décontracté pour faire le trajet que le costume ajusté de soie qu'elle avait porté pour la cérémonie, quelque chose d'ample et de confortable.

— Tu n'as pas l'air bien, dit-il.

— Merci.

Mieux valait jouer la carte de l'humour, de toute façon, elle ne pouvait pas lui dire de quoi il retournait vraiment.

— Ce n'était pas une insulte, je me fais du souci pour toi.

— J'ai le mal de l'air, c'est tout. Cela m'arrive parfois, et c'est assez embarrassant, alors si cela ne te dérange pas, j'aimerais bien parler d'autre chose.

— Désolé.

Un silence gêné s'installa. Au cours de la semaine qu'ils avaient passée ensemble à Washington, ils avaient en des conversations interminables. La plupart des gens voyaient en elle une jeune fille gâtée et sotte, et son père ne l'aidait pas en la surprotégeant, mais Mitch, lui, ne s'était pas arrêté à cela. Il l'avait écoutée, lui avait donné l'impression d'être… spéciale. Maintenant, elle ne savait absolument pas quoi lui dire.

Pourquoi pas quelque chose comme : « Au fait, je t'ai dit que j'attendais ton enfant ? »

Elle avait eu l'intention de le lui dire dans la limousine qui les avait conduits à l'aéroport, mais elle avait passé le trajet à se concentrer pour ne pas être malade, et avait donc décidé d'attendre qu'ils soient installés dans la villa en Grèce. Elle savait que la nouvelle allait lui faire un choc, mais elle était sûre qu'il serait heureux d'être père une fois qu'il se serait fait à cette idée. Il devait sans doute projeter d'avoir un héritier pour sa précieuse compagnie.

Comme s'il lisait dans ses pensées, Mitch dit :

— Il faudrait peut-être que nous parlions de ce que nous attendons de notre relation.

Elle espérait qu'il ne faisait pas allusion au sexe, car cela ne faisait pas partie du marché. Même si elle mourait d'envie de revivre les merveilleux moments qu'elle avait passés entre ses bras, pour rien au monde elle ne s'abaisserait à le séduire.

— De quoi parles-tu ?

Sa méfiance sembla l'amuser.

— Pas à ce que tu penses, visiblement. Notre relation s'arrête à la porte de la chambre.

— Bien, dit-elle, soulagée et, bizarrement, un peu déçue.

— Ce que je voulais dire, c'est qu'il m'arrive de devoir participer à des mondanités dans le cadre de mon travail, et que j'attends de toi que tu m'y accompagnes. Bien sûr, je ferai la même chose pour toi.

Cela n'avait pas l'air si terrible.

— Je peux le faire.

— Il faudra aussi que tu organises des réceptions.

Là encore cela ne posait pas vraiment problème. En fait, elle était assez douée pour cela.

— Bien sûr.

— Et comme je n'aime pas particulièrement voir mon nom dans les journaux à scandale et être la source des derniers potins, je crois que ce serait mieux que tout le monde pense que nous sommes heureux en ménage. Si l'on apprend que nous avons conclu un marché, nous n'aurons pas fini d'en entendre parler. Personnellement, je tiens beaucoup à préserver ma vie privée.

Elle se contrefichait de ce que les gens pouvaient bien penser, mais, dans l'intérêt du bébé, il vaudrait mieux qu'ils feignent le bonheur conjugal pour que l'enfant n'ait pas l'impression, plus tard, de n'avoir pas été désiré.

— Dès que nous serons rentrés, nous pourrons commencer à chercher une maison, continua-t-il. Ou si tu préfères, nous ferons construire.

— Et ton hôtel particulier ?

— Il n'est pas assez grand pour nos besoins.

— Si tu le dis.

Elle n'y était jamais allée, mais elle avait du mal à imaginer que quelqu'un d'aussi riche que Mitch vive dans quelque chose de petit. Cependant, elle ne pouvait nier que l'idée d'avoir sa propre maison était excitante. Elle avait passé toute sa vie dans la propriété de son père à Houston et dans son hôtel particulier à Washington. Il ne lui avait même pas permis de décorer sa propre chambre, préférant laisser à un professionnel le soin de le faire. Elle n'avait jamais vraiment eu d'endroit à elle.

— Bien sûr, tu t'occuperas de la maison, poursuivit Mitch, et tu seras chargée d'embaucher le personnel.

— Aurai-je le droit de décorer ?

La question sembla le laisser perplexe. Evidemment, que pouvait-il savoir de sa vie ? Il était persuadé qu'elle n'était qu'une riche héritière capricieuse et trop gâtée.

— Bien sûr.

— Je n'aurai pas besoin de ton approbation pour la moindre chose ?

— Y a-t-il une raison pour laquelle tu devrais ? répondit-il, l'air déconcerté.

Elle avait simplement cru que, comme son père, il l'estimerait indigne de confiance ou incapable de se débrouiller. Mais peut-être que Mitch disait cela pour lui donner une fausse impression de sécurité, peut-être s'avérerait-il tyrannique.

Elle décida de ne pas s'inquiéter. Quoi qu'il arrive, elle le saurait bien assez tôt.

— Bien sûr, je subviendrai à tes besoins financiers. En dehors de cela, attends-tu quelque chose de moi en particulier ?

Elle ne savait pas vraiment ce qu'il entendait par là. Croyait-il qu'elle s'attendait à ce qu'il lui donne un salaire ?

— De quoi parles-tu ?

— Comme je te l'ai promis, tu ne manqueras de rien, cartes de crédit, espèces…

En dépit de ce que la plupart des gens pensaient, elle n'était pas l'enfant gâtée décrite dans la presse people des journaux. Son père lui avait toujours donné une grosse somme d'argent de poche pour ses vêtements, mais en dehors de cela elle n'avait aucune indépendance financière. Il surveillait ses relevés de compte pour s'assurer qu'elle ne dépensait pas son argent dans des choses déplacées, et il limitait le montant des espèces auxquelles elle avait droit. Elle s'était toujours demandé ce que cela ferait de gérer elle-même son budget, de ne pas avoir quelqu'un qui examinait le moindre de ses gestes.

Si elle était libre financièrement, peut-être que ce mariage arrangé ne serait pas aussi malheureux que ce à quoi elle s'était attendue.

— Alors, dit-il, tu dois bien vouloir *quelque chose*.

Elle avait prévu d'attendre qu'ils soient arrivés en Grèce pour lui parler du bébé. Etait-ce cette impression de confiance qu'il y avait entre eux, ou tout simplement la perspective d'acquérir enfin un peu de liberté, toujours est-il qu'elle se jeta à l'eau :

— J'ai toujours voulu avoir des enfants.

L'expression sombre de Mitch lui glaça le sang. Il secoua la tête et dit :

— Je pense que ce serait une mauvaise idée.

Elle décida de ne pas paniquer. Peut-être était-ce l'idée de concevoir le bébé qui le dérangeait, peut-être qu'il ne la trouvait plus désirable. Le baiser qu'ils avaient échangé à leur mariage n'aurait pas pu être plus froid ou plus formel. Il avait dû la trouver si mauvaise au lit, qu'il ne voulait même plus la toucher. Même si cette hypothèse la blessait profondément, elle espérait que c'était cela la cause de son mécontentement.

— Si c'est le sexe qui t'inquiète, il y a d'autres moyens…

— Cela n'a rien à voir. Je trouve que ce serait injuste de mettre au monde un enfant dans un mariage sans amour.

Cette fois, elle eut l'impression de sombrer. Comment allait-il réagir quand elle allait lui dire la vérité ? Elle s'était crue tirée d'affaires, mais c'était tout le contraire. Il ne faisait aucun doute en effet que Mitch demanderait le divorce et, pire, renierait son enfant. Elle imaginait aisément la réaction de son père quand il apprendrait la nouvelle.

Un sentiment de panique l'envahit. Il devait bien y avoir une solution pour arranger les choses.

— Peut-être que si nous…

— Non, dit-il d'un ton ferme, les lèvres pincées. Il n'y a pas de « peut-être ». Je te donnerai tout ce que tu veux, Lexi, tout, sauf ça.

En dépit de l'angoisse qui menaçait de l'engloutir, elle se fit une promesse : quoi qu'il arrive, son enfant ne serait pas malheureux. Ce n'était pas parce que Mitch ne l'aimait pas qu'il n'y avait pas de solution. Elle chercha désespérément un moyen de le faire changer d'avis.

Elle allait se comporter en épouse idéale, se montrer irréprochable. Comment pourrait-il alors la blâmer de porter son enfant ? Bien que l'idée de vivre dans le mensonge la répugnât et la déprimât profondément, elle n'avait pas le choix.

Mitch se sentait un peu coupable de priver Lexi de quelque chose dont elle mourait visiblement d'envie, mais il fallait qu'elle s'habitue à ne pas avoir tout ce que son petit cœur avide désirait. Il était sûr que même si elle pensait vraiment vouloir des enfants, elle n'avait aucune idée de la responsabilité que cela représentait. Il savait par expérience que les jeunes filles dans son genre n'avaient de temps à consacrer à personne d'autre qu'elles-mêmes. Elle se lasserait de ce fardeau, comme sa propre mère, et partirait. Il refusait de permettre que son enfant grandisse sans pouvoir compter sur la personne qui était censée lui apporter un amour inconditionnel.

Ils endurèrent les neuf heures restantes de vol dans un silence entrecoupé de menus propos. Et chaque fois c'était lui qui engageait la conversation. Le silence de Lexi l'étonnait, à Washington elle avait été un véritable moulin à paroles. Il mit son mutisme sur le compte de la déception. Elle n'avait sans doute pas l'habitude que l'on ne satisfasse pas tous ses caprices.

Eh bien, il allait falloir qu'elle s'y habitue : il n'avait pas l'intention de faire son malheur, mais il n'allait pas non plus la dorloter ou la gâter. Il était temps qu'elle vive dans le monde réel.

Après une brève halte à Londres, pendant laquelle Lexi passa le plus clair de son temps aux toilettes, ils montèrent dans l'avion pour Athènes. Lexi s'endormit pendant le décollage et ne se réveilla qu'à l'atterrissage. Comme prévu, une limousine les attendait devant l'aéroport pour les conduire au port de Lavrio, où ils prirent un ferry qui les emmena à l'île de Tzia.

Deux heures plus tard, et seize heures après avoir quitté Houston, ils arrivèrent enfin à la villa. A environ un demi-mile à l'est, on voyait les maisons du village de Loulida, serrées les unes contre les autres comme autant de petites boîtes accrochées à la pente escarpée de la colline. Dans toutes les autres directions, la campagne s'étendait à perte de vue. Quand Lexi avait dit que c'était un endroit isolé, il ne s'était pas rendu compte à quel point ils seraient retirés du monde.

Il lui laissa la suite et prit l'une des trois chambres d'amis du rez-de-chaussée. C'était bien assez grand pour lui, et il y avait une grande porte coulissante de verre qui donnait sur la piscine et le jacuzzi, où il passerait sûrement beaucoup de temps. Même si tout cela lui importait peu, il nota que la maison était magnifique et très luxueuse. Le salon était spacieux, avec un bar et des meubles somptueux et confortables. Au rez-de-jardin, la cuisine moderne et bien équipée était attenante à une salle à manger, ainsi qu'à un autre agréable salon qui donnait sur la terrasse et sur le coin-barbecue.

Tout était un mélange de couleurs chaleureuses et de design moderne. La maison aurait aisément pu accueillir une demi-douzaine de personnes, voire plus. Il aurait préféré quelque chose de plus petit et de plus intime, mais il n'était pas étonné que quelqu'un comme Lexi veuille ce qu'il y avait de plus grand et de plus luxueux. Cependant, il était un peu surpris qu'elle n'ait pas engagé toute une équipe de domestiques pour s'occuper d'elle. Elle n'avait même pas pris de cuisinier ou de femme de chambre.

— Je vais m'allonger un moment, dit-elle lorsqu'il lui apporta ses bagages dans sa chambre.

Elle avait encore un peu mauvaise mine, et il ne put s'empêcher d'être un peu triste pour elle. Il n'avait jamais eu le mal des transports, mais à en juger par son apparence, la journée qui venait de s'écouler avait été un enfer.

— Veux-tu que je t'apporte quelque chose ? demanda-t-il. A manger, une tasse de thé ?

— Je crois que j'ai juste besoin de dormir un moment.

Elle le regarda un peu bizarrement, comme si elle ne comprenait pas pourquoi il était si gentil avec elle.

Comme cela, ils étaient deux à ne pas comprendre. Car il était lui-même étonné de l'attention qu'elle éveillait chez lui. C'était sans doute le décalage horaire.

— Je suis dans ma chambre, si tu as besoin de moi, je vais défaire ma valise, dit-il avant de sortir et de refermer la porte derrière lui.

Il avait l'impression que quelque chose avait changé, Lexi était presque… humble.

Il secoua la tête pour se défaire de cette idée. C'était sans doute simplement parce qu'elle se sentait mal, il était sûr qu'elle serait redevenue elle-même le lendemain et qu'elle aurait retrouvé son narcissisme et son arrogance.

Il alla dans sa chambre, prit son portable et, bien qu'il fût à peine 7 heures du matin au Texas, il appela son frère, qui répondit à la première sonnerie.

— Tu es censé être en voyage de noces, dit Lance.

— C'est le cas.

— Alors pourquoi est-ce que tu m'appelles ?

La question de Lance l'irrita. Il savait très bien ce qu'il en était. Ce voyage en Grèce n'avait rien, absolument rien d'une véritable lune de miel. Il n'allait donc pas négliger son travail et son entreprise.

— Je me demandais si Darius avait du nouveau à propos de l'incendie, quelque chose qui accuse Alejandro Montoya.

— Rien depuis que tu es parti, il y a moins de vingt-quatre heures. Si j'ai du nouveau, je te tiendrai au courant.

Cela signifiait « Ne m'appelle pas, je le ferai ».

— S'il y a quoi que ce soit au bureau…

— Mitch, arrête de penser au travail et profite de la vie. C'est ta lune de miel, va séduire ta femme, ou quelque chose dans le genre.

— Tu sais très bien que ce n'est pas un mariage d'amour.

— Vous êtes de jeunes mariés, d'après moi, vous avez certaines prérogatives, comme par exemple faire l'amour pendant votre nuit de noces. Je t'assure que tu ne seras pas déçu.

Mitch était bien placé pour le savoir, mais il se demanda comment Lance le savait, lui. Puis soudain, il comprit : il devait avoir couché avec Lexi au cours des quelques jours où Lance les avait rejoints à Washington, juste avant qu'il ne rompt tout engagement.

Elle n'avait pas perdu de temps. Tout cela avait dû être une sorte de jeu pervers pour elle : séduire les deux frères l'un après l'autre. Au moins, il était sûr d'être le premier à avoir couché avec elle ; et d'après Lexi, c'était exactement ce qu'elle avait prévu. Ce qu'elle n'avait pas prévu, c'était que Lance la quitte pour une autre.

— J'ai eu de la peine pour elle, hier, dit Lance.

— Pourquoi ?

Il n'y avait que son assistante à son mariage. On aurait pu croire que son père aurait la gentillesse de venir.

Mitch aussi avait été peiné, mais il fit comme s'il ne voyait pas où était le problème.

— C'est un homme très pris.

— Trop pour assister au mariage de sa fille unique ? Tu raterais le mariage de ta fille, toi ?

Non, mais d'un autre côté, il n'aurait pas de fille, ni de fils. Il devrait se contenter de gâter les enfants que Lance et Kate ne manqueraient pas d'avoir.

— Je suis sûr que le sénateur avait ses raisons, dit-il.

— Ça n'en est pas moins minable.

Mitch ne put s'empêcher de penser que Lexi avait exactement

ce qu'elle méritait. Elle devait se montrer aussi odieuse avec son père qu'avec les autres.

Après avoir raccroché, il prit une longue douche bien chaude, puis se glissa, nu, entre les draps de soie frais. Il décida de dormir une heure ou deux, puis d'aller préparer quelque chose à manger, mais quand il rouvrit les yeux, le soleil s'était déjà couché et la pièce était plongée dans l'obscurité. Seule la lumière du couloir brillait dans l'ouverture de la porte.

Cela l'intrigua. Il pensait pourtant l'avoir fermée avant de s'allonger. Il en était presque sûr, en fait, il en était même tout à fait sûr.

C'est alors qu'il vit une silhouette avancer vers lui. Il se redressa brusquement sur ses coudes, groggy et sur le qui-vive, mais il se rendit compte que c'était la silhouette d'une femme. Et pas de n'importe quelle femme… Lexi.

5

Lexi s'approcha du lit de Mitch, portant une chemise de nuit en satin blanc, décolletée, qui lui descendait jusqu'aux chevilles et chatoyait à la lumière. Ses cheveux blonds ondulaient sur ses épaules et tombaient en cascade sur la courbe de ses seins.

L'espace d'un instant, il se demanda s'il rêvait. Que pouvait-elle bien faire dans sa chambre ? Etait-elle malade ? Ou bien venait-elle l'étouffer avec un oreiller ?

— Quelque chose ne va pas ? demanda-t-il d'une voix rauque de sommeil.

— Non.

Soulagé, il se laissa retomber.

— Que fais-tu là ?

— C'est notre nuit de noces.

Oui, et alors ? Il ne voyait pas où elle voulait en venir. Puis elle retira sa robe de nuit et la laissa tomber sur le sol. En dessous, elle était nue. Assurément, il rêvait… Pourtant, lorsqu'elle se glissa dans le lit à ses côtés, qu'il sentit son corps chaud et doux contre le sien, ce qu'il ressentait était bien trop vivant et bien trop agréable pour n'être pas réel. Même si rien de tout cela n'avait de sens.

— Cela ne faisait pas partie de notre marché, lui rappela-t-il.

Appuyée sur un coude, elle le regarda. Dans la pénombre, elle ressemblait à un ange. Il savait pourtant qu'elle pouvait parfois se montrer bien peu innocente.

— Je sais.

Elle lui posa la main sur le torse et le caressa doucement. Le corps de Mitch réagit instantanément. Manifestement, elle avait envie de lui, alors pourquoi avait-il l'impression que ce n'était pas bien ?

— Nous ne sommes pas obligés, dit-il, bien qu'il eût terriblement envie de passer sa main dans ses cheveux soyeux et de l'embrasser passionnément.

Il ne voulait pas qu'elle ait le sentiment de lui devoir cela.

Une lueur d'incertitude dansa dans les yeux de Lexi, et il se dit qu'il n'avait jamais vu une femme avoir l'air aussi vulnérable. Il se sentit désarçonné. Se pouvait-il qu'elle ne soit pas aussi sûre d'elle qu'elle aimait le faire croire ?

Elle retira sa main et dit :

— Nous ne ferons rien, si tu n'en as pas envie.

Il n'y avait rien dont il ait autant envie. Il lui prit le poignet, guida sa main sous les draps et la posa sur son sexe en érection.

— Tu as l'impression que je ne veux pas ?

Elle sourit et referma sa main autour de lui. La sensation était tellement intense qu'il faillit perdre le contrôle de lui-même.

— J'ai envie de toi, Mitch, murmura-t-elle.

Ces quelques mots prononcés d'une voix à la fois douce et langoureuse suffirent à le convaincre. Il lui posa une main sur la nuque, l'attira vers lui, et l'embrassa.

Sans vraiment comprendre ce qui lui arrivait, Lexi se retrouva couchée sur le dos, le corps dur et viril de Mitch la recouvrant presque totalement. Il avait changé de position tellement vite qu'elle en eut le souffle coupé. Ses baisers lui faisaient tourner la tête. Alors qu'il se serrait contre elle, la caressait et l'embrassait partout sur sa peau, elle pria de tout son cœur qu'il ne la sente pas trembler. Elle ne voulait pas qu'il sache comme elle avait eu peur qu'il refuse ses avances. Elle n'avait pas l'habitude de jouer les femmes fatales, mais si elle voulait le persuader que c'était un vrai mariage, le faire tomber amoureux d'elle, elle devait absolument se montrer à la hauteur. Quel genre d'épouse serait-elle si elle ne le satisfaisait pas sexuellement, surtout lors de leur nuit de noces ?

Pour l'instant, cependant, c'était lui qui la satisfaisait. Elle avait presque oublié à quel point c'était bon d'être dans ses bras... Il lui donnait l'impression d'être la femme la plus belle, la plus désirable du monde.

— Je croyais que cette relation était platonique, dit-il en l'embrassant dans le cou.

Au contraire, elle avait bien l'intention de le garder au lit le plus possible pendant leur semaine en Grèce.

— Je ne me plains pas, ajouta-t-il, mais je suis un peu surpris.

— Nous avons tous les deux des désirs. Pourquoi ne pas en profiter ?

Il lui adressa un large sourire.

— Lexi, ce n'est pas censé être *ma* réplique, ça ?

— Tu sais ce que je pense ? Je pense que tu parles trop.

Là encore, il eut du mal à la reconnaître. S'il n'ignorait pas qu'elle pouvait se montrer manipulatrice et arrogante, il ne lui connaissait pas une telle audace.

— Et j'aime ta façon de penser, dit-il avec un sourire sauvage.

Il l'attira vers lui, et ils échangèrent un long et profond baiser. Puis il reprit la lente exploration de son corps. Docile, ivre de désir aussi, elle le laissa faire, s'offrant toujours un peu plus à chacune de ses caresses, à chacun de ses baisers. Au bout d'un moment, son envie de le sentir en elle fut si violente qu'elle en souffrait presque.

— Fais-moi l'amour, lui dit-elle. Maintenant…

Mitch passait sa langue sur son téton et leva les yeux vers elle.

— Je croyais que c'était ce que je faisais. Pourquoi se presser ?

Mais elle n'en pouvait plus d'attendre, elle voulait sentir son sexe en elle. Elle avait l'impression qu'elle allait devenir folle s'il ne la prenait pas tout de suite. Il dut lire le désespoir dans ses yeux, car il ouvrit le tiroir de la table de nuit et en sortit un préservatif. Elle le regarda d'un air interrogateur.

— Je les avais pris au cas où…

Elle ne lui dit pas que c'était inutile, que le mal était fait, et lorsqu'il entra en elle d'un mouvement lent mais décidé, elle se cambra, haletante.

Il parut inquiet.

— Je t'ai fait mal ?

— Non, mentit-elle.

C'était une douleur suave. Depuis cette nuit-là à l'hôtel, elle n'avait cessé d'avoir l'impression qu'il lui manquait quelque chose, elle se sentait… incomplète. Ce n'était plus le cas maintenant que leurs corps étaient de nouveau unis.

Elle passa ses jambes autour de lui. Mitch gémit et agrippa les draps. Un sentiment de puissance exaltant envahit Lexi à l'idée que c'était elle qui lui faisait perdre le contrôle.

Il roula sur le côté pour qu'elle soit sur lui. Cette position l'intimida. Et si elle s'y prenait mal et se ridiculisait ? Et si elle était maladroite et n'arrivait pas à le satisfaire ?

— Mitch, je ne…

— Si, dit-il comme s'il avait une totale confiance en elle. Contente-toi de suivre ton instinct.

Elle posa les mains sur le matelas de chaque côté de lui et se souleva légèrement. Elle poussa une exclamation en se rendant compte que cela lui permettait de le sentir encore plus profondément en elle.

— Vas-y, dit-il en se glissant de nouveau en elle. Vas-y doucement.

Cette fois-ci, il posa les mains sur ses hanches pour la guider. Elle se mit à bouger lentement, les yeux fermés, concentrée. Au début, elle craignait tellement de mal faire, elle était tellement attentive à chacun de ses mouvements, qu'elle ne parvint pas à s'abandonner.

— Détends-toi, dit-il en joignant ses mouvements aux siens.

Ils prirent un rythme lent et régulier, et elle finit par se laisser gagner par une intense sensation de plaisir.

Elle voulait passer le reste de sa vie ainsi, à agir par impulsion, à faire les choses simplement par plaisir.

— Ouvre les yeux, dit Mitch.

Elle obéit et ce qu'elle vit alors la bouleversa. Le visage de Mitch était concentré et dans ses yeux, elle put lire une lueur sauvage. Il la désirait…

Sans la quitter des yeux, il tendit la main vers elle à l'endroit où leurs corps fusionnaient et la caressa lentement sans jamais cesser son lent va-et-vient. Elle fut aussitôt submergée de plaisir, et un orgasme d'une rare intensité la secoua. Elle rejeta la tête en arrière, savoura cette sensation et, enivrée, elle entendit Mitch gémir, sentit ses muscles se contracter, ses doigts s'enfoncer dans sa peau.

Satisfaite et épuisée, elle s'écroula contre son torse. Leurs cœurs battaient à l'unisson. Tout allait de mieux en mieux… Elle ne s'était jamais sentie aussi proche de quelqu'un de toute sa vie.

L'espace d'un instant, elle fut persuadée que cela allait marcher, que tout allait bien se passer. Pourtant, alors qu'il l'embrassait et la faisait rouler sur le côté pour lui faire de nouveau l'amour, elle ne put s'empêcher d'avoir l'impression d'être dans une imposture.

Quand Mitch se réveilla le lendemain matin, il tendit le bras pour toucher Lexi, mais son côté du lit était vide. Il regarda le réveil et fut surpris de constater qu'il était plus de 8 heures. Le décalage horaire l'avait déboussolé : il ne se levait jamais après 6 heures, même le week-end. Il s'assit et parcourut la pièce du regard, groggy. Lexi était sans doute à la salle de bains. Mais il entendit alors le cliquetis de casseroles, de poêles et d'assiettes en provenance de la cuisine. Il sentit une vague odeur de petit déjeuner, mais pensa que c'était son imagination. Lexi n'avait pu trouver un cuisinier à 8 heures du matin

Lorsque après avoir enfilé un pantalon de pyjama, il pénétra dans la cuisine, il fut profondément surpris par le spectacle qui s'offrait à lui. Lexi était aux fourneaux et remuait quelque chose dans une poêle à l'aide d'une spatule. Sur le plan de travail, il y avait une assiette dans laquelle était posée une espèce de saucisse.

Elle savait cuisiner ?

A côté d'elle, le lave-vaisselle dernier cri était ouvert, et il y avait des assiettes à l'intérieur. Il n'aurait pas cru qu'elle saurait se servir d'un lave-vaisselle. Comment aurait-elle pu apprendre alors qu'elle avait une armada de domestiques dans la maison de son père ?

Aurait-il pu se méprendre sur son compte ?

— Bonjour, dit-il.

Elle se tourna vers lui et lui adressa un sourire doux qui lui donna l'impression qu'elle était sincèrement contente de le voir.

— Bonjour !

Elle portait la chemise de nuit en soie qu'elle avait cette nuit-là, ses pieds étaient nus, ses cheveux étaient attachés en queue-de-cheval, et elle n'était pas maquillée. Elle paraissait jeune et très jolie, mais son corps était bien celui d'une vraie femme, avec ses seins fermes et ses hanches parfaitement dessinées. Il dut lutter contre une forte envie de la prendre dans ses bras et de retourner au lit avec elle. Il ne voulait pas qu'elle se fasse de fausses idées.

— Tu as faim ? demanda-t-elle. J'ai préparé le petit déjeuner.

Ils avaient sauté le dîner la veille, et il sentit son estomac gargouiller.

— Je meurs de faim. Je peux t'aider ?

— Non merci. Tu veux du café ?

— Je peux me servir.

Mais elle le chassa d'un geste.

— Assieds-toi, détends-toi.

Il s'assit dans le coin-repas près de la fenêtre qui donnait sur la piscine pendant qu'elle remplissait une tasse déjà prête à côté de la cafetière.

— Veux-tu du lait ou du sucre ?

— Je le prends noir, merci.

Elle rit et secoua la tête.

— Quoi ? demanda-t-il.

— C'est bizarre, dit-elle en venant poser la tasse devant lui, nous sommes mariés et je ne sais même pas comment tu aimes ton café. Ce n'est pas vraiment comme cela que j'imaginais ma vie de femme mariée, c'est tout !

Lui non plus ! Il n'aurait jamais cru qu'il se marierait, il aurait été content de continuer à profiter de sa liberté, ne jamais avoir à faire de concession, à n'avoir la responsabilité que de lui-même.

Elle retourna devant la cuisinière et il regarda, fasciné, ses hanches se balancer, la courbe de ses fesses sous la soie. Il ne put s'empêcher de se demander si elle était nue en dessous. Si c'était le cas, ce ne serait pas difficile de soulever sa robe et de la faire asseoir sur ses genoux…

Avec un ultime effort de volonté, il refoula ses fantasmes

dans un coin reculé de son esprit. Il fallait qu'il arrête de rêver et qu'il se retienne de la toucher.

L'appétissante assiette d'œufs brouillés qu'elle posa devant lui, réussit à détourner son attention.

— Bon appétit ! dit-elle.

Elle s'assit en face de lui et appuya son menton sur ses mains jointes. Elle allait le regarder manger tout son petit déjeuner ?

— Tu ne manges pas ?

— J'ai grignoté quelque chose quand je me suis levée.

Il prit une bouchée… et faillit la recracher aussitôt. C'était tellement salé qu'il en eut presque un haut-le-cœur. Il se força à avaler et but une gorgée de café pour faire passer le goût, mais il faillit s'étrangler tellement il était fort. Il tenta de faire passer l'amertume avec un morceau de saucisse, mais celle-ci était trop cuite et tellement desséchée qu'il avait peine à la mâcher.

Il n'avait jamais rien mangé d'aussi mauvais. Une chose était claire : Lexi ne savait pas cuisiner.

S'il avait pu, il aurait tout jeté à la poubelle, ou l'aurait donné au chien, comme il le faisait quand il était petit. Malheureusement, ils n'avaient pas de chien, et elle le regardait fixement, les yeux tellement pleins d'espoir, qu'il n'eut pas le cœur de la blesser. Il se força à sourire et dit :

— C'est délicieux.

Il ne savait pas d'où venait cette tentative soudaine de jouer les femmes d'intérieur, mais aussi ahurissant que cela puisse paraître, il reconnaissait qu'elle avait fait un effort. Touché, il se força à tout avaler jusqu'à la dernière bouchée, et il redemanda même du café.

— C'était très bon, merci.

Il se leva pour débarrasser mais elle l'arrêta.

— Reste assis, je m'en charge.

Sans lui laisser le temps de réagir, elle alla mettre la vaisselle sale dans le lave-vaisselle.

— Je pensais faire de l'agneau pour le dîner, dit-elle.

Il ne pensait pas que son estomac pourrait le supporter.

— Pourquoi ne me laisserais-tu pas m'en occuper ?

— Pourquoi ? demanda-t-elle en fronçant les sourcils, déconcertée.

Il savait qu'il s'aventurait sur un terrain glissant. Un mauvais pas, et il la blesserait.

— Ce n'est que justice que nous partagions les tâches ménagères pendant que nous sommes ici, tu ne trouves pas ?

— Mais je suis ta femme, je suis censée prendre soin de toi.

Il ne comprenait pas sa réaction. Il ne s'attendait pas à cela, puisqu'ils étaient d'accord sur le fait que c'était un mariage arrangé.

— Pourquoi, Lexi ?

— Parce que c'est ce que fait une épouse, répondit-elle, les sourcils toujours froncés, l'air perplexe.

Elle semblait si désemparée, si sincère.

— Tu n'es pas obligée.

— Mais je *veux* le faire.

Que pouvait-il bien répondre à cela ? Tu peux t'occuper de moi au lit tant que tu veux, mais le reste du temps, laisse-moi tranquille ? C'était tout simplement sordide.

Incontestablement, coucher ensemble était une très mauvaise idée, et il espérait de tout son cœur que ce désir de bonheur conjugal lui passerait. Ils retourneraient à Houston, auraient des domestiques et des cuisiniers, et vivraient en bons termes mais chacun aurait sa vie. Oui, le mieux était sans doute de garder le plus de distances possibles afin qu'il n'y ait aucune ambiguïté, ni aucun malentendu.

— Si c'est si important pour toi, tu peux faire le dîner.

Elle revint s'asseoir en face lui, affichant un sourire tellement soulagé qu'il se sentit inquiet.

Qu'est-ce qu'il se passait ?

— Alors, que veux-tu faire aujourd'hui ? dit-elle. Nous pourrions aller à pied jusqu'au village, ou louer une voiture et faire le tour de l'île.

— En fait, j'avais simplement envie de profiter de la piscine.

— Ah… Bon, eh bien, ça me va.

Il voulait dire « tout seul ». Il n'avait même pas songé qu'elle pût avoir envie de passer la journée avec lui, il avait pensé qu'ils s'occuperaient chacun de leur côté. Mais il ne pouvait tout simplement pas lui demander de le laisser tranquille, c'était trop méchant.

Lorsqu'il se leva, elle l'imita.

— Je vais prendre une douche, dit-il.

— Et moi, je vais nettoyer tout ça. On se retrouve dehors dans une demi-heure ?

Elle semblait tellement enthousiaste, tellement empressée à lui faire plaisir, qu'il ne put que sourire et dire :

— Pas de problème !

Pourtant, il avait l'impression qu'il y avait un gros problème, ou alors il venait de se réveiller dans une autre dimension.

6

Quand Mitch fut parti, Lexi se laissa retomber sur sa chaise, se prit la tête dans les mains et poussa un soupir de soulagement. Quel stress ! Le convaincre que leur union était un vrai mariage allait être beaucoup plus difficile qu'elle ne l'avait cru, surtout s'il refusait d'y mettre du sien. Elle avait le sentiment qu'elle était allée un peu trop loin en essayant de l'impressionner avec ses talents domestiques.

Dieu merci, Tara lui avait répondu, bien qu'il eût été plus de minuit à Houston, quand elle l'avait appelée pour lui demander comment faire des œufs brouillés. Il lui avait quand même fallu douze œufs et plusieurs tentatives pour y arriver, mais c'était en partie parce qu'elle ne savait pas comment marchait la cuisinière électrique.

Elle aurait bien aimé apprendre à cuisiner, mais son père n'aurait jamais voulu. Il considérait que cuisiner et nettoyer était indigne d'elle, c'était pour cela qu'ils avaient des domestiques, mais elle était sûre que cela pouvait être amusant.

Elle avait mis un gigot d'agneau à décongeler sur le plan de travail, et Tara lui avait garanti que ce serait facile à cuire. Demain matin, pour le petit déjeuner, elle se lancerait peut-être même dans quelque chose de compliqué, comme des pancakes.

Tout en échafaudant ses projets culinaires, elle alla jusqu'à la cuisinière, prit la poêle qui contenait le reste des œufs et s'apprêta à tout jeter, quand elle s'aperçut que son estomac était plutôt calmé. Elle en prit donc une bouchée, et la recracha aussitôt dans l'évier.

Ils étaient tout simplement répugnants. Pourtant, Mitch était resté assis là, impassible, et avait tout mangé, allant même jusqu'à lui dire que c'était délicieux. Prise d'un doute et bien qu'elle ne fût pas censée boire de café, elle s'en servit un peu pour le goûter. Il était encore pire que les œufs.

Ce n'était pas étonnant qu'il ait proposé de s'occuper du dîner, il pensait probablement qu'elle essayait de l'empoisonner. Il fallait qu'elle veille à ce que le dîner soit particulièrement réussi, pour qu'il pense que le petit déjeuner avait été un coup de malchance et qu'elle n'était pas complètement nulle.

Complètement découragée, elle mit le reste de la vaisselle et la poêle dans le lave-vaisselle et remplit le réservoir du liquide qu'elle avait trouvé sous l'évier, ajoutant une giclée à même la vaisselle. Il lui fallut quelques minutes pour comprendre l'affichage numérique, mais après avoir appuyé sur des boutons au hasard, elle finit par réussir à le mettre en route. Le nombre de choses qu'elle ne savait pas faire était incroyable, mais elle était bien décidée à apprendre. Pour être une épouse parfaite.

Cependant, elle devait à tout prix éviter de dormir avec Mitch. Elle s'était réveillée ce matin-là l'estomac noué et avait à peine eu le temps d'aller jusqu'à sa propre salle de bains pour vomir. Il allait forcément avoir des soupçons s'il se rendait compte qu'elle était malade tous les matins. Plus elle tardait à lui dire qu'elle était enceinte, plus cela risquait de compliquer les choses, mais si tout se passait comme prévu, il serait tellement heureux et tellement amoureux d'elle quand elle finirait par le lui dire qu'il ne se soucierait même pas qu'elle le lui ait caché.

Le bien-être de son bébé en dépendait.

Mitch prit une douche, enfila son maillot de bain, et se dirigea vers la cuisine pour prendre une boisson gazeuse avant d'aller à la piscine. Il s'arrêta net sur le pas de la porte en voyant Lexi à quatre pattes, en paréo blanc, au milieu d'une mer de bulles de savon sur le sol de la cuisine. Elle essayait désespérément de les essuyer avec un torchon, mais ne faisait en fait que déplacer la mousse, qui commençait à déborder dans le salon.

— Mais que se passe-t-il ?

Elle sursauta et leva les yeux vers lui.

— Je ne sais pas, il y a un problème avec le lave-vaisselle.

Il le regarda et vit que la mousse sortait encore, en un flot ininterrompu. Il s'avança en glissant sur le sol recouvert de savon et éteignit l'appareil.

— Pourquoi ne l'as-tu pas éteint ?

Ce ne fut qu'après avoir prononcé ces mots et vu l'expression blessée de Lexi qu'il se rendit compte de la dureté de son ton. Elle regarda le lave-vaisselle, puis leva les yeux vers lui, et haussa les épaules dans un geste d'impuissance. C'est alors qu'il comprit qu'elle ne savait probablement pas *comment* l'éteindre.

Il s'efforça de garder une voix calme et demanda :

— Comment est-ce arrivé ?

— Je te l'ai dit, il est cassé. Je suis allée me changer, et quand je suis revenue, il y avait du savon partout. L'agence de location va en entendre parler, tu peux me croire.

Il se doutait de ce qui s'était passé, et ce n'était certainement pas la faute de l'agence, ou celle du lave-vaisselle.

— Quel produit as-tu utilisé ?

— La bouteille sous l'évier, répondit-elle d'un ton qui insinuait qu'il était bien bête de poser la question.

Il ouvrit le placard et en sortit la bouteille qui était juste devant. C'était bien ce qu'il craignait.

— Celle-là ?

— Oui, celle-là, dit-elle d'un ton sec. Du liquide-vaisselle, pour laver la vaisselle.

— Ce n'est pas fait pour le lave-vaisselle.

— Comment ça ? dit-elle avec un haussement de sourcils, perplexe. C'est écrit sur l'étiquette.

Il prit une boîte de détergent en poudre dans le placard et la lui montra.

— C'est celui-ci pour le lave-vaisselle, ça ne mousse pas comme du liquide normal.

— Oh…

Elle se mordit la lèvre, visiblement mortifiée. Une fois de plus, il ne put s'empêcher d'avoir de la peine pour elle. Au moins, elle essayait… Comment pouvait-il attendre d'une femme qui n'avait probablement jamais lavé une assiette sale de sa vie qu'elle sache se servir d'un lave-vaisselle ?

— Je suis désolée, dit-elle, rougissante.

Il haussa les épaules.

— Ce n'est pas bien grave.

Elle regarda autour d'elle, impuissante, comme si elle ne savait absolument pas comment faire pour réparer les dégâts. Et, bien qu'il se sentît stupide à cette idée, la seule chose à laquelle il pensait était de la déshabiller, de l'allonger sur le sol et de se rouler par terre avec elle jusqu'à ce que leurs corps soient tout glissants. Ensuite, il… consulterait un psy.

— Pourquoi n'irais-tu pas m'attendre à côté de la piscine, dit-il, pendant que je nettoie ceci ?

— C'est ma faute.

Oui, et il avait le pressentiment qu'elle ne ferait qu'aggraver les choses s'il la laissait s'en charger. Par ailleurs, mieux vaudrait dans leur intérêt à tous les deux qu'ils ne soient pas trop près l'un de l'autre.

— Tu n'es pas là pour me servir, dit-il. Tu as fait le petit déjeuner, c'est normal que je nettoie.

— Tu es sûr ? demanda-t-elle, l'air soulagée d'avoir une bonne excuse pour s'en aller.

— Sûr et certain, j'en ai pour un rien de temps.

— D'accord.

Elle se leva, les jambes couvertes de mousse, et s'éloigna prudemment pour ne pas glisser.

— Je t'attends dehors.

Il en eut en fait pour plus d'une heure, et il ne réussit quand même pas à enlever tout le savon du sol.

Il n'était pas encore midi, mais il trouvait qu'il avait bien mérité une bière fraîche. Lorsqu'il se dirigea vers la piscine, il découvrit Lexi qui se faisait bronzer, étendue sur une chaise longue. Ses yeux étaient cachés derrière de grosses lunettes noires branchées et elle portait ce qui semblait être un minuscule Bikini couleur chair.

Il fit glisser ses lunettes de soleil sur son nez pour mieux la voir et, alors que ses yeux s'habituaient au soleil éclatant, il se rendit compte qu'elle était seins nus.

Les yeux fermés derrière ses lunettes de soleil, la peau agréablement imprégnée de la chaleur de cette fin de matinée, Lexi essayait d'oublier la honte qu'elle avait ressentie en n'étant même pas capable de faire marcher le lave-vaisselle. Elle aurait dû appeler Tara avant de s'en approcher, et elle aurait également dû rester dans la cuisine pour aider Mitch, mais elle était trop gênée. D'ailleurs, elle était sûre qu'elle aurait encore fait quelque chose de travers et qu'elle aurait eu l'air encore plus incompétente. Comment pouvait-elle espérer qu'il la prenne au sérieux, si elle ne savait même pas se débrouiller dans une cuisine ? Il faudrait vraiment que le dîner soit absolument parfait.

Plus d'une heure s'était écoulée lorsqu'elle entendit enfin Mitch ouvrir la porte-fenêtre. Elle lui jeta un coup d'œil furtif derrière ses paupières mi-closes et vit qu'il se dirigeait vers elle. Il lui cacha le soleil quand il arriva à sa hauteur.

— Bon sang, mais qu'est-ce que tu fais au juste ? demanda-t-il d'un ton brusque qui la fit sursauter.

Qu'est-ce qu'elle avait encore fait ?

— Je… Je me fais bronzer ?

Elle devina à son expression exaspérée que ce n'était pas la réponse qu'il attendait.

— Je le vois bien. Ce que j'aimerais savoir, c'est pourquoi tu es toute nue.

— Je ne suis pas toute nue, j'ai une culotte.

Devant son air encore plus en colère, elle se hâta d'ajouter :

— Je n'aime pas avoir des marques, et puis, en Europe, toutes les femmes bronzent seins nus.

— Ton père est sénateur. J'aurais cru que tu aurais un peu plus de bon sens.

Elle regarda autour d'elle.

— Qui pourrait bien me voir ? Nous sommes au milieu de nulle part.

— Ce n'est pas le problème.

Alors où était le problème ? Elle n'aurait jamais pensé qu'un homme puisse ne pas apprécier une femme seins nus. Surtout alors qu'ils étaient mariés.

Mais elle se rappela aussitôt que leur mariage était une

farce. Il n'avait pas vraiment envie d'elle. Il ne la désirait pas assez fort.

Cela la révulsait. Elle s'extirpa de la chaise, prit la serviette sur laquelle elle était allongée, et s'enveloppa dedans.

— Je suis navrée que tu trouves mon corps si repoussant.

— Lexi, ce n'est pas ce que je…

— Je veillerai à ce qu'il soit toujours convenablement couvert, dorénavant.

Elle prit un air hautain et froid pour qu'il ne se rende pas compte qu'elle était blessée et fit demi-tour, mais Mitch lui saisit le bras pour l'en empêcher.

— Tu es la femme la moins sûre d'elle que je connaisse, et tu ne me facilites pas les choses.

Faciliter les choses ? Qu'est-ce que c'était censé vouloir dire ? Elle essaya de se dégager.

— Lâche-moi !

Au lieu de lui obéir, il lui retira sa serviette d'un coup sec et la souleva dans ses bras. Elle poussa un cri perçant alors qu'il la jetait par-dessus son épaule comme un sac de pommes de terre et l'emmenait vers la porte coulissante qui conduisait à sa chambre.

Elle se tortilla, essayant de s'échapper, mais il resserra son étreinte.

— Que fais-tu ?

— Je pourrais me tuer à te dire que tu es belle et désirable, mais tu ne me croirais probablement pas.

Elle martela son dos de coups de poing, ce qui s'avéra presque aussi efficace que de frapper un rocher avec une plume.

— Alors tu joues les hommes des cavernes ?

Il ouvrit la porte et l'emmena dans sa chambre. Malgré son comportement brutal et grossier, un frisson d'excitation la parcourut. Même s'il ne l'aimait pas, même s'il ne la trouvait pas assez à son goût, il avait envie de coucher avec elle. Or plus ils feraient l'amour, plus elle aurait le loisir de mettre son plan à exécution.

Il la fit glisser de son épaule, la posa sur le lit, et s'agenouilla à côté d'elle, une lueur malicieuse dans les yeux.

— Comme tu ne veux pas m'écouter, dit-il, je vais devoir te montrer.

Mitch passa le reste de la matinée et une bonne partie de l'après-midi à lui montrer comme il la trouvait belle et désirable. Et il était sacrément doué pour cela ! Chaque fois qu'elle tentait de sortir du lit, il la tirait vers lui et recommençait à la persuader. Quand elle dit qu'elle devait aller mettre le gigot au four s'ils voulaient qu'il soit prêt pour le dîner, il finit par la laisser partir à contrecœur. Elle se dirigea vers la cuisine, toute sa peau respirant la satisfaction sexuelle.

Ils venaient de passer des moments merveilleux. A ce rythme-là, elle pourrait bientôt lui dire qu'elle était enceinte.

Suivant les instructions de Tara à la lettre, Lexi assaisonna le gigot d'agneau et le mit au four. Il lui fallut appuyer sur des boutons pendant quelques instants, mais le four finit par se mettre en route. Elle éplucha ensuite les pommes de terre et les carottes et les mit de côté pour les ajouter au plat quarante minutes avant que le gigot soit cuit. N'ayant pas grand-chose à faire d'ici là, elle alla chercher Mitch.

Elle le trouva étendu sur une chaise longue devant la piscine, endormi tellement profondément qu'il ronflait. Apparemment, elle l'avait épuisé, le pauvre. Elle pensa à tous les moyens par lesquels elle pourrait le réveiller, mais il avait l'air tellement paisible qu'elle n'eut pas le cœur de le faire.

Elle s'allongea sur la chaise à côté de lui pour prendre le soleil, mais ses yeux étaient lourds de sommeil et elle ne tarda pas à s'endormir. Elle fit d'étranges rêves érotiques à propos de Mitch, submergée par des images floues de peaux nues et une sensation d'intense plaisir. Elle sentait son parfum, le goût de sa bouche et de sa peau, ses mains qui la caressaient et passaient dans ses cheveux, ses muscles qui se contractaient alors qu'il la pénétrait, un bourdonnement qui faisait vibrer tout son corps…

Le bourdonnement s'intensifia, résonnant dans sa tête jusqu'à ce que ce soit plus agaçant qu'excitant, se transformant en une sonnerie aiguë, perçante.

Elle se réveilla en sursaut et se rendit compte que le bruit était bien réel. Il provenait de la cuisine, et de la fumée sortait par la porte.

Elle se leva d'un bond, s'enroula dans son paréo et se précipita dans la cuisine. Le spectacle qui l'y attendait la stupéfia.

Une fumée âcre flottait dans l'air, le four, vide, était grand ouvert, et le plat dans lequel elle avait mis le gigot était dans l'évier, sous un flot d'eau, une boule noire calcinée remplaçant le gigot. Au milieu de la pièce, en maillot de bain, Mitch éventait le détecteur de fumée avec un balai.

Seigneur, qu'avait-elle encore fait ?

Mitch la vit enfin. Il lui adressa un sourire éclatant et lui dit :

— Le gigot est cuit !

Après le fiasco du lave-vaisselle, il ne semblait pas nécessaire d'accuser le four. Manifestement, elle avait encore fait une bêtise, sauf que, cette fois, au lieu d'inonder la maison, elle avait failli y mettre le feu.

Leur relation avait vraiment progressé aujourd'hui, et maintenant elle avait tout gâché. Elle ne pouvait même pas imaginer ce qu'il pouvait bien penser d'elle, et elle se demanda combien de temps il faudrait pour qu'elle et le bébé se retrouvent à la rue.

Mitch fit pivoter le balai et, à l'aide du manche, donna un grand coup dans le détecteur de fumée, qui émit un dernier bip, puis se tut. Le silence était encore plus pesant que le bruit strident.

Elle ouvrit la bouche pour dire quelque chose, pour s'excuser, peut-être, mais les mots lui manquèrent.

Mitch alla à l'évier fermer le robinet et regarda les restes détrempés du dîner.

— Nous ferions mieux d'ouvrir les fenêtres pour faire sortir la fumée.

— Je vais ouvrir celles de l'autre salon, dit-elle, honteuse, pressée de s'éloigner.

Il y avait deux solutions : soit il ne la supporterait plus et la ferait se sentir stupide, soit il serait doux et compréhensif mais penserait qu'elle était un cas désespéré.

Elle ne savait vraiment pas ce qui serait le plus humiliant des deux.

Quand toutes les fenêtres de l'étage furent ouvertes, elle

retourna dans la cuisine, où Mitch refermait le four. Elle n'aurait pas su dire s'il était fâché, ou s'il s'était résigné au fait qu'il avait épousé une catastrophe ambulante.

Elle montra l'évier d'un geste et fit une timide tentative d'humour :

— L'agneau avait soif, ou c'est ta façon de me faire comprendre qu'il était trop sec à ton goût ?

— Je ne trouvais ni le couvercle du plat ni l'extincteur, alors c'était le seul moyen d'éteindre les flammes.

Les *flammes* ? Le gigot avait carrément pris feu ?

Elle qui pensait qu'elle n'aurait pas pu être plus gênée… Elle découvrit qu'elle se trompait.

— Je présume que tu ne me croirais pas si je te disais que le gigot était censé prendre feu ?

Il sourit.

— Alors, qu'est-ce que j'ai mal fait, cette fois-ci ? demanda-t-elle, même si elle n'était pas vraiment sûre de vouloir le savoir.

Il ne la laisserait probablement plus jamais s'approcher de la cuisine, et encore moins faire cuire quelque chose.

— Le four était sur gril au lieu d'être sur chaleur tournante.

Elle ne comprenait pas, elle pensait que la viande était censée griller. Sa confusion devait être évidente, car il ajouta :

— La chaleur tournante chauffe le four uniformément et cuit les aliments plus lentement, tandis que le gril est juste au-dessus du plat et cuit beaucoup plus rapidement. Manifestement.

Elle l'aurait su si elle avait déjà utilisé un four.

— Je suis désolée d'avoir gâché le repas.

Il haussa les épaules, comme pour dire de nouveau que cela n'avait pas d'importance.

— A moins que tu sois pyromane, ce dont je doute fort, ce n'est pas bien grave.

Elle avait envie de croire que c'était ce qu'il pensait, mais il devait bien se rendre compte qu'elle était vraiment nulle. Quelle serait sa prochaine bourde ? L'empoisonnement accidentel ?

Son père ne l'avait peut-être pas couvée sans raison, il savait peut-être que, si on la laissait se débrouiller seule, elle était un danger pour les autres et pour elle-même.

— Je suppose qu'il est évident que je n'ai jamais cuisiné et que je ne me suis jamais servie d'un lave-vaisselle.

— Ah bon ? demanda-t-il en essayant, sans succès, de prendre un air étonné.

Elle lui lança un regard lourd de sens.

— Bon, d'accord, reconnut-il, je m'en doutais un peu.

— C'était très gentil de ta part de te forcer à manger un petit déjeuner aussi horrible que celui que j'ai fait ce matin.

— Il n'était pas *si* mauvais que ça.

— Si. Il vaudrait sûrement mieux pour nous deux que ce soit toi qui cuisines, à partir de maintenant.

Il lui jeta un regard étonné.

— Qu'est-ce qui te fait croire que je sais cuisiner ?

— Tu ne peux pas être plus mauvais que moi. Je ferais mieux de rester aussi loin de la cuisine que possible.

— Comment vas-tu apprendre si tu n'essaies pas ?

Elle lui fut reconnaissante d'essayer de la ménager. Mais elle n'était pas prête à renouveler l'expérience. Ne venait-elle pas de prouver qu'elle ne serait jamais capable de faire quelque chose de ses dix doigts?

— J'ai essayé et j'ai failli mettre le feu à la maison, je suis nulle !

Il poussa un soupir exaspéré.

— Mais qu'est-ce que c'est que cette mauvaise opinion de toi-même ? Tu n'es pas nulle, et si tu as vraiment envie d'apprendre, tu t'inscriras à un cours de cuisine quand nous serons rentrés au Texas.

Elle secoua la tête.

— Non, mon père ne me le permettra jamais, il estime que je suis au-dessus de cela.

— Ce n'est pas ton père qui décide. Nous sommes mariés, maintenant, c'est toi qui décides de ta vie.

Elle pensa tout d'abord qu'il se moquait d'elle, puis se rendit compte qu'il était sérieux. Malheureusement, ce n'était pas si simple.

— Il sera furieux s'il l'apprend, et tu as toujours besoin de son soutien.

— Ne t'inquiète pas pour ça.

Elle n'arrivait pas à croire qu'il soit prêt à risquer sa relation avec son père pour qu'elle puisse prendre des leçons de cuisine. Elle le regarda en plissant les yeux, hésitant toujours à lui faire confiance, se demandant s'il se moquait d'elle.

— Tu es sérieux ?

— Oui, très sérieux, répondit-il en croisant les bras sur sa poitrine et en s'adossant au plan de travail. Par curiosité, qu'est-ce que ton père t'a empêchée de faire d'autre ?

Elle réfléchit un instant.

— J'aurais probablement moins de mal à te dire ce qu'il m'a laissée faire, la liste est beaucoup plus courte.

Mitch secoua la tête, incrédule.

— Mon père était un vrai salaud, mais je commence à me demander si c'était si horrible que ça, après tout.

C'était la première fois qu'il lui confiait quelque chose sur sa famille. Bien sûr, elle ne lui avait jamais vraiment posé de questions. Mais elle décida de profiter de l'occasion pour mieux le connaître.

— Que te faisait-il ?

— Disons que le coup de poing que Lance m'a mis dans la mâchoire n'était rien en comparaison des coups de mon père.

— Ton père te *battait* ?

— Régulièrement. Mais ce n'était pas aussi atroce que cela en a l'air, je m'en suis remis.

Pourtant, elle avait l'impression que c'était loin d'être le cas. Ce que Mitch venait de lui révéler la bouleversait. Comment un homme pouvait-il frapper ses propres enfants ?

— Alors, comment allons-nous régler cette histoire de dîner ? demanda-t-il.

Elle jeta un coup d'œil aux restes du gigot dans l'évier.

— Ne me regarde pas comme ça, répondit-elle, je n'approcherai pas de la cuisinière avant d'avoir pris ces leçons.

— Dans ce cas, pourquoi ne pas nous habiller et aller au village ?

Elle trouva l'idée excellente. Elle mourait d'envie d'aller au restaurant en compagnie de Mitch.

— Donne-moi un quart d'heure.

7

Mais qu'est-ce qui clochait chez lui ?

Mitch remontait en compagnie de Lexi le chemin de terre qui menait à Tzia, le village local, et il se demandait à quoi il avait bien pu penser en l'emmenant dans sa chambre. Pour ce qui était de considérer ce mariage comme un marché… Mais quand elle l'avait accusé de la trouver repoussante, et qu'il s'était aperçu qu'elle le pensait vraiment, qu'elle ne le manipulait pas, son air blessé l'avait profondément ému. Il n'avait pas eu d'autre solution que de lui montrer à quel point elle se trompait.

Et pourquoi lui avoir proposé de prendre des leçons de cuisine ? D'où est-ce que cela sortait ? Il se fichait qu'elle sache ou non cuisiner mais, là encore, elle lui avait paru tellement sans défense et découragée qu'il n'avait pas pu s'empêcher d'avoir pitié d'elle. C'était sans doute exactement ce qu'elle voulait, mais une petite partie de lui se demandait toujours : « Et si elle ne jouait pas la comédie ? »

En quittant la villa, elle avait cherché à lui prendre la main : qu'aurait-il bien pu faire, refuser, lui dire qu'il ne trouvait pas cela approprié ? Ils étaient bel et bien mariés. Il se sentait entraîné dans… quelque chose. Les sentiments de Lexi avaient beau semblé sincères, il la soupçonnait toujours d'avoir des arrière-pensées. Il n'avait pas oublié les mots durs qu'elle lui avait lancés lors de leur première nuit à l'hôtel. Et puis ils s'étaient mis d'accord sur le fait qu'il n'y aurait rien de sentimental entre eux, et il avait bien l'intention de s'en tenir à cela. Dès qu'ils seraient rentrés au Texas. D'ici là, ils se seraient sûrement débarrassés de cette terrible attirance sexuelle et en auraient assez l'un de l'autre.

Du moins, il l'espérait.

Lorsqu'ils franchirent l'arcade à l'entrée du village, juste avant le coucher du soleil, il fut ébloui par la beauté de l'architecture. Ils flânèrent dans des rues pavées bordées de boutiques, de bars bondés, et de terrasses. Il y avait même une galerie d'art, avec des œuvres d'artistes grecs célèbres en vitrine.

Après avoir hésité entre différents endroits, ils choisirent un café calme à l'extrémité nord du village et s'assirent en terrasse, sous le ciel étoilé. Il commanda un ouzo et essaya de convaincre Lexi d'y goûter, mais elle opta pour de l'eau minérale. Ce qui l'étonna car à Washington, elle avait toujours pris un ou deux verres de vin avec son repas.

— Tu es sûre que tu ne veux rien boire ?

— Sûre et certaine.

— Du vin, ou de la bière ?

Elle sourit, et une douce brise écarta ses cheveux de son visage.

— Pourquoi, tu projettes de me soûler ?

Il avait appris au cours des deux derniers jours qu'il n'avait pas besoin de l'aide de l'alcool pour parvenir à ses fins avec elle. Ils prirent tous les deux des plats grecs typiques, mais quand leurs assiettes arrivèrent sur la table, Lexi se contenta de picorer.

— Tu n'aimes pas ?

— Si si, c'est très bon, c'est juste que je n'ai pas très faim.

Il semblait à Mitch qu'elle n'avait presque rien mangé depuis leur départ des Etats-Unis et, à moins que ce ne soit le fruit de son imagination, elle avait maigri depuis qu'ils s'étaient rencontrés. Dans son souvenir, ses clavicules ne ressortaient pas tant et ses joues n'étaient pas si creuses. Il savait qu'elle manquait d'assurance, mais irait-elle jusqu'à l'anorexie ? Et si elle était malade, qu'elle souffrait de quelque chose de plus dangereux que le mal de l'air et le décalage horaire ?

— Quelque chose ne va pas ? demanda-t-il.

Sa question sembla la surprendre.

— Non, pourquoi ?

— Tu n'as presque rien mangé depuis que nous sommes partis, tu es malade ?

Il y eut un très bref silence, comme si elle cherchait quelque chose à lui dire puis elle sourit.

— Non, je vais très bien.

Pourtant, il garda le sentiment qu'elle n'était pas parfaitement honnête. Mais pourquoi mentirait-elle ?

Quand ils eurent fini de manger, la plupart des boutiques étaient fermées et les bars, pleins à craquer, étaient enfumés. Ils rentrèrent donc à la villa, avec la seule pleine lune pour éclairer leur chemin. L'air s'était rafraîchi, et le silence était tel que Mitch entendait son propre cœur battre.

Une fois de plus, elle prit sa main et, plutôt que de résister, il emmêla ses doigts aux siens.

Elle le surprit en lui demandant soudain :

— Est-ce que ton père frappait aussi Lance ?

Il n'aimait pas parler de son père, mais il fallait reconnaître que c'était lui qui avait abordé le sujet un peu plus tôt.

— Lance, moi, notre mère… Jusqu'à ce qu'elle en ait assez, qu'elle fasse ses valises et qu'elle s'en aille.

— Ta mère est partie sans vous ?

— Comme dirait Lance, elle avait ses raisons.

— Mon père ne m'a jamais frappée, mais bizarrement j'aurais préféré qu'il le fasse.

Il la regarda, horrifié.

— Non, sûrement pas.

— Au moins, de cette façon, j'aurais su qu'il ressentait *quelque chose*. Après la mort de ma mère, il s'est… éteint. J'ai fait tout ce que j'ai pu pour le rendre heureux, tout ce qu'il me demandait, mais j'ai toujours eu l'impression d'être invisible.

Si ce qu'elle disait était vrai, elle n'était peut-être pas aussi choyée que cela, après tout. Elle était peut-être aussi amère et désorientée que n'importe qui. Ou alors, c'était une excellente comédienne. Quoi qu'il en soit, cette conversation devenait un peu trop personnelle. Il fallait qu'elle comprenne que les choses allaient changer quand ils seraient de retour au Texas.

Que se passerait-il si elle s'imaginait être amoureuse de lui ? Il savait comment cela marchait pour les femmes comme

Lexi : elles décrétaient qu'elles voulaient quelque chose et cherchaient farouchement à l'obtenir, jusqu'à ce qu'elles s'en lassent et trouvent un nouveau jouet pour les amuser.

— Nous devrions parler de ce qui se passera quand nous rentrerons au Texas, dit-il.

Elle leva les yeux vers lui, sa peau lumineuse à la clarté de la lune.

— Comment ça ?

— Entre nous, dans notre relation.

Elle eut l'air étonné, mais son sourire éclatant l'inquiéta et le confirma dans ses soupçons.

— D'accord.

— Je crois qu'il faut que je sois clair sur certaines choses. Je suis un homme très occupé, et j'aime vivre ma vie à ma manière. Il faut que tu saches que je n'ai pas l'intention de changer quoi que ce soit à cela.

Elle hocha la tête en silence, mais il eut la nette impression qu'il l'avait blessée. Si c'était le cas, il en était désolé, mais c'était important qu'ils soient bien d'accord.

— Comme nous en sommes convenus, c'est un marché, rien de plus.

— Bien sûr.

Il aurait juré percevoir un léger tremblement dans sa voix, une pointe de déception.

Elle pensait peut-être vraiment que les choses avaient changé. Mais après tout, ce n'était pas son problème.

Alors pourquoi se sentait-il si coupable ?

Elle resta silencieuse pendant le reste du trajet. Quand ils arrivèrent, il s'attendait à ce qu'ils aillent se coucher chacun de leur côté, dans leurs lits respectifs, mais elle le stupéfia en gardant sa main dans la sienne et en l'entraînant dans sa chambre. Le sexe entre eux était tellement passionné et intense que, l'espace d'un instant, il en oublia presque que cela ne voulait rien dire. Alors qu'elle était étendue nue, pelotonnée contre lui, l'idée de mettre un terme à tout cela lui parut quasiment inconcevable. Pourtant, il n'avait jamais confondu le sexe et l'amour. Quand elle se lasserait de leur accord et qu'elle finirait inéluctablement par disparaître, il ne regretterait pas de la voir partir.

Bien que les mots de Mitch l'aient profondément blessée et qu'elle ait sérieusement envisagé d'abandonner, Lexi décida de ne pas tenir compte de ce qu'il avait dit.

Ils passèrent la plus grande partie des six jours qui suivirent à faire l'amour, au lit ou ailleurs. Le reste du temps, ils se faisaient bronzer à côté de la piscine ou allaient se promener et découvrir les boutiques du village. Parfois, ils parlaient simplement du travail de Mitch, ou de leurs familles. Il y avait tellement de choses de lui qu'elle ignorait et qu'elle voulait apprendre.

A mesure que les jours passaient, elle prit lentement conscience qu'elle avait des sentiments pour Mitch, et était même presque sûre qu'elle était amoureuse de lui, mais elle ne pouvait pas en être entièrement sûre, puisqu'elle n'avait jamais été amoureuse. Elle savait en tout cas que ce qu'elle ressentait était très spécial, et était persuadée qu'il ressentait la même chose.

Depuis la première fois où ils étaient revenus du village à pied, il n'avait plus dit un mot sur leur mariage, et il lui avait montré son affection de mille petites façons.

Elle était persuadée que, d'ici environ une semaine, si tout continuait de bien se passer ainsi, elle pourrait lui parler du bébé, et elle cesserait enfin de faire constamment attention à ce qu'elle disait ou faisait.

Elle pourrait enfin se détendre et être heureuse.

Lors de leur dernière nuit en Grèce, elle était allongée à côté de Mitch et écoutait sa respiration profonde pendant qu'il dormait, consciente qu'elle aurait dû se lever et aller dans sa propre chambre, mais trop fatiguée pour bouger. Elle attendait toujours qu'il soit endormi pour s'éclipser. Elle aurait adoré passer toute la nuit avec lui, mais elle souffrait encore de nausées matinales. Bientôt, cependant, il saurait pour le bébé, et elle pourrait arrêter de se cacher ; mais pour l'instant, il fallait vraiment qu'elle se lève.

« Encore cinq minutes », pensa-t-elle, laissant ses yeux se fermer en se serrant contre Mitch.

Quand elle rouvrit les yeux, la pièce était inondée de soleil. Il dormait encore.

Alors qu'elle songeait au moyen le plus agréable de le réveiller, elle eut soudain un haut-le-cœur. Elle commença à avoir des sueurs froides, et une vague de nausée la submergea. Elle se glissa hors du lit aussi discrètement que possible et enfila sa robe de nuit. Elle n'avait plus le temps d'aller jusqu'à sa propre chambre, elle était obligée d'utiliser la salle de bains de Mitch. Elle atteignit les toilettes juste à temps. Quand la nausée fut passée, elle se sentit épuisée et tremblante. Elle s'assit par terre et posa la tête contre la fraîcheur du mur carrelé.

— Tout va bien ?

Elle ouvrit brusquement les yeux. Mitch se tenait dans l'embrasure de la porte, en boxer, les cheveux ébouriffés, l'air inquiet. Bon sang ! Elle aurait dû fermer la porte à clé.

— Ça va.

Elle tira la chasse d'eau précipitamment, mais il était évident qu'elle avait été malade.

— Non, ça ne va pas, dit-il.

Il prit un gant de toilette, l'imbiba d'eau froide, l'essora et le lui tendit. Elle s'essuya le visage, elle commençait à se sentir mieux. D'ici une heure ou deux, elle irait parfaitement bien, elle avait l'habitude maintenant.

Il tendit la main pour lui toucher le front, mais elle l'arrêta d'un geste.

— Je n'ai pas de fièvre, je vais bien.

Il continua à l'observer d'un air inquiet.

— Que se passe-t-il ?

— Ce doit être quelque chose que j'ai mangé.

Elle mentait et vit tout de suite qu'il n'y croyait pas.

— Je sais que quelque chose ne va pas. Tu n'as presque rien mangé de toute la semaine, tu as maigri, et tous les matins tu es pâle et tu as l'air épuisée. Je veux que tu me dises la vérité.

Elle était sûre, à son expression, qu'il avait deviné, ou du moins qu'il avait des soupçons. Elle avait l'impression que dire les mots était une simple formalité à ce stade.

C'était même peut-être une bonne chose. Plus elle repoussait, plus ce serait difficile, de toute façon, plus cela ressemblerait à un mensonge. De plus, il n'avait pas vraiment l'air contrarié, il paraissait plus inquiet que fâché, alors peut-être que tout se passerait bien.

Elle prit une profonde inspiration, expira, et prononça enfin les mots qu'elle avait sur le bout de la langue depuis plus d'une semaine.

— Je suis enceinte.

— Enceinte ?

Elle ne s'était pas attendue à son expression choquée, abasourdie. Manifestement, quoi qu'il ait pu penser, il n'avait jamais envisagé qu'elle puisse être enceinte et, à en juger par sa réaction, cela n'allait pas aussi bien se passer qu'elle l'avait espéré.

— Tu n'as pas pensé à en parler avant ? demanda-t-il.

Sa voix était basse et douce, mais elle voyait bien qu'il était prêt à exploser. Elle ne pouvait pas lui en vouloir, il avait bien dit qu'il ne voulait pas mêler un enfant à ceci. Elle avait été sotte de penser qu'une fantastique semaine de sexe le ferait changer d'avis et qu'il tomberait ainsi follement amoureux d'elle.

Elle se sentit de nouveau très mal.

— Je n'en ai été sûre que quelques jours avant notre départ, dit-elle, consciente que c'était une excuse pitoyable. J'attendais le moment propice pour te le dire.

— C'est pour cela que tu as fait tout ça, n'est-ce pas ?

— Tout quoi ?

— La cuisine, le ménage, le sexe. Croyais-tu pouvoir me manipuler ?

Elle sentit son cœur se serrer. Elle ne s'était pas attendue à une réaction aussi violente. Mais que pouvait-elle lui dire ? Allait-elle lui mentir de nouveau ? C'était bien ce qu'elle avait fait, mais pas si sournoisement qu'il le pensait.

— Je te jure que ce n'est pas ce que tu crois, je voulais que tu voies que je pouvais être une bonne épouse.

Il semblait tellement écœuré, tellement outré…

— Je ne t'ai pas épousée pour avoir une femme, mais pour avoir le soutien de ton père.

C'était l'histoire de sa vie : elle n'était utile que pour ses relations. Il n'aurait pas pu la blesser davantage.

— Lance est-il au courant ? demanda-t-il.

Lance ? Mais que venait-il faire là-dedans ? Il ne s'imaginait tout de même pas qu'elle irait se réfugier dans les bras de son ex-fiancé ?

— Non, bien sûr que non.

— Il ne faut pas qu'il le sache.

Ses paroles l'interloquaient, elle ne comprenait pas du tout ce qu'il voulait dire. Comment Lance aurait-il pu ne pas finir par s'en rendre compte ? Mitch s'attendait-il à ce qu'elle abandonne son bébé ou, pire, qu'elle se fasse avorter ? Jamais elle ne le laisserait décider pour elle de ce qu'il adviendrait de son bébé.

Et puis quel était le rapport avec son frère ? C'était entre elle et Mitch.

— Qu'est-ce que cela peut faire que Lance l'apprenne ? Que pourra-t-il bien y faire ?

Elle vit la veine de sa tempe palpiter.

— Tu ne peux pas jouer avec les émotions des gens de cette façon, Lexi. Kate et lui sont heureux, quelque chose comme ça pourrait ruiner leur mariage, et je refuse de laisser cela arriver.

En quoi le fait qu'elle et Mitch aient un enfant pourrait détruire le mariage de Lance ? Cela n'avait aucun sens.

— Où veux-tu en venir, Mitch ?

— Nous élèverons ce bébé comme si c'était le mien.

Soudain, elle comprit. Leur conversation bizarre, déroutante, avait enfin un sens. Il pensait que c'était l'enfant de Lance. Lance, qu'elle avait à peine embrassé, et avec lequel elle n'avait certainement pas couché. Mitch n'avait même pas songé qu'il pouvait être le père du bébé.

Il avait une bien piètre opinion d'elle, pour la croire capable de passer de son lit à celui de son frère.

Visiblement, la semaine qui venait de s'écouler, ce qu'ils avaient partagé n'avaient rien signifié pour lui. Il l'utilisait pour passer du bon temps, parce que c'était apparemment tout ce à quoi il la jugeait bonne.

Son estomac se noua, et elle faillit être de nouveau malade. Comment s'était-elle mise dans cette situation ? Elle était mariée à un homme qui la prenait ni plus ni moins pour une pute. Elle ne pensait pas qu'il l'écouterait ou la croirait si elle essayait de lui dire la vérité. D'ailleurs, il n'en avait probablement rien à faire.

Elle avait espéré que leur mariage marcherait, en avait rêvé. Elle avait terriblement envie que quelqu'un l'aime, mais il était clair que Mitch ne serait jamais cette personne. Il ne pourrait jamais ni la respecter ni l'aimer, et tous les faux-semblants, toute la séduction du monde n'y pourraient rien changer, ne changeraient jamais l'idée préconçue qu'il se faisait d'elle.

Elle avait d'abord été rejetée par son père, puis par son mari. Elle ne ferait plus jamais confiance à un homme de sa vie.

Elle s'appuya contre le mur pour se relever. Elle chancela un instant, puis se redressa et fit face à Mitch.

— Pardon, dit-elle en passant à côté de lui.

Il lui saisit le bras pour l'arrêter.

— A partir de maintenant, il n'y aura plus rien entre nous.

Elle le regarda droit dans les yeux et leva le menton d'un air hautain pour qu'il ne voie pas comme elle se sentait humiliée par ses paroles.

— En vérité, tu n'en valais pas la peine. On dirait bien que je n'ai pas épousé le bon frère.

Elle vit qu'elle avait fait mouche mais, pour une raison ou pour une autre, elle ne s'en sentit que plus mal.

Elle dégagea vivement son bras et sortit de la salle de bains d'un air digne. Mais au fond d'elle-même, elle était effondrée. La perspective de ce que serait sa vie dorénavant l'effrayait : elle était coincée pour toujours avec un homme arrogant, dur et méchant.

Pour prendre les choses du bon côté, elle pourrait passer le reste de sa vie à le rendre aussi malheureux qu'elle.

Mitch regarda Lexi sortir de la salle de bains, se sentant plus trahi et déçu que jamais. Il avait sincèrement cru qu'il s'était passé quelque chose entre eux, que leur relation avait changé. Il s'était plu à imaginer que leur mariage était plus qu'un arrangement, mais une fois de plus elle n'avait fait que jouer la comédie, elle s'était servie de lui.

Il n'arrivait pas à croire qu'il avait pu être aussi bête, il avait baissé sa garde alors qu'il savait quel genre de femme elle était.

Alexis Cavanaugh était une femme irresponsable et sans cœur, et cela ne changerait *jamais*.

Au moins, maintenant, il savait pourquoi elle avait accepté de l'épouser si facilement, et il était content qu'elle l'ait fait, car Lance et Kate étaient heureux et il refusait de laisser l'égoïsme de Lexi gâcher cela. Peut-être même avait-elle fait exprès de tomber enceinte, elle pensait peut-être avoir besoin de quelque chose pour être en position de force, quelque chose qui garantisse son mariage avec Lance, mais celui-ci avait rompu les fiançailles et épousé Kate. Mitch imaginait ce que Lexi aurait fait ensuite, si lui-même ne l'avait pas demandée en mariage : du chantage, peut-être ?

Il se demanda ce que le sénateur penserait s'il savait ce que sa fille avait tramé. Bien sûr, c'était certainement lui qui lui avait appris ce genre de stratégies. Pourtant, Mitch ne parvenait pas à oublier la menace du vieil homme : *Si vous touchez à ma fille, je vous écraserai.* Dans l'intérêt de son entreprise, Mitch devait faire en sorte que cela marche.

Lexi était sa femme, malheureusement, et il allait élever l'enfant de son frère comme s'il s'agissait du sien. Il n'avait jamais songé à être père, surtout pas à son âge, mais apparemment il n'avait pas le choix. Il savait très bien gérer une entreprise, mais la responsabilité d'un enfant le terrifiait, probablement parce que son propre père avait été un tellement mauvais exemple.

Quand Lexi se lasserait et qu'elle les quitterait, ce qu'il était persuadé qu'elle ferait un jour ou l'autre, il rejetterait tout ce qu'il avait pu apprendre de son père et s'efforcerait d'être un bon père. Il le devait à son enfant. Un jour, quand le moment serait venu, il dirait la vérité à Lance et à l'enfant, mais d'ici là, seuls Lexi et lui seraient au courant.

Pour que Lance n'ait pas de soupçons, il fallait que Lexi et lui aient l'air heureux en ménage.

8

Le trajet du retour fut le plus long et le plus désagréable de la vie de Lexi. Il pleuvait lorsqu'ils montèrent à bord du ferry et la traversée fut agitée, bouleversant encore davantage son estomac. Leur avion fut retardé à cause des conditions météorologiques, et ils ratèrent leur correspondance. Ils attendirent le vol suivant pendant six heures à l'aéroport de Londres, et quand ils s'envolèrent enfin pour le Texas, il y avait tellement de turbulences qu'elle passa la plus grande partie du vol dans les toilettes.

Mitch ne lui dit pas un mot de tout le voyage.

Elle fut profondément soulagée d'arriver à Houston. Elle n'avait qu'une envie, c'était de rentrer chez elle et de se mettre au lit mais, alors qu'ils montaient dans la limousine, Mitch lui rappela que toutes ses affaires avaient été transportées chez lui et que c'était là qu'elle habitait, maintenant. Il ne semblait pas plus heureux qu'elle à cette idée, ce qui l'aida à supporter son propre malheur.

Situé à côté d'un golf, dans le quartier le plus riche de Maverick County, l'hôtel particulier de Mitch était loin d'être petit. L'entrée et le salon étaient spacieux, et sentaient la cire et, plus légèrement, l'après-rasage de Mitch. A sa grande surprise, l'intérieur était très accueillant et chaleureux et ne correspondait pas à ce qu'elle attendait d'une maison habitée exclusivement par un homme. Surtout un homme comme Mitch qu'elle tenait pour le plus froid et le plus arrogant qu'elle ait jamais connu.

Il y avait aussi une salle à manger très chic et une cuisine immense, ultramoderne. Sur le plan de travail, il y avait un énorme bouquet de fleurs, deux coupes et une bouteille de jus de fruits pétillant, à côté de laquelle un petit mot écrit de la main de Tara disait : *Félicitations et bienvenue chez vous !*

Mitch lui adressa un regard interrogateur et elle dit :

— Ça vient de Tara.

Il montra la boisson sans alcool.

— J'en conclus qu'elle sait que tu es enceinte.

— C'est ma meilleure amie, je lui dis tout.

Enfin, presque tout.

— C'est triste.

— Quoi, que je lui dise tout ?

— Non, que tu sois obligée de payer quelqu'un pour être ta meilleure amie.

Encore une fois, il avait réussi à toucher la corde sensible, mais elle refusait de lui montrer qu'il l'avait blessée. Elle leva le menton et dit :

— C'est un peu fort de la part de quelqu'un qui a dû acheter sa femme.

Elle rassembla ses forces dans l'attente d'une réplique cinglante, mais il la prit au dépourvu en esquissant un sourire.

— Ta chambre est au premier étage, dit-il simplement.

Elle le suivit alors qu'il prenait son sac et commençait à monter.

— Quelqu'un vient prendre et rapporter le linge le lundi et le jeudi. Ce sera à toi de veiller à ce que le linge sale l'attende sur le porche.

— Bien.

— La femme de ménage vient le lundi, le mercredi et le vendredi.

— Et la cuisinière ?

— Je ne suis pas là assez souvent pour en avoir besoin. En général, je mange au restaurant ou je me fais livrer. Mais si tu veux engager quelqu'un, je n'y vois pas d'objection. Bien sûr, quand nous déménagerons, il nous faudra une équipe de domestiques à temps plein.

Il la conduisit jusqu'à la première chambre à gauche. D'après ce qu'elle voyait, il y en avait trois autres.

C'était une chambre d'amis classique, aux meubles et au décor neutres, mais Tara y avait ajouté quelques-unes de ses affaires : des photos, des bibelots, et ses livres.

Elle jeta un coup d'œil dans le dressing et vit que Tara avait également rangé ses habits et ses chaussures, et elle trouva ses affaires de toilette dans la salle de bains.

Mitch, dans l'embrasure de la porte, l'observait.

— Cela te convient-il ?

C'était plus que suffisant, mais elle dit :

— Je suppose, si tu n'as pas mieux à offrir.

Il croisa les bras sur sa poitrine.

— Eh bien, ma chambre est plus grande, mais tu serais obligée de la partager avec moi.

Ça, jamais. Pas après la manière dont il l'avait traitée.

— Où est-elle ?

— Pourquoi, tu envisages de me rendre une autre visite nocturne ?

— En fait, j'ai besoin de le savoir pour pouvoir l'éviter.

Cette fois encore, il eut un sourire narquois.

— Au bout du couloir, à droite. Au deuxième étage, il y a mon bureau. J'apprécierais que tu n'y ailles pas.

C'était donc le premier endroit où elle irait fureter. Ce n'était pas son genre de se montrer si mesquine, mais elle n'allait pas le laisser s'en tirer à si bon compte alors qu'elle-même avait le cœur en miettes.

— Au bout de la rue, reprit-il, il y a le foyer municipal, une salle de sport, des courts de tennis, et une piscine, mais je dois te prévenir que le port du maillot de bain est obligatoire, sauf si tu veux te faire arrêter.

— Ne t'inquiète pas, je ne me promènerai nue que dans la maison.

Il n'avait pas l'air de la croire. Elle décida donc aussitôt de passer à l'acte dès qu'elle en aurait l'occasion.

— J'ai besoin d'un espace pour que Tara puisse travailler ici.

— Elle peut utiliser la pièce de l'autre côté du couloir. Je vais appeler l'agence immobilière pour que nous commencions à chercher une maison.

Elle ne voyait toujours pas pourquoi ils auraient besoin de quelque chose de plus grand, mais c'était son argent à lui, alors elle n'avait rien à dire.

— J'aimerais défaire ma valise et me changer, dit-elle, et j'ai aussi quelques coups de téléphone à passer.

— D'accord.

Il ne bougea pas. Voyant son air interrogateur, il ajouta :

— Ah, tu veux que je m'en aille ?

— Oui, s'il te plaît.

— Il faut moi aussi que j'appelle une amie, de toute façon, pour lui dire que je suis bien arrivé.

Une *amie ?* Etait-ce l'une de ses maîtresses ? Elle imaginait aisément qu'il puisse avoir un nombre incalculable de conquêtes, mais il devait sans doute vouloir la contrarier. En effet s'il la trompait et que son père l'apprenait, il pourrait dire au revoir à son soutien.

— Tu parles de ta petite amie imaginaire ? dit-elle avec un sourire faussement gentil.

Il eut un petit rire affecté.

— Je vais défaire mes bagages, si tu me cherches, dit-il en sortant et refermant la porte derrière lui.

Elle s'assit sur le lit et regarda autour d'elle. Elle remercierait Tara d'avoir préparé sa chambre, cela l'aidait à se sentir beaucoup moins intruse.

Elle alluma son portable. Elle avait une demi-douzaine de messages de son père et deux de Tara. Ne se sentant pas encore prête à affronter son père, elle appela d'abord Tara. Elles ne s'étaient pas parlé depuis le jour de l'incident du gigot, car elle avait été trop gênée d'avouer qu'elle avait saboté ses instructions apparemment simples.

Celle-ci répondit à la première sonnerie.

— Bienvenue à la maison ! dit-elle. Avez-vous trouvé votre surprise ?

— Oui, merci, et merci d'avoir rangé toutes mes affaires.

— J'aimerais pouvoir m'en attribuer le mérite, mais c'était une idée de ton mari.

C'était très étrange de penser que Mitch était son mari, et encore plus d'entendre quelqu'un d'autre le dire.

— Il a dû avoir cette idée avant de décider qu'il me détestait.

— Oh, mon Dieu ! Que s'est-il passé ? Je croyais que tout allait pour le mieux.

— C'était le cas, il n'a même pas paru fâché que je gâche le petit déjeuner, que j'inonde la cuisine, et que je mette presque le feu à la maison en essayant de faire à manger. Et le sexe était sensationnel. Tout était parfait, jusqu'à ce que je lui dise que j'étais enceinte.

— Oh non, Lexi... Il était vraiment si contrarié que cela ?

— Je ne crois pas que ce soit tant parce que je suis enceinte que parce qu'il pense que Lance est le père du bébé.

— Quoi ? cria Tara d'une voix aiguë, manifestement outrée. Tu lui as dit la vérité, n'est-ce pas ?

— Je n'en voyais pas trop l'utilité, je ne pense pas qu'il m'aurait crue. Apparemment, il croit savoir quel genre de personne je suis, alors pourquoi le détromper ?

— Oh, Lexi... Je suis désolée pour toi...

— Le pire, c'est que, pour la première fois de ma vie, je pensais que quelqu'un me voyait telle que j'étais, tu sais ? Je pensais qu'il tenait à moi.

Morte de honte, elle s'aperçut que les larmes lui montaient aux yeux. Cela suffisait, il fallait qu'elle se ressaisisse.

— Peut-être que si tu lui disais la vérité...

— C'est inutile. Je ne pourrai plus jamais lui faire confiance.

— Tu vas bien devoir lui dire un jour ou l'autre.

Oui, mais pour l'instant, elle allait le faire souffrir un peu, le rendre aussi malheureux qu'elle.

— Pourrions-nous parler d'autre chose ?

— Bien sûr, Lexi, répondit Tara d'un ton blessé.

Cela ne fit qu'accroître le désarroi de Lexi. Elle avait toujours l'impression de mal faire.

Elles parlèrent rapidement d'installer un bureau provisoire dans l'hôtel particulier de Mitch, puis Lexi appela son père.

— Pourquoi n'as-tu pas appelé ? dit-il d'un ton sec en guise de bonjour. Cela fait des heures que tu dois être rentrée.

Elle avait envie de répondre « Bonjour, papa, moi aussi

cela me fait plaisir de t'entendre », mais elle n'avait jamais eu le courage de lui parler de la sorte. Un faux pas, et il couperait peut-être les ponts définitivement.

— Notre vol a été retardé à cause des conditions météorologiques, dit-elle, nous venons juste de rentrer.

— Eh bien, je me suis fait du souci.

Il ne se souciait pourtant pas assez d'elle pour venir à son mariage ou pour l'appeler quand elle était en Grèce.

— Un coup de fil aurait été trop demander ? ajouta-t-il d'un ton brusque.

Elle aurait pu lui poser la même question mais, bien sûr, elle n'en fit rien.

— Non, papa. Je suis désolée.

Cela le calma un peu.

— Comment étaient tes vacances ?

— Magnifiques.

C'était la compagnie de Mitch dont elle se serait volontiers passée, même si elle devait admettre qu'ils avaient partagé quelques très bonnes journées.

— Toi, Mitch et moi nous retrouverons pour dîner demain soir au Cattleman's Club, dit-il.

Ou plutôt, l'*exigea*-t-il.

— Il faudra que je demande à Mitch s'il est disponible.

— Il le sera s'il veut mon soutien. A 19 heures. Ne soyez pas en retard, j'arriverai de Washington en avion.

Il ferait toute cette route juste pour dîner avec eux ? Elle se demanda ce que Mitch et elle avaient fait pour mériter cela.

— Nous serons là.

Ils raccrochèrent. Il fallait qu'elle annonce à Mitch la bonne nouvelle.

Elle se changea, mit un T-shirt et un corsaire en coton, puis partit à la recherche de Mitch. Mais tandis qu'elle se dirigeait vers sa chambre, elle bifurqua et décida d'aller explorer le deuxième étage. Elle avança tout doucement dans l'escalier, sur la pointe des pieds, pour qu'il ne l'entende pas. Ce qu'elle vit en arrivant en haut lui coupa le souffle. Tout l'étage n'était qu'une vaste pièce. D'un côté se trouvait le bureau de Mitch, légèrement encombré, un classeur, et des étagères le long d'un mur. De l'autre côté, il y avait un home cinéma, avec une immense télévision à écran plat, un meuble plein de matériel électronique, et un petit bar. Tout était de bois sombre et ciré, assorti à des fauteuils de cuir chocolat qui semblaient confortables. C'était typiquement masculin.

Elle se dirigea vers son bureau et passa les doigts sur le dossier de son fauteuil. Elle était en train de se demander si elle oserait fouiller dans ses affaires lorsqu'une voix sèche retentit dans son dos :

— J'aurais dû me douter que je te trouverais ici.

Elle se retourna et vit Mitch en haut de l'escalier, les bras croisés.

— Je croyais que nous nous étions mis d'accord pour que tu ne viennes pas ici.

Elle haussa négligemment les épaules en prenant l'air le plus assuré possible. Un sentiment qu'elle était pourtant loin de ressentir.

— Il me semble que tu m'as donné un ordre, je n'ai jamais dit que j'étais d'accord. C'est joli, cela dit. Très viril.

— Pourquoi es-tu ici ?

« Pour t'énerver. »

— Je te cherchais.

— Vraiment ? Pourtant je t'ai dit que je serais dans ma chambre, à défaire ma valise.

— Cela a dû me sortir de l'esprit.

— Que voulais-tu ?

— Te prévenir que mon père nous invite à dîner demain soir au Cattleman's Club, à 19 heures.

Si elle s'était attendue à une quelconque réaction de sa part, elle fut très déçue. Il avait l'air au pire ennuyé, au mieux indifférent. N'était-ce pas pour avoir le soutien de son père qu'il l'avait épousée ?

— Il faudra que je regarde mon agenda.

— C'est ce que je lui ai dit. Il a répondu que si tu voulais son soutien, tu serais là.

— Bon, eh bien, dans ce cas, je suppose que je serai là.

— C'est ce que je lui ai dit.

— Mon frère m'a laissé un message, il dit que Kate aimerait t'inviter à un déjeuner de bienvenue dans la famille, jeudi.

— La famille ?

Elle n'y comprenait plus rien. D'un côté il voulait éviter leurs contacts au maximum et de l'autre il organisait une réunion de famille.

— C'est ta belle-sœur.

Curieusement, elle n'y avait même pas pensé.

Quelles que soient les bases de leur mariage, elle avait une famille, maintenant, quelqu'un d'autre que son père. Pourtant, elle ne pouvait pas s'empêcher de se demander si cela serait bizarre de déjeuner avec la femme qui lui avait volé son fiancé.

— Je ne suis pas sûre que ce soit une bonne idée.

Le visage de Mitch se rembrunit.

— Tu penses valoir plus qu'elle ?

— Bien sûr que non ! Kate semble adorable, je me disais seulement que cela risquait d'être délicat.

— Très bien, je dirai à Lance que tu ne veux pas y aller.

— Je n'ai pas dit ça. J'irai, d'accord ?

Il haussa les épaules, comme si cela lui était égal, mais elle avait la très nette impression que ce n'était pas le cas.

— Elle a dit de la retrouver au café du Cattleman's Club à 13 heures.

Elle acquiesça d'un signe de tête, tout en se demandant comment elle ferait pour y aller. Si elle demandait à Mitch de lui envoyer une voiture, il l'accuserait probablement d'être gâtée. Malheureusement, son père ne lui avait jamais permis d'apprendre à conduire : pour lui, demander à son chauffeur de l'emmener partout où elle allait n'était qu'un autre moyen de suivre chacun de ses mouvements. Tara pourrait peut-être l'y déposer, et peut-être même qu'elle pourrait lui apprendre à conduire. Elle avait vingt-quatre ans, il était grand temps qu'elle commence à revendiquer son indépendance. En y réfléchissant, c'était même ahurissant qu'elle n'y ait pas pensé plus tôt.

— J'ai parlé à l'agent immobilier, reprit-il, nous avons

rendez-vous demain matin à 10 heures. Il a dit qu'il avait plusieurs propriétés à nous faire visiter.

— Tu as fait vite.

— Je l'avais déjà appelé la semaine dernière. Il a dit qu'étant donné la conjoncture économique, nous n'aurons que l'embarras du choix si nous décidons d'acheter. Faire construire serait beaucoup plus long.

— Comme tu veux, dit-elle en haussant les épaules, du moment que je suis libre pour 16 heures.

— Pourquoi ?

— J'ai rendez-vous avec mon gynécologue.

Il s'assombrit aussitôt et elle ressentit un douloureux pincement au cœur.

— En parlant de ça, je crois que nous ferions mieux de garder pour nous cette… *situation*.

Elle fut tentée de lui dire que la *situation* avait des doigts, des orteils et un cœur qui battait, mais c'était inutile. Visiblement, il n'était pas prêt à admettre qu'ils allaient avoir un enfant.

— Bien.

— Je pense aussi qu'il serait préférable que les gens croient que nous sommes heureux.

Elle fit la moue et répondit :

— Dans ce cas, il faudrait peut-être renoncer à ces leçons de cuisine et me trouver un cours de théâtre à la place.

— Tu manques de confiance en toi, en Grèce, tu as réussi à m'avoir.

« C'est parce que je ne faisais pas semblant, espèce de crétin ! » eut-elle envie de crier. Mais cela n'aurait rien changé, l'opinion qu'il avait d'elle était claire et elle ne pourrait jamais le lui pardonner, ils étaient donc dans une impasse.

— Définis ce que tu entends par « heureux », dit-elle.

— Nous devrions nous comporter comme de jeunes mariés, montrer notre affection.

Elle le regarda en plissant les yeux, soupçonneuse.

— Quel genre d'affection ?

— Je ne suggère pas que nous nous tripotions en public,

je parle de petites choses, comme se tenir la main, se sourire de temps en temps.

— Mais pas de s'embrasser.

Pourtant, elle aimait l'embrasser. Chaque fois que les lèvres de Mitch touchaient les siennes, elle se sentait bouleversée. S'ils s'embrassaient, elle risquait de faire quelque chose de stupide, comme coucher de nouveau avec lui, et, comme il lui faisait ressentir des choses inouïes, elle savait qu'elle ne se contenterait pas d'une fois. Si elle couchait avec lui trop souvent, elle risquait d'oublier à quel point il s'était mal conduit à son égard.

— Pas de baiser, acquiesça-t-il.

« Bien. » Alors, pourquoi était-elle déçue qu'il n'ait pas fait d'histoires ?

Le portable de Mitch sonna.

— C'est Lance, je dois répondre.

— Je vais dans la cuisine me faire quelque chose à manger.

Elle frôla Mitch en passant et descendit l'escalier.

— L'extincteur est dans le garde-manger, lui cria-t-il.

Il pouvait bien se moquer d'elle, mais elle mourait d'envie de mettre le feu à sa précieuse maison, si belle, si luxueuse, juste pour le contrarier.

— Bienvenue chez toi ! dit Lance à Mitch quand il décrocha son téléphone. Tu as eu mon message ?

— Oui, d'ailleurs, je viens d'en parler à Lexi, elle est d'accord pour aller déjeuner avec Kate.

Il ne dit pas qu'elle n'avait pas du tout l'air emballée, mais il savait qu'elle et son père regardaient de haut les gens qui avaient la situation sociale de Kate.

— Parfait, dit Lance. Kate est très contente d'avoir une belle-sœur.

— C'est vrai ?

— En fait, elle considère que c'est grâce à Lexi que nous sommes enfin ensemble. Si je n'avais pas projeté d'épouser Lexi, Kate n'aurait probablement jamais démissionné, et j'aurais toujours la tête dans les nuages, à ne pas me rendre compte à quel point j'ai besoin d'elle.

C'était une intéressante façon de voir les choses. Mais Mitch n'était pas assez romantique pour y accorder le moindre crédit.

— En parlant de mariage, continua Lance, comment était la lune de miel ?

— Pas mal.

Ce n'était pas totalement faux. Cela s'était plutôt bien passé, jusqu'à ce que Lexi se montre sous son vrai jour. Hélas, si Mitch avouait honnêtement à quel point il était malheureux, non seulement Lance se sentirait terriblement coupable, mais en plus il voudrait probablement savoir pourquoi. Mieux vaudrait pour tout le monde que Lance aussi croie qu'ils étaient heureux.

— « Pas mal », c'est tout ? insista Lance.

— Mieux que pas mal, c'était super. Je pense que ça va marcher, entre nous.

— Je suis ravi de l'entendre, dit Lance, l'air soulagé.

Mitch ne savait pas encore comment il allait annoncer la nouvelle de la grossesse de Lexi. Lance n'était pas bête, il ferait le calcul et saurait quand elle était tombée enceinte. Mitch serait bien obligé de lui avouer que Lexi et lui avaient couché ensemble à Washington. Il pourrait mentir, dire qu'ils étaient soûls, tellement soûls qu'ils avaient oublié de se protéger. Il espérait simplement que Lance ne lui en voudrait pas trop.

Cela pouvait attendre encore un mois ou deux, tant que ça ne se voyait pas.

— Des nouvelles de l'incendie ? demanda-t-il à son frère.

— Le coupable savait ce qu'il faisait, Darius n'a pas pu le retrouver.

— Que pense-t-il de Montoya ? Serait-il capable de réussir un coup comme celui-là ?

— Si c'est le cas, nous le découvrirons.

Mitch ne put s'empêcher de se demander si Lance était décidé à faire endosser à Alejandro Montoya la responsabilité de l'incendie au point d'accuser à tort un innocent.

— Et si ce n'était pas lui ?

— C'est le seul qui ait un mobile.

— Nous n'en sommes pas sûrs.

— Hé, au fait ! Darius a demandé que nous le retrouvions à son bureau mercredi soir.

— A-t-il dit pourquoi ?

— Il a dit qu'il fallait que nous parlions de certaines choses, mais il n'a pas voulu en dire plus.

— Cela a-t-il un rapport avec l'incendie ?

— Je ne sais pas.

— Bon, je viendrai.

Il aurait bien besoin d'une soirée sans sa femme, s'ils ne s'étaient pas entretués d'ici là.

9

Le lendemain matin, Mitch et Lexi se rendirent à l'agence immobilière pour commencer à visiter des maisons et, même si elle se sentait toujours très mal, elle fit bonne contenance. Mark Sullenberg était un ami de la famille Brody, ce qui signifiait qu'ils devaient faire comme s'ils étaient heureux en ménage.

Malheureusement pour elle, il était très doué pour cela.

Il n'avait de cesse de la toucher, soit en lui prenant la main, soit en mettant son bras autour de ses épaules avec désinvolture. Il était tellement gentil, tellement charmant et doux, qu'elle commençait à oublier qu'ils jouaient seulement la comédie. Cela lui rappelait la semaine parfaite qu'ils avaient passée à Washington, quand ils s'entendaient si bien. Elle se sentait d'autant plus seule et déprimée qu'elle savait que cela n'arriverait plus jamais.

Elle espérait de tout son cœur qu'ils trouveraient rapidement une maison, pour qu'ils puissent recommencer à se haïr. Pourtant, après en avoir visité une demi-douzaine, ils n'avaient rien trouvé qui leur plaise. Il n'y avait que des maisons ultramodernes dans des ghettos dorés, avec des BMW et des voitures de sport dans les allées. Elles étaient toutes pareilles, sans vie et ennuyeuses. Au bout de six visites, elle vit que Mitch était frustré. Faire construire serait sans doute la solution ?

— Peux-tu nous montrer quelque chose de différent ? demanda Mitch à Mark. Quelque chose d'un peu plus…

— Traditionnel, acheva-t-elle pour lui.

— Exactement, dit-il, l'air surpris qu'elle ait mis dans le mille. Quelque chose qui aurait du caractère.

— Il y a une propriété qui vient d'être mise en vente, dit

Mark, une ancienne plantation rénovée avec cinq hectares de terrain. Le seul problème, c'est qu'elle est juste à l'entrée de Maverick County, et tu m'avais dit que vous préféreriez vivre en banlieue.

Mitch balaya d'un revers de main l'objection de l'agent immobilier.

— Est-elle grande ? demanda Mitch.

— Cent soixante-dix mètres carrés, et il y a aussi une grange et des écuries.

Lexi eut aussitôt envie de voir la maison. Son oncle maternel avait eu des chevaux, quand elle était petite. Elle avait toujours eu envie d'apprendre à monter, mais son père n'avait jamais voulu, il avait décrété que c'était trop dangereux. Son oncle lui laissait brosser les chevaux, et elle l'aidait à leur donner à manger et à boire. L'idée d'avoir un ou deux chevaux lui plaisait.

Elle jeta un coup d'œil à Mitch, prête à le supplier s'il le fallait pour la visiter, mais à sa grande surprise, il semblait aussi intrigué qu'elle.

— Cela ne coûte rien de la visiter, dit-il avec un haussement d'épaules.

Ils remontèrent dans la voiture de Mark pour un trajet d'une vingtaine de minutes. Elle se sentait étonnamment surexcitée. Pour une raison obscure, elle avait un bon pressentiment. Cette maison serait la leur.

— Je vous préviens, dit Mark, elle est un peu délabrée et envahie par les mauvaises herbes. Quand le propriétaire est mort, son testament a été contesté, et la maison est restée inhabitée un moment, mais elle a un gros potentiel.

Ils quittèrent la route pour s'engager dans une longue allée bordée d'arbres. Il n'avait pas exagéré en disant que le jardin était envahi. Le débroussailler demanderait beaucoup de travail, mais Lexi ne parvenait pas à détacher les yeux de la maison elle-même, elle était… incroyable, magnifique. C'était une énorme demeure blanche, avec des colonnes, des balcons et des volets noirs aux fenêtres. Elle se voyait déjà, assise sur le porche le soir, à boire de la citronnade en regardant le coucher de soleil, ou à jouer avec le bébé à l'ombre des arbres.

Elle savait que c'était celle-là. Sa maison.

Mark se gara et ils descendirent de voiture. Comme il l'avait fait auparavant, Mitch lui prit la main, entremêlant ses doigts aux siens, mais cette fois, il y avait quelque chose de différent. Cette fois, il la serrait vraiment, comme si lui aussi débordait d'excitation.

— Elle a été construite en 1895, dit Mark, et complètement remise à neuf il y a une trentaine d'années. Il y a des choses à refaire, mais c'est un excellent investissement.

Mitch et elle se tinrent là un moment, côte à côte, main dans la main, levant les yeux vers l'impressionnant bâtiment. Elle ne savait pas ce que Mitch en pensait, mais elle avait l'impression que, pour la première fois de sa vie, elle était vraiment chez elle.

— Alors, qu'en pensez-vous ? demanda Mark.

— On la prend ! dirent-ils en chœur.

Ils se regardèrent, stupéfaits de voir qu'ils étaient d'accord. Mark rit.

— Eh bien ! Ça, c'est ce qui s'appelle un consensus… Vous n'avez même pas encore vu l'intérieur.

— Alors allons-y, dit Mitch en lui serrant la main encore un peu plus fort.

Ils suivirent Mark dans la maison. L'intérieur était un peu miteux et démodé, en particulier la cuisine et les salles de bain, mais elle ne voyait que le potentiel. Mitch devait ressentir la même chose car, lorsqu'ils eurent fait le tour du propriétaire, il demanda à Mark s'ils pouvaient faire une offre et, quand ils retournèrent à l'agence pour remplir les papiers, il proposa plusieurs milliers de dollars au-dessus du prix de vente.

Elle ne le montra pas, mais elle était comme étourdie d'impatience. Ils achetaient une maison, une maison dont elle allait décorer elle-même les pièces. Elle avait tellement hâte de commencer !

Elle ne s'était jamais sentie si… *vivante*, c'était comme si un monde tout nouveau et sensationnel s'ouvrait à elle.

— Je vais soumettre votre offre aux propriétaires immédiatement et avec un peu de chance nous devrions avoir une réponse d'ici un jour ou deux, dit Mark alors qu'ils s'apprêtaient à partir. Je vous appellerai.

Dans la voiture, sur le chemin du retour, Lexi était surexcitée mais elle essaya de le cacher. C'était un mécanisme de défense qu'elle avait appris en ayant affaire à son père : quand il savait que quelque chose lui tenait à cœur, il s'en servait contre elle, en bon politicien. Et nul doute que Mitch, froid et arrogant comme il l'était, ferait de même.

— Alors, elle te plaît ? demanda enfin Mitch.

Elle fut incapable de se contenir plus longtemps.

— J'ai su que je la voulais dès que nous nous sommes engagés dans l'allée, répondit-elle aussitôt. Si je devais choisir entre toutes les maisons du monde, c'est celle-là que je prendrais.

— Il va y avoir de gros travaux, nous ne pourrons probablement pas emménager avant plusieurs mois.

Elle s'en moquait totalement. Pour sa part, elle aurait pu y vivre tout de suite. Peu lui importait un papier peint vieillot et un jardin en friche. Pour la première fois depuis bien longtemps, elle s'était sentie bien, chez elle.

— Je pourrais y vivre dès maintenant.

Il la regarda du coin de l'œil.

— L'intérieur est un désastre, il va falloir la vider et repartir de zéro. Les travaux de rénovations iront beaucoup plus vite si la maison n'est pas habitée.

Il avait raison. Plus vite les travaux seront terminés, plus vite ils pourront emménager. Cela devenait urgent avec l'arrivée du bébé.

— Je vais commencer à appeler des entrepreneurs dès aujourd'hui, reprit-il.

— Ne serait-il pas plus prudent d'attendre d'être sûrs qu'elle est à nous ?

— Ne t'inquiète pas, dit-il d'un ton un peu suffisant, elle sera à nous.

Elle lui jeta un regard à la fois intrigué et impressionné. Il y avait vraiment des avantages à être mariée à un homme qui avait l'habitude d'obtenir ce qu'il voulait.

— J'aimerais avoir un cheval ou deux, dit-elle, prête à devoir batailler.

— Cela devrait pouvoir se faire. C'est le cadre idéal pour élever un enfant, ajouta-t-il avec désinvolture.

C'était la première fois depuis qu'elle lui avait dit qu'elle était enceinte qu'il admettait l'existence du bébé. Comment réagirait-il si elle lui disait la vérité ? Savoir qu'il était vraiment le père de cet enfant le rendrait-il plus aimable avec elle ?

Probablement pas. Il serait sans doute encore plus fâché et lui en voudrait toute sa vie. Il vaudrait mieux qu'elle attende au moins qu'ils aient conclu la vente pour lui dire qu'il était le père du bébé. Juste au cas où.

— Veux-tu venir avec moi à mon rendez-vous aujourd'hui ? demanda-t-elle d'un ton peu assuré.

Elle ne savait pas à quelle réaction s'attendre. De même qu'elle ne savait pas ce qu'elle ressentirait s'il refusait.

Il resta silencieux un moment, ne quittant pas la route des yeux, puis demanda :

— Veux-tu que je vienne ?

Elle se rendit compte que oui. Même s'il ne le savait pas encore, c'était son bébé et il ne devait rien rater. Elle voulait qu'il soit tout le temps là, depuis la première visite prénatale jusqu'à la naissance. C'était son enfant à lui aussi après tout…

Certes il la détestait, la trouvait égoïste et trop gâtée, mais il restait le père de son bébé.

En le privant de cette occasion, elle lui donnerait une autre bonne raison de la haïr.

— Oui, je veux que tu viennes.

— Alors je viendrai.

Il alluma la radio, mettant fin à la conversation, mais elle avait l'impression qu'ils avaient un peu avancé, aujourd'hui. Vers quoi, ça, elle l'ignorait. Mais indéniablement, quelque chose avait changé.

Le rendez-vous chez le médecin ne correspondait pas du tout à ce à quoi Mitch s'était attendu. En fait, il n'avait pas vraiment su à quoi s'attendre.

Il reconnaissait certains des examens, c'étaient ceux que l'on faisait à chaque visite chez le médecin. Mais les soins strictement gynécologiques le mirent extrêmement mal à l'aise.

Il avait vu Lexi nue plus d'une fois, mais il se retourna

donc pendant qu'elle se déshabillait et s'installait sur la table d'examen. Même s'il faisait tout pour lui rendre la vie difficile, en cet instant, il ne souhaitait pas la déranger, ni l'incommoder.

Ce fut rapide, mais il sentit son respect pour les femmes croître en voyant ce qu'elles avaient à endurer pour une visite de routine.

Puis, le médecin prit un appareil qui ressemblait étrangement à un sex-toy, long et étroit, avec un cordon relié à un moniteur.

— C'est un appareil à échographie interne, expliqua le médecin, cela permet de se faire une meilleure idée du développement du bébé.

Lexi semblait un peu nerveuse et instinctivement Mitch lui prit la main.

Soudain, sur l'écran, apparut une image floue en noir et blanc.

— Voilà le fœtus, dit le médecin en montrant une zone blanche sur l'écran, et voilà les bras et les jambes.

Au début, Mitch ne voyait qu'une tache indistincte, mais au fur et à mesure que le médecin indiquait les différentes parties du corps, cela commença à prendre forme. Avec sa tête disproportionnée et ses membres courtauds, le fœtus ressemblait plus à un extraterrestre qu'à un humain.

— Cette palpitation est le battement du cœur, dit le médecin.

— Pouvons-nous l'entendre ? demanda Lexi.

Il monta le son et le pouls rapide du bébé emplit la pièce.

Mitch n'avait jamais envisagé de devenir père, et voilà qu'il écoutait les battements de cœur de son enfant, regardait sa minuscule forme sur un écran.

Puis, il se rappela que c'était l'enfant de Lance.

D'une certaine manière, il avait l'impression de voler quelque chose de très précieux à son frère, l'occasion de voir le bébé se développer. Mais il était sûr que Lance et Kate auraient des enfants, et qu'ils partageraient tout cela. En revanche, c'était peut-être la seule chance que lui aurait.

— Tout semble parfait, dit le médecin. Je vous revois dans un mois.

Lorsqu'ils furent de nouveau dans la voiture, sur le chemin du retour, Lexi regardait fixement par la vitre, tellement calme qu'il commença à se demander si elle se sentait mal.

— Tout va bien ?

— Voir le bébé, entendre son cœur battre… Tout a soudain l'air tellement… *réel.*

Elle semblait si abasourdie, médusée, qu'il se demanda si le poids des responsabilités lui était enfin apparu. Allait-elle décider d'avorter ? Ce serait vraiment ironique qu'elle change d'avis et décide de ne pas avoir l'enfant maintenant que lui avait fini par se faire à l'idée.

— Tu dis cela comme si ce n'était pas une bonne chose, dit-il.

Elle le regarda, l'air perplexe.

— Non, bien sûr que non ! C'est juste que…

Elle haussa les épaules, puis secoua la tête.

— Non, rien, reprit-elle.

— Quoi ?

— Tu vas te moquer de moi.

Sans doute, mais elle avait l'air si perdue, si… touchante, qu'il se promit de lui accorder toute son attention et de ne pas se moquer d'elle, quoi qu'elle dise.

— Je promets de ne pas me moquer de toi.

Elle l'observa un instant, comme si elle n'était pas sûre de pouvoir lui faire confiance.

— J'ai un peu peur, c'est tout.

Il n'aurait pas cru que Lexi puisse avoir peur de quoi que ce soit, et fut étonné qu'elle lui avoue, à lui.

— Peur de quoi ?

— D'être une mauvaise mère. Et si je faisais tout mal ?

Il avait envie de lui dire que ce serait probablement le cas, mais il n'avait pas le cœur à être dur quand il la voyait si vulnérable et si peu sûre d'elle. Elle se confiait à lui, il ne pouvait pas s'en servir contre elle. Et puis, il y avait toujours une infime chance qu'elle soit une bonne mère et qu'elle n'abandonne pas son enfant. Peut-être devrait-il lui accorder le bénéfice du doute.

Pour qu'elle puisse mieux le décevoir ensuite ? A quoi bon ?

— Tu feras de ton mieux, dit-il sans vraiment le penser.

Lexi sembla pourtant le croire, elle, car elle sourit.

Quand il la regarda de nouveau quelques instants plus tard, alors qu'il se garait dans leur allée, elle fronçait les sourcils, l'air soucieux.

— Qu'y a-t-il, cette fois ? demanda-t-il.

Elle se tourna pour le regarder, l'air presque nerveuse.

— Mitch, il faut que je te dise quelque chose, quelque chose que tu dois savoir.

Il n'avait aucune idée de ce qu'elle allait lui dire, mais il avait le pressentiment que cela n'allait pas lui plaire.

— Quoi ?

Elle hésita, se mordit la lèvre.

— A propos du bébé…

Cela allait de toute évidence ne pas lui plaire du tout.

— Oui ?

— J'ai pensé qu'il fallait que tu saches…

Elle avait l'air tellement anxieuse qu'il commença à vraiment s'inquiéter.

— Qu'essaies-tu de me dire ?

Après un autre silence, elle dit enfin :

— Je voulais simplement te remercier d'être venu avec moi aujourd'hui, d'avoir participé à tout cela.

Et dire qu'il s'était attendu à quelque chose d'important ! C'était du Lexi tout craché. Plusieurs répliques cassantes lui vinrent à l'esprit, mais il se contenta de dire :

— Je t'en prie. Bon, nous ferions mieux de rentrer nous préparer, sinon nous allons être en retard pour le dîner, et j'ai la nette impression que ton père n'est pas du genre à tolérer le manque de ponctualité.

Elle sourit et approuva d'un signe de tête.

— C'est juste. J'aime mon père mais, pour être honnête, plus tôt cette soirée sera terminée et plus vite il repartira pour Washington, mieux cela vaudra, en ce qui me concerne.

Ils étaient au moins d'accord là-dessus.

Néanmoins, une gêne persistait et il avait le sentiment qu'elle lui cachait quelque chose. Pourquoi ?

10

Quand Lexi et Mitch arrivèrent au Cattleman's Club pour retrouver son père, elle avait pour seul but d'entrer, de dîner et de repartir aussi vite que possible. C'était étrange, car elle avait autrefois chéri chaque moment que son père voulait bien lui consacrer. Dernièrement, elle ne recherchait plus aussi désespérément sa compagnie et son approbation. Mais elle se conduirait de son mieux, car Mitch avait besoin de lui.

— Tu es prête ? demanda Mitch en lui tendant la main.

Elle entremêla ses doigts aux siens. Ils devaient encore faire semblant d'être follement amoureux l'un de l'autre pendant quelques heures. Au moins, maintenant, quand il la touchait, cela ne lui paraissait pas si… anormal. D'une certaine manière, c'était agréable même si au fond elle savait qu'il la détestait, ou du moins qu'il ne l'aimait pas.

— Par ici, dit l'hôtesse en montrant la porte de la salle à manger.

Ils la suivirent et, alors qu'ils entraient dans la pièce, il fallut à Lexi quelques secondes pour comprendre ce qu'elle voyait : des tables pleines de gens souriants qu'ils connaissaient, des ballons et des banderoles partout, et une bannière tendue sur le mur du fond sur laquelle il était écrit *Félicitations, Mitch et Lexi !* en énormes majuscules.

Tout le monde cria « Surprise ! », et des applaudissements et des rires retentirent dans toute la pièce.

Elle entendit Mitch marmonner « Eh merde ! » et pensa qu'elle n'aurait pas pu dire mieux.

Lance et Kate se tenaient à côté de la porte, rayonnants. Lance s'avança et serra la main de Mitch.

— Qu'as-tu fait ? lui demanda celui-ci.

— Ne me regarde pas comme ça, frangin, c'est une idée de Kate, je n'ai pas réussi à l'en dissuader.

— Il fallait bien que vous ayez une fête de mariage, dit Kate, débordante d'excitation.

Elle serra Mitch dans ses bras, puis étreignit affectueusement Lexi, qui fut si surprise qu'elle faillit en oublier de lui rendre son accolade.

— Je n'ai pas fait ça toute seule, dit Kate, ton assistante m'a beaucoup aidée.

Lexi se retourna et s'aperçut que Tara était juste à côté de la porte. Elle ne l'avait même pas vue en entrant.

Tara lui adressa un sourire timide et dit :

— Surprise…

Elle était la seule à savoir que son mariage était une catastrophe, il n'était pas étonnant qu'elle ait l'air si contrit.

— Alors, qu'en pensez-vous ? demanda Kate.

Lexi hocha la tête, encore incapable de prononcer le moindre mot, et Mitch répondit :

— Comme dirait le grand Chevy Chase, si je me réveillais demain matin avec ma tête cousue au tapis, je ne serais pas plus surpris que je le suis maintenant.

Tout le monde éclata de rire.

On leur tendit à chacun une flûte de champagne, et Lexi se rendit compte que tout le monde avait déjà un verre à la main.

Lance leva le sien pour porter un toast.

— A mon petit frère et à son épouse ! Puissiez-vous avoir une longue vie heureuse ensemble !

Tout le monde cria :

— Bravo ! Bravo !

Les verres tintèrent, et Lexi fut obligée de faire semblant de boire une gorgée. Alors qu'elle regardait tous les visages devant elle, elle remarqua que celui qu'elle s'était attendue à voir n'était pas là : son père.

Tara dut deviner ses pensées, car elle se pencha vers elle et lui dit :

— La secrétaire de ton père a appelé il y a un instant pour dire qu'il aurait un peu de retard.

C'était logique. Il n'était pas venu à son mariage et arriverait en retard à la réception. Elle ne voyait même pas pourquoi il se donnait la peine de venir. Elle n'eut cependant pas le temps d'y penser, car un flot ininterrompu d'amis, de parents et de membres du club venaient les prendre dans leurs bras ou leur serrer la main et leur présenter leurs meilleurs vœux de bonheur. Ils virent Darius et Summer, Kevin et Cara, Sebastian Huntington et sa fille Rebecca, Justin, le témoin de Mitch, et bien d'autres encore. Elle ignorait que Mitch avait tant d'amis.

C'était une réception bien trop réelle pour un mariage factice. Cela risquait d'être la soirée la plus pénible de toute sa vie. Pourtant, alors que la fête battait son plein et que le champagne coulait à flots, elle se surprit à s'amuser. Mitch ne la quitta pas une seconde, et il la toucha tout le temps, lui tenant la main ou passant un bras autour d'elle.

Le dîner fut servi vers 20 heures. Au milieu du repas, Kate fit tinter son verre avec une fourchette, et tout le monde l'imita. Lexi avait assisté à assez de mariages pour savoir que cela signifiait qu'elle et Mitch devaient s'embrasser.

Il la regarda d'un air gêné, sachant comme elle que leur baiser devait avoir l'air réel. Elle rassembla son courage alors qu'il lui prenait délicatement le visage dans les mains, se penchait et déposait sur ses lèvres un baiser qui la bouleversa. Les invités applaudirent et quelques personnes sifflèrent. A partir de ce moment-là, quelqu'un faisait tinter son verre toutes les cinq minutes, et Mitch était forcé de l'embrasser de nouveau. Cela ne semblait pas le déranger, et elle ne pouvait nier que ses baisers étaient divins.

Mitch avait bu plusieurs verres de champagne pendant le repas, et était passé au whisky après le dessert. Plus il buvait, plus il était détendu, et plus il était détendu, plus il était affectueux. Quand ils dansèrent ensemble pour la première fois, elle était presque persuadée qu'ils s'aimaient follement. C'était un slow, et il la serrait tellement fort contre lui, la regardait si tendrement, qu'elle se surprit à penser qu'il allait l'entraîner dans un recoin sombre d'un instant à l'autre.

— Quand nous sommes arrivés, dit-il, j'ai pensé que cette

soirée allait être un désastre, mais je dois avouer que ce n'est pas si mal.

Elle avait ressenti la même chose, mais pour elle, la soirée était *excellente.*

— Tu vas peut-être être obligée de nous reconduire à la maison, ce soir, ajouta-t-il, je crois que j'ai un peu trop bu pour prendre le volant.

Tout de suite, elle ne se sentit plus aussi euphorique.

— Je ne peux pas.

Il fronça les sourcils.

— Tu n'as pas bu, si ?

— Bien sûr que non ! Je veux dire que je ne *peux* vraiment pas, je n'ai jamais appris à conduire.

— Tu plaisantes ? dit-il, les yeux écarquillés.

Elle fit non de la tête.

— Laisse-moi deviner, continua-t-il, ton père ne voulait pas.

— Cela l'aurait empêché de me garder sous sa coupe. Un chauffeur me conduisait partout où j'allais.

Mitch secoua la tête, l'air écœuré.

— Sans vouloir t'offenser, plus j'en apprends sur ton père, moins je l'aime.

Sa réaction la stupéfia, et elle fut sur le point de le remettre à sa place, mais elle se rendit compte qu'il était agréable que quelqu'un prenne sa défense.

— Je peux demander à Tara de nous raccompagner.

— Je vais faire venir quelqu'un, dit-il, et dès que possible, je t'apprends à conduire.

— C'est vrai ?

D'abord des cours de cuisine, maintenant des leçons de conduite… Il était presque trop gentil et trop compréhensif. Demain, quand il aurait dessoûlé, il changerait probablement d'avis.

— Quand on parle du loup… dit Mitch en indiquant la porte d'un geste du menton.

Elle se retourna et vit que son père était arrivé. Il les regardait danser et n'avait pas l'air content.

— Est-ce le fruit de mon imagination, demanda Mitch, ou est-ce qu'il a l'air furieux ?

— Ce n'est pas ton imagination.

Aussitôt, elle chercha ce qu'elle avait bien pu faire pour le contrarier. Car elle savait que lorsque son père faisait cette tête-là, c'était en règle générale parce qu'elle avait fait quelque chose qui lui déplaisait.

— Je ferais mieux d'aller lui parler.

Mitch la retint un instant dans ses bras.

— Veux-tu que je vienne avec toi ?

— Il vaudrait peut-être mieux que tu nous donnes quelques minutes.

La dernière chose dont elle avait besoin, c'était que son père la réprimande devant son mari. Elle ne pensait pas que Mitch pût avoir une plus mauvaise opinion d'elle, mais pourquoi courir le risque ?

Elle se dirigea vers son père, se forçant à sourire.

— Bonsoir, papa.

Elle ne s'était pas attendue à un accueil chaleureux, mais elle ne s'était pas non plus attendue à ce qu'il lui saisisse le bras pour l'emmener à l'écart. Il n'avait jamais été violent.

— Qu'est-ce qui ne va pas chez toi ? dit-il à voix basse.

Elle n'avait aucune idée de ce qu'elle avait fait.

— Je… Je ne sais pas.

Avant que son père n'ait le temps d'ajouter quoi que ce soit, Mitch arriva. Il tendit la main au sénateur, qui fut obligé de lâcher le bras de Lexi.

— Sénateur Cavanaugh, je suis ravi que vous ayez enfin pu venir.

Il était tout sourires, mais ses paroles avaient fait mouche. Il passa un bras protecteur autour des épaules de Lexi et demanda :

— Quelque chose ne va pas ?

— Effectivement, Lexi a une mine épouvantable. Elle est pâle et elle a maigri.

La voix de son père était sèche, mais il avait perdu un peu de sa superbe et de son agressivité.

— Vous croyez ? demanda Mitch en la regardant.

— Je connais ma fille, monsieur Brody, et je sais que quelque chose ne va pas.

Un sentiment de peur envahit Lexi. Avec ce précieux soutien

sénatorial à l'esprit, Mitch risquait de dire la vérité à son père. Mais au lieu de cela, il la regarda avec un de ces sourires pleins de charme dont il avait le secret et dit :

— Je la trouve sacrément belle, moi.

Puis, sous le nez de son père, il baissa la tête et posa sur ses lèvres un baiser tellement doux, tellement tendre, qu'elle sentit ses genoux se dérober.

Puis Mitch recula et, sans la quitter des yeux, dit :

— Excusez-nous, sénateur, mais j'aimerais danser avec ma femme.

Elle éprouva une vive satisfaction en voyant l'expression abasourdie de son père quand il lui prit la main et l'emmena.

— Quel diable d'homme peut bien dire à sa fille qu'elle a mauvaise mine à sa réception de mariage ? dit Mitch lorsqu'ils furent de nouveau sur la piste de danse.

— J'avais sûrement l'air heureuse.

— N'est-ce pas le but ?

— Je pense qu'il se sent menacé, parce que, chaque fois que je suis heureuse, il s'arrange toujours pour tout gâcher.

— C'est ton père, il est censé *vouloir* ton bonheur.

Elle secoua la tête. Elle ne savait pas comment expliquer la situation à Mitch. Que comprenait-il des relations qu'elle avait avec son père ?

— Toute mon enfance, il a répété qu'il aurait voulu avoir un fils, mais ma mère est morte avant que son rêve n'ait pu se réaliser. Il n'a jamais dit qu'il regrettait que je ne sois pas un garçon, mais c'était très clairement ce qu'il ressentait. Quand j'ai été un peu plus grande, il a commencé à dire que je me marierais et que je lui donnerais plein de petits-fils, comme s'il ne me voyait que comme une machine à faire des bébés.

— J'imagine que cela explique pourquoi il était si pressé de te marier.

— Exactement.

Il ne voulait pas d'un petit-fils au point d'accepter qu'elle soit mère célibataire, cependant. Mais elle préféra garder ce commentaire pour elle.

— Est-ce qu'il nous regarde toujours ? demanda Mitch.

Elle jeta un coup d'œil par-dessus son épaule et vit son

père parler à Sebastian Huntington, un verre à la main, les yeux rivés sur eux.

— Oui.

Mitch eut un sourire diabolique.

— Alors donnons-lui une raison de se sentir menacé.

Sans lui laisser le temps de demander ce qu'il comptait faire, il l'embrassa passionnément. Elle aurait pu être embarrassée, mais son cerveau avait cessé de fonctionner à l'instant où les lèvres de Mitch avaient touché les siennes. Quand il se recula, elle était haletante et se cramponnait à sa veste de costume à deux mains.

— Est-ce que cela lui a plu ? demanda Mitch, un peu fébrile, lui aussi.

Elle regarda en direction de son père juste à temps pour le voir passer la porte.

— Apparemment non, parce qu'il vient de partir.

— Bon débarras !

Elle leva les yeux vers lui et sourit.

— Merci d'être venu à ma rescousse.

— Tu me dois une fière chandelle ! Je suis prêt à accepter des faveurs sexuelles en guise de récompense.

Elle ouvrit la bouche pour dire quelque chose, mais il s'empressa d'ajouter :

— Ne t'inquiète pas, je plaisante.

En fait, elle s'apprêtait à lui demander « Que voudrais-tu que je te fasse ? ».

— C'était amusant de voir mon père se faire rabattre le caquet, mais tu devrais vraiment faire attention à ce que tu lui dis si tu veux son soutien. Il aime employer la manière forte, et peut apprécier une bonne bagarre, mais pas au détriment de son orgueil.

— Si vouloir son soutien signifie lui cirer les bottes, je ne suis pas sûr d'en vouloir encore.

Elle sentit sa gorge se serrer. Si Mitch n'avait plus besoin de son père, pourquoi resterait-il avec elle ? Elle n'osait imaginer ce qui se passerait si Mitch la quittait. Elle devrait sans doute aller trouver son père et lui demander son aide. Il n'y avait pas d'autre solution.

— Bien sûr, si je gâche tout, Lance me tuera, continua Mitch, alors je n'ai pas vraiment le choix.

Avec l'impression qu'elle venait d'esquiver une balle perdue, elle fut submergée par une telle vague de soulagement qu'elle faillit se sentir mal.

Mitch n'avait pas pour habitude de boire beaucoup, mais il s'était dit que plus il serait ivre, moins il risquerait de se jeter sur Lexi au moment où ils passeraient la porte. Quelle idée de génie ! Il avait réussi à se contenir, mais cela faisait une heure qu'il était couché à regarder fixement le plafond sans pouvoir s'endormir. Cela n'aurait pas dû le surprendre, il avait passé la soirée à la tripoter et à l'embrasser.

La bonne nouvelle, c'était qu'ils avaient convaincu tout le monde qu'ils étaient heureux et qu'ils s'amusaient follement.

Il se retrouvait seul dans son lit alors qu'il avait une femme superbe au bout du couloir à laquelle il aurait pu faire l'amour.

Mais il ne pouvait, ou plutôt il ne *voulait* pas. C'était lui qui en avait décidé ainsi, lui qui avait dit que ce mariage ne serait qu'un arrangement, et il commençait à croire qu'il s'était surpassé dans le domaine de la bêtise.

Il ne pouvait s'empêcher de se demander si Lexi était couchée dans son lit à regarder le plafond, aussi frustrée que lui.

Il entendit un bruit au rez-de-chaussée, le sifflement d'une bouilloire. Il s'assit. En temps normal, il ne s'alarmerait pas parce que quelqu'un faisait bouillir de l'eau, mais il savait que Lexi était capable de transformer quelque chose de très simple en catastrophe.

Inquiet, il se leva d'un bond, enfila sa robe de chambre, et se dirigea vers la cuisine pour l'arrêter avant qu'elle ne mette le feu. Que faisait-elle debout à 1 heure du matin, de toute façon ?

Quand il arriva, la flamme sous la bouilloire était éteinte et Lexi ouvrait et refermait des placards. Elle portait la longue chemise de nuit en satin qu'elle avait en Grèce, et il ne pensait déjà qu'à la lui enlever.

— Tu cherches quelque chose ? demanda-t-il.

Elle sursauta et se retourna.

— Que fais-tu là ?

Sa poitrine se gonflait de façon attrayante contre l'étoffe fine et il apercevait le contour rose de ses tétons. Il lui semblait que ses seins étaient plus ronds qu'une semaine plus tôt.

— J'habite ici, dit-il. Et toi, que fais-tu là ?

— Je n'arrivais pas à dormir, alors je suis descendue pour me préparer une boisson chaude.

— Tu cherchais quelque chose ?

— Une infusion. Parfois, cela m'aide à m'endormir. En as-tu ?

Ce n'était pas le genre de boisson qu'il aimait, mais il était sûr d'en avoir.

— Dans le petit placard au-dessus de la cafetière.

Fasciné, il regarda une fois de plus le mouvement de ses hanches sous la soie.

— L'étagère du haut, au fond.

Elle se mit sur la pointe des pieds, mais n'était pas assez grande. Elle se tourna vers lui et dit :

— C'est trop haut pour moi.

Il sut avant même d'avoir fait un pas vers elle qu'il allait le regretter, mais c'était plus fort que lui. Il traversa la cuisine et vint se placer contre elle. A son grand étonnement, elle ne protesta pas, n'essaya pas de s'écarter. Elle sentait délicieusement bon.

Posant une main sur le plan de travail derrière elle, il tendit le bras pour prendre la boîte de tisanes. Il se rendait compte qu'être aussi près d'elle était une très mauvaise idée, mais tout son corps, au lieu de lui dire de reculer, comme il aurait dû le faire, l'incitait à s'approcher encore plus.

La respiration de Lexi était haletante et elle tremblait. Il ne savait pas vraiment si elle était effrayée ou excitée, ou peut-être un peu les deux à la fois.

— Nous ne devrions pas, dit-elle.

Pourtant, elle ne tenta pas de l'arrêter, ne le repoussa pas.

— Je sais, mais j'ai comme l'impression que nous allons le faire quand même.

Il n'en avait pas seulement l'impression, il en était sûr.

Elle ouvrit la bouche pour parler, sans doute pour lui dire de reculer, mais comme c'était la dernière chose qu'il avait envie d'entendre, il se pencha et l'embrassa. Elle ne put que se contenter de gémir. Elle lui passa les bras autour du cou et la main dans les cheveux. Si elle avait eu l'intention de l'arrêter, elle avait manifestement changé d'avis. Ils étaient tous les deux trop bien partis pour faire marche arrière, et il ne se sentit que légèrement coupable de profiter de sa faiblesse.

D'ailleurs, elle avait dit elle-même qu'ils avaient des désirs, et avait suggéré qu'ils profitent de la situation pour s'amuser un peu.

Il ne voyait pas la moindre raison de ne pas suivre ses conseils.

— Dis-moi que tu n'as pas de culotte, là-dessous, dit-il en agrippant la soie.

Elle lui adressa un sourire coquin.

— Va vérifier…

Il lui enleva sa chemise de nuit. Non, elle n'avait pas de culotte. Elle était superbe, nue. Prête pour lui.

— Et toi, dit-elle, tu as quelque chose là-dessous ?

Il sourit.

— Va voir par toi-même !

Elle défit la ceinture de sa robe de chambre, lui retira, et eut un sourire satisfait en voyant qu'il était nu. L'espace d'un instant, il envisagea de la prendre dans ses bras pour l'emmener dans sa chambre, mais il ne pensait pas pouvoir attendre davantage. Il avait envie, avait besoin d'être en elle. Ils avaient fait l'amour un peu moins d'une semaine auparavant, mais il avait l'impression que cela faisait une éternité.

Il se rappela que ce n'était pas de « l'amour », mais du sexe. Mais que lui importait, maintenant ?

Il la souleva et la fit asseoir sur le plan de travail.

Sans hésitation, elle enroula ses longues jambes bien galbées, parfaites, autour de sa taille. En un instant, il fut en elle, aussi profondément que possible.

Il voulait que cela dure, mais Lexi était tellement excitante, la sensation de sa peau contre la sienne était tellement suave, qu'il se sentait au bord d'un gouffre de plaisir. Elle gémissait, frémissait, lui enfonçait ses ongles dans le dos… Puis, elle leva les yeux vers lui, en extase, et tout son corps se mit à frissonner avec volupté. Ses muscles se contractèrent autour de lui, et il jouit avec elle, tellement intensément qu'il vacilla.

Lexi se cramponnait à lui, le front appuyé contre son torse, le souffle court. Ce fut elle qui parla la première.

— Nous n'aurions vraiment pas dû faire ça.

— Non, répondit-il, haletant lui aussi, probablement pas.

Il pouvait toujours prétendre que l'alcool avait diminué sa faculté de jugement, mais elle, quelle était son excuse ?

Elle leva la tête pour le regarder et dit :

— Maintenant que nous avons réglé la question, tu veux recommencer ?

11

Lexi se réveilla le lendemain matin à 6 h 30 et sentit immédiatement que quelque chose avait changé, à part le fait qu'elle était pelotonnée contre Mitch, qui dormait profondément.

Elle resta allongée quelques minutes, essayant de définir ce qui avait changé, puis se rendit compte qu'elle n'avait pas la nausée. A l'heure qu'il était, elle aurait déjà dû se précipiter dans la salle de bains.

Elle ne bougea pas pendant encore une ou deux minutes, persuadée qu'elle allait se sentir mal d'une seconde à l'autre, mais il ne se passa rien.

Peut-être fallait-il qu'elle se remue un peu. Elle se dégagea des bras de Mitch et s'assit lentement, attendant la vague de nausée, les sueurs froides, mais une autre sensation l'envahit : elle avait *faim.*

D'habitude, elle ne pouvait rien avaler avant le déjeuner, et aujourd'hui, alors qu'il n'était même pas 7 heures, elle était affamée.

Le médecin lui avait dit que les nausées matinales allaient se calmer, mais elle ne savait pas qu'elles allaient s'arrêter aussi brusquement.

Mitch lui toucha le dos et dit, d'une voix rauque :

— Ça va ?

— Je crois que oui.

Dans la nuit, quand il l'avait empêchée de se lever pour aller dormir dans son propre lit, elle l'avait prévenu de s'attendre à ce qu'elle se lève précipitamment.

Il la regarda, tout ensommeillé, les cheveux ébouriffés.

— Tu veux que j'aille te chercher une bassine ?

Elle le poussa doucement, amusée, mais elle appréciait qu'il s'inquiète pour elle.

— Ce ne sera pas nécessaire. En fait, je me sens plutôt bien, je crois que je vais pouvoir manger.

Il serait obligé de préparer le petit déjeuner, puisqu'il lui avait demandé de ne pas cuisiner avant d'avoir commencé les cours.

Il regarda le réveil et poussa un grognement.

— Il est trop tôt pour manger.

Elle le regarda avec étonnement.

— Ne dois-tu pas te lever et te préparer pour aller travailler, de toute façon ?

— Comme quelqu'un m'a tenu éveillé la moitié de la nuit, je projetais de faire la grasse matinée et d'y aller plus tard.

— C'est *moi* qui t'ai tenu éveillé ?

— Tu étais insatiable. Je me sens tellement… utilisé.

Il l'avait retenue chaque fois qu'elle essayait de retourner dans sa propre chambre, et il l'avait réveillée en l'embrassant quand elle commençait à s'endormir, épuisée.

— Raconte-toi ce que tu veux, dit-elle, mais nous savons tous les deux ce qui s'est réellement passé.

Il sourit.

— Puisque tu n'es pas malade, que dirais-tu de recommencer, là, maintenant ?

Elle souffla, comme si elle était exaspérée, et dit sur un ton faussement agacé :

— Je suppose que le petit déjeuner peut attendre.

Quand il la laissa enfin sortir du lit, il n'était pas loin de midi. Elle prit une douche et s'habilla, puis descendit dans la cuisine, où Mitch préparait quelque chose à manger. Elle s'était attendue à le trouver en costume, prêt à aller travailler, mais il portait un pantalon décontracté et un polo.

— Ne dois-tu pas aller au travail ? demanda-t-elle.

— Ils se passeront bien de moi une journée de plus, répondit-il en haussant les épaules, et puis, je t'ai promis une leçon de conduite.

Comme il était soûl quand il lui avait dit cela, elle pensait qu'il aurait oublié. A l'idée de se mettre au volant, avec Mitch qui la regardait, elle sentit son cœur s'emballer.

— Il vaudrait peut-être mieux remettre à plus tard.

— Comment vas-tu apprendre si tu n'essaies pas ?

Elle avait vraiment envie d'essayer, mais elle n'oubliait pas le désastre de ses tentatives culinaires. Elle ne savait pas se servir d'un four, comment pourrait-elle faire démarrer une voiture ?

— Et si je fais quelque chose de mal ?

— Ce sera sûrement le cas au début, mais cela fait partie de l'apprentissage.

— Et si je fais quelque chose d'horrible, comme nous précipiter du haut d'un pont ?

— Je te promets de te maintenir sur la terre ferme jusqu'à ce que tu aies le coup de main.

Elle se mordit la lèvre, se demandant ce qu'elle pourrait bien dire pour l'en dissuader sans passer pour une lâche.

Mitch lui prit la main.

— Essaie d'avoir un peu confiance en toi, Lexi, et tu te débrouilleras très bien.

C'était bien ça le problème. On l'avait habituée à croire qu'elle n'était pas capable de faire quelque chose toute seule, mais il avait raison, il fallait qu'elle arrête d'avoir peur de tout, de toujours compter sur les autres. Il était temps qu'elle vive sa vie au lieu de rester là passivement à regarder le monde s'affairer autour d'elle.

Elle prit une profonde inspiration.

— D'accord. C'est parti.

— Après manger, nous sortirons pour ta première leçon.

Elle se sentait encore très inquiète, mais au moins, cela lui évitait d'avoir à demander à Tara.

Alors qu'ils s'apprêtaient à se mettre à table, le portable de Mitch sonna.

— Salut, Mark ! Comment vas-tu ? Ont-ils accepté notre offre ?

Le cœur de Lexi fit un bond dans sa poitrine quand elle entendit le nom de l'agent immobilier. Elle retint son souffle alors que Mitch écoutait en silence, l'air à la fois curieux et inquiet. Il avait dit qu'il ferait tout ce qu'il pourrait pour obtenir la maison, mais les propriétaires avaient peut-être changé d'avis et refusé de la vendre.

— Je comprends, dit-il. A plus tard.

Il raccrocha.

— C'était Mark.

Comme si elle ne l'avait pas compris.

— Qu'a-t-il dit ?

— Les propriétaires l'ont recontacté.

— *Et* ?

Il sourit enfin.

— Ils ont accepté l'offre, la maison est à nous !

Elle poussa un cri perçant et se jeta à son cou. Elle n'avait pas osé espérer que cela arrive réellement. Maintenant, elle était tellement excitée qu'elle avait peine à se maîtriser.

Mitch rit et la serra contre lui.

— Inutile de te demander si tu es contente !

— Je le suis !

Elle posa la tête contre son torse et le serra dans ses bras. Pour la première fois depuis un bon moment, elle était très, très heureuse.

Quelque chose s'était passé la nuit précédente. Lorsqu'il lui avait pris la main pour aller à cette soirée, quelque chose avait changé dans leur relation, elle en était sûre. Ils pouvaient dire que ce mariage n'était qu'un arrangement, mais elle savait que ce n'était pas vrai. Mitch était l'homme avec lequel elle avait passé une semaine sensationnelle à Washington, l'homme dont elle était tombée amoureuse, et malgré quelques mauvaises passes, elle n'avait jamais cessé de l'aimer, au fond. Et lui aussi l'aimait, même s'il ne le lui avait pas dit.

— Nous signons dans une semaine.

— Nous ?

— C'est aussi ta maison.

Sa maison. L'idée la grisait.

Tout était parfait.

A part une chose : elle n'avait toujours pas dit la vérité à Mitch.

Lexi pensait qu'elle et Kate déjeuneraient toutes les deux au café du Cattleman's Club, mais quand elle suivit l'hôtesse jusqu'à la table, elle vit qu'il y avait aussi Summer Martindale, Cara Pettigrew-Novak, Alicia Montoya, et Rebecca Huntington.

Aussitôt, elle eut l'impression de se jeter dans la gueule du loup. Kate avait été très gentille à la fête, l'autre soir, mais peut-être avait-elle joué la comédie. Peut-être qu'elle n'appréciait pas que Lexi ait été fiancée à son mari et qu'elle l'avait attirée ici pour l'humilier.

Kate la vit approcher et se leva, souriante.

— Bonjour, belle-sœur ! dit-elle en la serrant affectueusement dans ses bras.

Eh bien, voilà qui était inattendu.

— Assieds-toi, lui dit Kate en lui montrant la chaise à côté de la sienne. Je crois que tu connais tout le monde ici.

Les jeunes femmes lui sourirent et l'accueillirent chaleureusement. Elle en fut très touchée. Il s'agissait de toute évidence d'un déjeuner entre filles et non d'un règlement de comptes, aussi décida-t-elle de se détendre un peu et d'en profiter. C'était tout nouveau pour elle. Elle n'avait pas eu le droit d'avoir beaucoup d'amis ou de fréquenter des gens qui ne faisaient pas partie de l'élite de la société ou qui représentaient un danger potentiel pour les aspirations politiques de son père. Il n'aurait jamais approuvé qu'elle se lie d'amitié avec quelqu'un comme Kate, une humble secrétaire, ou comme Cara, une danseuse. En fait, il n'y avait personne à cette table, à part peut-être Rebecca Huntington, qu'il aurait jugé convenable. Mais pour la première fois de sa vie, elle se fichait de son avis. Ces derniers temps, ces derniers jours surtout, elle se sentait rebelle et indépendante, et cela lui *plaisait*.

Une serveuse vint lui demander ce qu'elle voulait boire. Lexi vit que tout le monde avait une boisson alcoolisée mais elle se contenta d'un thé glacé. L'espace d'un instant, elle craignit qu'on ne l'interroge sur son choix, mais personne ne dit rien.

— Nous essayons de nous retrouver au moins une fois par mois, lui dit Cara, pour discuter de tous les derniers potins.

Lexi se demanda si elle avait déjà été le sujet des conversations.

— Aujourd'hui, nous fêtons aussi quelque chose, dit Summer.

Toutes les têtes se tournèrent vers elle.

— Quoi donc ? demanda Alicia.

Summer tendit sa main gauche pour montrer son énorme bague de fiançailles incrustée de diamants.

— Darius et moi avons sauté le pas !

Les filles poussèrent des cris surexcités et la félicitèrent.

— Je suis tellement jalouse ! dit Rebecca. Tout le monde se marie sauf moi.

— Le mariage n'est pas une sinécure, dit Cara avec un sourire, mais cela vaut vraiment la peine.

La serveuse apporta le thé de Lexi et posa une corbeille de pain sur la table. Affamée, Lexi prit aussitôt un petit pain. Depuis quelques jours, elle avait l'impression de ne faire que manger.

— Quelles nouvelles de l'incendie de la raffinerie ? demanda Rebecca à Summer.

Lexi remarqua que tout le monde jetait un coup d'œil à Alicia. Elle se demanda pourquoi, puis se souvint que c'était le frère d'Alicia, Alejandro Montoya, qui était suspecté.

— Darius est-il près de trouver le coupable ? demanda Kate.

— Il ne parle pas beaucoup de son travail, répondit Summer avec un haussement d'épaules, l'air désolé.

— Je sais ce que tout le monde pense, dit Alicia, mais Alejandro ne ferait pas de mal à une mouche. Ce n'est pas lui qui a déclenché cet incendie.

— Je te crois, lui dit Rebecca, Alejandro est quelqu'un de bien.

Alicia la regarda, surprise.

— Enfin, d'après ce que j'ai entendu dire, ajouta Rebecca, rougissant légèrement.

— Et la division en secteurs du quartier du Somerset ? demanda Kate. Il paraît que c'était Alejandro qui était derrière ce projet.

— C'est vrai, dit Alicia. Il fallait que quelqu'un fasse quelque chose pour augmenter les recettes. Je sais que personne ne veut le croire, mais la ville va mal. Nous travaillons à la création d'une attraction touristique dans le centre-ville. Cela créera des emplois et rendra la ville plus touristique, en préservant son patrimoine, ce qui me touche particulièrement en tant que conservatrice du musée.

— Il semblerait que tu n'aies fait que travailler, ces derniers temps, dit Cara avec un sourire.

— Eh bien, en fait non, je n'ai pas fait *que* travailler, répondit Alicia d'un ton énigmatique.

— Tu as rencontré quelqu'un ? demanda Rebecca, tout excitée.

Alicia leur adressa un sourire éclatant.

— Peut-être bien…

— Nous cacherais-tu quelque chose ? demanda Summer.

— Disons que j'ai peur de me porter la poisse, dit Alicia, mais je dirai seulement que j'ai un rendez-vous vendredi prochain. Il m'a dit qu'il voulait m'emmener dans un endroit spécial.

— Il faut que tu viennes à Sweet Nothings, dit Rebecca, un rendez-vous spécial exige de la lingerie affriolante.

Alicia rit.

— Je pourrais dépenser tout mon salaire dans ta boutique, Becca !

— Tu fais partie de ces gens qui peuvent manger n'importe quoi et qui restent toujours minces, n'est-ce pas ? demanda Cara.

Lexi se rendit compte que c'était à elle que Cara parlait, et fut morte de honte en comprenant pourquoi. Pendant que les autres discutaient, elle avait presque vidé le panier de pain à elle toute seule.

— Je suis désolée, dit-elle, rougissante, en reposant le petit pain qu'elle avait commencé à dévorer. J'ai sauté le petit déjeuner.

— Je n'ai qu'à regarder un gâteau pour que mes fesses grossissent, dit Rebecca.

— Je ne supporte pas d'imaginer à quoi je ressemblerais si je ne passais pas mon temps à danser, dit Cara.

A partir de ce moment-là, Lexi veilla à ne pas attirer l'attention. Elle commanda une salade et n'en mangea que la moitié, même si elle avait assez faim pour manger trois fois plus. La prochaine fois qu'elle les verrait, si elle était invitée, elle pourrait peut-être leur dire qu'elle était enceinte.

Il *fallait* qu'elle dise la vérité à Mitch. Elle avait failli le faire, le jour où ils avaient visité la maison, mais elle s'était dégonflée à la dernière minute. Pourtant, elle savait que le moment était venu. Elle avait commencé à croire qu'il serait ravi d'apprendre qu'il était le père du bébé, car, même s'il ne l'avait pas encore dit, il l'aimait, elle en était convaincue. Il le lui montrait chaque jour, de cent petites façons différentes, et en particulier au lit.

Elle savait bien qu'il ne fallait pas confondre le sexe avec l'amour, mais elle était sûre que cette fois-ci, c'était différent.

12

Mitch trouva la situation plutôt amusante : quand il avait accepté le rendez-vous avec Darius, il s'était dit qu'il serait content d'avoir un peu de temps loin de sa femme, alors qu'en fait, il aurait de beaucoup préféré être à la maison avec elle. Pour un bourreau de travail, il avait pris beaucoup de jours de congés depuis qu'ils étaient revenus de Grèce.

Au début, il avait essayé de se persuader que ce n'était dû qu'au sexe, puis, il s'était dit qu'il se sentait coupable de la laisser seule, ou qu'il avait peur qu'elle ne se serve de la cuisinière et qu'elle ne mette le feu à sa maison, mais maintenant, alors qu'il était assis dans la salle de conférences de la société de surveillance de Darius, avec Darius lui-même, Lance, Kevin et Justin, il ne pouvait nier que c'était sa compagnie qui lui manquait, tout simplement.

Il avait beau se répéter qu'elle était gâtée et sans cœur, qu'elle ne se souciait de personne d'autre que d'elle-même, elle lui prouvait par ses actes qu'il se trompait. Si ce qu'elle lui avait dit sur son père était vrai (et après avoir vu le sénateur en action, il était presque sûr que c'était le cas), c'était un miracle qu'elle ait un tant soit peu d'amour-propre. Il ne pensait plus qu'elle était passée du lit de son frère au sien pour se venger, mais parce qu'elle voulait à tout prix être acceptée et aimée. Elle *méritait* d'être avec quelqu'un qui l'aime, mais lui n'était pas doué pour l'amour.

En quelques semaines, il était passé du stade où il croyait lui être supérieur, à celui où il pensait qu'il n'était pas à la hauteur. Mais il fallait qu'il tienne bon, pour le bébé, qui méritait d'être élevé par sa famille et non par des étrangers.

— Alors, quand cette réunion va-t-elle commencer ? demanda Kevin à Darius.

— Dès que la dernière personne que j'ai convoquée arrivera.

A peine avait-il prononcé ces mots que la porte s'ouvrit et qu'Alejandro Montoya entra.

Aussitôt, Lance se leva.

— Que fait-il ici ? dit-il.

Alejandro le fusilla du regard.

— Je lui ai demandé de venir, dit Darius. En tant que membre du Cattleman's Club, il est autant concerné que nous.

Mitch se redressa, au cas où il devrait retenir son frère, mais Lance se rassit et Alejandro s'installa à l'autre bout de la table. Mitch n'aimait pas Alejandro, mais il fallait reconnaître qu'il avait eu du cran en venant.

— Je vous ai tous fait venir, dit Darius, parce que je soupçonne quelqu'un de truquer les comptes du club.

— Est-ce que tu insinues que quelqu'un détourne des fonds ? demanda Justin.

— Exactement.

— Qu'est-ce qui t'a amené à penser cela ? demanda Kevin.

— Quand j'ai mis au point le nouveau système de facturation pour Helping Hands, il s'est passé quelque chose de bizarre. Le club nous a fait un chèque pour nous défrayer, mais il était libellé à l'ordre de Helping Hearts. J'ai téléphoné au bureau et j'ai demandé à Sebastian Huntington de tout arranger. Je pensais qu'il s'était trompé de nom, mais il m'a dit qu'il n'avait pas envoyé le bon chèque.

— Je ne savais pas qu'il y avait une association appelée Helping Hearts, dit Mitch.

C'était vrai qu'il ne s'intéressait pas particulièrement aux finances du club.

— Moi non plus, reprit Darius, mais cela a éveillé ma curiosité, alors j'ai fait quelques recherches, et j'ai découvert que Helping Hearts n'existe pas.

— En tant que membres du club, nous avons le droit d'examiner les comptes, dit Alejandro, visiblement aussi préoccupé que les autres.

— J'imagine que tu crois que c'est toi qui devrais les

étudier, dit Lance d'un ton sec. Qui nous dit que ce n'est pas toi qui es derrière tout ça ?

Alejandro lui lança un regard furieux.

— D'abord tu m'accuses d'être un pyromane, maintenant d'être un voleur ? Tant que tu y es, dis que je suis responsable de l'effondrement des cours de la Bourse.

— Je sais, coupa Darius avant qu'ils n'en viennent aux mains, qu'il ne peut pas s'agir de quelqu'un dans cette pièce. Seul un membre de haut rang peut avoir réussi un coup pareil.

— Comme qui ? demanda Kevin.

— Je ne suis pas encore prêt à accuser quelqu'un. Alejandro a raison, il faut examiner les comptes. Je pense que c'est Mitch qui devrait le faire.

Tous les yeux se tournèrent aussitôt vers lui.

— Pourquoi moi ?

— Je viens de mettre au point un système de facturation simple, dit Darius, mais c'est toi, l'as des finances, ici. S'il y a bien quelqu'un qui peut repérer quelque chose d'anormal, c'est toi.

— Je suis d'accord, dit Justin.

— Moi aussi, dit Alejandro.

— Moi aussi, dit Kevin.

— Alors, nous sommes unanimes, dit Lance.

Mitch n'était pas sûr d'être à l'aise avec cette idée, mais apparemment il n'avait pas vraiment le choix.

— Et si je trouve quelque chose ? demanda-t-il.

— Nous exigerons la vérification des comptes par une société externe. Le club est tenu d'obtempérer.

— J'ai encore du mal à croire que quelqu'un vole l'argent du club, dit Kevin.

— J'ai eu du mal à y croire aussi, dit Darius, mais je ne vous en aurais jamais parlé si je n'en étais pas sûr. Tu nous tiendras au courant, Mitch ?

Mitch n'avait pas du tout prévu de prendre du travail en plus. Pas maintenant, avec Lexi et le bébé, mais ses amis comptaient sur lui.

— Bien sûr, répondit-il.

La réunion se termina, et Alejandro eut la sagesse de partir le premier. En sortant, Justin demanda à Mitch :

— Tu veux aller au club boire un verre et regarder le foot ?

En temps normal, Mitch n'aurait pas hésité à passer quelques heures avec son meilleur ami, mais il n'avait pas envie de laisser Lexi toute seule. D'ailleurs, il lui avait promis qu'ils parleraient des travaux qu'ils voulaient faire dans la maison.

— Je ne peux pas ce soir.

— Tu dois retrouver tes chaînes ?

Mitch ne répondit même pas, il se contenta de jeter un regard noir à Justin, qui rit et secoua la tête.

— Bon sang ! Je n'aurais pas cru vivre assez vieux pour voir Mitchell Brody se ranger.

— Tu pourrais bien être le suivant.

Justin rit de plus belle.

— N'y compte pas ! Maintenant que tu as perdu ta liberté, il y a plus de femmes disponibles pour moi, c'est tout.

Mitch se rendit compte avec étonnement que ses petites aventures amoureuses ne lui manquaient pas. Cela changerait peut-être plus tard, mais pour l'instant, il se satisfaisait très bien d'être l'homme d'une seule femme.

Quand Lexi alla ouvrir la porte, son père était la dernière personne qu'elle s'attendait à voir sur le seuil. Elle le croyait à Washington.

— Papa, que fais-tu là ?

— Il faut que je te parle, dit-il, entrant sans attendre qu'elle l'y invite.

— Bien sûr, répondit-elle en s'écartant.

Il était peut-être venu s'excuser de son comportement à la réception. Mais quand elle vit son air dégoûté, tandis qu'il contemplait l'entrée de la maison de Mitch, elle comprit qu'elle ne devait rien attendre de cette visite.

— Ton mari est là ?

— Non, il avait une réunion. Je me faisais une tasse de thé, en veux-tu ?

— C'est toi qui le fais ? Ton mari n'a-t-il même pas la décence d'engager une gouvernante ?

Elle haussa les épaules.

— Ce n'est rien ! A vrai dire, j'aime bien me débrouiller toute seule, pour changer.

Il secoua la tête, l'air consterné.

— C'est encore pire que ce que je croyais.

Manifestement, il n'allait pas présenter ses excuses.

— Qu'est-ce qui est pire que ce que tu croyais ?

— Ta vie. Ce à quoi Mitch t'a réduite.

Réduite ? Au contraire, elle avait l'impression qu'un monde dont elle ignorait l'existence s'était ouvert à elle, avec des perspectives d'avenir et des possibilités dont elle n'aurait jamais osé rêver.

— Je vais bien, papa, vraiment.

— Rien de tout ceci n'est « bien ». Après la démonstration dégradante de l'autre soir, j'ai décidé de ne pas apporter mon soutien aux frères Brody.

Elle sentit un immense poids s'abattre soudain sur ses épaules.

— Tu ne peux pas faire ça !

— Je le peux, et je vais le faire. Je n'arrive toujours pas à croire comme il te tripotait. As-tu la moindre idée de ce que tout le monde devait penser ?

— Sans doute que nous étions un couple de jeunes mariés tellement amoureux que nous ne supportions pas d'être séparés.

— Eh bien, la comédie est terminée, alors il n'y a aucune raison pour que tu restes ici plus longtemps. Fais tes bagages, je te ramène à la maison.

Elle ne voulait pas partir. Pour rien au monde elle ne voulait partir.

— Tu leur as promis ton soutien.

— Je lui ai également dit que je le détruirais s'il te faisait du mal.

Elle commença à se laisser gagner par un sentiment d'affolement. Son père était complètement déraisonnable. Et elle n'était pas assez forte pour lui tenir tête.

— Mais il ne m'a *pas* fait de mal !

— Il a souillé ta réputation, ce qui est encore pire, à mes yeux.

— Ma réputation est plus importante que mon bonheur ? J'aime Mitch.

Il eut un rire méprisant et la dévisagea comme si elle était idiote.

— Tu ne peux quand même pas être aussi naïve ! Il ne t'a épousée que pour avoir mon soutien.

Il ne reculait devant rien, lui dirait n'importe quoi pour qu'elle se sente minable. Mais elle savait exactement ce qui le dérangeait, même s'il ne l'avouerait jamais, et cela n'avait rien à voir avec sa réputation ou avec le comportement de Mitch à la soirée : il voulait qu'elle quitte Mitch simplement parce qu'elle voulait rester. Il voulait reprendre le contrôle de sa vie. Maintenant qu'elle était mariée, il ne pouvait plus la manipuler. Mais cette fois, elle n'avait pas à l'écouter.

— Tu ne supportes vraiment pas ça, hein ?

— Quoi donc ?

— De me voir heureuse.

Il poussa une petite exclamation méprisante.

— C'est ridicule.

— Alors pourquoi me dire une chose pareille ? Je te dis que j'aime Mitch, et tu l'accuses de m'utiliser ?

— Je le dis parce que c'est vrai. Tu sais très bien que je n'ai jamais voulu te surprotéger.

Elle refusa de se laisser démonter. Il fallait qu'elle se défende.

— Comment sais-tu que Mitch n'est pas amoureux de moi ?

Il secoua la tête avec tristesse, comme si elle était encore plus pathétique que ce qu'il croyait.

— Crois-tu que je sois aussi horrible que ça, aussi impossible à aimer ? demanda-t-elle.

— Je n'ai pas dit cela, mais il n'est pas bien pour toi.

— Il y a un mois, tu semblais penser le contraire.

— Eh bien, je me suis trompé.

S'il ne pouvait accepter l'idée que Mitch l'aimait, c'était son problème à lui, pas le sien. Mitch allait être furieux quand il apprendrait que son père avait rompu leur marché, mais elle était sûre qu'il ne lui en voudrait pas à elle.

— Comédie ou pas, je ne peux pas rompre le mariage.

— Pourquoi ?

Elle n'aurait pas dû en parler, mais dès qu'elle aurait dit la vérité à Mitch, tout le monde le saurait, de toute façon.

— Je suis enceinte.

— Enceinte ?

La colère de son père s'évanouit et, à sa grande surprise, une expression d'émerveillement se répandit sur son visage.

— Je vais être grand-père ?

Elle s'était attendue à ce qu'il soit fou de rage, mais c'était logique qu'il approuve, maintenant qu'il obtenait ce qu'il voulait : il avait toujours voulu avoir un petit-fils.

Elle sourit et acquiesça d'un signe de tête.

— C'est… incroyable.

— Nous avons même envisagé de lui donner ton nom.

Ce n'était pas vrai, ils n'avaient aucune idée du nom qu'ils donneraient à l'enfant, d'autant plus qu'ils ignoraient son sexe.

Il sembla y croire, cependant, car il rayonna de fierté.

— Un divorce est effectivement hors de question, dans ce cas, mais nous allons trouver un moyen pour que cela fonctionne.

Elle sourit, pensant qu'il était temps de le prendre à la gorge.

— Tu peux commencer par donner à Mitch et à Lance le soutien dont ils ont besoin.

Le sourire de son père s'évanouit.

— Je ne peux pas faire ça.

— Tu vas le faire, si tu veux voir ton petit-enfant.

Il était tellement abasourdi que, l'espace d'un instant, il ne sut pas quoi dire. C'était la première fois qu'elle le voyait muet de stupeur, et elle appréciait le spectacle.

— Tu te servirais de ton propre enfant contre moi ? finit-il par demander, d'un ton incrédule.

Elle soupira.

— S'il le faut. Bien sûr, il y a plein d'autres choses que je pourrais utiliser contre toi.

— Quelles choses ?

— Des choses qui pourraient te compliquer l'existence quand tu essaieras d'être réélu.

Il blêmit.

— Serais-tu en train de faire du chantage ?

C'était bien ce qu'elle avait fait. Pour la première fois de sa vie, elle lui avait tenu tête, et c'était merveilleux.

Elle lui adressa un sourire faussement innocent.

— Papa, le chantage est un mot tellement… vulgaire. Au Sénat, je crois qu'on parle d'extorsion.

— Je n'arrive pas à croire que tu me ferais cela.

Elle haussa les épaules négligemment. Maintenant qu'elle était lancée, il semblait que rien ne pourrait venir l'arrêter. Elle reprenait le contrôle de sa vie et c'était une sensation incroyable.

— Il faut dire que j'ai été à bonne école.

Elle attendit qu'il explose de colère mais, à son grand étonnement, il n'en fit rien. Il resta là, perplexe, comme s'il ne parvenait tout simplement pas à comprendre ce qui venait de se passer. Sa docile petite fille avait fini par acquérir une volonté propre. Puis, la porte s'ouvrit et Mitch entra, accompagné d'une brise fraîche de début d'automne.

— Il me semblait bien que c'était votre voiture, devant la maison, dit-il au père de Lexi en passant devant lui sans lui serrer la main.

Il prit Lexi dans ses bras et l'embrassa.

— Désolé d'avoir été si long, ma chérie.

Long ? Cela faisait à peine une heure qu'il était parti. Elle croyait qu'une « réunion » signifiait vingt minutes de travail suivies de quelques heures à boire et s'amuser entre hommes, un peu comme le déjeuner avec Kate, mais en plus viril.

— Papa est passé nous dire bonjour, c'est gentil, n'est-ce pas ?

De toute évidence, Mitch voyait qu'il se tramait quelque chose et il entrait dans son jeu.

— Ah ça, oui ! dit-il d'une voix traînante typique des gens du Sud qu'elle ne l'avait jamais entendu prendre. Je peux vous offrir un verre, sénateur ?

— Malheureusement, il était justement sur le point de partir, dit-elle. Mais merci d'être passé, papa.

Stupéfait, déconcerté, son père marmonna un au revoir et sortit. Aussitôt, Mitch se tourna vers elle et, de sa voix normale, lui demanda :

— Bon sang ! Mais qu'est-ce qui a bien pu se passer ?

13

Quelques heures plus tard, Mitch était allongé dans son lit, Lexi blottie contre lui, douce et chaude. Il ne pouvait s'empêcher de sourire.

— J'aurais aimé voir la tête de ton père quand tu l'as menacé, cela a dû être impayable.

— Je m'attendais à me sentir coupable, je n'ai jamais osé lui dire quelque chose comme ça, mais en fait je me sens… libérée.

— Sans vouloir paraître condescendant, je suis fier de toi.

Elle lui adressa un sourire éclatant.

— Moi aussi, je suis fière de moi. Je crois que tu n'auras jamais à t'inquiéter de perdre son soutien. En revanche, il est très possible qu'il ne m'adresse plus jamais la parole.

— Quel effet cela te fait-il ?

— Je ne me sens pas aussi mal que ce à quoi je m'étais attendue. D'une certaine manière, je me sens soulagée, je n'ai plus besoin de lui.

Elle se tut un moment, puis dit :

— Mitch, j'ai quelque chose à te dire. Deux choses, même.

Il roula sur le côté pour la regarder, intrigué par le son de sa voix.

— Quoi ?

— Premièrement, je t'ai menti. Je t'ai dit quelque chose de vraiment affreux, et ce n'était pas vrai.

— Quoi donc ? demanda-t-il en haussant les sourcils.

— C'était après notre première nuit, à Washington. Je pensais…

Elle s'interrompit et se mordit la lèvre. Il la regardait toujours, curieux de connaître la suite.

— Tu pensais quoi ?

Elle prit une profonde inspiration.

— J'étais tellement naïve ! Je me suis réveillée, et je pensais que tu allais me supplier de t'épouser toi plutôt que Lance. Je pensais que tu… m'aimais. Si tu savais depuis combien de temps j'attendais que quelqu'un ressente cela pour moi… Mais la première chose que tu aies dite ce matin-là, c'était que coucher ensemble avait été une erreur. J'étais dévastée. J'ai dit la chose la plus atroce qui me venait à l'esprit.

— Que tu t'étais servie de moi ?

Elle fit oui de la tête.

Etrangement, il était soulagé et troublé à la fois : pas parce qu'elle lui avait menti, il comprenait pourquoi elle l'avait fait et ne pouvait pas vraiment le lui reprocher, mais parce qu'elle venait de le conforter dans l'idée qu'il s'était complètement trompé à son sujet.

— Je sais que nous n'avions passé qu'une semaine ensemble, mais je t'aimais, Mitch, et je crois… je crois que je t'aime encore.

Il savait ce qu'elle avait envie d'entendre, ce dont elle avait terriblement besoin, mais, même s'il ne voulait que son bonheur, il ne pouvait se résoudre à lui mentir.

— Je tiens à toi, Lexi. Vraiment. Mais je ne peux pas…

Elle roula sur le dos, mais il eut le temps de voir son visage se décomposer, son bonheur en miettes.

— Je comprends, dit-elle.

— Cela ne vient pas de toi, c'est moi.

Elle haussa les épaules.

— Tu n'as pas à te justifier.

Il s'attendait à ce qu'elle se mette en colère ou à ce qu'elle pleure, mais elle resta étendue là, silencieuse, et il eut l'impression d'être le pire salaud du monde. Elle méritait mieux que lui, elle devrait être avec quelqu'un qui l'aimait, quelqu'un qui était capable d'amour.

— Quoi d'autre ? demanda-t-il.

Elle eut l'air de ne pas comprendre.

— Comment ça ?

— Tu as dit que tu avais deux choses à me dire.

— Oh, dit-elle doucement en se tournant sur le côté, dos à

lui, et en remontant les couvertures sur son épaule. Ce n'était pas important.

Il hésita à insister, mais se dit qu'il valait peut-être mieux qu'il ne sache pas. Ce n'était sans doute pas grand-chose, ou au contraire une révélation qui n'aurait fait que le mettre encore plus mal à l'aise. Il resta éveillé pendant des heures, se sentant coupable, dégoûté de lui-même. Mais il ne pouvait décemment pas lui promettre quelque chose qu'il était de toute façon incapable de lui donner.

Lorsqu'il se réveilla le lendemain matin, Lexi n'était plus dans le lit. Il se leva et enfila sa robe de chambre. Il pensa qu'elle serait dans la cuisine, en train de faire du thé, mais il la trouva dans sa chambre. Elle faisait ses bagages. Elle le quittait.

Il fut plus déçu que surpris.

— Tu t'en vas ? demanda-t-il en essayant d'adopter le ton le plus neutre possible.

Elle se tourna vers lui. Elle avait l'air fatiguée et triste. Il sentit aussitôt son cœur se serrer. Il détestait la voir comme cela.

— Bonjour, dit-elle.

Elle avait raison de le reprendre, mais pour sa part il estimait que l'heure n'était pas aux politesses. Certes, il l'avait blessée, mais elle ne pouvait partir sans lui donner au moins une explication.

— Tu n'es pas obligée de faire ça.

— Si, je suis obligée.

Il était tenté de la supplier de rester, de lui jurer que les choses allaient changer, mais cela serait tout simplement cruel et égoïste. La meilleure chose qu'il pût faire pour Lexi était de la laisser partir.

— Vas-tu retourner chez ton père ?

— Mon Dieu non, sûrement pas ! Je ne lui ferai jamais ce plaisir.

Il était contente de la voir aussi combative, ainsi il ne s'inquiéterait pas pour elle. Il savait qu'elle était capable de se débrouiller.

— Tant mieux. Il ne te mérite pas. Et ne t'inquiète pas

pour l'argent, je veillerai à ce que le bébé et toi ne manquiez jamais de rien.

— Je t'en suis reconnaissante, mais je ne peux pas passer le reste de ma vie à laisser les autres s'occuper de moi, il faut que je me débrouille toute seule.

— Où vas-tu aller ?

— Tara m'a dit que je pouvais rester chez elle jusqu'à ce que je vole de mes propres ailes.

Il eut envie d'insister pour qu'elle reste avec lui, au moins jusqu'à la naissance du bébé. D'ici là, la maison serait prête et elle pourrait y vivre. Mais si elle avait besoin de se prouver quelque chose, il n'allait pas l'en empêcher. Peut-être qu'elle se rendrait compte comme c'était dur d'être seule et qu'elle reviendrait.

Mais Lexi était coriace, et il avait le pressentiment qu'elle s'en sortirait très bien. Elle lui manquerait, et il tiendrait toujours à elle, mais la vérité, c'était qu'elle méritait quelqu'un de mieux que lui et il espérait qu'elle trouverait la bonne personne un jour.

Lexi ne s'était jamais sentie aussi humiliée de sa vie.

Son père avait eu raison depuis le début, Mitch ne l'aimait pas. Il « tenait à elle », et elle était presque sûre que cela signifiait qu'il tenait au soutien de son père. C'était exactement ce que celui-ci lui avait dit.

Elle pouvait jouer les teignes et s'arranger pour que son père fasse tout ce qui était en son pouvoir pour nuire aux frères Brody, mais elle n'était pas du genre à se venger. Après tout, ce n'était pas la faute de Mitch si elle était tombée amoureuse de lui. Elle s'était créé un monde imaginaire. Mitch lui avait répété maintes et maintes fois que leur mariage n'était qu'un marché, mais elle n'avait pas voulu l'écouter.

— Il faut que tu lui dises la vérité, dit Tara en lui tendant une tasse de thé.

Elle s'assit dans le fauteuil en face du canapé sur lequel Lexi était assise.

— C'est son bébé, il a le droit de faire partie de sa vie, continua-t-elle.

Son amie avait raison, elle devait parler à Mitch. Mais plus tard, car maintenant, elle n'en avait tout simplement pas le courage.

— Je lui dirai. Un jour ou l'autre.

— Quand ? Quand l'enfant aura quitté l'université ?

— Quand je serai retombée sur mes pieds, que je n'aurai plus besoin de son aide.

Cela risquait de prendre un moment, car elle n'avait aucune compétence professionnelle, elle n'avait pas le permis, et tout ce qu'elle avait eu le courage de faire au cours des quatre derniers jours avait été de se pelotonner sur le canapé de Tara, à s'apitoyer sur son sort.

L'idée de devoir subvenir à ses besoins et à ceux du bébé l'accablait, mais elle était bien décidée à trouver une solution.

— Il va devoir te verser une pension alimentaire, dit Tara.

Elle savait que c'était inévitable. Il insisterait, c'était son genre, mais elle n'était pas prête à accepter son aide, pas encore. Il serait forcément furieux contre elle quand il apprendrait qu'il était le père du bébé, et cela serait parfaitement compréhensible. Elle aurait dû lui dire la vérité le jour où il avait présumé que Lance était le père du bébé, qu'il veuille la croire ou non. Ainsi, elle aurait au moins pu dire qu'elle avait été honnête. Mais elle avait remis à plus tard, s'était mise dans une impasse dont elle ne sortirait pas indemne.

Au bout du compte, tout était sa faute. C'était elle qui avait semé la pagaille, qui s'était mise dans ce pétrin, et elle seule pouvait arranger les choses.

Mais pour l'instant, elle n'était pas prête.

Mitch était assis dans son bureau et regardait par la fenêtre, incapable de se concentrer sur son travail. Depuis que Lexi l'avait quitté, il n'avait plus les idées claires. Il ne pouvait pas s'empêcher de penser à elle, elle lui manquait tellement… Il avait changé ses draps, mais il sentait encore son parfum, sa présence. Il ne pouvait plus conduire sa voiture sans l'imaginer derrière le volant, d'une nervosité charmante, bien décidée à apprendre. Il ne pouvait plus entrer dans la cuisine sans se rappeler la fois où ils y avaient fait l'amour.

Acheter la maison n'avait plus aucun intérêt à ses yeux. C'était en partie l'enthousiasme de Lexi qui l'avait poussé à vouloir le faire, l'idée qu'ils y fonderaient une famille, que leurs enfants gambaderaient dans l'immense jardin. Maintenant, quitter son hôtel particulier n'avait plus de sens, même s'il y était perpétuellement malheureux.

Elle était présente dans sa vie de façon indélébile et il ne pouvait s'empêcher de se demander si ce sentiment, cette douleur écrasante, la nostalgie qui l'envahissait chaque fois qu'il pensait à elle, c'est-à-dire tout le temps, était de l'amour.

— Pourquoi ne l'appelles-tu pas ? dit une voix derrière lui.

Mitch se retourna et vit Lance dans l'embrasure de la porte, les bras croisés sur la poitrine. Il soupira et demanda :

— C'est si évident que ça ?

Lance sourit.

— Tu as l'air dans le même état que moi quand Kate est partie. Crois-moi, si elle t'aime, elle te pardonnera tout ce que tu as bien pu faire.

Lance était un bon frère. Il avait toujours été là pour le protéger, avait toujours pris soin de lui et l'avait toujours soutenu. Il lui devait la vérité, il n'avait attendu que trop longtemps.

— Entre, et ferme la porte.

Lance fit ce qu'il lui demandait, l'air un peu intrigué.

— Que se passe-t-il ?

— Lexi est enceinte.

Lance rit, visiblement soulagé.

— Déjà ? Eh bien, vous n'avez pas perdu de temps !

— Ce n'est pas ce que tu crois. Le bébé… n'est pas de moi.

Son frère fronça les sourcils, déconcerté.

— Comment ça, il n'est pas de toi ?

— Lexi est enceinte de plus de trois mois.

— Trois mois ? Cela voudrait dire qu'elle est tombée enceinte…

Il ne termina pas sa phrase, et Mitch le fit pour lui.

— Quand vous étiez fiancés.

Lance secoua la tête, incrédule.

— Merde alors ! Pendant tout ce temps, je me sentais coupable de sortir avec Kate dans son dos, et c'était *elle* qui me trompait ?

Mitch n'arrivait pas à croire que son frère puisse être aussi bouché. Il ne lui facilitait pas la tâche.

— Elle ne te trompait pas, imbécile, c'est toi, le père du bébé.

La réponse de Lance le laissa sans voix. Loin de sembler choqué, blessé, ou fâché, son frère éclata de rire et dit :

— Non, il n'est pas de moi.

Bien que surpris, Mitch comprenait parfaitement sa réaction. Lance venait de se marier avec Kate et le déni était le seul moyen de ne pas se sentir trop coupable.

— Si, Lance, c'est toi le père. C'est elle-même qui me l'a dit.

— Alors elle t'a menti.

Il scruta le visage de son frère pour y déceler une trace de doute ou de mensonge, mais Lance semblait parfaitement sûr de lui.

— Comment peux-tu en être aussi sûr ? demanda tout de même Mitch.

— C'est très simple : parce que je n'ai jamais couché avec elle.

Mitch eut l'impression que le sol se dérobait sous ses pieds.

— *Quoi* ?

— Je l'ai seulement embrassée, une fois, et crois-moi, ce n'était torride ni pour elle ni pour moi.

— Alors pourquoi, pendant mon voyage de noces, m'as-tu dit que je ne serais pas déçu si je couchais avec elle ?

— J'ai dit ça comme ça !

Mitch ne comprenait plus rien.

— Pourquoi m'aurait-elle dit que c'était toi le père si…

Soudain, il comprit.

— Oh, non !

Il avait dû blêmir, car Lance lui demanda :

— Seigneur, Mitch, que se passe-t-il ?

Il n'arrivait pas à croire qu'il avait pu être aussi stupide. Jamais il n'aurait pu imaginer commettre une erreur aussi énorme.

— Je suis un idiot, voilà ce qui se passe !

— Je suis désolé, mais je ne te suis plus, là.

Malgré ce qu'il avait d'abord pu croire, il savait, au fond

de lui-même, que Lexi n'aurait pas été capable de passer du lit de Lance au sien.

— C'est le mien.

Voyant l'expression confuse de son frère, il ajouta :

— Le bébé, Lexi est enceinte de *mon* bébé.

— Alors pourquoi t'a-t-elle dit que c'était moi le père ?

— Elle ne m'a pas dit cela. Quand elle m'a dit qu'elle était enceinte, j'ai supposé que c'était de toi.

Lance semblait plus désorienté que jamais.

— Je croyais que tu avais dit qu'elle était enceinte de trois mois. Comment pourrais-tu être le père ?

Mitch laissa tomber sa tête dans ses mains. Il n'avait plus le choix, il devait lui dire la vérité. Il leva les yeux vers lui.

— Il faut que je te dise quelque chose, quelque chose que j'aurais dû te dire il y a des mois.

— Quoi donc ?

— Tu sais, cette semaine que j'ai passée avec Lexi à Washington ?

Il vit au regard de Lance que celui-ci commençait à comprendre où il voulait en venir.

— Oui.

— La dernière nuit, avant que tu ne la demandes en mariage, nous… j'ai couché avec elle.

Mitch s'attendait à une explosion de colère. Il l'avait bien mérité de toute façon.

— Je ne suis pas stupide, dit calmement Lance. J'ai bien vu comment vous vous comportiez en revenant de Washington, je me suis douté qu'il s'était passé quelque chose.

Mitch n'arrivait pas à croire que Lance l'ait su, ou du moins qu'il l'ait suspecté, pendant tout ce temps. Il arrivait encore moins à croire que Lance ne lui en veuille pas.

— Tu n'es pas furieux ?

— Ce n'étaient pas de vraies fiançailles.

— Mais tu es mon frère, tu allais l'épouser.

— Oui, mais je ne l'ai pas épousée. Si cela peut t'aider à te sentir mieux, je peux te donner un autre coup de poing, mais tu as l'air de te sentir assez coupable.

Mitch esquissa un pauvre petit sourire. Il se sentait nettement moins d'humeur à rire que Lance.

— Je mérite plus qu'un coup de poing.

— Voyons si j'ai bien compris : elle t'a dit qu'elle était enceinte et, spontanément, tu as cru qu'elle était enceinte de moi ?

Il hocha la tête.

— Donc, tu lui as laissé entendre que tu croyais qu'elle avait couché avec toi avant de se précipiter dans le lit de ton frère ?

Mitch pinça l'arête de son nez.

— Oui, plus ou moins.

Il se rendait compte à quel point Lexi avait dû être furieuse et humiliée. Comment pourrait-elle jamais lui pardonner ?

— Pourquoi ne t'a-t-elle pas tout simplement dit la vérité ?

Lance avait raison. Pourquoi n'avait-elle rien dit ? Mais il se rappela l'éducation de Lexi. Son père n'avait jamais donné le moindre crédit à ses paroles, il n'était donc pas étonnant qu'elle n'ait pas cherché à le détromper.

— Elle a dû penser que je ne la croirais pas, dit-il d'un ton las.

— L'aurais-tu crue ?

Il devait se montrer honnête.

— Probablement pas.

— Cela m'embête beaucoup de te dire ça, Mitch, mais tu es un idiot.

Mitch aurait voulu être en colère contre Lexi parce qu'elle ne lui avait pas dit la vérité, parce qu'elle avait menti par omission, mais c'était contre lui-même qu'il était furieux. Il était responsable de tout cet embrouillamini. Certes, Lexi lui avait menti en disant qu'elle s'était servie de lui, mais il avait passé une semaine à la séduire, pour finalement lui dire que c'était une erreur. Il ne pouvait pas lui reprocher d'avoir été blessée et de s'être vengée. S'il l'avait mieux connue à ce moment-là, il aurait su qu'elle était incapable de faire ce qu'elle prétendait avoir fait. Elle ne se servirait jamais de quelqu'un.

L'ironie de la situation, c'était que s'il avait été honnête avec son frère dès le début, il aurait appris la vérité et ils auraient pu éviter tout cela.

— Ce que je ne comprends toujours pas, dit-il, c'est *comment* elle est tombée enceinte.

Lance eut un petit sourire moqueur.

— Tu n'as pas besoin de moi pour t'expliquer cela, Mitch, si ?

Mitch soupira.

— Je sais *comment*, mais je ne vois pas quand cela aurait pu arriver, nous avons fait attention.

— Les moyens de contraception ne sont pas toujours fiables, dit Lance avec un haussement d'épaules.

Mais déjà Mitch pensait à autre chose. Ce qui s'était passé cette nuit-là n'avait plus aucune importance. Car au milieu de la colère et de la culpabilité qu'il ressentait maintenant, un autre sentiment venait de l'envahir.

— Je crois… Je crois que je l'aime.

— Tu le crois ?

Non. Il *savait* qu'il l'aimait. C'était la seule explication à son malheur quand il n'était pas avec elle. Il se leva.

— Il faut que je la voie.

— Ce n'est pas trop tôt ! lâcha Lance avec un grand sourire aux lèvres.

Mitch prit sa veste et se dirigea vers la porte, puis il se rendit compte que son plan avait un léger défaut : il ne savait absolument pas où elle se trouvait.

Lance avait dû deviner à quoi il pensait, car il dit :

— Elle est chez son assistante.

Devant l'air perplexe de Mitch, il ajouta :

— Les épouses sont une excellente source d'informations.

Mitch espérait le découvrir par lui-même. Il allait demander à Lexi de l'épouser et, cette fois-ci, ils allaient faire cela dans les règles de l'art.

14

On sonna à la porte, et comme Lexi était seule chez Tara et qu'elle n'attendait personne, elle regarda par la fenêtre pour voir qui se tenait sur le seuil. Elle en eut le souffle coupé : c'était Mitch. Aussitôt, son cœur se mit à marteler sa poitrine.

Que pouvait-il bien vouloir ?

Il devait arriver directement de son travail, car il était en costume. Elle relâcha le rideau, mais trop tard : il avait jeté un coup d'œil dans sa direction et l'avait vue.

Qu'allait-elle faire ? Elle ne se sentait pas prête à le revoir et encore moins à réentendre ce qu'il lui avait déjà dit lors de leur dernière conversation.

Il frappa à la porte.

— Allez, Lexi, il faut que je te parle.

Elle avait envie de lui crier qu'ils n'avaient plus rien à se dire, mais ce n'était pas vrai. Elle ouvrit la porte.

— Qu'y a-t-il ?

Sa voix était moins assurée qu'elle ne l'aurait voulu.

— J'ai enfin compris.

Elle s'était attendue à tout sauf à cela. Où voulait-il en venir ? Qu'y avait-il à comprendre ?

— Compris quoi ?

Elle s'écarta pour le laisser entrer.

— Quand c'est arrivé.

Elle referma la porte derrière lui et le regarda, toujours interloquée.

— Quand quoi est arrivé ?

— Quand tu es tombée enceinte.

Elle sentit son cœur faire un bond dans sa poitrine. Elle espérait que cela ne signifiait pas ce qu'elle croyait.

— Qu… Quand ?

— La troisième fois, au milieu de la nuit. Nous ne nous sommes pas protégés pendant quelques minutes. C'est ça, n'est-ce pas ?

— Comment as-tu… ? demanda-t-elle, stupéfaite.

— J'ai pensé qu'il était temps de dire la vérité à mon frère. Imagine sa surprise quand il a appris qu'il allait avoir un enfant avec une femme avec laquelle il n'avait jamais couché.

Elle se mordit la lèvre.

— Je n'ai jamais dit…

Mais il ne la laissa pas finir sa phrase.

— … que tu avais couché avec lui, je sais.

— J'allais te dire la vérité mais…

Là encore Mitch l'interrompit.

— Tu n'avais pas confiance en moi, finit-il à sa place. Je sais, j'ai été stupide.

Elle n'en croyait pas ses oreilles. Cela allait au-delà de tout ce qu'elle avait espéré. Car elle voyait bien que Mitch n'était pas en colère. N'est-ce pas ?

— Tu n'es pas fâché ?

— Comment pourrais-je être fâché alors que tout est ma faute ?

A ses yeux, c'était sa faute à elle. Elle lui en voulait de tous les mots durs qu'il avait eus à son égard, certes, mais elle savait aussi que c'était elle qui avait initié cette spirale de mensonges.

— Tout a commencé parce que je t'ai menti et que je t'ai dit que je m'étais servie de toi.

— Lexi, tout a commencé parce que *je* t'ai dit que nous avions fait une erreur, je ne voulais pas admettre que j'étais amoureux de toi.

Elle n'arrivait pas à le croire… Il l'*aimait* ?

Non, bien sûr que non. Elle savait très bien pourquoi il était là. Maintenant qu'il était au courant pour le bébé, il voulait qu'ils restent ensemble. Peut-être avait-il peur que Lance et lui perdent le soutien de son père. Dans tous les cas, il était évident qu'il dirait n'importe quoi pour arriver à ses fins, même s'il devait lui mentir et lui dire qu'il l'aimait.

— Ne vas-tu rien dire ? demanda-t-il.

— Comme quoi ?

Il avait l'air supris et même un peu blessé, mais elle se fit violence pour ne pas céder à la tentation de se jeter dans ses bras.

— Eh bien, je ne sais pas, que tu m'aimes aussi, par exemple ?

— Je ne resterai pas avec toi seulement pour le bébé.

Elle vit tout de suite qu'elle avait fait mouche.

— Ce n'est pas ce que je te demande. C'est purement égoïste, c'est pour moi que je veux que tu restes avec moi, parce que je t'aime.

— Si tu t'inquiètes pour le soutien de mon père, je veillerai à ce que tu l'aies.

— Cela n'a rien à voir. En ce qui me concerne, il peut prendre son soutien et se le mettre où je pense.

Elle avait tellement envie de le croire. Mais il fallait qu'elle arrête de se montrer naïve. Elle ne supporterait plus de n'être qu'un pion dans la vie des autres.

— Je ne te crois pas. Tu ne m'as épousée que pour cela.

— Peut-être, mais ce n'est pas pour cela que je veux t'épouser maintenant.

— Nous sommes déjà mariés.

— Je sais, mais je me disais que ce serait bien de faire un grand et beau mariage.

S'il savait comme elle en avait rêvé de ce grand et beau mariage ! Des fleurs partout, une belle robe blanche, des invités élégants et heureux…

— Non, ce qui serait bien, ce serait un divorce vite fait, bien fait.

Il croisa les bras sur sa poitrine. Il semblait décidé à ne pas abandonner la partie.

— Tu es toujours persuadée que je fais tout ça pour avoir le soutien de ton père ?

Comment pourrait-elle penser le contraire ?

— Entre autres choses.

— Tu ne crois pas que je t'aime ?

Elle fit non de la tête, car les mots étaient trop difficiles à prononcer.

— Très bien. Dans ce cas, je vais devoir te le prouver.

Avant même qu'elle ait pu dire quoi que ce soit, il prit son portable, composa un numéro, et mit le haut-parleur.

— Qui appelles-tu ?

Pensait-il qu'elle allait croire quelqu'un d'autre alors qu'elle ne le croyait pas, lui ?

— Bureau du sénateur Cavanaugh, dit la secrétaire de son père au bout du fil.

— Ici Mitch Brody, je voudrais parler au sénateur, s'il vous plaît, c'est urgent… Oui, j'attends…

Elle n'en croyait pas ses oreilles. Qu'est-ce que Mitch était en train de faire ?

— Que fais-tu ? demanda Lexi.

— On dit que les actes sont plus éloquents que les paroles.

Oh, non… Il n'allait pas faire cela…

— Qu'est-ce que vous voulez, Brody ?

Elle entendait distinctement la voix de son père dans le téléphone de Mitch. Il avait une voix de stentor, toujours un peu agacée.

— Bonjour, sénateur, je voulais simplement vous dire que vous pouvez vous mettre votre soutien là où je p…

Même si Mitch lui avait brisé le cœur, elle ne pouvait le laisser briser sa carrière.

— Mitch ! hurla-t-elle en lui arrachant le portable des mains et en le refermant. Tu es fou ?

— Non, je t'aime.

Le portable se mit aussitôt à sonner, mais elle l'ignora.

— Pourquoi as-tu fait ça ?

— Combien de fois va-t-il falloir que je te le dise ? Cela n'a rien à voir avec le bébé, ni avec ton père. Tu pourrais porter le bébé du facteur, je t'aimerais quand même. Ma vie n'a pas de sens si tu n'en fais pas partie.

Elle avait du mal à croire qu'il pût dire tout cela s'il ne le pensait pas, s'il ne l'aimait pas. Elle plongea son regard dans le sien, comme pour y chercher une confirmation.

— Tu m'aimes, *moi* ? demanda-t-elle enfin après un moment de silence.

— Oui, je t'aime, *toi*.

Elle se mordit la lèvre et hocha la tête, craignant d'éclater en sanglots si elle parlait. Mitch dut s'en apercevoir, car il la prit dans ses bras et la serra contre lui. Elle avait peine à croire que c'était bien réel, que cela allait enfin marcher entre eux après tout ce qu'ils avaient traversé.

— Tu pourrais le dire aussi, tu sais, dit-il.

Elle leva les yeux vers lui en souriant.

— Je t'aime, Mitch. Je sais depuis cette semaine à Washington que je veux passer toute ma vie avec toi.

L'amour qu'elle lut dans le regard de Mitch la bouleversa. Il n'y avait plus de doute, plus de mensonge. Tout était bien réel : Mitch l'aimait.

— Il me tarde tellement que nous formions une famille, dit-il en lui caressant la joue.

Les yeux de Lexi s'emplirent de larmes.

— J'espère que ce sont des larmes de joie, dit-il.

Elle lui adressa un large sourire.

— Absolument.

Il sourit et l'embrassa tendrement.

— Nous avons eu des débuts tumultueux, n'est-ce pas ?

— Oui, c'est vrai…

Cependant, elle savait que dorénavant, ils seraient vraiment heureux.

JULE McBRIDE

Une famille à construire

Traduction française de
PATRICIA RADISSON

HARLEQUIN

Titre original :
A BABY FOR THE BOSS

Ce roman a déjà été publié en 2014

1

— Je n'y crois pas ! murmura Shark. Ce séminaire a rendu ton paternel gaga !

— A qui le dis-tu ! répliqua Rafe sur le même ton.

Qu'est-ce que son père allait faire dans un séminaire de *synergie* ? Mystère ! En tout cas, Jack Ransom en était revenu transformé. Et de belle manière ! Une idée monomaniaque l'obsédait à présent : la communication. Les liens affectifs. Le travail d'équipe. Et autres foutaises du même acabit !

Autant de mots qui hérissaient la quinzaine de baroudeurs de la Compagnie Ransom assis autour de la table. Des hommes dont la tâche à haut risque consistait à négocier avec des preneurs d'otages la libération de leurs clients.

Le nouveau vocabulaire de son père et patron gênait Rafe autant que ses collègues. Son penchant tout neuf pour l'amour universel l'agaçait. Ces lubies de vieillard sénile le contrariaient au point d'en oublier la hargne qu'il vouait à Mackinley Leigh, sa nouvelle secrétaire. Imposée d'office par son père, justement !

Rafe fourragea ses épais cheveux noirs de la main, et contempla le patron. Son propre père. Tête chauve, massive. Puissantes épaules. Yeux noirs pétillants. Visage constellé de cicatrices. A bien y regarder, il avait la face couturée d'un vieux matou ! Alors, que lui prenait-il soudain ? D'où lui venait la fantaisie d'introduire de la sensiblerie dans le monde sans pitié du kidnapping et des assurances ?

De sa place dans le grand bureau, Rafe admira un instant le crépuscule de cette fin d'après-midi du mois de février. Les derniers rayons de soleil flamboyaient dans le verre et l'acier des hauts gratte-ciel de Manhattan. Il ne se lassait jamais de ce spectacle ! Ensuite, son regard se reporta sur les quinze négociateurs irrités réunis autour de la nouvelle table de conférence. Tous jetaient à Rafe des yeux implorants. « Tire-nous d'affaire », semblaient-ils lui dire.

Jack Ransom sourit à la ronde.

— Je compte beaucoup sur cette nouvelle table, ronde et conviviale, pour vous persuader des bienfaits du partage et de la communication honnête, poursuivit-il.

Shark, le meilleur ami de Rafe, passa sur son visage une main fatiguée.

— Sauf votre respect, monsieur… si nous pratiquions une communication honnête pendant nos négociations avec les preneurs d'otages, nous serions déjà tous morts et enterrés !

— Négatif ! contre-attaqua Jack Ransom. Avec cette table ronde, nous allons nous sentir un pour tous, et tous pour un.

— Papa, intervint Rafe, ne te vexe pas, mais… nous sommes des négociateurs de haut vol, pas des mousquetaires.

Les quinze durs à cuire au regard d'acier acquiescèrent de la tête. Imperturbables, leurs secrétaires, assises derrière eux, prenaient des notes. Aucun de ces hommes n'accordait le moindre crédit ni à l'amour ni à l'honneur. Ils ne comptaient que sur leur force. Leur rapidité. Leur ruse.

— Continue, murmura Shark à l'oreille de Rafe. Sors-nous de ce pétrin !

— Ça lui passera, chuchota Rafe.

— Oui, mais quand ?

Bientôt ! espérait Rafe. Mais il resterait toujours quelque chose de ce maudit stage de synergie. Par exemple, Mackinley Leigh. D'ordinaire, son père employait des assistantes sorties de l'agence de mannequins Francesca. De jeunes femmes dont le talent principal se limitait à se vernir les ongles pendant les heures de bureau, à mâcher du chewing-gum et à flirter avec leur patron.

Cette fois-ci, cependant, Jack Ransom avait pris la liberté de choisir lui-même une secrétaire pour son fils. En son absence ! Pendant qu'il négociait à Bogota la libération d'un cadre pris en otage ! A son retour, il avait fulminé. A juste titre, lui semblait-il. A trente-deux ans, il revendiquait le droit de choisir lui-même ses collaboratrices ! Avant Mackinley, elles étaient toutes de gentils mannequins, secrétaires intérimaires, entre deux contrats dans le monde de la mode.

Les yeux de Rafe se posèrent sur Mackinley. L'air sincère, concentrée, elle prenait en notes les moindres paroles de son père. Comme si sa vie en dépendait ! Mine de rien, il la détailla. De grands yeux bruns, innocents. Un casque de cheveux blonds ondulés. Des taches de rousseur parsemant un nez adorable. Plutôt petite, elle était cependant tout en proportions harmonieuses. Son pull en cachemire moulait des seins pleins. Gonflés au point d'éveiller en Rafe des désirs inavouables. Il avait beau s'en défendre, cette femme lui faisait de l'effet. Bien trop, à son gré !

S'obligeant à détourner le regard, il compara dans sa tête Mackinley et Cindy, sa précédente assistante. Cette dernière portait toujours des chemisiers échancrés, des talons aiguilles et des mini-jupes froufroutantes. Aguichantes. Rien de cela avec Mackinley ! Pas la plus petite tentative de séduction, songea-t-il avec une pointe de regret.

Rafe soupira. Comme il regrettait le départ de Cindy ! Par sa faute, il avait hérité de Mackinley ! Jeune femme brillante, diplômée de l'université. Parlant couramment l'espagnol. Divorcée. Un enfant. Une femme qui n'affichait qu'une faiblesse : ses ongles rongés.

Le regard de Rafe croisa celui de la jeune femme. Il lui sourit.

Poliment, Mackinley lui rendit son sourire. Puis elle tira sa jupe sur ses genoux, détourna ses yeux de biche aux abois, et reprit sa prise de notes. Tout en écrivant, elle balançait machinalement une de ses jambes croisée sur l'autre.

Ce balancement tapait sur les nerfs de Rafe. Il eut toutes les peines du monde à ne pas avancer la main pour l'interrompre. La simple pensée de ses doigts posés sur la chair ferme et lisse de la jeune femme, sur la rondeur parfaite de son genou, lui envoya des frissons le long de l'échine. Excédé de sa propre faiblesse, Rafe reporta son attention sur le discours de son père.

— Nous pouvons améliorer le fonctionnement de la compagnie, disait Jack Ransom. Par exemple, les secrétaires se tiennent toujours derrière leur patron pendant les réunions.

Eh bien, ceci ne peut plus durer. Messieurs, faites de la place à vos assistantes ! Assis tous ensemble autour de la table, nous travaillerons mieux.

Un silence stupéfait envahit la pièce. Suivi de grognements de mécontentement. Depuis la fondation de la compagnie, seuls les négociateurs s'asseyaient à la table de réunion.

— Jack ! protesta Shark. Il ne faut pas trop nous en demander. Nous venons déjà de céder sur la tenue vestimentaire !

La veille, avec le soutien de Mackinley, Jack avait imposé aux hommes le port du costume pendant leurs heures de bureau. Après tout, les secrétaires, elles, faisaient un effort de toilette ! avaient-ils argué de concert. La mesure avait rendu Rafe furieux. En ce moment même, le nœud de sa cravate l'étranglait.

Un ex-espion international, que tout le monde appelait encore par son nom de code, le Silencieux, objecta :

— Si les secrétaires siègent avec nous autour de la table, qui nous servira le café ?

Magnum renchérit :

— Bien dit, vieux !

De son côté, Rafe s'impatientait.

— Papa… il est 5 heures. Nous aimerions bien clore la réunion…

— Je suis d'accord avec toi ! ponctua un des négociateurs.

Sans se départir de son calme, Jack objecta :

— Avant de nous séparer, nous devons discuter un point crucial : certains d'entre vous souhaitent une extension de nos activités. La maison Ransom a déjà beaucoup investi pour devenir la compagnie d'assurance anti-enlèvement la plus efficace du marché. Nous assurons les P.-D.G. des multinationales, les banquiers, les politiciens…

— Dans ce cas, pourquoi ne pas élargir nos services à d'autres catégories à risque : les stars, les athlètes de renom ? lança Shark.

— Il a raison, renchérit Rafe. J'ai pris contact avec une agence de publicité cette semaine, papa. Notre clientèle est confidentielle, mais l'assurance contre le kidnapping est appelée à un grand avenir. Nous pouvons même proposer des négociateurs pour régler des conflits dont nous ne nous sommes pas occupés jusqu'ici.

Le Silencieux dressa l'oreille.

— Explique-toi plus clairement, demanda-t-il.

— Eh bien… en cas d'enlèvement, nous garantissons l'envoi de négociateurs aguerris aux quatre coins du monde dans les vingt-quatre heures. Nous avons d'ailleurs le meilleur taux de réussite de toute la profession. Mais nous pourrions offrir d'autres services. Par exemple une indemnité pour perte passagère de salaire pendant la période de l'enlèvement. Ou encore un suivi psychiatrique pour les victimes.

— Suivi psychiatrique ? répéta Jack, incrédule.

Rafe soupira.

— Papa, reprit-il, les gars s'intéressent à l'augmentation des résultats financiers de la boîte. Certains d'entre eux ont des familles à charge.

— Moi, je n'ai pas d'enfants, mais j'aimerais bien m'acheter un bateau, intervint Shark.

— Quant à moi, surenchérit le Silencieux, je verse des pensions alimentaires à trois ex-épouses. Et à un chien.

Jack leur décocha un sourire dangereux. Un de ses sourires froids, qui rappelait sa vraie nature. Rien à voir avec l'influence lénifiante de la synergie.

— Dites, les gars… vous recevez deux mille dollars par jour pour vos services. Ne me dites pas que vous êtes dans le besoin !

Il posa ses mains bien à plat sur la table, et regarda chacun de ses hommes droit dans les yeux :

— C'est encore moi le patron, ici, oui ou non ? tonna-t-il.

Résigné, Rafe s'apprêta à entendre la sempiternelle rengaine de Jack : vous me suivez ou vous prenez la porte. A l'origine, pourtant, il avait monté l'affaire à égalité avec son père. Mais son irascible géniteur s'était octroyé le titre de patron et s'y accrochait !

— Bien sûr, papa, mais…

— Dans ce cas, faites de la place à vos secrétaires autour de la table.

Rengainant sa mauvaise humeur, Rafe poussa sa chaise sur

le côté. Un instant plus tard, il sentait tout contre lui la présence de Mackinley. Son parfum enivrant lui tourna un peu la tête.

De sa voix un peu rauque qui le surprenait toujours, Mackinley prit la parole.

— Monsieur Ransom ?

Jack lui sourit avec bienveillance.

— Oui, mon petit ?

— Merci beaucoup, au nom de toutes les secrétaires. Il est tellement plus confortable d'écrire sur une table…

Rafe lui lança un regard furibond, et émit une sorte de grognement. Autour de la table, les hommes levèrent les yeux au ciel. D'un ton décidé, il s'adressa à son père.

— Papa, nous sommes contents que tu aies suivi ce séminaire. Je parle au nom de tous ici, en espérant que la synergie continuera à enrichir ta vie personnelle. Mais la réalité de nos vies est dure. Nous avons affaire à des ravisseurs sans foi ni loi. Pas à des enfants de chœur. Nous ne cherchons pas à devenir leurs amis, mais à les coincer. Les mettre en taule.

— Amen ! proféra Shark en redressant ses larges épaules en signe de satisfaction.

De toutes ses forces, Rafe tenta d'ignorer l'expression blessée qui se peignit sur les traits de son père. Quand Jack fronçait les sourcils, son visage s'affaissait. Même aux yeux des hommes les plus aguerris, il devenait alors un être vulnérable et touchant.

— Supporte-moi encore quelques instants, fils. Je dois faire une annonce. Dans laquelle Mackinley a son rôle à jouer.

Une sourde irritation s'empara de Rafe. Que son père prononce une seule fois encore le nom de sa maudite secrétaire, et il faisait ses valises pour les Bahamas ! Toutefois, une question le troublait : pourquoi cet agacement ? Etait-il jaloux de l'emprise que Mackinley avait sur son père ? Non ! décida-t-il aussitôt. En fait, aucun des hommes de la compagnie n'aimait son assistante. Ils lui suggéraient même souvent de la virer. Purement et simplement.

Aujourd'hui, d'ailleurs, Shark portait le costume le plus horrible qui soit, constata-t-il. Certainement en réaction au code vestimentaire qu'elle avait contribué à imposer ! La façon qu'elle avait de soutenir les lubies extravagantes de Jack portait sur les nerfs de tout le monde.

— Oui…, poursuivit Jack, il y a une autre question à l'ordre du jour.

Rafe et ses collègues levèrent les sourcils, et attendirent.

— Un ami à moi m'a suggéré d'essayer un exercice qui a fait merveille parmi les employés de sa raffinerie de sucre. Et puisque tant d'entre nous sommes à New York en ce moment…

— En général, nous sommes plutôt en mission, intervint Rafe. Si nous sommes nombreux à New York, c'est signe que les affaires sont en baisse.

— Pour ma part, j'en fais un ulcère, déclara Shark.

— Moi, de la tension, ajouta le Silencieux.

— Papa, comprends une chose : ces hommes ont besoin d'action. Et en plus, ils veulent gagner de l'argent.

Jack soupira.

— L'argent, ça va, ça vient. Mais les liens entre les êtres humains sont durables et bénéfiques.

Le Silencieux parut sur le point de s'étouffer. Pour sa part, Rafe ferma un instant les yeux.

— Non, lui souffla Shark à l'oreille, tu n'es pas en train de rêver.

Hélas, non ! admit Rafe en les rouvrant. Et si cette satanée Mackinley Leigh ne l'incitait pas à développer ses idées extravagantes, son père ne serait pas en train de décocher à son propre fils ce regard suppliant. Un regard qui s'était pourtant montré autrement virulent dans le passé ! N'avait-il pas sans états d'âme utilisé les services de snipers ? Armé des soldats étrangers ? Joué les trafiquants de tanks, etc. ?

Tandis que Jack développait son plan, autour de la table les yeux s'écarquillaient. Shark produisit une sorte de hennissement. Les épaules de Magnum frémissaient d'un fou rire à peine dissimulé. Rafe s'efforçait de ne pas exploser.

— Le travail d'équipe, n'est-ce pas une idée gagnante, Rafe ? Qu'en dis-tu ?

Rafe ne réagit pas tout de suite. La stupeur lui clouait le bec. Puis la panique l'envahit.

— Je ne suis pas sûr de comprendre... Tu veux que Mackinley et moi échangions nos postes ?

Les yeux de Jack pétillèrent de plaisir.

— Comme je viens de vous l'exposer, cet exercice a produit d'excellents résultats dans la raffinerie de mon ami. Les employés y ont gagné à la fois en compréhension mutuelle et en compétitivité.

— Une raffinerie ? Quel rapport avec nous ? Nous sommes suffisamment raffinés pour les tâches qui nous incombent, déclara Rafe d'un ton bref.

— Et déjà trop doux avec les gars à qui nous avons affaire, renchérit Magnum avec un large sourire.

Balayant ces objections d'un revers de la main, Jack poursuivit avec persuasion.

— Allons, Rafe, sois raisonnable. Combien de pères offriraient à leurs fils l'occasion de se mettre dans la peau de quelqu'un d'autre ?

Pas beaucoup, heureusement ! persifla Rafe *in petto*. Machinalement, son regard glissa vers les jambes de Mackinley. Parfaites ! ne put-il s'empêcher de reconnaître. De petits pieds exquis, bien cambrés. Des chevilles délicates.

— Vous échangerez vos voitures, vos appartements..., poursuivait Jack.

Pour une fois, Mackinley paraissait stupéfaite, observa Rafe avec satisfaction. Cette fois-ci, elle ne risquait pas de soutenir la folie de son patron.

— Tu veux dire... qu'elle conduira ma Humvee ? demanda-t-il d'une voix incrédule.

— Une Humvee ? répéta Mackinley avec un intérêt soudain.

Jack lui sourit.

— Ma chère, au bout d'une semaine, vous saurez ce qu'on ressent lorsqu'on est le patron, dit-il.

— Ce que ressent le patron ? Je suis sûre que Rafe éprouve des sentiments très humains..., murmura-t-elle d'un air modeste.

Les yeux fixés sur la courbe douce de la nuque de Mackinley, Rafe répliqua en sourdine :

— Oh, des sentiments, j'en ai ! En ce moment même, je vous tordrais volontiers le cou.

Mackinley se contenta de sourire. Elle gardait les yeux rivés à ceux de Jack. Elevant la voix, elle déclara :

— J'adore votre nouvelle idée, monsieur Ransom.

— Parfait ! Au bout d'une semaine, vous ferez tous les deux un rapport devant tout le groupe. Ce sera pour nous tous une expérience très enrichissante. Si seulement je pouvais échanger ma place contre celle de Mackinley ! acheva Jack avec un sourire coquin.

Au grand agacement de Rafe, Mackinley ne protesta même pas.

— Mais… que t'ont-ils fait, au cours de ce séminaire ? enragea-t-il.

Avant ce stage de synergie, songea Rafe, son père était un baroudeur sans peur. Il en revenait… émasculé ! A la stupeur des hommes assis autour de la table. Pour sa part, il était résolu à ne pas se laisser faire. Pas question que cette Mackinley Leigh pose son petit popotin sur son canapé de cuir ! Boive les bières entreposées dans son frigo. Se glisse entre les draps de soie de son lit. Des visions de l'appartement de Mackinley surgirent dans son cerveau. Sans doute un appartement réfrigérant de fonctionnalité, décida-t-il avec dégoût.

Mais au fait, songea-t-il, Mackinley avait un bébé ! Cette idée lui procura un grand soulagement.

— Mackinley a un gamin ! s'écria-t-il. Or, mon bail spécifie en toutes lettres que je n'ai pas le droit de loger un enfant !

Vrai ou faux ? Rafe n'en avait cure ! Une seule chose comptait : faire échouer l'idée saugrenue de son père.

Pour la première voix, la voix de Mackinley flancha.

— Euh… vous pouvez garder Kimmie chez moi, suggéra-t-elle d'un ton incertain. De toute façon, je vis avec ma mère. Elle vous aidera.

Rafe en eut le souffle coupé :

— Votre mère ! Qu'est-ce qui vous fait croire que j'accepterais de vivre avec elle ?

D'un air satisfait, Jack s'exclama :

— Dès la semaine prochaine, Rafe nous fera un intéressant rapport sur les difficultés des familles monoparentales !

— Tu sais déjà à quoi ça ressemble, papa ! lui rappela Rafe. Tu m'as élevé tout seul…

Il observa une pause avant de poursuivre.

— De toute façon, aucune mère normalement constituée n'accepterait de confier un bébé à un homme comme moi. Quant à Mackinley, elle fait semblant d'être d'accord avec toi. Elle sait très bien que je vais te persuader de renoncer à ce projet délirant. De la sorte, elle passe pour une employée conciliante, et le mauvais rôle m'échoit. C'est finement joué, acheva-t-il dans un ricanement.

— Je ne fais que mon travail, rétorqua Mackinley.

En son for intérieur, Rafe regrettait son coup de gueule. Il le savait mieux que quiconque, prendre son père à contre-pied était toujours une erreur. Plus on s'opposait à lui, plus Jack s'obstinait. Avec ou sans synergie.

La réaction de son père ne se fit pas attendre.

— Disons les choses de la manière suivante : si tu n'acceptes pas, tu es renvoyé. Un point c'est tout.

— Bel exemple de décision prise en équipe, ironisa Rafe.

Il rongeait son frein. Jamais, au grand jamais, il n'autoriserait qui que ce soit à lui parler comme venait de le faire son père, songea-t-il.

— A toi de choisir, fils.

Décochant un regard noir à Mackinley, Rafe s'interrogea : saisissait-elle l'importance de ce qui se déroulait sous ses yeux ? Il était tout simplement en train de perdre son emploi ! Un silence de mort pesait maintenant autour de la table. Même Jack avait l'air honteux d'avoir poussé son fils dans ses derniers retranchements.

Rafe soupira. Il adorait son père. Mais par moments, il le jugeait imbuvable. Il décida de changer de tactique. Se tournant vers Mackinley, il s'adressa à elle d'une voix soyeuse. Une voix qu'il utilisait souvent avec les ravisseurs de sexe féminin.

— Franchement, Mackinley… Vous me confieriez votre enfant ? Non, bien sûr ! Alors, aidez-moi à me sortir de ce mauvais pas.

Mackinley avala sa salive avec difficulté. Mais ne lâcha pas prise.

— L'idée de votre père est très intéressante. Nous allons tous beaucoup apprendre.

Le Silencieux et Shark gloussèrent sans détour. Rafe fixa sur Mackinley un regard d'incompréhension. Quel mobile animait cette femme ? Où voulait-elle en venir ? Mystère.

— La réunion est levée, déclara Jack d'une voix menaçante. Je mettrai au point les derniers détails avec Rafe.

Un bruit de chaises se répandit dans la pièce. Chacun partit sans demander son reste. Dès que la salle de réunion fut vide, Rafe tenta de convaincre son père.

— Papa, réfléchis un peu, commença-t-il. Ce n'est pas pour moi que je m'inquiète, bien entendu. Mais enfin... est-ce qu'une femme sensée, élevant seule son enfant, le confierait à un étranger ? Comment ce bébé réagira-t-il sans sa maman ? Et que dira la mère de Mackinley, si on lui impose un étranger dans sa propre maison ? Que ferais-tu, toi, si tout d'un coup je te forçais à vivre sous ton propre toit avec une inconnue ?

Jack baissa la tête d'un air coupable.

Rafe eut le sentiment d'avoir gagné la première manche. Il ne lui restait plus qu'à retourner le couteau dans la plaie de son père.

— Tu cherches à me marier à Mackinley. Ça part d'un bon sentiment, et je l'apprécie à sa juste valeur. Mais...

— Elle a tant de qualités ! interrompit Jack.

— Elle tape soixante mots à la minute, je te le concède. De plus, elle est très efficace. Mais...

— Surtout, elle est très attirante !

L'exaspération gagnait Rafe.

— A sa manière, concéda-t-il de nouveau.

C'était peu dire ! reconnut-il *in petto*. Qu'est-ce qui le poussait vers Mackinley avec une telle force ? Son évidente fragilité ? Pourtant, des damoiselles en détresse, il en avait côtoyé des dizaines au cours de sa carrière de négociateur. Se sachant sensible à leur désarroi, il s'en méfiait toujours comme de la peste. Pour sa part, Mackinley avait l'air si crédule ! Quelqu'un de mal intentionné ne tarderait d'ailleurs pas à en profiter. Et le jour où cela se produirait, il ne voulait pas avoir à s'en mêler.

Rafe soupira et regarda la silhouette carrée de Jack. Où était le père qu'il connaissait et aimait ? Le macho qui l'avait toujours encouragé aux conquêtes féminines éphémères. Des années auparavant, à la mort de Rose Ransom, Jack avait quitté l'armée, pour devenir mercenaire. Emmenant son fils tout autour du globe terrestre. En dépit des circonstances difficiles, il avait été un bon père. Avait offert l'université à son fils, avant de le faire entrer à son tour dans l'armée. Pour lui former le caractère, disait-il. Avait-il réussi ? Rafe en doutait parfois.

— Tu as trente-deux ans, maintenant, reprit Jack. J'en avais dix de moins quand j'ai épousé Rose.

A la mort de sa mère, Rafe avait deux ans. Depuis lors, son père et lui avaient formé une équipe soudée. Des durs qui se débrouillaient très bien sans femme. L'image de Charmaine, sa dernière petite amie durable, lui traversa l'esprit. Il la chassa aussitôt avec dégoût. Les femmes, il en avait sa claque !

— Où veux-tu en venir ?

— Je n'ai pas à me justifier. Je suis ton père.

Rafe enrageait. Il se passa une main nerveuse dans les cheveux. Puis se campa en face de Jack.

— Au début, je ne voyais pas ce qui t'avait poussé à employer Mackinley. Maintenant, j'ai compris. Tu deviens arrangeur de mariages, à présent ? Ne me fais pas porter le poids de ta culpabilité !

Jack joua les étonnés.

— Culpabilité ? répéta-t-il.

Exaspéré, Rage souffla comme un taureau. Allant de pays en pays au gré de ses missions, son père ne lui avait pas offert une enfance très stable. Et maintenant, suite à un stupide séminaire de synergie, il voulait faire amende honorable en mariant son fils à toute force ! Pour son bien ! C'en était trop, vraiment ! Pendant des années, Jack s'était montré formel : aucune femme n'arrivait à la cheville de Rose. Par conséquent, il s'était contenté d'aventures sans lendemain, encourageant son fils à faire de même. Et maintenant…

— Papa… Tu m'as toujours incité à ne pas m'installer en ménage. Qu'est-ce qui te prend, aujourd'hui ?

Jack eut l'air déprimé.

— Qu'est-ce qui cloche avec Mackinley ? demanda-t-il. C'est une jeune femme très respectable.

— La respectabilité, je n'en ai rien à faire !

Au moment où ces mots franchissaient ses lèvres, Rafe tourna par hasard les yeux vers la porte. Il jura entre ses dents. Deux taches rouges empourprant ses joues pâles, Mackinley se tenait dans l'embrasure de la porte de la salle de réunion.

— Excusez-moi, dit Rafe. Je ne vous avais pas vue.

— Manifestement…, répliqua-t-elle.

Rafe eut une grimace embarrassée.

— Toutes mes excuses, répéta-t-il.

Mêlé à son embarras, Rafe ressentit un vague soulagement de sa présence. Elle avait réfléchi et venait lui prêter main-forte contre son père, songea-t-il. Un seul mot de sa part, et Jack ferait machine arrière.

Hélas ! Cette illusion se dissipa en quelques secondes. Le temps que Mackinley se tourne vers Jack Ransom.

— J'aime beaucoup l'idée d'échanger ma situation avec celle de Rafe, commença-t-elle. Mais je viens m'assurer que vous avez pensé à tout. Rafe et moi recevrons bien des heures supplémentaires, puisque nous travaillerons aussi de nuit ?

— Mon Dieu ! J'oubliais ! répliqua Jack d'un ton navré. Bien sûr que vous aurez droit à des indemnités !

A ces mots, Mackinley redressa les épaules et sortit sans un regard pour Rafe.

Médusé, il la suivit des yeux. Quelle négociatrice hors pair ! ironisa-t-il en son for intérieur. Tout à coup, il avait la bouche sèche. Quatre-vingt-dix-neuf pour cent des femmes sur lesquelles il jetait son dévolu étaient grandes, minces, faciles à séduire. Des femmes directes qui annonçaient la couleur et prenaient leur plaisir. Comme lui. Mais Mackinley faisait partie du un pour cent qui ne se prête pas. *Respectable* ! conclut-il en laissant son regard glisser du pull en cachemire à la jupe en laine et aux chaussures plates. Il ressentit envers elle un mélange d'attirance sexuelle et de respect. Après tout, elle leur avait obtenu des heures supplémentaires !

Jack revenait à la charge.

— Si tu échanges ta position pour celle de Mackinley, je ne te renverrai pas, dit-il. Et crois-moi, fiston, tu ne le regretteras pas !

— N'y compte pas ! riposta Rafe. Et d'ailleurs, tu ne me renverrais pas.

— Oh ! Que si !

Etant donné le comportement imprévisible de Jack depuis son retour du séminaire de synergie, Rafe ne se sentait sûr de rien. Avant qu'il ne rétorque, son père lui passa ses gros bras autour de la taille et le serra contre lui.

— Papa ! Qu'est-ce qui te prend ? protesta Rafe en se dégageant.

— Je ne t'ai pas assez câliné, quand tu étais enfant, marmonna Jack.

D'un geste maladroit, Rafe tapota l'épaule de son père.

— Allons, allons ! Tu as été parfait !

Jack grinça des dents.

— Non ! Je ne serai apaisé que le jour où tu seras aussi heureux que je l'étais avec Rose.

Reculant de quelques pas, Rafe plongea son regard dans les yeux de son père. Des yeux sombres, en boutons de bottine, durcis par la vie militaire et mercenaire. Et pourtant, il y discerna une humidité qui l'agaça et l'émut en même temps. Il renonça à discuter. Son père avait perdu la tête ! Mieux valait attendre que ça lui passe.

Rafe soupira de nouveau, s'excusa auprès de Jack, et partit à la recherche de Mackinley. Il la trouva dans le petit bureau attenant au sien, en train d'éteindre son ordinateur.

Quand elle l'entendit, Mackinley se retourna et s'appuya à sa table de travail.

— Je suis presque prête, annonça-t-elle. Maman prend Kimmie à la crèche, ce qui me laisse le temps de vous montrer mon appartement, et d'échanger mes clés avec les vôtres.

Abasourdi, Rafe la scruta. Cette femme était-elle folle ? se demanda-t-il.

— Nous ne travaillons ensemble que depuis deux semaines, dit-il. Pour quelle raison acceptez-vous le marché que mon père nous impose ?

— Parce que nous n'avons pas le choix.

De ses doigts nerveux, Mackinley tripotait un crayon sur la table.

En tant que négociateur, Rafe avait appris à lire au fond de ses interlocuteurs. Cependant, après l'avoir côtoyée deux semaines, il se montrait encore incapable de cerner la personnalité de Mackinley Leigh. De lui mettre une étiquette. Elle paraissait consciencieuse et bourrée de bonnes intentions. Défenderesse de la veuve et de l'orphelin. Prête à complaire aux desiderata des autres. Mais pourquoi l'opinion de Jack Ransom semblait-elle avoir tant de prix à ses yeux ? Pour quelle raison acceptait-elle qu'il se mêle de sa vie privée ? Mystère.

Toute honte bue, Rafe se résigna à employer un vieux stratagème masculin pour intimider une interlocutrice : la proximité physique. Il se rapprocha de Mackinley, espérant que le voisinage de son corps d'athlète l'effaroucherait au point de lui faire changer d'avis. Hélas, il fut la première victime de sa ruse. Son propre sang se mit à flamber dans ses veines. Son cœur s'accéléra.

— Nous ne pouvons échanger nos situations, objecta-t-il d'une voix rauque. J'ai une vie privée, moi.

Les grands yeux marron de Mackinley étincelèrent soudain d'une détermination qui intrigua Rafe.

— Pas moi ? rétorqua-t-elle.

— Bien sûr que si ! Votre enfant n'a-t-il pas besoin de vous à la maison ?

A ces mots, les yeux de velours de Mackinley se voilèrent d'inquiétude. De peur, même, remarqua Rafe, de plus en plus dérouté.

— Nous n'avons pas le choix, répéta-t-elle d'une voix persuasive. Vous ne souhaitez pas perdre votre emploi, tout de même ?

La voix basse de Mackinley tourneboula Rafe. D'où cette femme sortait-elle cette voix rauque ? se demanda-t-il. Une voix de belle tigresse veloutée. Une fois de plus, il plongea son regard dans celui de sa secrétaire, et fronça soudain les sourcils. Les subterfuges, les yeux qui mentent, n'avaient pas de secret pour lui. C'était son pain quotidien. La vérité lui sauta alors aux yeux : Mackinley Leigh cachait quelque chose !

Tout à coup, il eut presque envie d'échanger sa place avec celle de son assistante. Juste pour voir de quoi il retournait.

Mais cela ne dura qu'un instant. Plongeant de nouveau son regard dans les grands yeux de Mackinley, il se convainquit : non, il ne se trouvait pas en face d'une dissimulatrice.

— Votre père pourrait bel et bien vous licencier, insista Mackinley.

Pour lutter contre sa frustration et ses doutes, Rafe prit une profonde inspiration.

— Ne me dites pas que vous échangez votre place pour la mienne afin que je garde mon emploi ? ironisa-t-il.

— Vous ne me comprenez pas. Je ne le fais ni pour vous ni pour moi. Je le fais parce que c'est notre travail.

Rafe entrevit une possibilité.

— J'y suis… Vous acceptez pour les heures supplémentaires !

Mackinley hocha la tête.

— Oui… C'est ça… Je le fais pour l'argent.

Un sentiment de culpabilité s'empara de Rafe. En effet, le salaire d'une secrétaire s'élevait à peu de chose. Peut-être avait-elle besoin d'argent pour son enfant ? Soudain très protecteur, il posa la main sur l'épaule de Mackinley. Le pull en cachemire lui envoya une décharge électrique.

Elle écarquilla les yeux.

— Rafe ?

Sans répondre, il s'approcha si près d'elle que leurs hanches se frôlèrent. Le contact de ce corps féminin convoité lui coupa le souffle.

— Si c'est d'argent que vous avez besoin, je peux vous faire un chèque du montant des heures supplémentaires. Dans ce cas, venez m'aider à convaincre mon père.

Que lui prenait-il ? Pourquoi lui offrir son aide financière ? songea-t-il. D'ordinaire, il savait éviter les femmes vulnérables. Celles qui un jour ou l'autre réclament votre protection.

Mackinley se rebella.

— Vous pensez pouvoir m'acheter ?

Rafe n'y comprenait plus rien. Il cherchait à l'aider. Alors, pourquoi protestait-elle ?

— Vous me dites avoir besoin d'argent. Je vous en offre, expliqua-t-il.

En son for intérieur, Rafe luttait contre lui-même. Les yeux confiants de Mackinley ne l'avaient déjà que trop ensorcelé ! Cela suffisait ! Il ne voulait pas s'impliquer dans quoi que ce soit avec elle. Encore moins vivre avec sa mère et son enfant. Ses yeux allèrent de la photo du bébé photogénique posée sur le bureau à la chevelure dorée de Mackinley. Un halo mousseux et attirant autour de son ravissant visage. D'instinct, il recula d'un pas.

— Allez, Mackinley, dit-il d'une voix convaincante. Pourquoi ne pas prendre cet argent sans chichi ?

Comme elle ne répondait pas, Rafe l'observa. Elle ne pouvait avoir plus de vingt-cinq ans. Trop jeune pour lui, de toute façon.

Contre toute attente, il murmura soudain :

— Je vous inquiète, n'est-ce pas ?

Elle le contempla.

— Un peu…

— Eh bien… vous me… dérangez depuis que mes yeux se sont posés sur vous.

C'était la désagréable vérité, songea-t-il avec dépit. La rigidité de son bas-ventre, le sang qui flambait dans ses veines, lui en infligeaient la preuve irréfutable.

Surprise, elle répéta :

— Je vous dérange ?

« Plus que vous ne le saurez jamais, ma belle », aurait-il pu répondre. Que n'aurait-il donné pour demeurer insensible à la proximité de son corps ! A la chaleur qui se dégageait d'elle.

— L'intérêt que vous montrez pour votre job est suspect, déclara-t-il. Avec les dons que vous manifestez pour les langues, vous gagneriez mieux votre vie comme traductrice. Je veux savoir pourquoi vous cédez à tous les caprices de mon père.

Les mains nerveuses de Mackinley ne restaient pas en place. Avec leurs ongles rongés, elles auraient dû le laisser de marbre. Et pourtant, lorsqu'elle posa une main sur le revers de son costume, Rafe frissonna.

— Je n'avais pas l'intention de vous déranger, murmura-t-elle.

« Dans ce cas, arrêtez-vous de le faire ! » songea Rafe. Puis il regarda en souriant la main posée sur son torse.

— Si vous croyez m'empêcher d'avancer, détrompez-vous ! avertit-il.

Comme il faisait passer le poids de son corps d'une jambe sur l'autre, leurs hanches se frôlèrent de nouveau. Allait-elle crier au harcèlement sexuel ? se demanda Rafe. Non ! constata-t-il aussitôt. Afin de cacher son propre désir, il la taquina.

— En fait, on dirait plutôt que vous m'encouragez à aller plus loin !

— Je cède aux caprices de votre père parce qu'il est le patron.

— Ah bon…, murmura Rafe.

Il caressa l'épaule de Mackinley. Comme elle ne criait toujours pas au scandale, il insinua :

— Moi aussi, je suis votre patron…

— Et alors ?

— Céderiez-vous à mes caprices ?

La tête levée vers Rafe, Mackinley déglutit avec peine. A la base de son cou, une veine se mit à palpiter.

— Ça vous plairait, n'est-ce pas ? persifla-t-elle.

— Je ne peux pas savoir avant d'avoir essayé…

Elle secoua nerveusement la tête. Ses cheveux dorés dansèrent autour de son visage.

— C'est une idée de votre père, ne l'oubliez pas, dit-elle d'une voix contrainte. Pour ma part, je n'avais pas la moindre envie de faire dormir un étranger dans mon lit.

— Un étranger… ou moi ?

Les grands yeux confiants de Mackinley s'étrécirent.

— Vous ! lança-t-elle. Croyez-le ou pas, vous n'êtes pas mon type.

Baissant la tête vers elle, Rafe la scruta de ses yeux verts.

— Pourtant… votre attirance pour moi expliquerait votre empressement à céder au plan que mon père nous impose.

Bouche bée, Mackinley contempla Rafe.

— Vous êtes fou !

Il se contenta de sourire.

— Cela expliquerait aussi que vous acceptiez notre proximité physique, en ce moment même, poursuivit-il.

Profitant de son avantage, Rafe accentua sa pression sur l'épaule de Mackinley. Puis il la caressa.

— Je vous attire, ne le niez pas, dit-il d'une voix suave.

Un long moment, elle le mesura du regard. Lorsqu'elle répondit enfin, sa voix était presque inaudible.

— Je ne sais pas…

— J'ai une théorie à votre sujet, persista Rafe. En tant que divorcée, vous n'êtes pas prête à un engagement sérieux. Cela vous rebute sans doute. Mais une compagnie masculine passagère ne vous déplairait pas.

— Si je comprends bien, vous comptez échanger davantage que ce que votre père a prévu pour nous, répliqua Mackinley d'une voix sèche.

Rafe éclata d'un rire bref.

— Vous ne voulez vraiment pas dormir dans mon lit ?

— Non, fit-elle d'une voix qui manquait de conviction.

— Voulez-vous dire que vous n'êtes pas prête, *pour le moment* ? demanda-t-il d'une voix rauque.

— Il faudrait me convaincre, murmura-t-elle.

— Comptez sur moi, murmura-t-il en retour.

Et sur ces mots, Rafe attira Mackinley contre lui, et écrasa sa bouche d'un baiser expert. Un baiser qui promettait des plaisirs exquis.

2

Tout de suite après, Rafe avait desserré son étreinte. « Ce n'est qu'un début, Mackinley ! » s'était-il promis.

De son côté, les jambes flageolantes, le cœur battant la chamade, Mackinley avait eu toutes les peines du monde à suivre Rafe dans le bureau de son père. Là, sous l'œil attentif de Jack Ransom, ils avaient échangé leurs clés de voitures.

A présent, au volant de la Humvee, Mackinley se dirigeait vers son appartement. Suivie de Rafe. Sur le qui-vive, elle manœuvrait au mieux la grosse automobile de son patron. Une voiture semblable à son propriétaire : puissante et massive. Difficile à diriger. Néanmoins, elle ne se plaignait pas : dans la situation désastreuse où elle se trouvait, la Humvee pouvait se révéler d'un grand secours. Plus haute et volumineuse que sa propre voiture, plus rapide, elle offrait un précieux sentiment de sécurité. Au cas où les choses tourneraient mal pour elle. Disons, encore plus mal que maintenant, songea-t-elle avec angoisse. Elle jeta un regard dans son rétroviseur.

— Rafe, murmura-t-elle.

Deux semaines dans la Compagnie Ransom l'avaient édifiée : le fils du patron ne supportait pas les femmes vulnérables et sans défense. Par conséquent, il n'accepterait pas de lui venir en aide. Sauf, peut-être, si elle s'offrait à lui ?

Se rongeant les ongles, Mackinley poursuivit son raisonnement. Puisqu'elle avait un besoin urgent de l'aide de Rafe Ransom, il ne lui restait qu'une chose à faire : le séduire. Grâce au ciel, dans son malheur, elle avait de la chance. Rafe était un homme très attirant. Cela lui faciliterait la tâche !

Elle jeta un regard dans son rétroviseur. Le simple fait de

l'apercevoir, tassé dans la petite voiture qu'elle venait d'échanger avec lui, lui donnait des frissons. Sa haute taille, ses épaules de joueur de football américain, les biceps qui gonflaient les manches de sa chemise, tout faisait de lui un mâle. De toute façon, elle n'avait pas le choix, songea-t-elle. Même laid, elle aurait été contrainte de séduire Rafe.

Mackinley regarda de nouveau dans le rétroviseur. Au fond d'elle-même, elle rêvait de se repaître de ses lèvres pleines et sensuelles. De caresser la masse de ses cheveux noirs. De plonger son regard dans ses yeux verts, où couvait toujours une étrange ardeur. Même ses mains l'excitaient. De grandes mains fortes. Elle avait beau vivre sous le joug continuel de la terreur, cela n'y changeait rien : ces mains l'hypnotisaient.

Une petite voix se fit entendre dans sa tête : n'avait-elle pas assez d'ennuis comme ça ? Pourquoi se jeter dans la gueule du loup ?

Mackinley chassa un mauvais frisson, et regarda autour d'elle. Dans le crépuscule finissant, les devantures de Broadway scintillaient. L'accumulation de cartes aux couleurs vives, de boîtes de bonbons en forme de cœur, de bouquets de fleurs, la ramena à la réalité du calendrier : on fêtait aujourd'hui la Saint-Valentin. A cette pensée, son cœur se serra. Elle aurait tant aimé se rendre à un dîner romantique ! En compagnie d'un homme aimant…

Elle eut un petit rire sans joie : avec Rafe, il n'y fallait pas songer !

Tant pis ! Pour le moment, une seule chose importait : selon ses renseignements, il était le meilleur négociateur de prise d'otage de la ville de New York. C'est pourquoi elle s'était rendue à la Compagnie Ransom : pour implorer son aide.

A sa surprise, dès qu'elle s'était présentée, on l'avait prise pour une candidate au poste d'assistante laissé vacant par une certaine Cindy. Comprenant que, par ce biais, Rafe Ransom deviendrait son patron, elle avait sauté sur l'occasion. Après un entretien avec Jack Ransom, elle avait été embauchée. Ensuite, pleine d'espoir, elle avait attendu le retour de mission de Rafe.

Un article lu trois semaines auparavant vantait l'ampleur du talent de Rafe Ransom. Aux dires du journaliste, il avait une fois passé cinq jours sans dormir. A négocier la libération de vingt-quatre enfants pris en otage dans une maternelle. Ce dévouement avait fait naître en Mackinley une folle espérance : peut-être ce négociateur hors pair la prendrait-il en pitié et accepterait-il de s'occuper de son cas ?

Hélas, entre-temps, elle avait déchanté. Jamais Rafe ne manifesterait la moindre compassion à son égard ! Et pourtant, la façon dont il avait agi avec les bambins de cette école la rassurait : elle lui confiait Kimmie les yeux fermés. Entre de telles mains, son bébé serait en sécurité.

Tout en conduisant, Mackinley se remémora sa première entrevue avec Rafe Ransom. Sans un mot, ses yeux verts étincelant de colère, il l'avait toisée. Avant de pénétrer en trombe dans le bureau de son père. A la suite de quoi, des éclats de voix avaient retenti derrière la porte claquée avec fracas.

Depuis, Mackinley avait cherché mille moyens d'amadouer Rafe. Par deux fois, elle lui avait même soumis le cas de familles démunies, dans l'incapacité de verser la rançon exorbitante exigée par des ravisseurs. Loin de l'apprivoiser, elle avait provoqué sa colère.

— Ne vous y trompez pas ! lui avait-il asséné un jour. Je ne risque jamais ma vie gratuitement ! Pour qui prenez-vous la Compagnie Ransom ? Pour une entreprise de charité ?

A cette occasion, Mackinley l'avait presque détesté.

De son côté, songeait-elle, Jack ne lui serait d'aucun secours. Malgré son séminaire de synergie, il conservait un caractère explosif. S'il apprenait les motifs secrets de l'entrée de sa protégée au sein de la Compagnie Ransom, il fulminerait. Se sentirait trahi. Et pour une raison mystérieuse, elle rechignait à ternir la belle opinion qu'il se faisait d'elle.

A sa grande surprise, Jack Ransom s'était vite mis à jouer les entremetteurs ! C'était sans doute la raison pour laquelle il contraignait son fils à échanger sa position avec la sienne. D'ailleurs, chaque jour, le patron pénétrait dans son bureau et s'installait en face d'elle. Il se lançait alors dans de longs monologues. Tout y passait : la triste enfance orpheline de Rafe, ses pérégrinations obligées à la suite de son père ; la conviction que seule une femme douce comme elle viendrait à bout de l'instabilité de son fils…

Les yeux rivés sur le pare-chocs de la voiture qui la devançait, Mackinley marmonna entre ses dents :

— Douce ?

Lâchant le volant d'une main, elle fourragea dans son sac à main posé sur le siège du passager. Elle y rencontra la crosse du revolver qui ne la quittait plus. En ce moment, le danger la cernait de toute part.

Et Rafe ne constituait pas le moindre des périls !

Avec un peu de chance, ce soir ne serait pas son unique occasion de le séduire. Elle le savait, il possédait chez lui une base de données informatiques contenant les noms de kidnappeurs professionnels et d'indicateurs. Elle avait donc un but, qui s'imposait de lui-même : passer du temps toute seule dans l'appartement de son chef. Commencer dès ce soir à imprimer ce qu'elle pourrait.

Si seulement elle pouvait s'offrir les exorbitants honoraires que Rafe exigeait pour prix de ses interventions ! Elle n'en serait pas réduite à de basses manœuvres, indignes d'elle. Mais à quoi bon se lamenter ? Elle était pauvre. Point final.

Une nouvelle fois, une pensée traversa l'esprit de Mackinley : séduire Rafe n'aurait rien d'une corvée. Bien au contraire. A cette idée, sa gorge se dessécha.

Sur ces entrefaites, une sonnerie de téléphone retentit. Sursautant, Mackinley lutta contre la panique qui l'envahissait. D'une main tremblante, elle chercha son portable dans son sac et le coinça entre son oreille et son épaule.

— Allô ? dit-elle d'une voix mourante.

Pas de réponse. Sans doute l'appel provenait-il d'une cabine téléphonique de Manhattan ? Elle jeta autour d'elle des regards affolés. Comme pour localiser son interlocuteur parmi la foule qui arpentait les trottoirs.

— Je… je sais que vous êtes là, dit-elle d'une voix hachée. Répondez… je vous en prie.

Ellc tendait une oreille anxieuse, essayant d'entendre malgré le bruit de la circulation.

— Je vous écoute, reprit-elle dans un souffle. Je ferai tout ce que vous voudrez.

A ces mots, une sueur glacée lui coula le long du dos. Que pouvait-elle faire, en fait ? Ce bourreau ne comprenait-il pas qu'elle n'avait plus d'argent ? Qu'elle était à bout de nerfs ? Chaque jour, la façade qu'elle présentait aux autres se fissurait. Les preneurs d'otage avaient-ils découvert sa tentative de recours à la Compagnie Ransom ? La surveillaient-ils ?

Hagarde, elle jeta un regard dans le rétroviseur. Derrière elle, les lumières de la ville éclairaient l'intérieur de la voiture où se trouvait Rafe. La simple vue de sa puissante carrure, de sa mâchoire volontaire, de l'expression intense de ses yeux, lui procura un soulagement inespéré.

Enfin, l'inconnu au bout du fil se décida à parler.

— Vous avez les quarante mille dollars ? demanda-t-il d'une voix qu'il déguisait manifestement.

— Oui…

— Vous allez recevoir des instructions. Suivez-les à la lettre. Sinon, nous le tuerons.

Sur cette menace, le preneur d'otage raccrocha.

Ils rappelleront, songea Mackinley avec angoisse. Ils le faisaient toujours. A moins que… Un jour peut-être, le téléphone qu'elle gardait toujours à portée de main ne sonnerait plus. Et alors…

Dans ce cas, jamais elle ne saurait si le père de Kimmie était mort.

Mackinley serra les dents. Quand son propre père vivait encore, il lui répétait souvent : une Leigh ne lave pas son linge sale sur la place publique. Forte de cet enseignement, elle présentait dans l'adversité une façade unie et souriante. Mais à l'intérieur, elle vivait mille morts. Son père serait fier d'elle, se consola-t-elle. De toute façon, elle tiendrait le coup. Pour Kimmie. Pour sa mère.

Afin d'y parvenir, elle devait à tout prix séduire Rafe. Le convaincre de l'aider. D'ailleurs, il la soutenait déjà sans le savoir. Un je ne sais quoi en lui, peut-être sa force élémentaire, lui redonnait un semblant de confiance. Il était l'homme de la situation.

A son étonnement, tout à l'heure, la bouche exigeante de Rafe, son corps musclé lui avaient fait oublier quelques instants le calvaire qu'elle endurait. Au creux de ses bras forts, elle avait trouvé un refuge. Provisoire, certes, mais un refuge tout de même.

L'évocation du baiser de Rafe troubla Mackinley. Comme il avait paru étonné qu'elle ne lui résiste pas ! Mais pour elle, pendant quelques minutes, il avait représenté l'accomplissement de ses fantasmes les plus secrets. Un véritable chevalier dans son armure étincelante !

Elle en avait grand besoin.

S'extirpant de ses pensées, elle revint à la réalité immédiate, et appela sa mère, lui expliqua pourquoi elle arriverait à la maison avec Rafe Ransom, puis elle reposa le téléphone dans son sac. Près du revolver.

Derrière elle, Rafe était toujours plié en quatre dans sa petite voiture. Elle imagina ses longues jambes à l'étroit dans l'habitacle. Avec un frisson, elle se remémora le contact de ses cuisses viriles contre les siennes. De son bas-ventre. A cette pensée, son cœur s'accéléra. Une bouffée de chaleur lui monta au visage. Comment pouvait-elle ressentir de telles émotions en un moment aussi tragique de son existence ? se reprocha-t-elle. En tout cas, aucun homme ne l'avait embrassée avec une telle sensualité. Même pas Olivier, son ex-mari.

Bien entendu, raisonna-t-elle, Rafe avait fait cela dans le but de l'effrayer. Pour la dissuader d'échanger sa place avec lui. Mais sa manœuvre avait échoué. Il était même parvenu au résultat inverse : avant ce baiser, elle envisageait de le séduire par devoir. Maintenant, elle en savourait à l'avance la perspective.

Elle réussirait ! se jura-t-elle. Même si elle ne correspondait pas au type de femme qu'affectionnait Rafe. Lui qui engageait toujours comme secrétaires de jeunes femmes de l'agence de mannequins Francesca ! De grandes femmes, aux longues jambes. Par Shark, elle avait aussi appris que sa dernière petite amie était chanteuse de jazz. Malgré tout, Rafe ne semblait pas insensible à sa personne. Par ce biais, elle obtiendrait peut-être l'aide dont elle avait un cruel besoin.

L'immeuble délabré où habitait Mackinley surprit Rafe. Il posa par terre dans le hall le petit sac de voyage qu'il gardait toujours au bureau, en cas de mission impromptue. Jetant un regard autour de lui, il demanda :

— Vous vivez ici ?

A peine visible dans la pénombre, Mackinley s'appuya à la rampe de fer de l'escalier dans une pose lascive. Sans ses vêtements bon chic bon genre, on l'aurait prise pour une femme légère, songea Rafe. Comme elle lui lançait un regard effronté, il sourit. Il était coutumier des succès féminins, à l'aise avec sa sexualité, et content de voir Mackinley se dégeler.

Il rit doucement et s'approcha d'elle.

— Je ne sais pas grand-chose de vous, dit-il. Mais après le baiser échangé au bureau, je n'ai pas envie d'en rester là.

Elle déboutonna son manteau d'un air désinvolte.

— Qui vous le demande ? susurra-t-elle.

— Personne, dirait-on…

Entrouvrant les pans de son propre manteau, Rafe plaqua ses hanches contre celles de Mackinley. Des ondes électriques coururent entre leurs corps. Il se laissa aller à ses sensations. Elle était petite, féminine jusqu'au bout des ongles. La taille incroyablement fine. D'une sensualité étonnante, qui le mettait à la torture.

Mais ce qui le surprenait le plus, c'était de la voir consentir sans protester à ses avances.

Rafe baissa la tête vers Mackinley. A en juger par son regard voilé, elle partageait son trouble.

— Les baisers sont une chose, dit-il. Mais nous devrions…

Elle rit doucement.

— Vous bercez des espoirs, me semble-t-il.

— Peut-être…

Elle le scruta d'un air curieux.

— De toute façon, c'est vous qui avez fait le premier pas, constata-t-elle d'un ton tranquille.

— J'aimerais aussi franchir le second. Mais… est-ce bien sage ? Mêler travail et relations personnelles n'est pas une très bonne idée.

— Vous ne gardez jamais vos assistantes très longtemps, je crois ? énonça-t-elle d'une voix sucrée.

— Que voulez-vous dire ? Vous nous quittez ?

Au moment où il prononçait ces mots, Rafe perçut les faits dans leur crudité : un revirement spectaculaire s'était opéré en lui. Tout soudain, il ne souhaitait plus se débarrasser de sa secrétaire ! Cependant, il ne se faisait pas d'illusion : avec son niveau d'éducation et ses dons pour les langues, elle trouverait sans problème un emploi plus conforme à ses aptitudes.

Mackinley posa la main sur le revers du manteau de Rafe.

— Un jour ou l'autre, répondit-elle d'un ton raisonnable. Inutile donc de nous inquiéter des conséquences qu'une liaison aurait sur notre travail. De plus, votre père souhaite que nous... passions du temps ensemble.

Soudain exaspéré, Rafe soupira.

— Mon père veut nous marier, rectifia-t-il.

Un sourire aux lèvres, Mackinley répliqua :

— J'aime beaucoup votre papa.

Cette affirmation attendrit Rafe plus que de raison.

— Moi aussi, dit-il rêveusement. En général, les femmes sont rebutées par son physique. Elles ne font pas d'effort pour mieux le connaître.

La voix rauque et séduisante de Mackinley s'éleva dans l'air comme une musique.

— La cicatrice sur sa joue gauche est un peu impressionnante. Mais votre père est bon. Je suis certaine qu'il aiderait une personne en difficulté...

— Il s'est toqué de vous, en tout cas.

Moi aussi ! s'avoua Rafe, ses mains enserrant la taille de guêpe de Mackinley. Néanmoins, son attention se reporta sur le hall délabré de l'immeuble. Quelque chose ne collait pas, songea-t-il.

— Je ne vous imaginais pas dans un pareil environnement, dit-il.

Sur la défensive, Mackinley rétorqua :

— A quoi vous attendiez-vous ?

Rafe haussa les épaules.

— Je ne sais pas, moi... Un endroit plus chic.

Peut-être aux alentours de Central Park ? songea-t-il. Comme lui. Avec ses pulls en cachemire et ses vêtements de bon goût, il l'aurait bien vue nantie d'un coquet capital. Ou enrichie par un divorce prononcé à son avantage.

— En haut, c'est très confortable, vous verrez, le rassura-t-elle.

Rafe en doutait. Malgré les peintures récemment refaites, la cage d'escalier sentait l'humidité. La lumière était trop faible. Dans les murs, on entendait s'écouler l'eau dans la tuyauterie. Quelque chose clochait, se répéta-t-il. Une femme comme elle n'avait pas sa place dans un pareil immeuble. D'ailleurs, une autre chose l'intriguait depuis le début : pourquoi Mackinley Leigh se garait-elle si loin du bureau ? Au lieu de profiter du parking mis à la disposition des employés de la Compagnie ? Et surtout, pourquoi prenait-elle toujours sa voiture ? Alors que le métro était bien plus rapide pour traverser Manhattan.

— Je ne voulais pas être désagréable, se justifia-t-il. Simplement… ce n'est pas ce que j'attendais.

Rafe la contempla. Jamais il n'aurait dû embrasser une femme au regard aussi innocent. Confiant. Mais maintenant, le mal était fait. Même s'il le voulait, il n'aurait pas la force de faire machine arrière.

— Je commence à bien vous aimer, Mackinley, déclara-t-il.

— Moi aussi…

Les yeux de Rafe s'étrécirent.

— J'ai du mal à le croire… Je n'ai rien fait qui puisse susciter votre estime.

— Vous étiez furieux parce que votre père m'a embauchée sans vous consulter. C'est compréhensible.

Rafe posa son regard sur les lèvres pulpeuses de Mackinley. Il se rappela la facilité avec laquelle elle lui avait abandonné sa bouche. D'un revers de main, il caressa sa joue satinée.

— Savez-vous à quoi je pensais, en vous suivant en voiture ? demanda-t-il.

Elle fit non de la tête, mais rosit. Dans ses yeux, Rafe vit passer une lueur d'intérêt. D'attente.

— En fait, vous le savez très bien, dit-il avec un sourire.

Les grands yeux marron de Mackinley pétillèrent.

— Dommage que je ne sois pas votre type, dit-elle.

— Vous connaissez mon type ?

— Je me suis renseignée.

Penchant la tête, Rafe picora la bouche de Mackinley de baisers mouillés.

— C'est bon, murmura-t-il.

Mackinley réprima un frisson, puis soupira.

— Ne changez pas de sujet. Je connais votre type, parce que j'ai lu le C.V. des femmes à qui vous alliez accorder des entretiens pour remplacer Cindy.

Rafe tiqua. Ce n'était pas la première fois que Mackinley lui donnait mauvaise conscience. Le sentiment déplaisant d'être immature.

Les mains toujours posées autour de la taille de Mackinley, il ironisa.

— Elles tapaient toutes au moins vingt mots à la minute…

— Dites plutôt qu'elles avaient vingt ans !

Effleurant de ses lèvres le cou de Mackinley, Rafe contre-attaqua.

— C'est peut-être le genre de femmes qu'on souhaite comme secrétaire. Mais un homme a besoin d'un autre genre de femmes pour…

— Pour coucher ? acheva Mackinley.

Rafe recula d'un pas et cligna des yeux. Il n'en revenait pas ! Mackinley le draguait !

— Vous essayez de me séduire ? demanda-t-il tout à trac.

— Peut-être, répliqua-t-elle avec un sourire irrésistible.

— Vous y réussissez très bien. Mais… pourquoi ?

Pourquoi, en effet ? se demandait-il. Depuis l'entrée de Mackinley dans la Compagnie Ransom, il se montrait mesquin et antipathique avec elle.

Elle se contenta de hausser les épaules.

— Pourquoi pas ? La vie est pleine de surprises.

Rafe s'éclaircit la voix.

— Dites-moi un peu ce que vous me trouvez ?

Joueuse, elle rétorqua :

— J'accomplis peut-être une B.A. !

Rafe tiqua de nouveau. Une sorte de honte l'étrangla : pour

quelle raison avoir réagi de manière si outrancière lorsqu'elle avait proposé de s'occuper gratuitement de cas désespérés ?

— Demain, murmura-t-il, nous envisagerons de nouveau les cas que vous m'aviez soumis. Je ne rechigne pas au travail supplémentaire.

Mackinley réprima un sourire.

— C'est *vous*, le cas dont je parle !

D'une voix où perçait un léger embarras, elle poursuivit :

— Selon Shark, vous venez de rompre avec une certaine Charmaine. Peut-être ai-je décidé de vous redonner confiance en vous ?

Comme Mackinley posait les mains sur son torse, Rafe frémit des pieds à la tête. Que voulait cette femme ? se demanda-t-il. Le rendre fou de désir ? Son sang bouillait dans ses veines. Ses doigts le démangeaient.

— Shark vous a parlé de ma vie privée ?

Les yeux de Mackinley pétillaient de malice.

— Tel que je vous le dis !

Il ne put s'empêcher de rire.

— En ce moment, ma vie amoureuse se réduit à peu de chose !

— Ça n'a pas l'air de vous affecter…

— Pas le moins du monde.

Rafe n'en croyait pas ses oreilles. Lui, en train de parler de sa liaison avec Charmaine, dans le hall de cet immeuble !

— Eh bien, reprit-il, pour votre gouverne, sachez qu'avec Charmaine, c'est fini depuis un moment.

La voix rauque de Mackinley se fit murmure. Un murmure à damner un saint.

— Vous l'aimiez ?

La question prit Rafe de court. Il détourna le regard et réfléchit un moment.

— Non, dit-il enfin. Charmaine était l'ancienne assistante de Shark. Elle a quitté la Compagnie pour faire de la publicité.

— Ah bon ? Shark m'a dit qu'elle était chanteuse de jazz.

— Avant la publicité. Sa famille vivait dans le Bronx. Son frère faisait les quatre cents coups. L'année dernière, elle a eu besoin d'aide pour empêcher un prêteur sur gage de le tuer.

— Si je comprends bien, elle était belle, douée, et en plus elle avait besoin d'un soutien masculin.

Rafe opina.

— C'est ça, dit-il. Son frère est sorti d'affaire. Shark et moi avons payé sa dette. Mais pour Charmaine et moi, ça s'est moins bien terminé. Voilà pourquoi je ne fais plus de bénévolat.

— Elle vous a fait autant de mal que ça ?

— Pas vraiment… mais j'envisageais de…

Il marqua une pause. Pour quelle raison se sentait-il poussé à parler de Charmaine avec Mackinley ?

— J'envisageais de me ranger, reprit-il avec un sourire narquois. Je deviens sans doute trop âgé pour les nuits blanches… Nous sommes restés ensemble pendant six mois. Ensuite, elle est retournée vers son ancien petit ami.

— Pourquoi ?

— Au début, nous allions de nouveaux restaurants en boîtes de jazz à la mode.

— Ça semble excitant !

— Pas vraiment.

En fait, songea-t-il, quelque chose de bizarre s'était produit. Dont même son père n'avait pas pris conscience : insensiblement, il s'était mis à attendre davantage d'une femme. Charmaine ne l'avait pas suivi sur ce terrain. Au contraire, elle était la première et seule femme à l'avoir quitté pour un autre homme, mettant à mal son orgueil masculin.

Rafe caressa l'épaule de Mackinley.

— Et vous, demanda-t-il d'une voix rauque, depuis combien de temps êtes-vous seule ?

— Depuis plus longtemps que je ne le voudrais.

« Dans ce cas, ne perdons plus de temps ! » songea Rafe. Il exhala un long soupir. La réponse directe de Mackinley le désorientait au plus au point.

— Je comprends mal ce qui se passe, déclara-t-il. Selon mon expérience, les femmes comme vous ne… ne se comportent pas de la sorte.

Elle émit un petit rire de gorge.

— Je n'ai pas bougé le petit doigt !

— Mon cœur, vous avez d'autres armes !

Conscient de l'abri qu'offrait la pénombre du hall de l'immeuble, Rafe donna libre cours à son imagination. Pourquoi ne pas entraîner Mackinley sous la cage d'escalier ? Dans son esprit fiévreux, il sentait déjà s'enrouler autour de sa taille les cuisses fermes de la jeune femme ; il éprouvait l'intense soulagement de la posséder. Son regard s'embua de désir. Dans les yeux de Mackinley levés vers lui, il lut une convoitise égale à celle qui le ravageait.

— Mon père lui-même ne pouvait prévoir cela, dit-il d'une voix rauque.

Mackinley posa ses mains sur les épaules de Rafe.

— Il pense qu'il vous faut une épouse, dit-elle.

— C'est de vous que j'ai besoin.

— Après Charmaine, je vous paraîtrais bien trop… respectable, objecta-t-elle avec malice.

La taquinerie de Mackinley attisa encore le désir de Rafe. Jamais il n'avait eu autant envie d'une femme. Se penchant, il s'empara de ses lèvres, puis lui effleura un sein. Son machisme s'effritait à vue d'œil, décidément.

— En fait, j'aime les femmes respectables, confessa-t-il à mi-voix.

— Ce n'est pas ce que vous disiez tout à l'heure au bureau, s'amusa-t-elle.

— On a le droit de changer d'avis.

Pour le prouver, Rafe embrassa de nouveau Mackinley. Un baiser lent, qui lui procura un plaisir intense. Son type de baiser préféré. Celui qui conduisait à sa manière de prédilection de faire l'amour : la longue addition de sensations envoûtantes menant sans hâte à une félicité insoutenable.

Relevant la tête, Rafe caressa la joue de Mackinley. Si seulement il comprenait la raison pour laquelle elle cherchait à le séduire ! Trop de solitude, depuis son divorce, peut-être ? Dans ce cas, il lui savait gré de l'avoir choisi pour y mettre fin.

— Si nous allions chez moi ? proposa-t-il d'une voix sourde. Votre mère peut garder le bébé ce soir…

Sur-le-champ, Mackinley temporisa.

— Demain, peut-être…

Attendre jusqu'à demain ? songea Rafe avec effarement.

Impossible ! Refermant les mains autour de Mackinley, comme si elle s'apprêtait à lui échapper, il protesta.

— Mais… j'aimerais tant passer la nuit avec vous.

A ces mots, les yeux de Mackinley s'embuèrent. Ses joues s'empourprèrent. Ses mains sur les épaules de Rafe semblaient le supplier.

— Je… je suis si contente… parce que… vous savez… j'ai besoin de vous.

— Je sais, mon chou, murmura-t-il.

Quels que soient les désirs de cette femme adorable, il les satisferait, songea-t-il dans une brume.

Le soulagement détendit les traits de Mackinley.

— Vraiment, Rafe ?

— Certain, assura-t-il.

Ses yeux se posèrent sur la chevelure de la jeune femme. Son imagination fit le reste. Il voyait déjà ses doigts fourrager dans les boucles dorées, éparses sur l'oreiller.

— Je vais arranger ça, affirma-t-il.

Mackinley fronça imperceptiblement les sourcils.

— Mais… comment pouvez-vous savoir de quoi j'ai besoin? Je ne vous ai encore rien dit…

Souriant, Rafe prit une profonde inspiration. Elle était si petite. Si délicate. Une fleur. Il posa son menton sur le casque doré des cheveux bouclés. Un flot de tendresse l'envahit. Comme il n'en avait jamais éprouvé auparavant. Il plongea son regard dans les grands yeux marron.

— C'est tellement évident… Vous fondez entre mes bras.

Mackinley se raidit un peu.

— Vous… pensez que je parle de sexualité ? demanda-t-elle.

Une profonde déception s'empara de Rafe.

— Ce n'est pas le cas ?

Le visage de Mackinley exprimait à présent le désarroi. Ses mains glissèrent des épaules de Rafe.

— Je ne sais pas, répondit-elle enfin. Tout va tellement vite…

Rafe crut comprendre. D'une voix douce, il la rassura.

— Ne vous inquiétez pas. Il n'y a pas de mal à vouloir faire l'amour sans amour.

Emmêlant ses doigts à ceux de Mackinley, Rafe les plaqua

contre sa cuisse. Sentir la main de sa compagne si près de la fermeture Eclair de son pantalon lui envoya des frissons au creux des reins. Il sentit Mackinley frémir des pieds à la tête. De sa main libre, il lui souleva le menton.

— Votre ex vous a fait beaucoup de mal. Je me trompe ?

Mackinley hocha la tête.

— On peut le dire comme ça…

Rafe poursuivait son raisonnement intérieur. Au cours de son mariage, cette femme avait découvert sa sexualité. Une sexualité exigeante, qui continuait à demander satisfaction. Malgré le divorce et la solitude.

— Je suis désolé que votre mariage ait mal tourné, dit-il. Mais maintenant, il faut penser à vous, ajouta-t-il avec conviction. Vous n'êtes pas tenue de rester seule. Vous pouvez prendre tout ce que vous voulez d'un homme.

Mackinley passa sa langue sur ses lèvres sèches.

— Vous croyez ? murmura-t-elle.

— Je le sais, promit-il en pressant fortement ses lèvres sur les siennes.

Puis il passa une main sous le pull de cachemire de Mackinley et s'empara d'un de ses seins. Comme il en attisait la pointe avec son pouce, il chercha son souffle. Mackinley aussi…

— Vous voyez, murmura-t-il. C'est bon.

— Oui, acquiesça-t-elle dans un soupir.

Soudain, Rafe se pencha et mordit la lèvre inférieure de Mackinley avec une douce sauvagerie. Bientôt, il goûterait à tout son corps, songea-t-il dans la brume de son désir. Il lui donnerait tout ce qui lui manquait depuis son mariage brisé. Il…

— C'est toi et Rafe Ransom, ma chérie ?

La voix flotta le long des escaliers. En même temps que le clic-clac de talons aiguilles. Pris de court, Rafe recula d'un pas.

De son côté, Mackinley sursauta. Puis eut un long soupir de frustration.

Levant la tête, Rafe rencontra le regard de la mère de Mackinley.

3

Son enfance nomade aux basques de Jack Ransom n'avait guère initié Rafe aux bonnes manières. Ni ses incursions nocturnes dans les casinos, avec ses copains négociateurs… De sorte que le raffinement de la table de Barbara et Mackinley Leigh, la porcelaine de prix, l'argenterie étincelante le laissaient un peu perplexe.

Peut-être son père avait-il raison, après tout ? songea-t-il. Il était temps de faire une croix sur la perfidie de Charmaine. De passer à autre chose. Trouver une petite amie sérieuse, par exemple. Une femme qui le civiliserait un peu.

Sur le plan professionnel, pas de problème. Il réussissait très bien. Gagnait beaucoup d'argent. Portait des vêtements coûteux. De plus, il avait l'élocution facile, savait négocier, s'y entendait en communication. D'ailleurs, pas plus tard que le lendemain, il avait un rendez-vous très important avec quelques gros décideurs d'une agence publicitaire de Manhattan. Il nageait dans tout cela comme un poisson dans l'eau.

En revanche, sur le plan féminin, il ne connaissait que les succès sans lendemain. Il cueillait et lâchait les femmes à sa guise. Jusqu'à Charmaine. Aujourd'hui, un fait lui crevait soudain les yeux : voilà longtemps qu'il n'avait plus été reçu dans la famille d'une femme.

Il se remémora l'époque où il avait sauvé le frère de Charmaine d'une mort certaine. La gratitude de la jeune femme n'avait duré qu'un temps. Six mois plus tard, elle s'était envolée vers de plus hautes sphères. Désormais, elle vivait dans un loft sur la 84e Rue, avec son ex-petit ami. Un dénommé Freddie Ricardo. Depuis qu'elle avait signé un juteux contrat avec une agence publicitaire connue, elle avait d'ailleurs pris la grosse tête, songea-t-il avec amertume.

Mais tout cela était de l'histoire ancienne.

S'abstenant de poser ses coudes sur la nappe raffinée de la famille Leigh, Rafe contempla Mackinley. Elle et lui n'appartenaient pas au même monde, reconnut-il. Sans doute possédait-il un compte en banque bien garni. Mais elle avait la classe. Au contraire de la plupart des femmes qu'il connaissait, jamais elle ne vendrait son corps délectable aux photographes de mode, pour engranger des dollars.

Alors, pourquoi le draguait-elle avec ostentation ? Pour s'encanailler ? Rêvait-elle d'une liaison éclair pour oublier son ex-mari ? Brûlait-elle de vivre une sexualité débridée sans engagement sentimental ? Dans ce cas, le dévolu qu'elle jetait sur lui aurait dû le flatter. Et pourtant, c'était tout le contraire. Il se sentait plutôt vaguement offensé. Comme si on le réduisait à l'état d'objet sexuel. Lui déniant tout autre atout. De plus, quelque chose clochait dans le tableau. Loin d'être une séductrice cynique, Mackinley semblait du genre à épouser un homme en bonne et due forme.

La voix douce et cultivée de Barbara tira Rafe de ses pensées.

— Vous vous appelez vraiment Rafael ? C'est un si joli prénom…

— Choisi par ma mère, répliqua-t-il.

— Charmant…

Les yeux de la mère de Mackinley se posèrent sur le bébé dans sa chaise haute.

— Regardez ! poursuivit-elle. Kimmie vous tend les bras. N'est-il pas mignon ?

— Tout à fait ! assura Rafe de bonne grâce.

Se penchant vers son petit-fils, Barbara lui pinça tendrement la joue. L'enfant gigota et tapa dans ses mains.

— Tu as besoin d'une présence masculine, mon chéri ? roucoula-t-elle.

Les joues de Mackinley s'empourprèrent. D'une voix où perçait une menace, elle protesta :

— Maman !

Sans se laisser impressionner, Barbara reprit :

— Rafe, vous êtes le premier homme à entrer dans cette maison depuis… depuis le divorce de Mackinley.

Les commentaires de sa mère parurent embarrasser Mackinley.

— Rafe n'a rien à voir dans l'éducation de Kimmie, intervint-elle. A moins que tu ne veuilles initier ton petit-fils à l'art de récolter de belles cicatrices, ajouta-t-elle en se détendant.

D'un regard, Rafe jaugea la mère de Mackinley. Tous les parents étaient-ils donc des marieurs en puissance ? se demanda-t-il. Saisissant au vol la plaisanterie de Mackinley, il la prolongea.

— Je peux lui apprendre à lancer le couteau, à choisir un tatouage, à avaler des flammes, à casser des planches avec la tête…

Mackinley éclata de rire.

— Savez-vous vraiment casser une planche d'un coup de tête ?

— Oui. Mais ça fait mal !

— Et bien sûr, vous vivez de bière et de pizzas ?

— Pas tout à fait. Je bois aussi de la tequila !

Les yeux de Mackinley étincelaient à la lueur des bougies. Elle s'amusait beaucoup.

— Vous avez bien raison. Un régime équilibré est indispensable à la santé ! Eh bien ! acheva-t-elle avec un sourire, n'initiez pas mon fils aux joies du piercing, ce soir en mon absence.

Rafe leva au ciel des yeux faussement indignés.

— Merci de l'opinion que vous avez de mes capacités éducatives !

Il plia sa serviette avec application, et la plaça à côté de son assiette. Puis il se passa une main dans les cheveux.

— Je dois dire que… je pensais que Kimmie était…

— Une fille ? proposa Barbara avec un petit rire.

L'air penaud, Rafe expliqua :

— Je n'y connais rien. Pour moi, tous les bébés se ressemblent.

— Sauf Kimmie ! corrigea Mackinley. Lui est unique.

Barbara se tourna vers Rafe avec indulgence.

— A cet âge, le sexe d'un bébé est difficile à deviner, l'assura-t-elle.

Comme elle tapotait la main de Rafe, il s'étonna de prendre

plaisir à cette caresse maternelle. Désireux de se faire apprécier de la mère de Mackinley, il remarqua :

— Vous avez l'air beaucoup trop jeune pour être grand-mère.

La flatterie provoqua chez Mackinley un petit rire narquois. Mais Barbara ne l'entendait pas de cette oreille. Elle sourit à Rafe et déclara :

— Merci beaucoup. Il y a longtemps qu'on ne m'avait fait un aussi gentil compliment.

Détendu, Rafe s'appuya au dossier de sa chaise. Il contempla Barbara tandis qu'elle essuyait les mains sales de Kimmie. Que penser de cette femme ? Il ne le savait pas encore. Elle avait en commun avec sa fille de grands yeux marron, et des traits décidés. Mais son visage exprimait une sorte de résignation. Comme si elle n'avait plus d'espoir en la vie. Peut-être parce qu'elle avait perdu Carter, son mari, l'année précédente ?

Rafe inspira profondément. D'après les quelques allusions de Mackinley à son père disparu, ils avaient été très proches l'un de l'autre. Il compatissait de tout cœur au deuil de la jeune femme. Lui-même, tout en trouvant parfois Jack exaspérant, ne s'imaginait pas la vie sans lui.

— Alors comme ça, reprit Mackinley, vous preniez mon fils pour une fille ?

— Disons… Kim est bien un prénom féminin, si je ne m'abuse…

— Mon petit-fils s'appelle Kimball George Leigh, expliqua Barbara avec fierté. Cela dit, depuis qu'il grandit, nous essayons de lui trouver un diminutif plus masculin que Kimmie.

Soulevant l'enfant de sa chaise haute, Mackinley le prit dans ses bras et le serra contre elle.

— Jusqu'à maintenant, nous n'avons rien trouvé qui nous satisfasse, ajouta-t-elle en souriant.

Rafe ne répondit rien. Il était subjugué par la beauté de Mackinley tenant son enfant contre sa poitrine. La flamme des bougies faisait jouer des ombres sur ses joues. Elle posait sur son fils un regard d'amour souriant. Un regard presque révérant. Il regretta de n'avoir aucun souvenir de sa propre mère. L'avait-elle tenu entre ses bras de cette manière ? Contre toute attente, sa gorge se noua. Il détourna le regard. Difficile de croire qu'une femme dont il ne gardait aucun souvenir l'avait aimé comme Mackinley chérissait à cet instant son enfant, songea-t-il.

Les pensées de Rafe dérivèrent. Mackinley avait-elle montré le même amour, la même dévotion, envers son mari ? se demanda-t-il. Etait-elle prête à offrir à un autre homme les sentiments qu'elle avait éprouvés à son égard ? A en juger par ses réactions sensuelles, ses déboires sentimentaux ne l'avaient pas dégoûtée des hommes. Elle s'était même montrée plus que consentante aux caresses qu'il lui avait prodiguées. Alors que, maintenant, elle avait l'air d'un ange, d'une madone.

Sous l'intensité du regard de Rafe, Mackinley leva les yeux vers lui. Leurs regards se soutinrent quelques secondes. La poitrine de Rafe se serra. Détournant la tête, il tenta de se concentrer sur le mystère que constituait l'appartement des Leigh. Que faisaient deux femmes de cette classe dans un appartement aussi miteux ? Les beaux meubles, les lampes de prix, contrastaient avec le linoléum, avec les persiennes de mauvaise qualité. Et qui aurait idée de dresser une table impeccable, avec argenterie et bougeoirs élégants, pour servir... une simple purée ? La mort de Carter Leigh avait-elle plongé la famille dans la gêne financière ? Cet homme avait-il eu l'imprévoyance de ne pas s'occuper de l'avenir de sa famille ? Avait-il des dettes ? Si tel était le cas, pourquoi Mackinley ne mettait-elle pas ses atouts à profit pour trouver un emploi mieux rémunéré que celui de secrétaire ?

Du coin de l'œil, Rafe observait Barbara. Elle lissa la nappe d'un geste nerveux. Comme sa fille, elle avait des doigts menus, en perpétuel mouvement. En revanche, ses ongles n'étaient pas rongés à vif comme ceux de Mackinley. Au premier abord, il avait attribué la nervosité de Barbara au fait de devoir vivre en sa compagnie pendant une semaine. Mais, réflexion faite, il ne s'agissait pas de cela. En effet, elle ne manquait pas une occasion de dire son plaisir à la perspective de le voir emménager chez elle !

Tout cela intriguait Rafe. L'inquiétait. D'autant plus que ce premier dîner réveillait ses mauvais souvenirs à propos de Charmaine. Son père, ses amis l'ignoraient, mais avec elle, il avait nourri le projet de se ranger. De former un foyer. Pendant quelque temps, son départ l'avait laissé démuni. Et maintenant, il se trouvait de nouveau en situation d'être « papa ». Malgré cette menace, il couvait Mackinley du regard.

Ainsi que Kimmie. De toute évidence, sa grand-mère et sa mère envisageaient pour lui école privée avec blazers bleu marine et mocassins, équitation, piano et dessin. Pourquoi pas ? A condition de pouvoir lui offrir tout ce luxe ! Et de ne pas habiter ce quartier de Lower East End — où il faudrait plutôt l'armer d'un coup-de-poing américain que d'une cravache !

Mackinley tira Rafe de ses pensées. Se levant, elle fit le tour de la table et déposa Kimmie sur ses genoux en disant :

— Ça vous dérange de le tenir un peu dans vos bras ?

Avec un haut-le-cœur, Rafe bafouilla :

— Mais… je n'ai jamais porté un bébé.

Stupéfaite, Barbara s'écria :

— Pas un seul ?

— Non, répondit-il.

Mis à part les petits Français de l'autobus pris en otage, songea-t-il. Mais ceux-là n'étaient pas des nourrissons. Encore maintenant, il sentait leurs menus poings agrippés à ses épaules, quand il les avait transportés un à un vers leurs parents. A ce moment-là, son cœur s'était enflé de révolte : comment pouvait-on infliger de telles terreurs à de petits êtres sans défense ?

Mackinley installa Kimmie sur les genoux de Rafe. Puis elle conseilla d'une voix douce :

— Détendez-vous…

— Il est vraiment… léger, constata Rafe avec une émotion involontaire.

Comme son regard se posait sur l'enfant, il remarqua la poupée qu'il tenait contre lui. Une poupée ! Rafe fronça les sourcils. Dès demain, il achèterait à ce bambin un jean noir et une casquette de base-ball. Et un camion. Et des petites voitures. Des soldats en plastique. Bref, des jouets de garçon !

Levant les yeux vers Mackinley et sa mère, il plaisanta.

— Ce petit semble avoir un goût pour les femmes…

— Il ne sera pas du genre à fuir l'engagement envers elles, répliqua Mackinley en riant.

Et elle ? se demanda Rafe. Cherchait-elle à s'engager ? Avait-elle besoin d'un refuge ?

Barbara sourit à son tour.

— La poupée s'appelle B.B. Belle Blonde ! C'est son doudou. Son amie intime.

Rafe fit sauter Kimmie sur ses genoux, et déclara :

— Moi aussi, j'ai un faible pour les blondes.

Un faible pour les femmes petites, aux cheveux dorés, acheva-t-il *in petto.*

Mackinley se tourna vers sa mère et changea de sujet. Un sujet manifestement déjà abordé.

— Ne t'en fais pas, maman. Tu trouveras un autre emploi.

Tout en câlinant le bébé avec maladresse, Rafe dressa l'oreille.

Barbara se tordit les mains.

— Carter serait si contrarié… Mais dans ce service, le système téléphonique était très complexe. Un véritable standard. Et le patron me réprimandait devant tout le monde… Quelle humiliation !

La voix de Barbara fléchit. Puis elle reprit :

— Les choses ont tellement changé depuis l'époque où je travaillais… Je ne sers plus à rien, à présent.

— Tout à fait faux ! protesta Mackinley. Souviens-toi, quand papa vivait encore, tu t'es portée volontaire à l'hôpital Saint-Vincent. Et à la distribution de vêtements de Saint-Luc…

Rafe sursauta de manière imperceptible. L'hôpital Saint-Vincent et l'église Saint-Luc se trouvaient tous les deux dans le quartier chic de Greenwhich Village. La famille Leigh y avait-elle vécu ? Dans ce cas, à quel moment avait-elle emménagé dans Lower East Side ? Et pour quelle raison ?

— Oui mais… c'est la deuxième situation que je perds. Je retourne à l'agence pour l'emploi dès demain matin.

Le regard embarrassé de Barbara se posa sur Rafe.

— Etes-vous d'accord pour déposer Kimmie à la garderie demain matin ? demanda-t-elle.

Rafe inclina la tête.

— Avec plaisir.

— Je vous remercie, murmura Barbara. Dieu soit loué, Carter n'est pas ici pour voir tout cela.

Tout *quoi* ? se demanda Rafe. Que se passait-il au juste ?

Les joues de Mackinley s'empourprèrent. Elle lança à Rafe un regard d'excuse. Comme si elle répugnait à exposer au grand jour ses problèmes familiaux.

— Papa serait fier de toi, maman, affirma-t-elle.

Serrant le bébé contre lui, Rafe lança alentour un regard circulaire. Des photos de Carter Leigh trônaient partout. Des clichés de vacances en famille, dans des temps meilleurs. Pourquoi Barbara et Mackinley cachaient-elles ce qui leur était arrivé ? Pourquoi, au cours du dîner, avaient-elles éludé tous ses efforts indirects pour en savoir davantage ?

Quelque chose d'étrange se passait ici. D'ailleurs, la même impression l'assaillait parfois au tribunal, lorsqu'il témoignait dans une affaire d'enlèvement. Avocats et juges s'entendaient entre eux en coulisse. De sorte que la vérité devenait insaisissable. Aussi glissante qu'une anguille. Et bien, dans cet appartement, le même phénomène se produisait. Mère et fille avaient de toute évidence comploté dans la cuisine. Elles avaient mis au point ce qu'on lui dévoilerait ou lui dissimulerait.

Rafe regarda Kimmie d'un air pensif. Le bébé lui rendit son regard. Un regard aussi innocent et confiant que celui de sa mère. Puis l'enfant lui sourit. « Rien que pour moi », songea Rafe, attendri. Il se ploya vers l'enfant et lui rendit son sourire. Kimmie se mit à gazouiller.

— On se comprend, tous les deux, murmura-t-il.

Tournée vers Rafe, Barbara demanda :

— Ça vous ennuierait que le petit dorme dans votre chambre ? Le berceau se trouve près du lit de Mackinley, et il serait plus pratique de ne pas le changer d'endroit.

Soudain tendu, Rafe se redressa.

— Euh... je ne connais rien aux couches, biberons et autres...

— Kimmie est un merveilleux enfant, le rassura Barbara. Il dort d'un bout à l'autre de la nuit. Mais si vous y voyez un inconvénient...

La façon dont Barbara Leigh acceptait cette situation extravagante plongea de nouveau Rafe dans la perplexité.

Qu'est-ce qui poussait ces deux femmes à adopter avec un tel naturel l'idée tordue de Jack ? Il lança un rapide coup d'œil à Mackinley et répliqua :

— Je suis un être très flexible. J'ai l'habitude de demeurer avec des étrangers lorsque je travaille.

L'air dubitatif, Mackinley objecta :

— Même avec des bébés ?

— Non, en effet. Cependant, l'an dernier, j'ai passé quatre mois avec une famille, à Mexico.

Rafe garda pour lui les circonstances exactes : le chef de famille avait été enlevé par un narcotrafiquant. Rafe était parvenu à négocier la libération de la victime. Mais l'homme était revenu squelettique, déshydraté et souffrant de troubles psychologiques graves dus aux tortures infligées pendant sa captivité.

Une étincelle fit briller le regard de Barbara.

— Mexico ! s'exclama-t-elle. Carter s'y est souvent rendu pour affaires.

— Rafe voyage tout le temps, intervint Mackinley.

Barbara sourit.

— C'est formidable ! Je ferai mon possible pour rendre agréable votre séjour chez nous… Je suppose que vous avez de merveilleuses diapositives de vos voyages ?

Rafe s'amusa sous cape. Il ne possédait même pas d'appareil photos ! Ses voyages n'avaient rien à voir avec des promenades touristiques !

— Quelques-unes, répondit-il poliment.

— Autrefois, je parlais espagnol, poursuivit Barbara. Avant d'épouser Carter, j'avais un grand intérêt pour les langues. C'est peut-être pour cette raison que Mackinley les a étudiées à l'université. Elle parle espagnol couramment, vous savez.

— Je m'en suis aperçu…

Elle parlait aussi bien que lui, songea Rafe. Depuis son arrivée ici, il avait eu l'occasion de s'en rendre compte. Certains locataires hispaniques de l'immeuble avaient frappé par deux fois à la porte des Leigh. Ils reprochaient au propriétaire de mal entretenir les locaux. De toute évidence, ils se servaient de

Mackinley comme interprète de leur mécontentement auprès du syndic. A cette idée, le cœur de Rafe se serra.

Mackinley soupira et regarda son fils.

— Bon, il est temps que je parte, dit-elle d'une voix où perçait une sourde détresse.

Barbara acquiesça. De toute évidence, elle souhaitait que sa fille ne parte pas, remarqua Rafe. Dans ce cas, pourquoi ne la retenait-elle pas ?

Mackinley se leva. Rafe l'observa. Menue, elle avait toutefois des rondeurs bien placées. Lorsqu'elle bougeait, le balancement de ses hanches était à damner un saint. Comme elle avait retroussé les manches de son pull, il apercevait la peau ivoire de ses avant-bras. Une envie irrésistible le saisit : caresser cette peau soyeuse du bout des doigts. De la langue. Quelque chose se révolta en lui : pas question de rester seul avec Barbara et le bébé ce soir ! décida-t-il brusquement. Il avait mieux à faire !

— Rien ne vous force à partir, proposa-t-il.

La réponse fusa, implacable

— Je vais finir mes valises.

Sur ce, elle embrassa rapidement son fils, et gagna la porte de la salle à manger. Rafe eut cependant le temps de déceler dans ses yeux une expression douloureuse.

— Je débarrasse la table, annonça Barbara.

Depuis la cuisine, elle s'adressa à sa fille d'une voix tourmentée.

— N'oublie pas de prendre une chemise de nuit, ma chérie.

Du hall, parvint la réponse de Mackinley.

— C'est fait, maman.

— Que se passe-t-il dans cette maison ? murmura Rafe à l'oreille de Kimmie.

Les deux femmes auraient beau dire et beau faire, il n'était pas dupe ! Pour quelle raison Barbara Leigh accepterait-elle de gaieté de cœur la présence d'un étranger chez elle ?

Calant Kimmie sur sa hanche, Rafe partit à la recherche de Mackinley. Il la trouva en manteau, devant le miroir de l'entrée. Occupée à s'enfoncer un joli bonnet de laine jusqu'aux yeux.

— Vous vous apprêtez à cambrioler une banque ? demanda-t-il.

Mackinley sursauta. L'air presque coupable.

— Pardon ?

— Votre bonnet, expliqua Rafe. Ça fait partie de l'attirail du parfait cambrioleur ?

— Ah ! non, dit-elle avec un rire forcé.

En temps normal, l'air coupable de Mackinley aurait intrigué Rafe. Mais la vue des deux sacs de voyage sur le plancher détourna son attention. Quel entêtement ! songea-t-il, contrarié. Elle n'avait même pas pris en considération sa proposition de rester ensemble dans l'appartement.

— C'est à cause de votre mère ? s'enquit-il.

— Ma mère ? Que voulez-vous dire ?

La voix de Rafe se fit murmure. Un murmure un peu rauque.

— C'est à cause d'elle que vous ne voulez pas passer la nuit avec moi ?

Dans la lumière tamisée, les yeux de Mackinley paraissaient très sombres. Du charbon. Et au fond de son regard, brillait une étrange confiance. Mêlée à une attente que Rafe ne sut interpréter.

— Depuis que maman et moi vivons ici, c'est la première fois que je quitte la maison pour toute la nuit, reconnut-elle. Mais… faisons ce que nous sommes censés faire, ce soir.

Rafe plongea dans les yeux de Mackinley un regard perçant.

— En bas, tout à l'heure, ce que nous devions faire ensemble paraissait très clair, reprocha-t-il. Non que je trouve la compagnie de votre mère désagréable, ajouta-t-il.

Il eut le plaisir de voir Mackinley sourire.

— Elle est jolie, non ? remarqua-t-elle.

— Sans aucun doute. Mais, chuchota-t-il, vous l'êtes encore davantage. Bien davantage.

Il glissa sa main libre à l'intérieur du manteau, puis sous le pull de Mackinley. Il aima la façon dont elle frémit sous sa caresse. La façon dont sa bouche s'entrouvrit.

— Je voulais être avec vous ce soir, dit-il d'une voix enrouée. Mais… certaines choses valent le coup d'attendre. Et il est vrai que nous nous connaissons à peine… pour le moment.

Des bruits de vaisselle dans la cuisine ramenèrent Mackinley à la réalité.

— Il faut que j'aide maman, dit-elle d'une voix incertaine. Elle a besoin de moi…

— Non, mon chou, murmura Rafe. Restez… C'est moi qui ai besoin de vous.

Tenant fermement Kimmie contre lui, Rafe glissa la paume de sa main libre le long de la hanche de Mackinley. Jusqu'à sa cuisse. Puis il s'empara de sa bouche en un long baiser sensuel. Etourdissant.

— J'ai eu envie de ce baiser durant tout le repas, murmura-t-il.

— Moi aussi. Peut-être demain soir…

— J'attends ce moment avec impatience.

Une dernière fois, il l'embrassa. Leurs langues se mêlèrent en un enivrant ballet. Fermant les yeux, il oublia tout ce qui n'était pas eux. Embrasser Mackinley Leigh se révélait un vrai paradis. Mais cela le plongeait aussi dans l'enfer de la frustration. Il avait déjà subi trop de dérobades. Il aspirait à l'obscurité d'une chambre. Rêvait de gémissements, de halètements. Voulait lui procurer des plaisirs qu'aucun homme avant lui ne lui avait offerts. Même pas son mari. D'ailleurs, à en juger par le tremblement de la voix de Mackinley, il était en bonne voie d'y parvenir…

— S'il vous plaît, murmura-t-elle, il faut que j'y aille.

Le son rauque de sa propre voix étonna Rafe.

— Partez vite, dans ce cas. Sans cela, je risque de vous en empêcher…

Le prenant au mot, Mackinley se dégagea. Puis son regard se posa sur Kimmie. Ses yeux s'embrumèrent de tristesse.

— Jamais je ne l'ai quitté pour une nuit entière, avoua-t-elle d'un ton douloureux. Il n'est pas au sein, donc ce n'est pas très grave. Mais…

Rafe jura entre ses dents. Un accès de colère flamba en lui. Qu'une femme aussi sincère, une employée aussi parfaite, soit obligée de se plier aux caprices extravagants de son père le révoltait.

— Ne comprenez-vous pas ? Vous n'êtes pas obligée de vous séparer de Kimmie ! Pour ma part, je ne suis pas d'accord. Nous savons tous les deux que mon père n'est pas dans son assiette, depuis ce maudit séminaire de synergie.

La remarque arracha un sourire à Mackinley.

— En fait, moi aussi j'ai pensé qu'il avait un peu perdu la boule. Mais comme je ne le connaissais pas avant le séminaire…

— Faites-moi confiance ! Avant la synergie, il n'avait rien d'un ange. Bien au contraire. Et nous le préférions comme ça ! Si nous nous contentions de *faire semblant* d'échanger nos positions ? Il n'y verrait que du feu !

Interloquée, Mackinley protesta :

— Mentir ?

— Sans problème ! Je retourne chez moi, et vous restez chez vous avec votre enfant.

Mackinley lança à Rafe un regard sans ambiguïté : rien ne lui aurait plu davantage que de demeurer avec Kimmie. Cependant, sa détermination ne flancha pas.

— Mais… nous avons donné notre accord pour faire cet échange. C'est notre… travail.

Rafe secoua la tête.

— Une femme honnête comme vous ne devrait pas être obligée de laisser son enfant à cause d'un caprice de son patron.

— Je ne suis pas si honnête que ça, murmura Mackinley.

La remarque parut sibylline à Rafe. Comprenant l'inefficacité de ses arguments, il capitula. Il déposa un baiser sur le front de Mackinley et tenta de la rassurer.

— Ne vous inquiétez pas. Je prendrai soin de votre petit bonhomme.

Mackinley regarda Rafe au fond des yeux. Un regard étrange, où se mêlaient reconnaissance et convoitise.

— Je sais, murmura-t-elle. Vous être très gentil.

La voix de Barbara leur parvint.

— Tu es encore là, ma chérie ?

— Je pars, maman ! cria Mackinley. Appelle-moi chez Rafe en cas de besoin.

Puis elle se tourna vers Rafe.

— J'y vais…

— J'aimerais tant que vous restiez.

— Moi aussi.

Rafe se pencha pour que Mackinley puisse embrasser Kimmie.

— Vous avez mon adresse et les clés de mon appartement. Faites comme chez vous. Et… heureuse Saint-Valentin !

Serrant Kimmie avec ferveur, Mackinley chuchota :

— Merci…

Un instant plus tard, elle était partie.

Planté là, Rafe espérait son retour sans y croire. Quel changement s'opérait dans sa vie amoureuse… !

Au bout d'un moment, acceptant l'évidence de l'absence de Mackinley, il referma enfin la porte, tourna le verrou, et regarda Kimmie. Deux yeux tout ronds le fixaient.

— Babababa, gazouilla le bébé.

Baba… ? s'interrogea Rafe. Que signifiait ce baragouin ? Bébé ? Mama ? Bye-bye ? Il haussa les épaules. « Allons-y pour bye-bye ! » décida-t-il.

— C'est ça, mon petit gars. Ta maman est partie, mais elle va revenir.

Et la prochaine fois, elle ne lui filerait pas entre les doigts ! se jura-t-il.

« Réfléchis ! » s'enjoignit Mackinley.

Mais le souvenir des baisers de Rafe lui obscurcissait le cerveau. Ainsi que la gentillesse dont il avait fait preuve toute la soirée. Sa politesse délicate envers sa mère. Ses attentions pour Kimmie. La façon dont il lui avait souhaité la Saint-Valentin. En outre, le souci qu'il avait exprimé de la voir quitter son fils l'avait touchée au plus haut point. Et faisait naître en elle un sentiment de culpabilité.

Comme elle ne pouvait se permettre ce genre de sentiment, elle y mit brutalement le hola. Elle se servait de Rafe, parce qu'elle n'avait pas d'autre issue. Point final. Le fait qu'il se soit montré si gentil et attentif n'y changeait rien. N'entrait pas en ligne de compte.

Elle se concentra sur l'écran de l'ordinateur de Rafe. Elle se creusait le cerveau, à la recherche du mot de passe qu'il avait choisi. Peine perdue ! Elle abandonna un instant, et regarda autour d'elle. La seule chose qui ressemblait à Rafe dans cet appartement était le réfrigérateur. Un réfrigérateur à moitié vide, qui contenait quelques bouts de pizza desséchés, des plats préparés abandonnés, et de la bière. Rien de mangeable. Par-dessus le marché, pas trace de tequila. Et pourtant, elle en aurait volontiers bu ! songea-t-elle avec regret.

Quelques vêtements féminins traînaient dans la penderie. Trop étroits. Trop courts. Trop colorés. Mackinley traita par le dédain la pointe de jalousie qui lui pinça le cœur.

A part ça, l'appartement de Rafe ne correspondait pas à ce qu'elle avait imaginé. Aucune paire de tennis ne traînait dans le salon. Pas le moindre tas de linge sale dans la salle de bains. Ni de vaisselle abandonnée dans l'évier de la cuisine.

L'immeuble lui-même était sélect. Portier en uniforme. Hall carrelé de marbre étincelant. Fleurs fraîches sur une table laquée. La moquette de l'appartement respirait le haut de gamme. Meubles de prix, canapés de cuir raffiné. La chambre était dépouillée : un très grand lit, une table de chevet, un fauteuil. Et un grand bureau, sur lequel trônait l'ordinateur.

Installée devant l'écran, Mackinley regarda par la baie vitrée qui donnait sur Central Park. Une bouffée de nostalgie l'envahit à la pensée de la belle maison dans laquelle elle avait grandi. Maison qu'il avait fallu vendre.

Inutile de s'attendrir sur le passé ! s'admonesta-t-elle aussitôt. Détournant le regard de la baie vitrée, elle aperçut sur le lit son unique bagage. Cela raviva sa contrariété. Les étreintes de Rafe l'avaient remuée au point d'en oublier ses vêtements chez elle. Elle n'avait emporté que la mallette contenant l'argent. Demain, décida-t-elle, elle passerait chez elle en coup de vent pour se changer, avant de se rendre au bureau.

La pensée du lendemain la ramena à l'écran de l'ordinateur. Elle avait peu de temps pour accomplir son forfait. Mais pour cela, une chose lui manquait : le mot de passe que Rafe utilisait. Les règles de sécurité imposaient d'en changer chaque semaine. Qu'avait-il eu en tête au moment de choisir son nouveau code ? Elle avait déjà essayé les chiffres : son numéro de sécurité sociale, de passeport, de permis de conduire, de téléphone, de carte de crédit. Numéros qu'elle avait obtenus dans le bureau de Rafe. En fouillant à son insu dans ses affaires.

En vain.

Maintenant, elle essayait de nouveau le nom de ses amis. Shark. Le Silencieux. Magnum. Jack. Abandonnant cette voie, elle tapa les mots qui lui venaient à l'esprit en rapport avec Rafe : Sexy. Grand. Fort. Gentil.

Rien. Pourtant, les informations contenues dans cet ordinateur, il les lui fallait absolument ! De la sorte, si Rafe refusait de l'aider lorsqu'elle le lui demanderait, elle aurait au moins des renseignements sur certains kidnappeurs notoires d'Amérique latine. Car pour elle, cela ne faisait pas un pli : c'est là que le père de Kimmie se trouvait retenu.

Elle soupira, se creusant la tête pour y trouver l'inspiration. Les yeux dans le vague, elle regarda de nouveau par la baie vitrée. Le ciel dégagé scintillait d'étoiles. La lueur jaune des hauts réverbères en fonte dessinait des ombres dans Central Park.

Soudain nerveuse, elle jeta un regard angoissé vers son portable, posé près de la souris de l'ordinateur. Il n'avait pas sonné depuis l'appel dans la Humvee. Mais il ne tarderait pas à le faire. En général, les appels se succédaient au rythme de trois. Au troisième, les kidnappeurs lui donnaient des instructions.

Pas ce soir ! pria-t-elle en son for intérieur. Il faisait trop froid. Trop sombre. Les lieux où elle devait déposer l'argent étaient toujours effrayants. Cependant, pour parer à toute éventualité, elle avait apporté ici les quarante mille dollars. Les transporter jusqu'à l'appartement de Rafe s'était révélé une véritable épreuve. A chaque instant, elle craignait qu'on ne lui arrache le sac qu'elle serrait contre elle.

Des mois auparavant, après avoir vendu la plupart des biens familiaux, elle avait cru récupérer Olivier. Au lieu de cela, les ravisseurs avaient continué à réclamer de l'argent. Des sommes plus petites. Comme s'ils avaient connaissance de l'état de son compte en banque. Mais comment ? Avaient-ils accès à ses comptes par l'intermédiaire d'un ordinateur ? Tout le monde connaissait l'habileté démoniaque de certains hackers pour rentrer dans les sites les mieux protégés. Avaient-ils forcé Olivier à leur dévoiler l'état exact des finances de son ex-femme ?

L'idée de torture lui arracha un gémissement. Olivier était banquier. A ce titre, il avait souvent travaillé dans des pays instables sur le plan politique. Après sa disparition, au cours d'un voyage en Amérique latine, les ravisseurs avaient plusieurs fois envoyé des photos de lui. Chaque fois, il tenait à la main un journal différent. En langue espagnole. Aucun de ces journaux ne se vendait aux Etats-Unis. Cela limitait le champ de ses investigations.

Les yeux posés sur son portable, Mackinley combattit l'impulsion de téléphoner chez elle pour savoir si Kimmie allait bien. Et pour entendre la voix de Rafe, s'avoua-t-elle. Jusqu'à ce soir, elle n'avait pas remarqué à quel point sa voix profonde et basse pouvait être réconfortante.

— Danger, murmura-t-elle en tapant le mot sur le clavier.

Puis elle tapa « Rafe ».

Toujours rien.

Son cerveau se vida. Refoulant les larmes qui lui montaient aux yeux, elle songea aux sommes énormes déjà transférées sur des comptes à l'étranger. Une fortune, que son père avait mis toute sa vie à construire. Non que l'argent ait une quelconque importance. Pour elle comme pour sa mère, une seule chose comptait : retrouver Olivier. Quand il avait été enlevé, l'encre de leur divorce séchait à peine. Il n'avait même pas eu l'occasion de connaître Kimmie.

De plus, s'avoua Mackinley au fin fond d'elle-même, un souhait profond l'habitait : discuter avec Olivier à tête reposée. Comprendre ce qui s'était détérioré entre eux au point d'en arriver à la séparation. Savoir si elle aurait pu éviter cet échec.

Ses pensées dérivèrent en direction de Rafe. En l'observant avec Kimmie, elle avait découvert une autre de ses facettes. Plus tendre. Quant à ses baisers, ils lui avaient fait oublier quelques instants le cauchemar qu'était devenu son quotidien. Peut-être, après tout, sa vie comportait-elle un avenir ? Un jour, elle accepterait enfin le naufrage de son mariage. Ce jour-là, elle serait apte à continuer son existence en compagnie d'un autre homme.

Ses yeux se posèrent sur le lit de Rafe. Les draps de soie noire, le quilt raffiné qui servait de couverture. Elle eut soudain envie qu'il soit là. La serre contre lui. A quoi ressemblerait l'amour entre les bras d'un homme comme lui ? Plusieurs fois, ce soir, elle avait failli tout lui avouer. Elle l'aurait fait. Mais d'abord, il lui fallait obtenir les renseignements contenus dans son ordinateur. Au cas où…

Mais comment ?

Elle se rongea les ongles. Qu'est-ce qui avait occupé l'esprit de Rafe Ransom cette semaine ou la précédente ? Une idée subite lui traversa l'esprit. Elle tapa son propre prénom sur le clavier. Sur-le-champ, la boîte de dialogue s'ouvrit. Une voix artificielle lui souhaita la bienvenue sur le site. Une carte mondiale apparut alors sur l'écran. Parsemée de points reliés entre eux par des lignes brisées, qui allaient d'un pays à un autre. Choisissant parmi une liste d'options, elle aboutit à un classement de ravisseurs par lieux.

Admirative, elle commença à explorer les liens et les références.

— Rafe, vous êtes brillant ! s'exclama-t-elle.

Depuis le début, Mackinley le savait : il était le principal artisan de la création de la Compagnie Ransom. La conception de l'entreprise était si nouvelle, la clientèle si confidentielle, que peu de gens connaissaient l'existence de telles agences. Pour sa part, elle avait mis des mois avant de la découvrir.

Son excitation atteignit son comble. Immergée dans les listes de noms, les renseignements biographiques attachés à chaque individu, elle sursauta à la sonnerie du téléphone.

Le souffle court, elle répondit d'une voix tremblante :

— Allô ? Je suis là…

Une voix rude lui parvint. Impossible à identifier. Féminine ? Masculine ? Difficile à dire.

— Vous avez les cinquante mille ?

Le cœur de Mackinley battait à se rompre.

— Vous aviez dit quarante mille…

— Il nous faut dix mille de plus pour demain.

Une rage impuissante s'empara de Mackinley.

— Je ne les ai pas ! Et je veux parler à Olivier. Voilà des mois que vous ne me laissez plus lui parler.

— Nous savons que vous avez encore de l'argent. Donnez-le ou ne le tuerons.

Tuer Olivier ? La terreur brouillait le cerveau de Mackinley. Peut-être pouvait-elle vendre un tableau ? Ce qui lui restait d'argenterie ? Au désespoir, sa pensée se tourna vers Rafe. Si seulement il était là !

— Vous voulez le voir vivant, oui ou non ? reprit la voix brouillée.

— Bien sûr ! suffoqua-t-elle.

Mais elle n'y croyait plus qu'à moitié. Sans doute Olivier était-il déjà mort. Ces gens n'arrêtaient pas de lui mentir. Elle avait lu beaucoup de livres sur les enlèvements. En aucun cas il ne fallait montrer sa peur. Et si les ravisseurs se rendaient compte que leur interlocuteur cherchait une aide extérieure, ils tuaient souvent leur victime. C'est la raison pour laquelle elle hésitait tant à faire appel à la Compagnie Ransom.

La voix donnait à présent ses instructions :

— Mettez l'argent dans un sac en plastique blanc. Rendez-vous à Central Park. Descendez les escaliers qui mènent au zoo, au coin de la 5e et de la 63e Rue. En bas, placez le sac dans la poubelle en fonte verte, à gauche de l'escalier. Faites demi-tour, et repartez sans vous retourner.

La communication fut coupée.

La panique tourbillonnait dans l'esprit de Mackinley. Comment savaient-ils qu'elle se trouvait près de Central Park ? Elle lança autour d'elle un regard affolé. Non, décida-t-elle, son séjour près du parc n'avait aucun lien avec les instructions reçues.

Le cœur prêt à exploser, Mackinley pressa une main contre sa poitrine. Un bref instant, elle rêva que tout s'arrêtait : la panique, la solitude. Le vide de sa vie, qui avait succédé à l'amour et à la sécurité.

Puis elle courut vers la cuisine de Rafe, espérant de toutes ses forces y trouver un sac en plastique blanc.

— Je suis sûr que ta mère regarde un film sur ma belle télévision, grommela Rafe à l'intention du bébé.

Allongé dans le lit, il se croisa les mains derrière la nuque et étira les jambes. Dans l'obscurité, il faisait de son mieux pour ignorer les petits gémissements de Kimmie. Gémissements qui avaient pour but de lui donner mauvaise conscience, sans doute. Et ça marchait ! enragea Rafe. Décidé à ne pas céder, il tenta de s'installer confortablement.

Son humeur s'assombrissant, il écouta les grondements de la plomberie de l'immeuble et imagina pendant ce temps-là Mackinley lovée sur son canapé de cuir.

— Ne te figure pas que tu peux te mettre à pleurer, menaça-t-il en direction du berceau de Kimmie.

En vain. Kimmie émettait de petites plaintes solitaires de mauvais augure. Pourtant, Barbara s'était montrée formelle : l'enfant dormait à poings fermés toute la nuit. C'était sans doute avant qu'il ne découvre à sa portée une victime à manipuler !

Un pleurnichement s'éleva dans le noir. Rafe se leva en maugréant. Il tâtonna dans le noir, tout en ruminant ses pensées. En s'apercevant que Mackinley avait oublié son sac de voyage, il avait espéré qu'elle reviendrait. Au lieu de cela, il avait reçu deux coups de téléphone de voisins mécontents.

Cela avait au moins soulevé une partie du voile de l'énigme qu'il se posait : jusqu'à récemment, la famille Leigh possédait cet immeuble. Elle l'avait vendu quelques mois auparavant. Raison pour laquelle les locataires tenaient encore Mackinley pour responsable des dysfonctionnements de l'immeuble, et abusaient de son bon cœur. Cependant, la question essentielle demeurait entière : pourquoi Barbara et Mackinley avaient-elles vendu un immeuble qui devait être de bon rapport ? Quoi qu'il en coûte, il en découvrirait la raison !

Soulevant Kimmie, il l'emporta dans son lit et le cala entre son torse nu et un gros oreiller. Comme il plaçait B.B. entre les bras du bébé, il eut une soudaine inspiration.

— J'ai trouvé ton surnom, murmura-t-il à l'oreille de Kimmie : que dirais-tu de K.G. ? Ça fait un peu K.G.B. Au moins, c'est masculin !

K.G. opina de la tête comme s'il comprenait. Il serra son doudou contre lui, ferma les yeux et s'endormit.

Rafe appuya sa joue contre un autre oreiller et songea à Mackinley. Ayant oublié sa valise, elle avait dû se glisser nue dans ses draps de soie. A cette idée, un lent sourire détendit son visage. Si seulement il était avec elle…

4

En arrivant au bureau, la tenue vestimentaire de Mackinley coupa le souffle de Rafe. Elle portait une minijupe rouge qui dévoilait d'admirables jambes. Un pull très échancré. Le tout en provenance de sa propre penderie ! Il reconnaissait très bien les vêtements de l'ancienne petite amie de Shark. L'ensemble moulait les rondeurs de Mackinley comme une seconde peau. A ce spectacle, les mains de Rafe le démangèrent.

Jouant la sévérité, Mackinley s'adossa au chambranle de la porte du bureau de Rafe.

— En retard, Ransom…

— Si j'avais deviné votre tenue, je serais arrivé beaucoup plus tôt…

— Dois-je comprendre que vous ne vous êtes pas réveillé ?

— Peut-être suis-je encore endormi ? rétorqua-t-il du tac au tac. Vous êtes si aguichante… Je rêve, sans aucun doute.

Mackinley hocha la tête en souriant.

— Vous avez la réplique facile !

Rafe jeta un coup d'œil par-dessus son épaule. Les autres négociateurs étaient toujours groupés autour de la table de réunion. Table sur laquelle il avait déposé le couffin de K.G. Grâce au ciel, songea-t-il, Mackinley ne s'était pas encore aperçue de la présence de son fils sur les lieux !

Les mains fourrées dans les poches de son meilleur costume gris, il toisa Mackinley de la tête aux pieds.

— Vous avez fouillé dans mes placards, à ce que je vois…

— Euh… je suis partie sans prendre ma valise, hier soir… Vous n'y voyez pas d'inconvénient, j'espère ?

— Comment le pourrais-je ? C'est vous, le patron !

Elle le regarda un instant, puis sourit.

— Dans ce cas, vous devez être Mackinley, ma secrétaire ? dit-elle.

Rafe lui rendit son sourire.

— Et je présume que vous êtes Rafe ?

Haussant un sourcil, Mackinley s'enquit :

— N'ai-je pas détecté dans votre regard une nuance de crainte, tout à l'heure ?

— De crainte ?

— Peur des représailles pour votre retard.

Rafe éclata de rire. Mackinley rejeta la tête en arrière, et fit de même. Le pull rouge flattait son teint. A travers la fenêtre, les pâles rayons du soleil hivernal jouaient dans ses cheveux dorés.

— Moi aussi, j'ai fouillé dans vos tiroirs, avoua Rafe. Et j'y ai trouvé de drôles de choses…

Le visage de Mackinley se rembrunit. Une lueur d'appréhension traversa son regard.

— Quoi ? demanda-t-elle.

Une fois encore, la suspicion envahit Rafe. Que cachait cette femme ?

— Des sous-vêtements coquins.

Le soulagement se peignit sur les traits de Mackinley. Elle détourna la tête, rosit.

— Les vêtements appartiennent à une ex de Shark, expliqua Rafe. En mon absence, je lui avais laissé l'usage de mon appartement.

— Taratata ! se moqua Mackinley. Dites plutôt que vous entretenez un harem !

Sans pouvoir se l'expliquer, la défiance de Mackinley affecta Rafe plus que de raison. Presque autant que son refus de rester chez elle avec le bébé, la veille.

— Je vous assure ! répéta-t-il. Promis, juré.

— Tout le monde connaît votre habileté à vous sortir des situations les plus inconfortables !

— Je suis négociateur, ne l'oubliez pas !

— Justement ! Comment croirais-je un homme qui a fait de son bagout un gagne-pain lucratif ?

— Je vous jure que je ne mens pas, pour les vêtements ! s'entêta Rafe.

Le regard de Mackinley s'adoucit un peu.

— Je vous crois, dit-elle, mi-figue mi-raisin.

De toute évidence, elle s'amusait bien ! remarqua Rafe avec une pointe d'irritation. Toutefois, sa dernière déclaration le soulagea. Entre Mackinley et lui, le courant passait. Quelque chose d'indéfinissable, qui engageait sa vie sentimentale. Que faire de cet élément nouveau ? Il n'en savait rien encore.

Tout à coup, il eut un éclair de lucidité.

— Vous n'avez pas cru un instant qu'il s'agissait des vêtements de ma petite amie, n'est-ce pas ?

Mackinley se troubla un peu.

— En effet… Je sais par le portier de votre immeuble que Shark a séjourné dans votre appartement, l'année dernière, reconnut-elle. Et si j'en juge par les photos de presse de Charmaine, vos goûts vont aux grandes femmes. Ces vêtements ne lui iraient pas.

— Mes goûts ont changé, entre-temps.

La tête penchée sur le côté, Mackinley le scruta.

— Ah bon ! Et… qu'est-ce qui vous a fait changer ?

Le regard de Rafe glissa de la chevelure dorée de Mackinley à ses joues délicates, et s'attarda sur ses lèvres.

— Qui sait ? répliqua-t-il. En tout cas, j'aime de plus en plus les femmes petites. C'est tellement féminin…

Elle émit un rire de gorge, spontané et musical.

— C'est bien ce que je pensais ! Vous êtes un fameux hâbleur !

Durant quelques secondes, leurs regards se rivèrent l'un à l'autre. En son for intérieur, Rafe capitula : il était cuit ! reconnut-il. Dès le premier baiser, cette femme lui avait tourné la tête. Pour quelle raison ? Il l'ignorait. En tout cas, jamais il n'était tombé amoureux aussi vite. Aussi profondément. Malgré toutes les questions sans réponse qu'il se posait.

Tout à coup, une chose le frappa : Mackinley semblait éreintée. Jusqu'alors, seule la tenue sexy avait retenu son attention. Maintenant, les cernes bleutés qui lui mangeaient le visage lui apparaissaient.

— Vous avez mal dormi, chez moi ? demanda-t-il.

— Au contraire.

Rafe n'en crut rien. D'ailleurs, à bien y réfléchir, elle avait souvent l'air vanné. Et cette fatigue ne provenait pas de K.G., raisonna-t-il. Comme Barbara le lui avait annoncé, le bébé avait dormi toute la nuit. Comme un loir !

Le pouls de Rafe s'accéléra un peu. Une sourde inquiétude montait en lui. Il lança à l'instinct :

— Quelque chose ne va pas ?

— Comment ça ?

— A la maison ?

Mackinley éluda la question.

— Comment le saurais-je ? C'est vous qui habitez chez moi ! Vous êtes-vous bien entendu avec maman ?

Rafe continuait à scruter Mackinley. Croyait-elle pouvoir le duper ? Depuis longtemps, il excellait dans l'art de repérer les menteurs.

— Je lui ai raconté toutes les blagues salaces de mon répertoire !

D'une tape amicale sur le bras, Mackinley protesta :

— Ce n'est pas vrai !

— Non, reconnut Rafe. Mais nous nous sommes entendus comme larrons en foire. Il n'empêche, j'aimerais que vous restiez chez vous avec le bébé. Je sais qu'il vous a manqué.

A ces mots, Mackinley détourna la tête pour dissimuler sa tristesse.

La perplexité de Rafe atteignit son comble. Pour rester avec son fils, il suffisait de mentir à Jack Ransom. Alors, pourquoi s'obstiner à lui obéir à la lettre ? Sa curiosité s'accrut. Curiosité professionnelle ? Amoureuse ? En tout cas, sa détermination se renforçait : il tirerait cette affaire au clair. Coûte que coûte !

Tout à coup, le regard de Mackinley se posa sur le groupe que formaient les négociateurs autour de Kimmie. Chacun rivalisait de risettes et de caresses pour amuser le bébé.

— Oh non ! murmura Mackinley. Vous n'avez pas fait ça !

— Je l'ai conduit à la crèche, expliqua Rafe. Mais chaque fois que je faisais mine de partir, il se mettait à pleurer.

Pour ne rien dire de ses hurlements ! De ses petits poings

accrochés aux revers de son costume. Encore maintenant, il revoyait les yeux accusateurs de K.G. posés sur lui. Noyés de larmes. Le taxant de traîtrise. Ses jolies petites lèvres tremblantes. Comment résister ?

— K.G. voulait vraiment venir, conclut-il avec conviction.

— K.G. ?

— Vous cherchiez un diminutif un peu plus… masculin pour Kimmie. J'ai trouvé K.G.

Le regard de Mackinley se faufila dans le cercle que formaient Jack, Shark et Magnum autour de Kimmie. Chacun roucoulait à qui mieux mieux.

— Mais… comment mon fils est-il habillé ? s'étonna-t-elle.

Rafe gloussa.

— Nous avons fait du shopping. Je lui ai acheté ces lunettes de soleil en plastique rouge, le gilet et la casquette des Power Rangers. Ça lui va bien, non ?

Devant l'expression perplexe de Mackinley, Rafe insista.

— Il a choisi cette tenue lui-même. Il l'a désignée du doigt.

— Mon Dieu ! soupira Mackinley.

Plein de bonnes intentions, Rafe poursuivit.

— Ne vous en faites pas ! Je n'ai pas oublié B.B.

— K.G. et B.B… Je vois qu'entre mon fils et vous, l'entente est cordiale ! ironisa Mackinley.

Bien davantage que Rafe n'était prêt à le reconnaître. A dire vrai, s'occuper de ce bébé l'avait profondément remué. Au réveil, il avait aperçu les grands yeux de K.G. posés sur lui. Ses petites menottes fourrageaient dans les poils de son torse. Un sourire confiant flottait sur ses lèvres. Un instant de magie pure. Sentant ce petit être contre lui, il avait soudain pris conscience de sa propre taille. De son âge. S'il voulait des enfants, le moment était venu.

Le regard intrigué de Mackinley posé sur lui poussa Rafe à jouer la désinvolture.

— Pour un gamin, j'avoue que K.G. ne se comporte pas trop mal…

Mackinley sourit d'un air entendu. Puis elle ajouta :

— Va pour K.G. ! Nous verrons à l'usage si ça lui plaît.

Les yeux de Rafe s'attardèrent sur la bouche de Mackinley.

Un désir violent le saisit de se repaître de la saveur de ses lèvres. Cependant, à la périphérie de son champ de vision, il nota dans la salle de conférences une table dressée, avec jus de fruits, café, thé et petits gâteaux. Une jeune femme d'une trentaine d'années grignotait un petit-four, une tasse à la main. Une femme plus âgée, en tailleur rouge, se planta dans l'embrasure de la porte et pointa sa montre du doigt.

— Excusez-moi, dit-elle d'un ton aimable. Leslie et moi avons un autre rendez-vous dans une heure. Ne pourrions-nous pas commencer la réunion ?

Rafe se tapa le front. Le meeting avec l'agence de publicité ! songea-t-il. Comment avait-il pu l'oublier ?

Avec aisance, Mackinley prit la direction des opérations. Se dirigeant vers la salle de conférences, elle expliqua :

— Veuillez excuser Rafe. Il a eu des ennuis avec la crèche. Vous savez ce que c'est, les pères célibataires ! J'espère que vous ne voyez pas d'inconvénient à ce que le bébé assiste à notre entretien ?

Lançant un regard par-dessus son épaule, elle ajouta à l'adresse de Rafe :

— Filez chercher votre bloc-notes ! Nous commençons.

Mackinley écarquilla les yeux. Un pied revêtu d'une chaussette lui caressait la cheville ! Glissait le long de son mollet ! Elle fustigea Rafe du regard. Sans succès. Il prenait des notes avec ostentation. L'espace d'un instant, son esprit chavira. Rien d'étonnant à ce qu'un homme aussi hardi assaille ses pensées en permanence. Même au milieu du cauchemar qu'était devenue sa vie. Aucun autre que lui n'y serait parvenu.

Et pourtant, au fond d'elle-même, elle se sentait lessivée. Fragile comme du verre. Tout en affichant vis-à-vis du monde un sourire serein. Déterminé. Il fallait tenir le coup ! La veille, l'ordinateur ne lui avait pas fourni tous les renseignements nécessaires. Par conséquent, elle ne pouvait s'offrir le luxe de dire la vérité à Rafe. Pas encore.

Tout en gardant le buste bien droit, elle repoussa de la jambe le pied importun de Rafe. Peine perdue. Deux secondes après, le pied revenait à la charge. En douceur. De son côté, Kimmie gazouillait sans souci.

Mackinley s'éclaircit la gorge et reprit.

— Ce que nous appelons E et L, c'est-à-dire enlèvement et libération, est devenu une véritable industrie. Une industrie à la clientèle très privée. Votre campagne publicitaire devra faire preuve de discrétion. Nous avons d'ailleurs longuement hésité avant de faire appel à vous.

Les deux femmes se désintéressaient tout à fait de la présence du bébé et de Rafe. Leur attention se focalisait sur Mackinley. La plus âgée étala sur la table une série de documents. Des esquisses d'encarts publicitaires. Puis elle en tapota un d'un ongle laqué.

— Voici mon préféré, déclara-t-elle. Mais remarquez que nos différentes esquisses prennent en compte la discrétion à laquelle vous êtes attachée.

La jeune femme au tailleur gris intervint.

— Ce ne sont que des projets initiaux. Vos suggestions seront les bienvenues.

Comme l'orteil de Rafe atteignait son genou, Mackinley passa la main sous la table, et le repoussa.

— Les esquisses me paraissent excellentes, assura-t-elle.

Mackinley avait participé à la préparation de la réunion. Par conséquent, elle connaissait très bien les desiderata de la Compagnie Ransom au sujet du programme publicitaire à lancer. Même si, en cet instant précis, elle se sentait peu professionnelle. A qui la faute ? Rafe ne lui rendait pas la tâche facile ! Se penchant pour mieux étudier les documents, elle tira sur l'ourlet de sa jupe. La seconde d'après, elle le sentit se soulever de nouveau.

L'ensemble de la situation la déstabilisait. Ce matin, son intention avait été de courir chez elle se changer avant de se rendre au bureau. Hélas, l'épisode de Central Park l'avait épuisée. Au point de ne pas entendre sonner le réveil. Debout en sursaut, elle n'avait eu d'autre solution que de s'accoutrer des vêtements d'une autre. Tant pis s'ils étaient provocants ! Mais il y avait plus déroutant encore. Tout à l'heure, Rafe l'avait transpercée du regard. Un regard qui ne lui laissait aucune illusion : il se doutait que quelque chose ne tournait pas rond.

Prenant sur elle, Mackinley sélectionna trois projets.

— Voici les meilleurs, à mon sens, dit-elle.

— Nous allons nous adresser aux dirigeants des grandes multinationales, déclara la plus âgée des femmes. Nos documents seront à l'abri des regards indiscrets, dans des classeurs bleu marine. Confidentiels.

— Pourquoi pas noirs ? demanda Mackinley.

— Le bleu marine est moins lugubre. Songez que vous êtes là pour protéger des vies humaines. Pas pour inquiéter.

L'orteil de Rafe naviguait le long du mollet de Mackinley.

— En effet…, bredouilla-t-elle.

Puis prenant le taureau par les cornes, elle apostropha son assistant :

— Vous avez bien compris, Rafe ? Vous ne me paraissez pas très attentif !

— Au contraire, madame, protesta-t-il, une lueur amusée dans l'œil.

— Dans les images subliminales, un classeur fermé évoque la confidentialité, le respect de la vie privée, expliqua la femme au tailleur rouge.

Mackinley tança Rafe du regard et prononça à haute et intelligible voix :

— Rien n'est plus précieux que le respect de la vie privée.

Sans se démonter, Rafe se contenta de sourire d'un air innocent. Son orteil s'attardait à présent au creux de la cheville droite de Mackinley.

Demeurer maîtresse de la situation ! songea-t-elle. La voix un peu enrouée, le cœur battant, elle se tourna vers les deux publicitaires.

— Je vous en prie, continuez à développer votre projet d'ensemble.

S'adossant à sa chaise, elle avala une gorgée de café. Cela lui procura un peu de réconfort. Comme, malgré la gêne que cela occasionnait, lui en procurait le contact physique de Rafe. A tel point que lorsqu'il retira son pied, si chaud et rassurant, elle eut un pincement au cœur. Les larmes lui montèrent aux yeux. Décidément, reconnut-elle, les baisers de cet homme, ses caresses, sa manière de flirter avec elle, lui donnaient l'énergie de ne pas baisser les bras. La revitalisaient.

Elle avait les nerfs à vif depuis si longtemps... Sa vie n'était plus que secrets et mensonges. En outre, elle se remettait mal de la mort de son père, l'année précédente. Pour couronner le tout, le retour éventuel d'Olivier reposait sur ses seules épaules. Même si leur mariage avait tourné au désastre, une conviction intime la guidait : il est néfaste pour un enfant de grandir sans père.

De nouveau, les pensées de Mackinley tournaient en rond autour des mêmes questions : à supposer qu'elle ait davantage privilégié sa propre carrière, gardé ses propres amis pendant leur vie commune, Olivier se serait-il moins vite lassé d'elle ? Existait-il un moyen par lequel elle aurait pu sauver leur union ? Ou bien Olivier était-il l'artisan de sa propre insatisfaction ? Sans qu'elle ait le pouvoir d'y rien changer.

L'enlèvement soudain de son ex-mari l'avait privée de l'occasion d'élucider tous ces points d'interrogation. Depuis, elle combattait sa peur à mains nues. D'ailleurs, elle ne savait d'où elle tirait sa force. Jour après jour, elle opposait au monde, à sa famille, un visage uni. Prétendait que tout allait bien dans le meilleur des mondes. Mais, en fait, une seule personne parvenait encore à la faire sourire. Rafe.

A présent, elle s'en convainquait, il accepterait de l'aider.

Mais au cas où il refuserait, elle devait finir d'imprimer sa base de données. Ne rien laisser au hasard... Même si la nuit précédente l'avait éprouvée au-delà de toute expression. En quittant l'appartement de Rafe, elle avait pris un taxi pour se rendre au zoo. Si les ravisseurs la surprenaient au volant de la Humvee, ils se demanderaient d'où provenait cette voiture. Pour le découvrir, ils la suivraient. Et cela, elle ne le voulait pour rien au monde.

A son arrivée à Central Park, minuit sonnait. Elle avait descendu les marches sur la pointe des pieds, la main fourrée dans son sac et crispée sur la crosse de son revolver. Des branches de buissons effleuraient par intermittence la rampe de fonte de l'escalier. De longs frissons la parcouraient. Frissons de froid. De peur. Comme tous les New-Yorkais, elle connaissait l'existence des marginaux qui peuplaient les nuits du parc. Des sans-abri. Des dealers. Des violeurs. Tout un monde effrayant. Sans foi ni loi. Comme tous les New-Yorkais, elle ne se serait donc jamais aventurée de son plein gré dans Central Park la nuit. A chaque pas, elle se tendait davantage. Prête à hurler au meurtre. A tirer sur l'agresseur qui chercherait à s'emparer de son argent. Elle se blindait contre les regards calculateurs qui l'observaient sans doute dans l'obscurité glacée. Pour se donner du courage, elle répétait encore et encore la même phrase dans sa tête. « Cette fois-ci, ils vont libérer Olivier. Ils vont le libérer. »

Elle revint au présent. Que dirait-elle au père de son enfant, si elle le revoyait ? se demanda-t-elle. Elle aimait bien le diminutif K.G... Parce que c'était Rafe qui l'avait trouvé ? A n'en pas douter ! Et aussi parce que son intérêt pour lui croissait d'heure en heure. Pour l'avoir observé avec K.G., elle le sentait sensible. Bien davantage qu'elle ne l'avait cru au premier abord. Pour preuve, il avait compris d'instinct à quel point son bébé lui avait manqué.

Quant à K.G., il semblait séduit par Rafe ! Au point d'accepter sans difficulté la séparation d'avec sa mère. A cette pensée, une boule se forma dans la gorge de Mackinley. De toute évidence, son bébé avait besoin d'un père. Pour cela, elle passerait par le chas d'une aiguille afin de libérer Olivier.

Si son propre père vivait encore, cela modifierait-il la situation intenable dans laquelle elle se trouvait ? Au cours de la période où il luttait contre le cancer, elle se révoltait à l'idée de vivre sans lui. Elle avait alors mesuré à quel point le mariage de ses parents était une réussite. Ils avaient vécu ensemble une vie pleine et heureuse. En comparaison, l'échec de son propre ménage lui apparaissait doublement pitoyable. Pourquoi Olivier et elle avaient-ils échoué là où le succès de ses parents était éclatant ?

Mackinley se força à changer le cours de ses pensées. Si seulement elle ne s'était pas endormie devant les données de l'ordinateur ! Cela lui aurait évité de retourner seule dans l'appartement de Rafe, ce soir.

Hélas, quand elle s'était réveillée, à 4 heures du matin, devant l'écran de l'ordinateur, la fatigue avait eu raison d'elle. Elle avait jeté l'éponge. Après s'être déshabillée, elle s'était glissée dans les draps de soie noire. Le parfum de Rafe l'avait enveloppée comme un cocon. L'avait hantée le reste de la nuit.

Tout en écoutant les deux publicitaires, Mackinley lança un regard vers la vitre intérieure qui séparait la salle de réunion d'une salle plus petite. Les amis de Rafe y faisaient semblant de travailler. En fait, ils riaient sous cape. Pensez donc ! Le fils du patron, contraint de prendre des notes comme une secrétaire consciencieuse ! Etriqué dans son costume aux manches trop courtes, le Silencieux lui fit un petit signe de la main ironique. Shark portait un costume bleu lustré d'employé de banque. Quant à Magnum, l'harmonie entre sa cravate et sa chemise était digne d'un daltonien.

A ce spectacle, Mackinley éprouva une indulgence presque maternelle. Certes, les célibataires de la Compagnie Ransom étaient des durs à cuire. On ne pouvait leur enlever cela. Mais pour la vie quotidienne, une présence féminine leur faisait défaut !

Même pour Rafe. Non qu'il ne fût pas beau dans son costume gris de bonne coupe. Au contraire, celui-ci mettait en valeur son teint mat, et rehaussait l'éclat de ses yeux verts. Cependant, un indice ne trompait pas : son rapprochement instinctif avec Barbara, la veille. Cela donnait raison à Jack : Rafe avait manqué d'une mère toute sa vie.

Levant soudain les yeux de ses notes, Rafe s'informa auprès des deux publicitaires.

— Ceci serait donc votre projet définitif ?

— Oui, répondit la plus jeune. Bien entendu, nous pourrions aussi ajouter quelques spots publicitaires discrets sur les radios couvrant New York et Washington.

— Cela fait beaucoup de choses à considérer, intervint Mackinley. Quand Rafe aura tapé le procès-verbal de la réunion, je l'étudierai en détail. Ensuite je le soumettrai à Jack Ransom, le patron de la Compagnie. Je vous ferai alors part de notre décision.

Rafe rassembla ses papiers éparpillés sur la table. Puis il se leva, et fit une risette à K.G., qui commençait à agiter bras et jambes dans tous les sens. Au risque de renverser quelque chose.

La jeune femme s'adressa à Mackinley.

— Votre secrétaire est excellent…

En dépit de sa nuit exténuante, Mackinley trouva la force de plaisanter.

— Et il tape soixante-dix mots à la minute !

La femme au tailleur rouge écarquilla les yeux.

— Vraiment ? Où l'avez-vous déniché ?

Retenant un sourire, Mackinley répliqua :

— A l'agence Francesca. Une agence de mannequins.

— Que présentait-il ?

— Des sous-vêtements, la plupart du temps. De plus, je crois qu'il a reçu une offre pour figurer dans une pub à la télévision. Encore des sous-vêtements. N'est-ce pas, Rafe ?

Rafe lui lança un regard assassin.

— Non, madame. Des lames de rasoir.

— Ah ! Ça change un peu, remarqua Mackinley en souriant. J'aime bien que mes employés développent de l'intérêt dans d'autres domaines que leur job. En outre…

La phrase de Mackinley demeura en suspens. Elle écarquilla les yeux tandis que K.G. renversait de son petit poing une coupe de chocolats. Le récipient de verre roula d'abord sur une chaise, puis tomba par terre. Sans se casser. En revanche, les chocolats s'éparpillèrent sur la moquette.

— Excusez-moi, mesdames, dit Rafe d'un ton calme.

Il se mit à genoux, passa la tête sous la nappe. Bientôt, ses larges épaules disparurent aussi. Quelques secondes après, on entendait le bruit mat des chocolats qu'il rassemblait dans la coupe.

— Cet homme est une perle, murmura la jeune publicitaire. Il s'occupe admirablement de son enfant.

Sur le coup, la remarque poignarda Mackinley en plein cœur : on ne voyait donc pas au premier coup d'œil que Kimmie était son bébé ? Mais au bout de quelques secondes, elle envisagea les choses sous un autre angle. Quel bonheur ce serait, de partager son enfant avec un homme tel que Rafe ! Elle imaginait bien K.G. l'appelant papa. Après tout, n'était-ce pas ce dont elle avait toujours rêvé ? Un homme sensible, qui serait fier d'être père ?

— Et il parle espagnol couramment, renchérit-elle.

La femme au tailleur rouge ouvrit de grands yeux.

— Il est allé à l'université ?

— Oui, expliqua Mackinley avec grâce. Il possède beaucoup de cordes à son arc.

En cet instant précis, le souffle lui manqua. Sous la table, deux mains chaudes se posaient sur ses genoux. Essayaient en douceur de lui écarter les jambes. Sans doute Rafe Ransom lui faisait-il savoir à sa façon qu'il était toujours le patron ! songea Mackinley.

— Un homme très compétent, dit-elle, troublée. Trop même, ajouta-t-elle en resserrant les jambes.

Rafe rejoignit Mackinley dans son spacieux bureau. Il referma la porte derrière lui en éclatant de rire. Puis il poussa le loquet de la porte, tira les stores. Enfin, il se planta devant elle et la regarda au fond des yeux.

— Vous avez une manière très cavalière de mettre fin à une réunion ! dit-il. Etes-vous pressée de vous rendre quelque part ?

— Loin de vous, peut-être ? suggéra-t-elle doucement.

Du coin de l'œil, Rafe vit l'écran de son ordinateur s'éteindre, tandis que Mackinley se levait. Elle contourna le bureau, s'appuya au rebord de la table, et croisa les bras.

Rafe s'approcha d'elle. Un brin goguenard, il constata :

— Si vous aviez tellement envie de vous éloigner de moi, vous vous y prendriez autrement, mon chou.

Pour donner une preuve de ce qu'il affirmait, il se colla contre elle. Elle se contenta de protester.

— Vous ne pouvez pas toujours avoir ce que vous voulez !

— Pas toujours. Mais aujourd'hui, si !

Rafe posa les mains sur les hanches rondes de sa secrétaire. Une bouffée de plaisir l'envahit : loin de se rebiffer, Mackinley enroulait les bras autour de son cou.

Elle murmura :

— Où est Kimmie ?

— K.G., corrigea Rafe.

Pour une raison qu'il ne s'expliquait pas, il était fier d'être l'auteur de ce diminutif.

— Vous aimez ce surnom ? demanda-t-il.

— Oui, répliqua Mackinley d'une voix douce. Je pense que ça va coller.

Rafe expliqua :

— Ne vous inquiétez pas. K.G. se trouve dans le bureau de mon père. Avec tous les gars. Une vraie star, ce bébé ! Ce qui signifie que nous sommes seuls.

Les lèvres de Rafe papillonnèrent dans le cou de Mackinley. Sur le lobe de son oreille.

— Nous ferions mieux de relever les stores, objecta la jeune femme.

Rafe s'attarda à lécher la dentelure de l'oreille de Mackinley.

— Dans ce cas, les gens verront ce que nous faisons…

— Alors, arrêtez ! A la réunion, vous vous êtes mal tenu.

La voix de Mackinley manquait de conviction. Rafe lui souleva le menton. Il sema dans son cou des baisers paresseux.

— Que faites-vous ? soupira-t-elle. Nous sommes au bureau, vous semblez l'oublier !

— Quand il s'agit de vous, mon chou, murmura Rafe, l'endroit m'importe peu.

Avant qu'elle ne puisse l'en empêcher, il la souleva et la déposa sur sa table de travail. Ses mains, larges, caressantes, pétrirent les cuisses de Mackinley. Puis d'un mouvement impérieux, il enroula les jambes de la jeune femme autour de sa taille. Ses mains remontèrent lentement vers la poitrine qui se tendait sous les mailles légères du pull. Il caressa chaque sein en lents cercles concentriques. Au creux de ses reins flambait un désir violent.

— Vous êtes belle, chuchota-t-il.

Les joues de Mackinley s'empourprèrent d'émotion.

— Pendant la réunion, je ne vous aurais pas laissé faire, dit-elle cependant.

La voix rauque, Rafe répliqua :

— D'accord, vous serriez les genoux. Mais osez dire que vous n'aviez pas envie que je vous touche là…

Les yeux de Mackinley flanchèrent. Elle ne nia pas. Avala sa salive avec difficulté. A la base de son cou, son pouls battait la chamade.

— Mais… nous sommes sur notre lieu de travail, allégua-t-elle d'une voix frémissante.

— Dans ce cas, commençons à travailler.

Sans plus attendre, Rafe emprisonna la bouche de Mackinley. De la langue, il entrouvrit ses lèvres. Lui prodigua des baisers profonds. Durs. Il arquait son corps tendu contre l'entrejambe de sa compagne. S'y frottait doucement.

Parcourue de frissons, Mackinley rejeta la tête en arrière.

— Vous appelez ça travailler ? souffla-t-elle.

Malgré sa ferveur, Rafe remarqua de nouveau les cernes sous les yeux de Mackinley. Il fronça les sourcils.

— Vous avez l'air si fatiguée… Vous êtes sûre d'avoir passé une bonne nuit chez moi ?

Les lèvres humides des baisers de Rafe, Mackinley rétorqua :

— Excellente.

— Je n'en crois pas un mot.

Tout à coup, Rafe se sentit déchiré. D'un côté, le corps tendu comme un arc, il ne souhaitait qu'une chose : posséder Mackinley. Qu'elle l'entoure de la chaleur, de l'humidité, du mystère de son intimité. Sans plus attendre. Mais d'un autre côté, ce qu'elle lui cachait lui importait encore davantage.

— Ça ne tourne pas rond, dit-il. Cette nuit, quelque chose vous a empêchée de dormir.

— Des fantasmes à votre sujet ? suggéra-t-elle.

Il lui lança un long regard dédaigneux.

— Vous tablez sur ma vanité masculine ?

— Etes-vous vaniteux ?

— Non.

Rassemblant toute sa volonté, il tint en laisse son désir effréné de l'embrasser. De la dénuder. De la prendre sur-le-champ. Au lieu de cela, il insista.

— Allons, Mackinley ! Parlez-moi.

— De quoi ?

Devant son air innocent, Rafe capitula. Il trouverait bien le moyen de lui extorquer des confidences. Une autre fois.

— De ce que vous pensez de mes baisers, dit-il.

Il donna alors libre cours à sa convoitise. Abandonna toute retenue. Ses mains couraient le long des formes voluptueuses de Mackinley. Avec un long gémissement, il glissa une main dans l'échancrure du pull, repoussa l'étoffe du soutien-gorge et dénuda un sein. Contempla un instant la pointe dressée.

Tant de beauté, de sensualité… Rafe sentait son instinct prendre le dessus.

— Je veux vous voir nue, dit-il d'une voix rauque.

Il perdait la tête. Malgré tout, à l'instant où son regard plongeait dans celui de Mackinley, il eut un bref éclair de lucidité : ce moment de volupté, pris à la sauvette, ne les satisferait ni l'un ni l'autre. Car il leur fallait bien davantage : être seuls. Nus. Pleinement unis.

Mais tout cela viendrait plus tard.

Pour l'heure, ils agissaient dans l'urgence. Le regard de Mackinley irradiait le désir. Rafe lui arracha un sourd gémissement.

Il y répondit en la plaquant contre lui, sexe contre sexe, laissant Mackinley découvrir combien il avait envie d'elle. En même temps, dans la brume de son désir, mille questions se bousculaient. Que lui arrivait-il ? Pour la première fois, il s'engageait sans réflexion, corps et âme, dans une relation avec une femme. Pouvait-il lui faire confiance ? Lui avouer ce qu'il ressentait ? Serait-il pris au sérieux ?

— Quelqu'un pourrait venir, murmura Mackinley d'une voix mourante.

Comme pour confirmer ses craintes, on frappa un coup à la porte. En même temps, s'éleva une voix forte.

— Rafe ?

Il reprit pied dans la réalité sans transition. Bon sang ! C'était Shark ! Le corps brûlant, frustré, Rafe soupira. Puis il répondit d'une voix aussi naturelle que possible :

— J'arrive dans une minute. Euh… Mackinley me dicte du courrier.

Baissant le ton, il rectifia la tenue de sa compagne et la rassura.

— Ne vous inquiétez pas. La porte est verrouillée.

Puis, étrangement remué, il recula de quelques pas.

— Peut-être pourrons-nous rester ensemble ce soir ? murmura Mackinley.

Sa voix était si rauque que Rafe ne la reconnut pas.

— Bonne idée, mon chou…

— J'ai beaucoup de bonnes idées, susurra-t-elle avec un sourire.

Rafe lui rendit son sourire.

— Je n'en doute pas, mon cœur.

Tentant de juguler son émotion, il se rapprocha de Mackinley et lui caressa la joue du revers de la main. Pendant quelques secondes, il chercha ses mots. Une sorte de pudeur le retenait.

— Je… je vous aime bien, finit-il par dire.

Dressée sur la pointe des pieds, Mackinley déposa sur les lèvres de Rafe un baiser presque chaste.

— Moi aussi, je vous aime bien, répondit-elle.

Rafe frémit. Le véritable amour commençait-il de la sorte ? Il lui sembla discerner la même question dans le regard de Mackinley.

— Allez voir ce que veut Shark, lui conseilla-t-elle.

Rafe acquiesça. Il pivota et se dirigea vers la porte. Le dos tourné à Mackinley, il la déverrouilla. A cet instant précis, pour la première fois en vingt-quatre heures, un déclic se produisit dans sa tête. En un éclair, tout se mit en place.

En bon professionnel, il ne céda pas à la surprise. Ne se retourna pas. Mais le puzzle se reconstitua avec une netteté aveuglante. Le portable de Mackinley près de son propre ordinateur. Le document affiché sur l'écran lorsqu'il avait pénétré dans son bureau. Document qui nécessitait l'utilisation de son mot de passe… La conclusion s'imposa d'elle-même : Mackinley connaissait son code secret !

Tous les indices qui l'intriguaient depuis deux semaines remontèrent à la surface. S'ajoutèrent à la nervosité de Barbara, la veille. Au manque de sommeil de Mackinley. A la diminution manifeste des moyens d'existence de la famille Leigh.

Par ailleurs, le fait que Mackinley vienne travailler en voiture le surprenait depuis le début. Pour quelle raison utiliser un véhicule personnel dans Manhattan ? Selon sa propre expérience, pour se déplacer rapidement ! Pour livrer quelque chose d'urgent. Et pourquoi Mackinley ne se séparait-elle jamais de son portable ? Sans doute pour des raisons qui n'avaient rien à voir avec son bébé.

Rafe fulminait contre lui-même. Si le désir ne l'avait pas aveuglé, si Mackinley ne l'avait pas mené en bateau, il aurait compris plus tôt. Maintenant, tout s'expliquait avec une aveuglante clarté : quelqu'un de l'entourage de la famille Leigh avait été enlevé !

— Rafe ? s'inquiéta Mackinley derrière lui.

— J'y vais, bougonna-t-il.

La rage au cœur, il tourna la poignée de la porte et sortit.

— Rafe ! appela Barbara de l'autre côté de la porte de la chambre. Vous êtes sûr que tout va bien ?

— Juste un petit mal de tête. Je me repose un peu.

Les yeux de Rafe se posèrent sur K.G., qui le contemplait depuis son berceau.

— Voulez-vous que je me charge de Kimmie ? demanda Barbara.

— Non, merci. Sa compagnie me fait plaisir.

Dès que les pas de Barbara s'éloignèrent, Rafe reprit la fouille des tiroirs de Mackinley. Il finirait bien par dénicher quelque chose ! se jura-t-il. Il y parvenait toujours. Pour l'instant, il suivait une piste : et si Carter Leigh n'était pas mort ? S'il se trouvait détenu quelque part ? Dans l'attente d'une rançon qui le libérerait ? Piste crédible. D'autant plus qu'il avait découvert qui était Carter. LE Carter Leigh, de Leigh Corporation ! En fait, il avait vendu son énorme affaire quelques années auparavant. Mais il représentait toujours beaucoup d'argent.

Une question hantait Rafe. Pourquoi Mackinley ne lui avait-elle parlé de rien ? Pourtant, il se passait entre eux quelque chose de fort ! Cela aurait dû l'inciter aux confidences. Après tout, n'était-il pas un type honorable ? Qui mettait sa vie en jeu pour sauver celle des autres ? Alors ? Pourquoi Mackinley ne lui faisait-elle pas confiance ?

Inutile d'y aller par quatre chemins, finit-il par s'avouer. Il n'existait qu'une réponse plausible : elle se servait de lui. Sans vergogne.

Les yeux dans le vide, Rafe repensait à la matinée écoulée. Mackinley était si tendre, entre ses bras. La tête lovée au creux de son épaule. Le casque doré de ses cheveux doux comme de la soie contre son menton. A cette évocation, il sentit son cœur se serrer, ses reins s'enflammer.

Cela augmenta encore sa colère.

Tandis qu'elle lui donnait ce baiser, elle savait parfaitement ce qu'elle faisait : elle s'insinuait dans sa vie sous de faux prétextes ! C'était la seule conclusion raisonnable. Celle qui expliquait tout. En particulier, qu'une personne de son niveau d'étude acceptât de travailler pour un salaire aussi bas, et qu'elle prît la peine de le séduire.

Toutes ces révélations auraient dû jeter de l'eau sur le feu de sa passion pour Mackinley. Mais il n'en était rien. Au contraire, il la désirait plus que jamais. Un moment, il avait même envisagé de coucher avec elle, avant de la démasquer. Hélas, il était trop intègre pour ça. Il y avait renoncé aussi vite que l'idée lui avait traversé l'esprit.

Par conséquent, ils avaient dîné ensemble chez elle, avec Barbara. Puis il lui avait dit au revoir à la porte, et l'avait laissée rejoindre seule son appartement. Bien entendu, elle ne lui avait pas proposé de passer la nuit avec elle ! Elle avait bien trop à faire à imprimer les données qu'elle volait sur son ordinateur ! songea-t-il avec amertume. Maintenant que ses yeux s'étaient dessillés, il lisait en elle comme dans un livre.

Rafe secoua la tête et reprit sa fouille. Il souleva le matelas, se glissa sous le lit, regarda derrière les gravures accrochées aux murs. Tomba sur quelques photos d'elle qu'il examina. Ravissante ! reconnut-il à contrecœur. Mais en quoi différait-elle de Charmaine ? Comme elle, elle l'utilisait avec cynisme pour se sortir du pétrin.

Il laissa tomber les photos par terre et se mit en devoir de vider le placard. Son acharnement fut bientôt récompensé. Il trouva ce qu'il cherchait, bien caché sur une étagère. Versant les papiers sur le lit, il les contempla. Des coupures de presse, avec des photos de lui en noir et blanc ! Lui, en train de transporter dans ses bras des enfants. Lui, à l'extérieur d'une banque. Lui encore, à Bruxelles. Là, un forcené qui s'était barricadé au siège social d'une multinationale. Il avait dû négocier avec le gars la libération de ses collègues de travail. Sur une autre photo, on le voyait au Caire, où un amoureux transi, mais non payé de retour, avait enlevé la fille d'un diplomate.

En général, les clients de Rafe étaient des personnes privées. C'est la raison pour laquelle on parlait peu de lui dans les journaux. Sauf depuis qu'il avait décidé de donner aux activités de la Compagnie Ransom une certaine publicité.

— Je ne peux y croire, murmura-t-il.

Mackinley avait dépisté les rares références à la Compagnie Ransom dans les journaux. C'est la raison pour laquelle elle était venue frapper à sa porte !

Sous les coupures de presse se trouvait une grande enveloppe en papier kraft. Quand il l'ouvrit, il eut un haut-le-cœur : des photos Polaroïd ! Au moins Mackinley avait-elle eu le bon sens de les mettre sous plastique transparent. Pour préserver les empreintes digitales.

Son attention aiguisée, Rafe étudia le sujet des clichés. Un homme blond. Assez beau. Trop jeune pour être Carter Leigh. Une à une, il scruta les photos. Sur chacune, l'homme tenait un journal de langue espagnole. A en juger par la longueur de ses cheveux, il se trouvait en captivité depuis quelque temps. Il semblait fatigué. Lugubre. Il portait des lunettes rondes à monture d'acier. Souvent, les victimes les perdaient au cours de l'enlèvement. Ou bien elles étaient écrasées au cours de la bousculade qui le précédait. Mais pas toujours.

Qui était cet homme ? Un frère de Mackinley, dont il ignorait l'existence ? Un frère dont la famille ne parlait pas. Désavoué ? Parti pour l'Amérique du Sud ? Mêlé au business de la drogue ? Tout cela n'était que conjectures. En fait, il n'existait qu'un moyen de savoir la vérité.

Rafe glissa les papiers dans une poche intérieure de son

manteau. Sur-le-champ, il décida de rendre une visite impromptue à Mackinley. Après tout, cette femme avait infiltré les rangs de la Compagnie Ransom ! Cela justifiait sa colère.

Une colère sans rapport avec le fait qu'elle lui avait joué la comédie. Qu'elle l'avait mystifié.

Non ! Sans aucun rapport !

5

Rafe obstruait de sa haute taille la porte de la chambre. Un rai de lumière en provenance du salon éclairait son visage à contre-jour. Un visage que la rage contractait.

En chemise de nuit, Mackinley jaillit du recoin où elle s'était réfugiée, à la tête du lit de Rafe.

— Vous m'avez fait peur ! s'exclama-t-elle.

Quelques instants auparavant, allongée entre les draps de soie, elle laissait ses pensées dériver vers Kimmie et sa mère. S'y mêlait son habituelle inquiétude à propos d'Olivier. Soudain, elle avait entendu du bruit dans l'appartement. Son sang n'avait fait qu'un tour. Un cambrioleur !

En fait, Rafe l'avait échappé belle ! songea-t-elle. Au moment où il apparaissait dans l'encadrement de la porte, elle se précipitait vers son sac pour y prendre son revolver.

D'une voix faussement calme, il répéta :

— Moi, je vous ai fait peur ?

Le cœur de Mackinley battait encore à se rompre. A l'approche des pas dans l'appartement, elle s'était dressée sur son séant. Des suppositions, plus folles les unes que les autres, tourbillonnaient dans sa tête : les ravisseurs venaient l'enlever à son tour ? Ils venaient lui livrer Olivier ?

Reprenant son souffle, elle s'indigna :

— On ne pénètre pas dans un appartement new-yorkais sans s'annoncer à l'Interphone !

— C'est pourtant ce que je viens de faire, répliqua Rafe, toujours aussi calme.

Il déboutonna son manteau, et enfouit ses mains dans les poches de son pantalon. Son regard aiguisé fit le tour de la chambre, avant de se poser sur Mackinley. Un regard dangereux. Acéré. Froid comme de la glace.

Le cœur dans un étau, Mackinley brûlait de se confier. Expliquer comment, depuis des mois, ses jours et ses nuits fourmillaient de mauvais présages. Mais un scrupule la retenait : avait-elle le droit de susciter la compassion de Rafe ? Elle qui se servait de lui d'une manière éhontée, pour accomplir ses desseins !

Au fur et à mesure qu'elle reprenait ses esprits, une chose frappait Mackinley : Rafe n'était pas venu en séducteur enamouré. Il n'apportait ni fleurs ni champagne. Même dans la pénombre, elle percevait la froide intensité de son regard. La violence des frémissements involontaires de son visage.

Un pressentiment l'oppressa. Avait-il trouvé dans sa chambre quelque chose l'incriminant ? Mais quoi ? De toute façon, pour trouver quelque chose, il fallait d'abord avoir des soupçons. Alors, que s'était-il passé ? Sa mère avait-elle eu une défaillance ? Avait-elle avoué à Rafe la vérité à propos d'Olivier ?

Sous le coup d'une lassitude subite, Mackinley se résigna : que fait-on dans le brouillard, sinon naviguer à vue ? Pour cela, une seule solution : amener Rafe à s'exprimer.

— Euh… Vous auriez dû appeler avant de venir, dit-elle d'une voix hésitante.

— Depuis quand faut-il une invitation pour pénétrer chez soi ? lança-t-il.

— Exact, reconnut-elle.

Pourquoi jetait-il autour de lui des regards soupçonneux ? songeait Mackinley. Comme si elle le volait ! A cette pensée, la culpabilité l'assaillit : que faisait-elle d'autre, en ce moment, sinon le piller ? Elle lança un coup d'œil de biais à l'imprimante qui sortait feuille après feuille.

Comment détourner l'attention de Rafe ? Elle tourna la tête vers lui. Une seconde elle admira sa bouche, ferme et sensuelle. Mais elle s'empressa de regarder ailleurs. Pas le moment de penser au goût brûlant de ses lèvres ! s'enjoignit-elle. Mieux valait rester obnubilée par la libération d'Olivier. Et pour ce faire, la base de données de l'ordinateur de Rafe lui serait une aide précieuse.

De quelle latitude disposait-elle ? De toute évidence, séduire Rafe était ce soir hors de question. Alors quoi ? S'emparer des informations déjà obtenues et s'enfuir ?

Pour couvrir le ronronnement de l'imprimante, elle éleva la voix et prit un ton accusateur.

— Vous me devez des excuses. Vous auriez pu être n'importe qui. Je ne sais pas, moi… un cambrioleur, un violeur…

La contrariété crispa la bouche de Rafe.

— Ai-je l'air d'un violeur ?

— Bien sûr que non ! reconnut Mackinley. Mais j'ai cru que quelqu'un entrait par effraction.

— C'est le cas, répliqua-t-il sourdement. Quelqu'un est entré dans mon ordinateur par effraction.

Sous le coup de l'accusation, elle fit mine de s'offusquer. Mais comment bien jouer la comédie, quand on est pris la main dans le sac ?

— Une personne qui savait très bien ce qu'elle cherchait, poursuivit-il.

Mackinley tiqua. Que dire ? Prétendre qu'elle travaillait, pour mériter ses heures supplémentaires ? En désespoir de cause, elle désigna du menton l'imprimante, et déclara :

— J'ai une explication.

— Ne vous en privez pas ! Je vous écoute.

La surprise cloua le bec à Mackinley.

— Maintenant ? balbutia-t-elle.

— Oui, maintenant.

Tout se bousculait dans le cerveau de Mackinley. Quelle option choisir ? Le mensonge ? La vérité dans toute sa complexité ? Le mutisme déterminé de Rafe devenait pour elle une vraie torture. Finalement, l'attaque étant souvent la meilleure des défenses, elle déclara d'un ton acide :

— De toute évidence, il existe une cause à votre petite intrusion… Pourquoi ne pas me dire tout net de quoi il s'agit ?

Immobile, Rafe la fixait d'un air incrédule. Comme s'il la jugeait indigne d'une diversion aussi grossière.

Mackinley baissa les yeux sous ce regard intransigeant. Qu'elle le voulût ou non, ils étaient devenus des adversaires. Le cœur en berne, elle songea au réconfort qu'elle avait espéré de lui. Aux larges épaules qui auraient pu partager le fardeau du calvaire qu'elle endurait. A l'espoir qu'il l'aiderait lorsque les ravisseurs la rappelleraient pour exiger leur dû.

Un éclair de lucidité lui traversa l'esprit à l'improviste : se servait-elle vraiment de Rafe, en fin de compte ? N'était-elle pas plutôt en train de tomber amoureuse de lui ? Cette pensée ne lui apporta aucun réconfort. Il aimait les femmes telles que Charmaine. Des femmes excitantes, aventurières. Celles qu'on admire dans les magazines. Des femmes dont on se sépare sans encombre. Surtout lorsque, comme lui, on est réfractaire au mariage.

Rafe rompit enfin le silence. Sous le calme de sa voix couvait une colère meurtrière.

— Tout d'abord, je sais que votre père, Carter Leigh, se trouvait à la tête de la Leigh Corporation. Vous ne démentez pas ?

Mackinley passa une main nerveuse dans le désordre de ses cheveux.

— Voilà des années qu'il avait vendu la compagnie.

— Quand ça, au juste ?

Quel rapport entre cette question et le sujet ? se demanda Mackinley. Rafe cherchait-il à gagner du temps ? A la mettre au supplice ? Prise de faiblesse, elle s'apitoya sur son sort : les baisers qu'ils avaient échangés ne représentaient-ils donc rien à ses yeux ? Pourquoi était-il si en colère contre elle ? Si énigmatique ? Entre eux, le jeu devenait très inégal : il maîtrisait la situation. Elle nageait en plein brouillard.

— Ecoutez… Ça vous dérange que j'aille chercher ma robe de chambre ? demanda-t-elle d'un ton qu'elle voulait anodin.

— Ça me dérange, en effet.

A peine couverte de sa chemise de nuit décolletée, elle dansait d'un pied sur l'autre.

— Je… je suis presque nue !

— La soirée n'en devient que plus intéressante…

D'une main assurée, Rafe appuya sur l'interrupteur près de la porte. La chambre s'illumina d'un coup.

A la torture, Mackinley prit une conscience aiguë de sa tenue légère. D'instinct, elle croisa les bras. Cela ne fit qu'empirer les choses. Ses seins se soulevèrent, le sillon de sa gorge s'approfondit. La fraîcheur de la nuit lui donnait la chair de poule.

L'examen à la fois attentif et distant auquel la soumettait Rafe complexa Mackinley et raviva sa sourde jalousie envers Charmaine. Etait-ce sa faute à *elle*, si elle n'était pas top model ? Si elle ne pouvait pas rivaliser ? Le rouge de la colère et de la honte mêlées lui monta aux joues.

— Vous en avez vu assez ? siffla-t-elle.

Rafe sembla réfléchir un long moment.

— Non, dit-il enfin.

Un seul mot. Mais chargé d'une obscure émotion. D'une sensualité nerveuse. Apre. Un mot qui fit naître en Mackinley une onde de désir.

Le buste de Rafe se soulevait à présent au rythme d'une respiration ample. Comme s'il cherchait à se dominer. Il lança un regard en direction de l'imprimante, et dit :

— J'attends toujours l'explication.

— Je… je vais le faire… si vous arrêtez de me dévisager de cette façon.

— Ne craignez rien. Vous êtes en sécurité. Vous ne me faites pas autant d'effet que ça.

Comment rejoindre la salle de séjour, où se trouvait sa robe de chambre ? se demandait Mackinley. Une fois encore, elle tenta d'infléchir la détermination de Rafe.

— Je me sens mal à l'aise dans cette tenue, plaida-t-elle. Laissez-moi enfiler ma robe de chambre.

— Quand j'aurai obtenu certaines réponses.

Une protestation indignée montait en Mackinley. Elle ouvrit la bouche pour y donner libre cours. A cet instant, presque à son insu, ses yeux détaillèrent Rafe. Son jean noir le moulait. A travers les poches de son pantalon, elle apercevait les phalanges de ses mains. Au souvenir de ces mains sur son corps, larges, puissantes, caressantes, un délicieux frisson lui parcourut l'échine.

Rafe reprit la parole d'une voix difficile à décrire. Amusement mâtiné d'ironie.

— Qui dévisage l'autre, maintenant ?

Tirée en sursaut de ses pensées, Mackinley s'accrocha à son argument :

— Soyez assez gentil pour me laisser mettre ma robe de chambre…

— Epargnez-moi vos simagrées…

Facile à dire ! Etait-ce lui qui se retrouvait à moitié nu, sommé de s'expliquer sur un sujet délicat ? Mackinley exhala un soupir résigné et se lança.

— Quand mon père est tombé malade, il y a six ans, il a vendu l'affaire familiale. Il est devenu investisseur. C'est ce que vous vouliez savoir ?

— L'affaire ? Vous en parlez comme d'une petite droguerie de quartier ! La Leigh Corporation était une entreprise nationale. Une des plus grosses aciéries du pays.

Gratifiant Mackinley d'un regard meurtrier, Rafe extirpa de la poche intérieure de son manteau une liasse de documents.

Assommée, elle écarquilla les yeux.

— Vous les avez trouvés ? murmura-t-elle.

Rafe enleva son manteau et le jeta sur un fauteuil. Sous le T-shirt blanc qui moulait son torse, Mackinley devinait un triangle de toison noire. Elle aperçut aussi le petit tatouage sur son biceps gauche, s'attarda sur l'avant-bras musclé. Rafe agitait une liasse de papiers.

— Je les vois ! dit-elle.

D'un air dégoûté, Rafe les laissa tomber sur son manteau. Puis il se tourna de nouveau vers elle, et la dévisagea.

Sous l'œil à la fois hardi et étrangement désintéressé de Rafe, une sorte de rage envahit Mackinley. Son visage s'empourpra. Si encore il criait, tempêtait, cassait quelque chose ! songea-t-elle. Mais non ! Il demeurait impassible. Contrôlait la situation.

— Ce petit jeu vous amuse, n'est-ce pas ? fulmina-t-elle.

— J'y prends en effet un plaisir immense.

— Je comprends à présent que vous ne m'ayez pas demandé de passer la nuit avec vous ! Vous étiez bien trop occupé à violer l'intimité de ma chambre.

— Je n'ai pas le souvenir que vous m'ayez convié à partager quoi que ce soit…

Puis, lançant un regard appuyé en direction de son ordinateur, il ajouta :

— Vous étiez sans doute trop occupée par vos propres… violations.

— Je voulais votre aide, Rafe ! Vous n'avez pas idée de ce que j'affronte…

Les yeux de Rafe se posèrent sur Mackinley. Aussi inquisiteurs que des projecteurs.

— C'est ça, ironisa-t-il. Vous aviez besoin de mon aide. Et vous étiez prête à tout pour l'obtenir, n'est-ce pas ?

Une boule de rage se forma au creux de l'estomac de Mackinley.

— Que voulez-vous dire ? siffla-t-elle.

— Vous le savez parfaitement.

Bouche bée, elle le contempla.

— Vous ne croyez tout de même pas que…

— Si, interrompit Rafe. Je crois que vous avez essayé de me séduire pour obtenir mon aide.

— Salaud ! souffla-t-elle entre ses dents.

— Vous n'imaginez pas à quel point je peux l'être, répliqua-t-il du tac au tac.

La colère empêchait Mackinley de réfléchir. Que voulait dire Rafe ? Qu'elle découvrirait sous peu ce dont il était capable ? Eh bien, tant pis ! Dans ce cas, quoi qu'il dise, quoi qu'il fasse, elle ne lui laisserait pas entrevoir à quel point elle s'était attachée à lui au cours des vingt-quatre heures écoulées. Elle haussa les épaules d'un air dégagé.

— Moi qui commençais à croire que vous pouviez être un type sympathique…

— Selon vous, je devrais me sentir coupable ?

— En effet.

— Désolé de vous décevoir ! En outre, vous avez fait assez de recherches sur mon compte pour savoir exactement à qui vous aviez à faire.

Mackinley acquiesça en son for intérieur. Elle connaissait ses services dans l'armée. C'était même la raison pour laquelle, dès que Rafe l'avait entourée de ses bras chauds, elle s'était sentie en sécurité. Pour la première fois depuis des mois.

Rejetant ses cheveux en arrière d'une main nerveuse, Rafe désigna du menton les documents posés sur son manteau.

— Ce n'est pas votre père, n'est-ce pas ? demanda-t-il pour la forme.

Le cœur de Mackinley se mit à battre à grands coups.

— Mon père ?

— Vous auriez pu mentir au sujet de sa mort. Dissimuler ainsi son enlèvement…

La blessure de la mort de son père saignait encore. Mackinley refoula les larmes qui lui montaient aux yeux.

— Bien sûr qu'il est mort ! Si seulement il ne l'était pas…

Le regard de Rafe s'adoucit un bref instant. Puis il reprit :

— Dans ce cas, qui est le type sur la photo ?

— Mon mari.

Rafe la transperça du regard.

— Quoi ! Je vous croyais divorcés ?

— Nous le sommes.

— Alors il s'agit de votre ex-mari.

— Si vous voulez.

Mackinley se lassait du ton de Rafe. Et de l'effet troublant que produisait sur elle sa sensualité irrésistible.

— De toute façon, vous vous en moquez, lança-t-elle avec défi.

En prononçant ces mots, elle éprouva le désir qu'il proteste. Qu'il la prenne dans ses bras. Comme il n'en faisait rien, elle poursuivit sur le même ton :

— Alors laissez-moi m'habiller et partir.

— Ce n'est pas mon intention.

Mackinley réprima un frisson. Rafe serait en droit d'appeler la police. Après tout, il lui avait donné les clés de son appartement. Mais pas la permission de s'introduire dans son ordinateur par effraction.

Poursuivant ses propres réflexions, Rafe demanda soudain :

— Vous êtes vraiment divorcée ?

— Oui. Vous voilà content ?

Le regard embrumé de Rafe s'attarda sur la rondeur des seins de Mackinley. Comme s'il ne pouvait s'en empêcher, il murmura d'une voix rauque :

— En ce qui vous concerne, je ne serai jamais assez content… Si vous êtes divorcés, pourquoi vouloir le retour de votre ex ?

Stupéfaite, Mackinley ne répondit pas tout de suite.

— Parce qu'Olivier est le père de mon fils, dit-elle enfin.

Une émotion à l'état brut traversa le regard de Rafe. Il demanda :

— C'est la seule raison ?

— Que je veuille rendre son père à mon fils ne vous paraît pas une raison suffisante ?

Le venin qu'elle perçut dans sa propre voix fit du bien à Mackinley. Il agissait comme un antidote à l'attrait inattendu, importun, persistant, qu'elle éprouvait pour cet homme. Mais cette satisfaction ne dura pas. Tout à coup, elle perçut quelque chose de touchant derrière les questions de Rafe : sa vulnérabilité.

— Vous… l'aimez encore ? demanda-t-il.

Le souffle court, Mackinley respirait avec peine. Un écheveau d'interrogations se déroulait dans sa tête : s'était-elle trompée ? Rafe s'intéressait-il à elle ? Lui qui avait séduit d'innombrables femmes ? Se pouvait-il que les vingt-quatre heures écoulées l'aient autant remué qu'elle ? Sa colère provenait-elle de la peur qu'elle aime encore Olivier ? Etait-il jaloux ? Quelques baisers suffisaient-ils à tourner la tête d'un homme ?…

— Non, répondit-elle enfin. Pour le mariage, je suis nulle.

— Qui dit ça ?

Elle haussa les épaules.

— Olivier. Je… j'ai seulement envie de pouvoir discuter une dernière fois avec lui de notre vie commune. Savoir où j'ai échoué. Si on le relâche…

Rafe se rembrunit. Mackinley se hâta de poursuivre.

— J'ai accepté le poste de secrétaire parce que j'avais besoin de votre aide, commença-t-elle.

Puis elle raconta son histoire par le menu.

— Mais quand vous êtes revenu de l'étranger, après mon embauche par votre père, vous n'étiez pas très… abordable. Je vous ai parlé de situations difficiles, où les gens n'avaient pas les moyens de s'offrir l'aide de négociateurs. Vous m'avez répondu que vous ne faisiez pas la charité.

Désorientée, Mackinley se rongea un ongle.

— Ne vous rongez pas les ongles ! dit Rafe avec irritation.

Elle croisa les bras.

— J'ai alors compris que vous ne m'aideriez pas. A moins que…

— … A moins que vous ne me donniez un petit encouragement ? acheva Rafe.

Mackinley demeura muette. Impossible de le nier : au début, elle avait eu l'intention de le séduire pour arriver à ses fins. A vrai dire, elle y pensait encore.

— Quel choix avais-je ? demanda-t-elle enfin. Comment aurais-je pu vous atteindre autrement ?

— Je suis sensible à d'autres arguments que le sexe, dit-il d'un ton bourru.

Lesquels ? songea Mackinley. Ne voyait-il pas combien elle se sentait vulnérable, en ce moment même ? Presque nue, dans sa chemise de nuit minimaliste. Livrée à son regard affamé.

— Ce n'est pas l'impression que j'ai eue hier soir, répliqua-t-elle.

Rafe contrôlait toujours son corps d'athlète.

— Vraiment ? demanda-t-il à voix basse. Quelle impression vous faisais-je, hier soir ?

Excellente ! songea-t-elle. Il s'était montré attentif, profond, gentil. Mais en cet instant, elle refusait de l'admettre à haute voix.

— Vous attendez-vous vraiment à ce que je confirme verbalement l'effet que vous avez eu sur moi ?

— Non.

Menteur ! Il mesurait très bien la gravité du délit qu'elle avait commis : elle avait subtilisé à son insu les données contenues dans son ordinateur. Mais la colère qu'il éprouvait ressemblait à une déception sentimentale. Pour quelle raison ? Que se passait-il dans son esprit ? Dans son cœur ?

Les doigts de Rafe tambourinaient sur sa cuisse.

— Depuis combien de temps votre ex a-t-il été enlevé ? s'enquit-il.

— Neuf mois.

Interdit, Rafe la regarda sans un mot. Puis il répéta d'une voix incrédule :

— Neuf *mois* ?

Mackinley hocha la tête. Comment avait-elle survécu à pareil cauchemar ? Elle n'aurait su le dire.

— Vous voyez… j'ai dû me blinder contre des choses beaucoup plus effrayantes que vous…

— Coucher avec moi aurait été un calvaire, je n'en doute pas, répliqua Rafe d'un ton sec.

Au contraire, elle le désirait depuis leur première rencontre.

— Je n'ai plus d'argent, plus de temps, plus d'espoir, se força-t-elle à formuler. Mais ne vous inquiétez pas, je ne mendierai pas votre aide. Pourtant, si vous voulez savoir, Olivier a été enlevé juste après la naissance de K.G. Il n'a jamais vu son fils.

— Il est… absent depuis si longtemps ?

Une soudaine panique tordit l'estomac de Mackinley.

— C'est mauvais signe ?

Haussant les épaules, Rafe soupira :

— Ça dépend.

— De quoi ? s'alarma-t-elle.

— Avez-vous déjà versé de l'argent ?

— Quatre fois.

A ces mots, Rafe explosa.

— Quatre fois !

Avant qu'elle ne puisse répondre, il pivota sur lui-même, marcha vers le salon à grandes enjambées, et revint avec la robe de chambre. Il en fit une boule, et la jeta en direction de Mackinley. Elle la reçut en plein estomac.

La violence de cette réaction incita Mackinley à dire enfin la vérité à Rafe. Elle avala sa salive avec difficulté.

— Ecoutez-moi, commença-t-elle. Je ne me suis pas… rapprochée de vous pour obtenir des informations.

Détournant la tête pour cacher sa détresse, elle ajouta :

— Je ne suis pas une… manipulatrice.

Rafe eut un haut-le-cœur.

— Bien sûr que non ! J'admets avoir été très en colère en découvrant ces documents. Mais de toute façon, depuis le début, je cherche une cause à vos manœuvres de séduction… Vous êtes trop bien pour moi.

Le cœur battant, Mackinley voulut protester. Mais elle ne

trouvait pas les mots justes. Rafe Ransom, déstabilisé ? Doutant de lui-même ? Elle n'en croyait pas ses oreilles.

— Pas du tout ! proféra-t-elle enfin. Au contraire. Vous… vous êtes tellement plus gentil que je ne le pensais au début ! Vous avez pensé à la Saint-Valentin… Aujourd'hui, si vous avez amené K.G. au bureau, c'était pour moi… Vous vous montrez très prévenant avec maman…

La voix de Mackinley s'affaiblit. Le souffle court, elle attendit.

Une étrange émotion agitait Rafe. Désemparé, il se passa la main dans les cheveux.

— Vous êtes… trop confiante. Trop crédule. Vous avez besoin d'aide. Faites-moi une faveur : habillez-vous et préparez vos affaires. Je vous attends dans le salon.

Mais il ne bougea pas. Ses yeux ne se détachaient pas des seins à moitié dénudés de Mackinley. Il cachait difficilement son émoi.

— Habillez-vous, mon cœur, supplia-t-il d'une voix rauque.

— Pour quoi faire ? Où allons-nous ?

Il marmonna quelque chose d'inintelligible. Puis, élevant la voix, il poursuivit :

— Les ravisseurs ne savent sans doute pas qui je suis. Mais tout de même : il serait plus prudent de poursuivre cet entretien chez vous. De plus, votre place est auprès de votre bébé. Votre mère est au courant de tout ?

Mackinley acquiesça de la tête.

— Presque tout…

Une boule se forma dans sa gorge, quand elle posa la question fatidique.

— Vous allez… nous venir en aide ?

Un sentiment étrange brilla au fond des yeux de Rafe. Comme si elle mettait en doute son code de l'honneur.

— A votre avis ? dit-il simplement.

Un sourd gémissement jaillit de la gorge de Mackinley. Les larmes qu'elle retenait depuis des jours et des jours, roulèrent le long de ses joues. Laissant tomber la robe de chambre, elle tituba en direction de Rafe.

Mais il recula vers la porte. De là, il s'adressa à elle d'une voix rauque.

— Tenez-vous à l'écart, je vous en prie. Habillez-vous.

— Rafe, croyez-moi… En entrant dans la Compagnie Ransom, j'avais l'intention de demander votre aide. Mais vous ne vouliez pas de moi comme secrétaire. Il m'était difficile de vous parler. Je serais venue le mois dernier, lorsque j'ai découvert l'existence de l'agence. Hélas, les gens qui détiennent Olivier m'ont dit qu'ils le tueraient si…

— Le tuer ? répéta Rafe.

— Oui. J'avais peur. J'ai toujours peur. J'ai lu quelque part que lorsqu'on prévient la police, en cas de demande de rançon, ça peut aggraver les choses.

— C'est parfois le cas, admit Rafe.

— Je n'ai plus un sou. Je ne peux pas vous payer. L'argent que j'ai versé jusque-là a été transféré par moyen électronique. Et la nuit dernière, avant que je porte les quarante mille dollars à Central park, ils m'ont dit…

Rafe ne put se contenir.

— Quarante mille dollars ! La nuit dernière !

— Ne vous inquiétez pas, dit-elle précipitamment. J'ai un revolver dans mon sac.

Rafe n'en revenait pas. Ses yeux verts lançaient des éclairs. Il traversa la chambre. Sans y être invité, il fouilla le sac de Mackinley. En découvrant le petit revolver, il jura entre ses dents.

— Vous savez vous en servir, au moins ? demanda-t-il.

— Le vendeur m'a expliqué…

La stupeur clouait Rafe sur place. Reposant l'arme avec précaution, il s'assit sur le lit et abattit son poing sur le matelas.

— Central Park ! marmonna-t-il, la voix tremblante de rage.

— C'est eux qui m'ont ordonné de m'y rendre, se défendit Mackinley.

— Vous avez porté cet argent liquide toute seule dans la nuit ?

— Je n'avais pas le choix.

— Pourquoi ne m'avoir rien dit ? Pour quelle espèce de salaud me prenez-vous ? s'indigna-t-il.

— Excusez-moi… Tout à l'heure, le mot m'a échappé sous le coup de la colère.

Elle s'approcha de Rafe avec précaution, et posa une main

sur son épaule. Elle respira son odeur. Si forte. Si masculine. Sous la paume de sa main, elle sentit les muscles tressaillir.

Rafe leva les yeux. Son visage se trouva au niveau des seins de Mackinley. L'espace d'un instant, il éprouva une irrépressible envie de les toucher.

Les efforts qu'il fit pour s'en empêcher n'échappèrent pas à Mackinley. Tourmentée par le même désir, elle fut tentée de guider sa main. De provoquer ses caresses.

La respiration difficile, Rafe brisa le silence d'une voix lasse.

— Les enlèvements et les demandes de rançon sont mon pain quotidien depuis des années. Je sais ce que les gens endurent. C'est terrible… A part votre mère, quelqu'un d'autre est-il au courant ?

Mackinley secoua la tête.

— Maman sait certaines choses. Mais j'essaie de la protéger. Depuis la mort de papa…

Elle ne put achever sa phrase. Soudain, c'en était trop. Les soupçons de Rafe à l'égard de ses motivations faisaient déborder la coupe.

— Je le reconnais, se força-t-elle à dire. En intégrant votre bureau à la Compagnie Ransom, j'avais un plan. Mais après vous avoir embrassé…

— Oui ? interrogea-t-il d'une voix rugueuse.

Au moment même où les mots franchissaient ses lèvres, elle les sut sincères.

— Tout a changé.

Emu, Rafe prit la main de Mackinley. Il la caressa, baisa ses ongles rongés.

— Je ne m'étonne plus de votre nervosité, commenta-t-il avec compassion.

La bouche sèche, elle répondit :

— J'ai beaucoup moins peur depuis que vous êtes avec moi.

Elle sentit la main chaude de Rafe se poser sur sa hanche. A travers l'étoffe de sa chemise de nuit, ses doigts lui embrasèrent sa peau. Un frémissement involontaire la parcourut.

— Vous avez froid ?

— Non, murmura-t-elle.

En fait, son corps tout entier brûlait d'une chaleur délicieuse.

Rafe hocha la tête.

— Donc, au début, vous vouliez me séduire pour m'amener à vous venir en aide ?

— Au début, oui.

— Eh bien ! Marché conclu ! dit-il d'une voix enrouée d'émotion.

Avec une infinie tendresse, il l'attira contre lui, la fit asseoir sur ses genoux, lui caressa les cheveux.

— Et maintenant, racontez-moi tout, lui chuchota-t-il à l'oreille.

Incapable de proférer une parole, Mackinley posa sa tête sur l'épaule de Rafe. Elle enroula ses bras autour de son cou, et fit enfin ce qu'elle s'était interdit pendant de longs mois : elle sanglota sans retenue.

— Merci, murmura-t-elle plus tard.

Sentant la main de Rafe glisser le long de son dos, elle nicha la tête contre le torse de son compagnon et écouta les puissants battements de son cœur. Contre sa joue, l'étoffe de son T-shirt était douce. Il sentait bon la sueur et la force. Elle se sentit coupable : elle désirait Rafe bien davantage qu'elle n'avait désiré son mari.

Quand les lèvres de Rafe effleurèrent ses cheveux, elle murmura :

— J'ai l'impression que nous sommes seuls au monde. Loin de tout…

Après un long moment, Rafe rompit le silence.

— Je ne peux rien promettre, dit-il. Mais je ferai mon possible pour vous.

L'émotion serra la gorge de Mackinley. Ses jambes nues se balançaient contre les cuisses de Rafe. Elle se sentait au chaud dans ses bras. L'imprimante ne ronronnait plus. Tout était calme. Seuls leur parvenaient les bruits étouffés de la circulation.

— Vous allez mieux ? demanda Rafe d'une voix incertaine.

Mackinley releva la tête et le contempla. Au fil de ses missions, elle le savait, il avait sauvé des quantités de vies humaines. Alors, pourquoi s'étonnait-elle encore de la compassion qu'elle lisait au fond de ses yeux ? Elle lui caressa la nuque. Une nuque à la fois solide et douce. Avant de réfléchir à ce qu'elle disait, elle murmura :

— Charmaine est folle de vous avoir quitté…

Un sourire ironique se dessina sur les lèvres de Rafe.

— Si vous aviez eu à choisir entre moi et le monde fabuleux de la pub et de la mode, qu'auriez-vous fait ? demanda-t-il.

Sans l'ombre d'une hésitation, elle répondit :

— Je vous aurais choisi.

Un silence. Puis la voix rauque de Rafe s'éleva :

— Vraiment ?

— Auprès de vous, j'ai le sentiment de trouver la paix au cœur de l'orage.

— Faites attention, avertit Rafe. Nous sommes peut-être dans l'œil du cyclone.

Dans le silence de la chambre, Mackinley n'osait pas parler à voix haute.

— Ne vous sentez pas obligé de m'aider, chuchota-t-elle.

Rafe lui baisa les cheveux.

— Je ne me sens forcé à rien. Pourvu que vous soyez franche avec moi.

— Promis.

Mackinley ne pouvait plus ignorer le désir physique de Rafe. Soudain, l'intimité de la situation lui sauta aux yeux : elle était assise sur ses genoux. Sur son lit. Sur ses draps de soie noire. Presque nue.

Comme s'il lisait dans ses pensées, Rafe s'excusa.

— Désolé… En votre présence, je ne peux m'en empêcher…

— Qui vous le demande ? susurra-t-elle.

Avec un soupir de volupté pure, elle tendit son visage vers Rafe et lui offrit ses lèvres. La main qui courait à présent le long de sa cuisse l'emportait déjà dans une spirale de sensations.

Contre sa bouche, Rafe murmura :

— Vous ne me devez rien…

— Je vous dois beaucoup, au contraire, souffla-t-elle.

— Je n'ai encore rien fait.

— Avec vous, je me sens tellement moins seule.

Un silence s'instaura. Les yeux de Rafe allaient des seins de Mackinley à ses lèvres pulpeuses.

De son côté, elle respirait profondément. S'imprégnait de sa forte odeur masculine. Enfin, d'une légère pression sur les épaules de Rafe, elle l'incita sans un mot à s'allonger sur le lit.

Il obtempéra presque à contrecœur. Ses lèvres s'entrouvrirent. Pour protester ? Pour l'encourager ? Mackinley ne sut l'interpréter. Allongé sur le dos, il prit la main de sa compagne, et emmêla ses doigts aux siens.

De sa main libre, Mackinley suivit le dessin du tatouage de Rafe.

— Pourquoi ces feuilles vertes ? demanda-t-elle.

Il haussa les épaules et répondit tout bas :

— C'était un symbole… de jeunesse éternelle.

Comme la question lui brûlait les lèvres, Mackinley la posa.

— Vous aviez vraiment envie de vieillir avec Charmaine ?

— Non… L'idée m'était passée par l'esprit. Rien de plus.

Cette réponse conforta Mackinley dans son opinion. Rafe n'avait pas vraiment eu l'intention de convoler.

— Et vous… ça vous manque, de ne plus être mariée ?

Tentant de mettre en sourdine les exigences de son corps, elle soupira.

— Je… je m'accrochais à l'illusion que tout s'arrangerait, expliqua-t-elle. Et… je continue à croire au mariage.

La voix de Rafe se fit rauque.

— Allez, mon chou ! Rangeons vos affaires et retournons chez vous.

Désemparée, Mackinley le regarda longuement.

— Vous voulez vraiment que nous partions tout de suite ? demanda-t-elle.

Rafe passa sa langue sur ses lèvres sèches.

— Vous lisez en moi à livre ouvert, avoua-t-il. Non, je n'en ai pas du tout envie.

Cet aveu fouetta le sang de Mackinley. Elle roula entre les bras de Rafe. A cheval sur lui, elle se pencha, l'embrassa, d'abord chastement — mais très vite, un violent désir s'empara d'elle. Une détermination irrésistible : empêcher cet homme de partir.

Elle n'eut pas besoin de se donner beaucoup de mal. Très vite, Rafe s'abandonna. Ses mains passèrent sous la chemise de nuit de Mackinley, glissèrent sous l'élastique de son slip. Il lui emprisonna la taille de ses deux mains, lui caressa les fesses encore couvertes de dentelle. Puis, se portant à sa rencontre, il lui fit sentir combien il la désirait.

Les seins de Mackinley perlaient. Son ventre réclamait. Elle se sentait offerte.

— Eteignons la lumière, suggéra-t-elle à voix basse.

— Non, murmura-t-il. Je veux te voir.

La gêne empourpra les joues de Mackinley. En même temps, son regard s'embua.

— Je… n'ai jamais fait l'amour lumière allumée, avoua-t-elle.

Les yeux fervents de Rafe plongèrent dans ceux de Mackinley. Elle y lut de l'incrédulité.

— Même pas avec ton mari ? demanda-t-il.

Elle essaya de soutenir son regard, mais n'y parvint pas.

— Entre Olivier et moi… ce n'était pas ça.

Quand Mackinley osa de nouveau affronter le regard de Rafe, elle n'y vit que tendresse et compréhension.

— Ne t'inquiète pas, murmura-t-il avec chaleur. Entre nous, ce sera merveilleux. Je ne fais jamais de promesses en l'air.

Un frémissement d'espoir et de plaisir traversa Mackinley au moment où Rafe s'empara de sa bouche. Leurs langues se mêlèrent en un ballet enivrant. Sous elle, Rafe roulait ses hanches en douceur, leur imprimant un mouvement d'un érotisme torturant. Sentir entre ses jambes le dur renflement de sa virilité amena Mackinley au bord de la félicité.

— Tu es faite pour le plaisir, lui chuchota Rafe. Tu ne sais pas encore à quel point.

— Découvrons-le ensemble, murmura-t-elle.

Avec délicatesse, elle entreprit d'enlever le T-shirt de Rafe. Elle admira la souplesse des muscles, s'émut de son souffle saccadé. Ses doigts fouillèrent doucement la toison noire qui ombrait le torse sculptural. Elle se pencha et lui lécha amoureusement les seins. Puis elle effleura de sa joue l'endroit où elle venait de poser ses lèvres.

— Ta chemise de nuit est très sexy, haleta Rafe. Mais enlève-la quand même.

Mackinley se redressa. Intimidée par la lumière, elle ôta vite sa chemise de nuit et la jeta au bas du lit. Rougissante sous le regard insistant de Rafe, elle lutta contre l'instinct de couvrir ses seins de ses mains. En même temps, elle frissonnait d'excitation.

— Est-ce que je rêve ? demanda Rafe d'une voix embrumée. Nous sommes vraiment en train de faire l'amour, tous les deux ?

Sans cesser de la contempler, il attira Mackinley contre lui. Roula avec elle sur les draps de soie noire.

— Ça va être merveilleux, lui assura-t-il en lui caressant la joue. Surtout après l'enfer que tu as vécu.

— Je n'arrête pas d'y penser. Jour et nuit, avoua-t-elle.

— Maintenant, je vais te faire oublier tout ça…

Joignant le geste à la parole, Rafe renversa la tête de Mackinley. Il posa de petits baisers brûlants derrière son oreille, le long de son cou, au creux de sa gorge, dans le sillon entre ses deux seins.

Puis sa bouche se fit langoureuse. Il emprisonna la pointe d'un sein, puis l'autre, entre ses lèvres humides et chaudes. Chaque effleurement, chaque coup de langue, chaque mordillement arrachait à Mackinley une sorte de sanglot.

Les doigts enfouis dans les cheveux de Rafe, elle arqua son corps, se tordit sous ces caresses torturantes. Tout son être exigeait davantage.

Mais Rafe ne se pressait pas. Il se rassasiait de la chair de Mackinley. Attisait, humectait, suçait, mordillait. Sa faim semblait insatiable.

Liquéfiée de désir, Mackinley glissa une main timide vers l'entrejambe de Rafe. A la fois effrayée et attirée par tant de force, elle l'effleura de ses doigts.

Les yeux de Rafe s'assombrirent. Devinrent presque noirs. Elle les reconnaissait à peine. Les prunelles vertes brûlaient d'un désir qui exigeait satisfaction.

— Continue, l'invita-t-il d'une voix râpeuse.

Mackinley frotta ses seins contre le buste de Rafe tout en défaisant la boucle de son ceinturon. Le cœur battant, les mains tremblantes, elle abaissa la fermeture Eclair. Elle le contempla un moment. Jusqu'à cette nuit, elle n'avait connu qu'Olivier. Jamais elle n'aurait imaginé l'existence d'un homme tel que

Rafe. Elle le prit dans sa main. Envoûtée par la puissance qui palpitait entre ses doigts, elle ferma les yeux.

La bouche de Rafe se referma sur la pointe d'un sein. Sa bouche, sa langue ne connaissaient plus de retenue. Il voulait éveiller le feu en elle. Un éclair de lucidité lui fit attraper un sachet dans le tiroir de sa table de chevet.

— Achevons de nous déshabiller, dit-il d'une voix rauque.

Slip de dentelle et caleçon tombèrent au pied du lit. Puis Rafe se pencha souplement vers Mackinley. Ses mains glissèrent avec volupté le long de ses cuisses. S'attardèrent sur ses genoux. Lui écartèrent les jambes. Le regard égaré, incandescent, il contempla l'intimité qui s'offrait à lui. Puis il plongea la tête et y posa les lèvres.

Emportée par cette caresse audacieuse, Mackinley sentait le plaisir monter en elle.

— Pas encore... pas encore, murmurait Rafe au milieu de ses baisers.

Sa bouche papillonnait, explorait, s'immisçait au coeur de la corolle humide. La faisait palpiter d'un désir insoutenable.

Quand il sentit Mackinley aux limites de la volupté, il roula sur elle.

— J'ai peur, murmura-t-elle d'une voix tremblante. Je... n'ai fait l'amour qu'avec mon mari...

Une envie irrépressible se ramassait au creux de ses reins.

— Ton ex-mari...

Puis il emmêla ses doigts aux cheveux de Mackinley, et pénétra en elle comme dans un fourreau. Emporté par un rythme ancestral, il se mit à aller et venir. Chaque va-et-vient l'entraînait plus loin en elle. Au plus profond de son être. Comme jusqu'à son âme.

Sous ces assauts, Mackinley fondait littéralement. Bientôt elle sentit monter dans sa gorge des cris rauques qu'elle ne pouvait retenir. Puis un plaisir fou se ramassait au fond de son ventre comme une boule de feu. Un flash de lumière blanche l'aveugla... Et elle s'abandonna sans retenue à la sensation ineffable qui déferlait en elle. Vague après vague.

Jamais elle n'avait connu pareille jouissance. N'avait partagé tant de sensations, tant d'émotions, avec un homme.

— Rafe, balbutia-t-elle, éperdue de reconnaissance.

Pour toute réponse, il s'appuya sur ses avant-bras vigoureux, et rejeta la tête en arrière. Secoué de puissantes convulsions, il s'offrit tout entier, et se perdit en elle en longs gémissements.

Haletants, le corps moiré de sueur, ils reposaient à présent dans les bras l'un de l'autre. Les yeux fermés, Mackinley savourait son bonheur. Depuis combien de temps rêvait-elle d'une telle communion ? Depuis bien trop longtemps.

Elle pressa sa bouche contre l'épaule de Rafe. L'ombre d'une tristesse l'effleura : l'homme qui reposait contre son flanc ne songeait pas au mariage.

Dommage. Elle était en train de tomber amoureuse de lui.

6

Un bagage de cuir noir dans chaque main, Rafe attendait dans le hall de son appartement. La colère l'avait depuis longtemps déserté. Bien au contraire, Mackinley avait conquis son cœur. Il se remémora ses premières impressions d'elle : sa promptitude à complaire aux désirs de Jack. Ses grands yeux marron à l'affût. Ses vains efforts pour se rapprocher de lui. Tout cela aurait dû l'alerter ! se reprocha-t-il. Il se sentait impardonnable. Coupable de manque d'intuition. De non-assistance à personne en danger.

Comment avait-elle survécu à tant de stress, à tant de terreur ? Depuis des années, il négociait la libération d'otages. Des personnages importants de la vie publique, des P.-D.G. de multinationales. Chaque fois, les familles s'effondraient en attendant les demandes de rançon. En revanche, Mackinley avait tenu le coup ! Seule, elle s'était infiltrée jusqu'à lui. S'était emparée de sa base de données ! Se battait comme une lionne.

Une sourde jalousie envers l'ancien mari de Mackinley le tenaillait. D'après ses explications, elle venait d'accoucher au moment de l'enlèvement d'Olivier. Comme leur divorce était alors à peine prononcé, elle ne parvenait pas à se libérer d'une impression douloureuse : le sentiment d'une fin d'histoire d'amour bâclée.

Pour retrouver Olivier, pestait Rafe, elle avait déjà versé six millions de dollars par transfert de fonds. La majeure partie de ce qui restait de la vente des aciéries Leigh ! Mais ensuite, les ravisseurs s'étaient montrés insatiables. Au lieu de libérer Olivier, ils avaient saigné son ex-femme. Pour obtenir jusqu'à son dernier sou.

Cela l'avait contrainte à vendre des biens immobiliers. Y compris l'immeuble dans lequel elle vivait en ce moment avec sa mère et K.G. Encore heureux, la signature de l'acte lui octroyait un an de loyer gratuit !

Rafe ruminait les confidences de Mackinley au sujet de sa vie sexuelle. Cette pensée provoqua en lui une bouffée d'indignation. Un homme digne de ce nom pouvait-il négliger de combler pareille femme ? Inimaginable ! Pour sa part, l'odeur musquée qu'elle dégageait dans son excitation continuait à l'enivrer. Ainsi que le souvenir de sa nudité abandonnée dans les draps noirs. Jamais il n'oublierait ses gémissements au moment brûlant où il lui ouvrait les jambes et contemplait son intimité.

Non seulement il adorait son corps, mais il la respectait profondément. Sans se plaindre, elle avait endossé son fardeau. Négocié toute seule avec les ravisseurs de son ancien époux. Sans pour autant s'arrêter de travailler ! En outre, son indigent mari s'était montré incapable de la satisfaire. Malgré cela, elle remuait ciel et terre pour le sauver !

Allant jusqu'à tenter de le séduire, lui, Rafe Ransom !

Cette idée refroidit Rafe. Contre son gré, il pensa à Charmaine. A la façon dont il s'était investi pour l'aider. Tout cela pour se faire plaquer sans ménagement par la suite ! Echaudé, il prit une résolution : combattre les émotions qui naissaient en lui. Ne les laisser éclore qu'avec prudence. Après tout, Mackinley et lui avaient conclu un marché : il l'aidait à retrouver Olivier, elle couchait avec lui. D'ailleurs, pourquoi en aurait-il eu des scrupules ? La proposition ne venait-elle pas d'elle ?

Mackinley apparut dans le hall et s'étonna.

— Deux valises ?

— J'emménage.

Une pause. Mackinley se rongea le pouce.

— Chez moi ? demanda-t-elle enfin.

— Oui. Jusqu'au dénouement de cette affaire.

Peu sûr de ses propres motivations, il ajouta :

— J'habite toujours chez mes clients.

Mackinley balbutia :

— Je sais, mais…

— Tu m'as bien dit qu'ils t'ont encore demandé dix mille dollars ?

— Aujourd'hui, à l'heure du déjeuner, j'ai vendu mes dernières actions. Mais je n'aurai l'argent que demain. S'ils téléphonent avant…

— Je te prêterai l'argent. A partir de maintenant, nous sommes inséparables. Quand le téléphone sonnera, je serai près de toi.

— C'est moi qui apporterai l'argent, insista-t-elle.

Rafe soupira. L'idée de mettre la vie de Mackinley en danger le révulsait. Mais en l'occurrence, ils n'avaient pas le choix.

Il fit un bref signe de la tête.

— Nous les attraperons à ce moment-là. Je vais mettre Shark dans le coup avec moi.

Devant l'air fragile de Mackinley, le cœur de Rafe se serra. Il déposa ses valises et lui prit la main.

— Tu es sûre qu'ils appellent toujours le soir ? demanda-t-il.

— Oui… Et si Olivier était mort ? ajouta-t-elle en détournant le regard. Il y a si longtemps qu'ils l'ont enlevé…

— Ils libèrent parfois les gens des années après, contra Rafe.

Désabusée, elle haussa les épaules.

— Je présume que dans le monde des négociateurs, neuf mois ne pèsent pas lourd, soupira-t-elle.

— Détrompe-toi. Tu as été très courageuse de tenir aussi longtemps toute seule.

— Et l'argent que j'ai versé, qu'en adviendra-t-il ?

— Tu as dû contacter Citicop, puisque Olivier y travaillait ?

— Je leur ai signalé que lui et moi étions séparés. Il se trouve qu'Olivier les avait déjà appelés. Pour démissionner.

Rafe siffla entre ses dents.

— Les ravisseurs ont dû l'y contraindre ! Ils sont très habiles. Mais il me semble que c'est une petite opération.

Les yeux de Mackinley s'étrécirent.

— Que veux-tu dire ?

— Dans une prise d'otage, il existe beaucoup d'intervenants. Certaines personnes se chargent de l'enlèvement, d'autres sont les gardiens. D'autres encore passent les coups de fil. Et d'autres enfin s'occupent de récupérer l'argent. Mais dans ce cas, il me semble que le groupe est petit. De toute façon, ne t'inquiète pas. Tu es ma cliente, et je retrouverai Olivier.

— Cliente ? répéta Mackinley.

Au bureau, tout le monde le savait : les négociateurs ne couchent jamais avec leurs clientes.

— Pas vraiment, concéda Rafe.

— Je te l'ai dit, je ne peux pas te payer…

Un léger sourire flotta sur les lèvres de Rafe.

— Bon. Dans ce cas, tu n'es pas ma cliente !

Mackinley se lova entre ses bras.

— C'est si bon de t'avoir contre moi, dit-il d'une voix enrouée. Puisque je serai chez toi, ce soir, tu arriveras peut-être à dormir, pour une fois ?

Sans répondre, elle leva les yeux vers lui. Des yeux où se mélangeaient désir physique, peur pour Olivier, soulagement de le voir prendre les choses en mains.

Rafe fut heureux de n'y lire aucun faux-semblant. Mais un doute demeurait en lui : quels motifs secrets animaient Mackinley à l'égard de son ex ? Comment savoir ? Dans l'impossibilité de répondre, il se résigna : mieux valait vivre leur histoire au jour le jour.

De nouveau, Mackinley regarda les deux valises.

— Cela fait beaucoup de vêtements… Tu crois que tes recherches vont durer longtemps ?

— J'ai beaucoup de matériel. Des micros, un brouilleur de voix, au cas où je devrais passer des coups de fil, et bien d'autres choses…

— Maman va être si heureuse que tu nous aides…

— Et toi ?

— Moi aussi, bien sûr.

Il le savait, mais c'était si bon de le lui entendre dire ! Cessant de s'autocensurer, il posa la question qui lui tenait le plus à cœur.

— Tu recherches Olivier seulement parce qu'il est le père de K.G. ? Ou bien as-tu un motif plus… personnel ?

Rafe se sentait ridicule. Et pourtant… Mackinley n'avait-elle pas déclaré avoir encore besoin de parler de leur mariage avec Olivier ? En général, lorsque tant d'argent était en jeu, les familles se rendaient tout droit à la police. Seuls les gens amoureux ne prenaient pas ce risque.

— Je…, balbutia Mackinley. Olivier s'est désintéressé de moi dès que j'ai été enceinte. Il se trouvait en Amérique du Sud pour affaires au moment de la naissance. C'est là qu'il a été…

— Enlevé, acheva Rafe.

Les yeux de Mackinley fouillèrent ceux de Rafe. A la recherche d'une réponse à ses incompréhensions.

— Le mariage de mes parents a été si réussi, murmura-t-elle. Ils riaient toujours ensemble, avaient des tas de projets. Enfant, je me sentais un peu la cinquième roue de la charrette, mais ça ne me dérangeait pas.

— J'ai éprouvé la même chose avec mon père, expliqua Rafe. Bien que pour des raisons différentes. Lui et ses copains jouaient ensemble aux cartes, avaient un tas d'activités, s'entendaient comme larrons en foire…

— Ton père t'aime, dit Mackinley.

— On s'est bien amusés ensemble. On continue, d'ailleurs.

Une pause. Puis Mackinley reprit.

— Je crois que… j'espérais que, quand Olivier serait libéré, il verrait le bébé et…

« T'aimerait de nouveau ? » acheva Rafe en son for intérieur. Il se raidit contre cette possibilité. D'ailleurs, était-ce bien réaliste de la part de Mackinley ? Ils avaient divorcé, que diable ! Il la serra plus fort contre lui. Histoire de lui rappeler ce qu'ils venaient de vivre ensemble.

— Tu m'as dit qu'Olivier ne te donnait pas ce dont tu avais besoin, remarqua-t-il d'un ton bourru.

— C'est vrai… et il ne voulait pas vraiment de bébé. Toutes ces nouvelles responsabilités l'effrayaient.

Rafe serra les mâchoires. Comment ne pas aimer K.G. ?

— Je ne peux y croire !

Le regard de Mackinley s'adoucit.

— Tu aimes bien Kimmie, n'est-ce pas ? demanda-t-elle.

Il acquiesça de la tête. Au cours de leur séance de shopping, la veille, tout le monde l'avait pris pour le père de K.G. Et cela l'avait enchanté. Après tout, jamais il n'avait vécu au sein d'une famille normale. Il était grand temps de commencer.

— Certains hommes n'aiment pas les enfants, dit Mackinley d'un ton rêveur.

— Les imbéciles !

La tête penchée sur le côté, elle demanda :

— Toi, tu les aimes ?

— Oui. Depuis que je connais K.G…

Elle opina.

— J'espérais qu'Olivier serait un père aussi aimant que le mien… Oh ! Papa me manque tant ! acheva-t-elle d'une voix brisée.

Rafe le comprenait sans peine. Son propre père avait beau l'agacer depuis son séminaire de synergie, tous les deux étaient liés comme les doigts de la main.

Le regard de Mackinley devint pensif. Rafe admira les petites taches rouges et dorées qui brillaient au fond de ses iris marron. Puis il vit ses yeux s'aiguiser lorsqu'elle déclara avec force :

— Je ne peux pas laisser mon fils grandir sans père.

— Ce ne sera pas le cas, assura Rafe.

Pourquoi promettre une chose pareille ? se demanda-t-il aussitôt. C'était bien trop prématuré. Mais il avait beau faire, dans un coin de son cœur, il se voyait fort bien en père de K.G.

Mackinley le contempla un long moment.

— Est-il exact que certaines victimes s'attachent à leur ravisseur ? demanda-t-elle.

Etonné, Rafe répliqua.

— En effet. Ça s'appelle le syndrome de Stockholm.

— Pourquoi ?

— En 1973, quatre Suédois ont été détenus pendant six jours dans la chambre forte d'une banque de Stockholm. Peu à peu, ils se sont mis à faire confiance aux cambrioleurs. A les comprendre.

Un petit sourire détendit les lèvres de Mackinley.

— Dans ce cas, moi aussi, je pourrais finir par aimer mon ravisseur…

Rafe lui rendit son sourire.

— Mais… je ne t'ai pas kidnappée ni prise en otage !

— Tu le pourrais…, murmura-t-elle d'une voix ardente.

Se hissant sur la pointe des pieds, elle effleura de sa bouche les lèvres de Rafe.

— Si tu essayais, tu y réussirais très facilement, acheva-t-elle dans un souffle.

La joue pressée contre son oreiller, les yeux grands ouverts dans le noir, Mackinley laissa son esprit vagabonder. De Rafe au mariage parfait de ses parents, puis à son fils. Soudain, elle prit conscience que l'oreiller conservait l'odeur de son amant. Elle en inhala le parfum avec délice.

Si seulement il dormait avec elle, au lieu de coucher sur le canapé du salon ! regretta-t-elle. Elle n'avait pas voulu scandaliser sa mère. Comme prévu, Barbara s'était réjouie du soutien que leur apportait Rafe. Pendant une heure, avant de se coucher, elle s'était prêtée à toutes ses questions.

Avant de se coucher… Mackinley avala sa salive avec difficulté. Lui revint à la mémoire le souvenir du corps nu de Rafe, dans toute la splendeur de son désir. Dommage qu'elle croie si fort au mariage, songea-t-elle. Faire une fois l'amour avec un homme pareil vous donnait envie de continuer toute la vie. Même hors les liens du mariage. Et pourtant, ses parents lui avaient offert un si bel exemple d'amour conjugal…

Mais il fallait se faire une raison : Rafe Ransom n'était pas homme à convoler. Ne l'avait-il pas reconnu tout à l'heure ? Jamais il n'avait vraiment eu l'intention d'épouser Charmaine.

Le cœur de Mackinley se serra. Qu'elle avait été sotte et fleur bleue avec Olivier ! Imaginer que la vie lui offrirait le parfait amour sur un plateau ! Elle l'avait rencontré à la faculté, et l'avait engagé à l'épouser. Pensant qu'ils deviendraient aussi proches que ses parents.

Pour obtenir quoi, en définitive ? Deux années de souvenirs doux-amers. Dès le début de sa grossesse, Olivier avait commencé à lui trouver des défauts. Il émettait des critiques qui avaient brisé son cœur de femme aimante.

C'est d'ailleurs la raison pour laquelle elle voulait si fort lui parler. Elle avait besoin de comprendre, pour faire le deuil de son mariage et aller de l'avant. A dire vrai, elle avait aussi nourri une arrière-pensée : en voyant son fils, peut-être Olivier retomberait-il amoureux d'elle ? Maintenant, elle doutait que les choses s'arrangent entre elle et Olivier.

A cause de Rafe Ransom.

Après cette nuit, rien ne serait jamais plus pareil. Et pourtant, elle continuait à se tourmenter à propos de son ex-mari. A espérer son retour sain et sauf. Chaque fois qu'elle regardait les photos Polaroïd, son cœur flanchait. Olivier y était sale, ses vêtements en haillons. Lui qui s'habillait toujours avec tant de recherche !

Tout à coup, surgit dans l'esprit de Mackinley un épisode oublié de sa vie conjugale. Au cours de sa grossesse, elle avait acheté une chemise de nuit de soie ivoire. Elle était sûre de plaire à Olivier. Le soir, elle l'avait revêtue, s'était allongée, attendant que son mari la rejoigne. Mais au lieu du désir qu'elle espérait, elle avait lu du dégoût dans son regard. Comme si elle ne pouvait à la fois être mère et inspirer la convoitise. Aujourd'hui encore, ce rejet lui semblait cuisant. L'humiliait jusqu'au tréfonds de l'âme. Pourquoi Olivier ne pouvait-il accepter leur famille ? Partager avec elle la joie d'attendre un enfant ?

Peut-être aurait-il fini par les aimer tous les deux, s'il n'avait pas été enlevé ? De toute façon, Rafe se chargeait de le retrouver. Et lorsque Olivier ferait la connaissance de son enfant, il souhaiterait en être le père. Au moins ça.

A cet instant, la porte de sa chambre s'entrouvrit. Un rai de lumière en provenance du salon. La haute silhouette de Rafe. Pieds nus. Vêtu du pantalon de son pyjama.

Il referma sans bruit la porte derrière lui, s'approcha du lit et s'y glissa. Comme la couche était trop étroite, il fit rouler Mackinley sur lui.

— Que fais-tu ici ? murmura-t-elle en l'enlaçant.

— Je viens voir si tu vas bien.

Elle se blottit contre lui.

— Je réfléchissais…

A travers la trame du tissu de sa chemise de nuit, elle sentit les grandes mains de Rafe glisser le long de son dos, s'installer au creux de ses reins. Pleines de chaleur. De réconfort.

— Depuis quand les femmes réfléchissent-elles ? la taquina-t-il.

Mackinley lui infligea une petite tape, et protesta.

— Je ne pouvais pas m'endormir !

Rafe déposa un doux baiser dans ses cheveux.

— Maintenant, tu vas dormir, dit-il d'une voix caressante.

En effet, quelques minutes après, elle sombra dans un sommeil profond.

7

Rafe était un amant de rêve.

Pendant toute la semaine, dès que Barbara s'endormait, il se glissait sans bruit dans le lit de Mackinley. Dans l'obscurité, il lui faisait l'amour de toutes les façons possibles. Parfois tendre et doux, il inventait mille attentions délicieuses. D'autres fois, il agissait en adolescent impatient, aux désirs brusques et frénétiques. Toujours il l'emportait vers des pics de félicité dont elle sortait pantelante.

Le jour, ils ne se quittaient pas. Au début, il lui avait fait raconter chaque coup de fil des ravisseurs par le menu. Mais jusqu'à maintenant, le téléphone ne bronchait plus. Et Rafe ne pouvait rien entreprendre tant que les kidnappeurs ne réclamaient pas les dix mille dollars.

Plus tôt ce matin-là, Mackinley s'était occupée des photos, que Rafe avait envoyées à un laboratoire. Et puis était venu le moment fatidique de se rendre dans la salle de conférences. Pour présenter en assemblée générale leur rapport sur la semaine écoulée.

K.G. sur la hanche, Rafe se leva.

— Etre parent célibataire est une tâche ardue, commença-t-il. Les bébés exigent beaucoup plus que je n'aurais imaginé…

— Absolument ! s'écria Jack. Aucune femme ne devrait élever son enfant seule. J'étais sûr que tu en arriverais à cette conclusion, mon fils.

Rafe essaya sans grand succès son ton acerbe.

— Si tu savais déjà tout, pourquoi nous avoir contraints à cet exercice ridicule ?

Jack lança un regard entendu à Mackinley puis à Rafe :

— Non, non, je ne savais pas *tout*…

L'air goguenard, le Silencieux s'adressa à Mackinley.

— Vous êtes parvenue à lui faire changer les couches ?

Levant un sourcil, elle s'enquit :

— Qui ? Rafe ou K.G. ?

Tout le monde se mit à rire.

Mackinley avait déjà exprimé ses réflexions sur la difficulté d'être le patron. Pendant que Rafe continuait son exposé, elle embrassa du regard le groupe d'hommes autour de la table. Personne n'avait critiqué le moins du monde la présence de K.G. dans les bureaux. Rafe avait fourni une bonne raison pour amener le bébé avec lui : économiser les frais de garderie. En effet, Barbara avait trouvé un emploi prometteur dans les bureaux administratifs du musée d'Histoire. Par conséquent, elle devenait moins disponible. Mais Mackinley lisait entre les lignes : Rafe raffolait de K.G.

— Les bébés pleurent souvent la nuit, soupirait-il. Ensuite… impossible de se rendormir.

Il décocha à Mackinley un petit sourire espiègle.

— Je n'en doute pas, dit Shark avec un gloussement.

De toute évidence, les ondes qui se propageaient entre Rafe et Mackinley ne passaient pas inaperçues au sein de la Compagnie Ransom ! Les négociateurs avaient revu leur opinion au sujet de la jeune femme. Ils devenaient plus chaleureux avec elle.

Reprenant à son compte le ton de Shark, Mackinley le taquina.

— Je suggère que le prochain sur la liste de cette expérience merveilleuse soit Shark.

Du tac au tac, celui-ci rétorqua :

— Ce qu'il y a de bien avec la synergie, c'est qu'une expérience profite à l'ensemble du groupe. Pas besoin de la répéter.

Un murmure appréciatif se fit entendre autour de la table.

— Grâce à vous deux, j'ai vraiment beaucoup appris, souligna le Silencieux.

— Les bébés, c'est super ! renchérit Magnum.

Jack Ransom était aux anges. S'adressant à Rafe et Mackinley, il demanda :

— Vous retirez donc du bénéfice de cet exercice ?

Mackinley soupira d'aise. Elle songeait aux longues nuits

d'amour partagées avec Rafe. Des nuits qui l'aidaient à surmonter son échec avec Olivier.

— Tout à fait, dit-elle d'un air convaincu.

Le visage de Rafe trahissait la même satisfaction.

— Rien ne vaut la synergie, assura-t-il.

Dès la première sonnerie, Mackinley sauta sur son portable.

— C'est eux ? murmura Rafe.

Le récepteur vissé à l'oreille, elle attendit un moment. Puis elle secoua la tête, et laissa tomber le téléphone entre eux, sur le canapé. Lovée contre Rafe, elle tourna la tête en direction de la chambre de Barbara, et cria :

— Pas de problème, maman. Faux numéro.

Rafe fronça les sourcils.

— Un faux numéro ? Sur ton portable ?

Elle opina. Du regard, elle suivit le fil qui reliait le téléphone à un magnétophone automatique.

— J'ai l'impression qu'ils n'appelleront plus, soupira-t-elle. Tu crois qu'il s'est passé quelque chose ?

— Ils vont appeler. En attendant, reprends du pop-corn.

— Tu es toujours aussi calme ?

— Oui, quand une femme magnifique me fait confiance. Maintenant, regarde ton film.

Il lui prit la main, et passa un pouce caressant sur deux ongles de Mackinley protégés par un petit pansement. Depuis leur première nuit, ces ongles rongés symbolisaient tristement à ses yeux l'anxiété dans laquelle elle avait vécu. Il soupira. Se reprocha *in petto* de devenir trop sentimental. Contrôlait-il encore ses propres émotions ? Rien n'était moins certain !

Remarquant la rêverie de Rafe, Mackinley lui demanda :

— Tu es préoccupé ?

« Oui. Par toi. Par nous. Par ton ancien mari », eut-il envie de répondre. Négocier la libération d'Olivier le démangeait. Mais une chose l'inquiétait. Plus il s'investissait envers Mackinley, plus il craignait le retour de son ancien mari. Qu'arriverait-il quand il réapparaîtrait ? Pour le moment, elle se référait toujours à lui comme à son mari. En outre, elle semblait espérer de lui un revirement en faveur de K.G.

Il haussa les épaules, et chassa ses tourments.

— Je réfléchissais… Je suis content que tu sois moins fatiguée.

La tête penchée sur le côté, Mackinley lui lança un regard de biais. Malicieux et reconnaissant à la fois.

— Avec toi à mon côté, je dors mieux.

— Et je te fais sourire de nouveau, non ?

— Sans aucun doute ! dit-elle en reprenant le fil de son film.

Comment Mackinley considérait-elle sa présence constante auprès d'elle ? se demanda Rafe. L'aidait-il seulement à retrouver le sommeil et une certaine légèreté ? De toute façon, il ne fallait pas s'en plaindre. C'était déjà ça ! se convainquit-il avec une certaine nostalgie. Son regard plongea par la fenêtre. Dehors, la température augmentait. La neige annoncée se transformait en pluie. Les taxis avançaient pare-chocs contre pare-chocs. Les feux arrière des voitures dessinaient de longs serpents de lumière le long des rues.

— As-tu déjà envisagé de vivre à la campagne ? Dans le New Jersey ou le Connecticut ? s'enquit-il soudain.

Mackinley le regarda pensivement.

— Je ne sais pas… J'ai grandi en ville. En plus, Olivier et moi avions choisi d'y vivre. C'était pratique, à cause de nos emplois respectifs.

— Tu t'imaginais en ville pour toujours ?

— Oui. En tout cas, avant la naissance de K.G. Maintenant, si j'avais le choix, je travaillerais à mi-temps, et je déménagerais. Pour que K.G ait plus d'espace pour jouer. Un vrai jardin, par exemple, avec plein de copains.

Les yeux de Rafe s'étrécirent.

—Dis-moi… Pourquoi ne pas avoir pris le nom de ton mari en l'épousant ?

La question fit rire Mackinley.

— C'est un vrai interrogatoire !

Puis son regard se chargea de tristesse.

— Au moment de notre mariage, mon père était malade… Je n'avais pas la force d'abandonner son nom…

Après un temps de réflexion, elle ajouta :

— De toute façon, un jour ou l'autre, j'aimerais essayer de vivre dans un endroit tout à fait nouveau. Et toi ?

— Moi aussi, je vis en ville depuis longtemps. Mais peut-être la campagne... pourquoi pas ?

A quoi ressemblait la vie à la campagne ? songea-t-il. Depuis qu'il partageait le quotidien de Mackinley et sa famille, cette idée le hantait souvent. Par ailleurs, une sourde inquiétude le taraudait : une fois cette affaire élucidée, il devrait renoncer à beaucoup de choses — les attentions maternelles de Barbara à son égard, les émerveillements sans fin à propos des progrès de K.G. ; le partage de la vie quotidienne avec Mackinley. Tout cela lui ferait cruellement défaut.

Une seule chose ne lui manquerait pas : la tension. Attendre un appel téléphonique qui ne vient pas, quelle épreuve ! Qui détenait Olivier Spain ? se demanda-t-il pour la énième fois. Pourquoi les ravisseurs ne se manifestaient-ils pas ? Rafe évita de penser au pire. Au contraire, il s'efforça de penser à des choses positives.

— Tu as l'intention d'avoir d'autres enfants ? demanda-t-il.

Mackinley soupira et répondit d'une voix à peine audible :

— Je... Ce n'est pas le moment d'y penser. Je ne sais même pas ce qu'Olivier est devenu. Il n'a jamais vu son fils.

Mais je veux que tu penses à l'avenir ! eut-il envie de riposter.

— Je n'aurais pas dû poser la question, fit-il d'un ton bourru.

— Pas de problème, l'assura-t-elle. En fait, j'ai très envie d'autres enfants. Seulement, j'ai le sentiment que cette crise ne s'achèvera jamais.

— Mais si ! promit Rafe en déposant un baiser sur le front de Mackinley.

Pourvu que ça se termine par un *happy end* ! pria-t-il en son for intérieur. Hélas, ce n'était pas toujours le cas.

Comme pour conjurer le sort, il ajouta :

— Parce que je le veux.

Il voulait savoir où Mackinley en était avec son ex. Savoir s'il avait une chance de construire quelque chose avec elle.

Pour cela, un seul moyen : retrouver Olivier Spain.

Assise dans la salle à manger, K.G. sur ses genoux, Mackinley jeta un œil en direction du salon, où Rafe regardait les informations sportives. Puis elle se tourna vers sa mère.

— Tout va bien, maman ? s'enquit-elle.

Posant son livre sur la table, Barbara contempla longuement sa fille.

— Très bien, ma chérie.

Puis elle eut un sourire triste et reprit :

— Tu sais… J'ai toujours essayé de te protéger. Et maintenant, je me demande si j'ai bien fait.

— Pardon ?

Barbara caressa les cheveux de sa fille. Puis ses yeux se posèrent sur K.G.

— Tu verras… Plus il va grandir, plus tu éprouveras le besoin d'aplanir les difficultés pour lui.

— Ce qui signifie ?

— Eh bien… Ton père était un homme bon. Je l'aimais…

— Bien sûr ! s'exclama Mackinley avec étonnement.

Après une profonde inspiration, Barbara poursuivit.

— Mais il avait ses défauts. Vivre avec lui n'était pas toujours chose facile.

Le cœur de Mackinley battait à se rompre.

— Votre mariage était parfait ! protesta-t-elle.

— Tu as vu ce que nous voulions que tu voies.

— Est-ce que tu es en train de me dire que tu n'aimais pas papa ?

Barbara secoua la tête avec vigueur.

— Pas du tout ! Mais quand j'avais ton âge, j'avais tant d'ambitions… que je n'ai pas concrétisées. Avec ton père, je n'ai jamais travaillé, par exemple. Il fallait que je joue mon rôle de femme de P.-D.G.

Abasourdie, Mackinley sentait son monde se défaire.

— Mais enfin… tu étais heureuse, oui ou non ?

Barbara referma une main aimante sur celle de sa fille.

— Oui. Mais pas de la façon que tu crois. La vie n'est jamais ce qu'on en attend, mon petit. Alors, il faut saisir le bonheur quand il se présente… même dans la situation dramatique que nous vivons.

Elle se tut un instant, puis se lança.

— Je sais que Rafe et toi couchez ensemble.

Mackinley tiqua.

— Excuse-nous. Nous croyions être discrets…

— Il ne s'agit pas de ça, ma chérie. Simplement, je redoute que tu idéalises mon mariage avec ton père, et… que cela te pousse à être loyale envers Olivier.

La stupeur se peignit sur le visage de Mackinley.

— Mais enfin, maman ! Olivier a été *enlevé* !

Les yeux de Barbara se voilèrent de tristesse. Elle serra plus fort la main de sa fille.

— Je sais… Mais je vois très bien que tu tombes amoureuse de Rafe. Alors, je te le dis tout net : tu es *divorcée* d'Olivier. Ne te laisse pas étouffer par ton sens du devoir. Laisse plutôt parler ton cœur.

8

Trois jours plus tard, à bord de la Humvee, Rafe et Mackinley allaient ensemble acheter un gâteau pour le dîner. Un bonheur paisible baignait le cœur de Rafe. Le rythme intime de ses journées le comblait.

Soudain, le téléphone sonna. D'instinct, son regard se porta sur le magnétophone relié au portable. Ses mains se crispèrent sur le volant. Le coup de fil le replongeait sans ménagement dans la dure réalité : il passait sans doute avec la famille Leigh de très douces soirées familiales. Mais ces soirées, il les devait à un absent. Olivier Spain.

Mackinley décrocha.

— Oui ? Je vous entends mal. Parlez plus fort ! Je conduis en pleine circulation.

Une pause. Puis :

— Vous voulez que je porte les dix mille dollars à la station de métro West Fourth Street, c'est bien ça ? demanda-t-elle.

Les jointures des doigts de Mackinley blanchirent, tant elle serrait fort le récepteur.

— Je ne peux apporter l'argent dans un sac en papier marron, protesta-t-elle. Je suis dans ma voiture.

Rafe se faufila entre les voitures et prit la direction de la station de métro.

— L'argent se trouve dans un sac en toile, poursuivit Mackinley. Oui, j'ai les dix mille dollars. Mais je veux mon mari en échange.

Un silence. Puis :

— Dix minutes ! Je vais avoir du mal ! D'accord, je dépose le sac sur le couvercle de la poubelle bleue. Oui, répéta-t-elle, je garderai la main sur le sac, mais je détournerai la tête de la voie. J'ai compris.

La voiture atteignait déjà la station, mais Mackinley cherchait à gagner du temps. Soudain, elle écarquilla les yeux.

— Je vous jure que je suis seule, insista-t-elle. Non, je n'ai pas appelé la police. Je vous en donne ma parole.

En proie à la panique, elle passait dans ses cheveux une main fébrile.

— Croyez-moi, supplia-t-elle, je n'en ai parlé à personne. Arrêtez de dire que vous le tuerez, je vous en conjure ! Vous aurez l'argent dans dix minutes. Ne faites pas de mal à Olivier ! Comment ça, vous me surveillez ? Dans ce cas, vous voyez bien que je suis toute seule ! Ecoutez, il faut que…

L'interlocuteur raccrocha. Les yeux rivés au pare-brise, Mackinley laissa tomber le portable sur ses genoux.

— West Fourth Street, dit-elle.

— A-t-il précisé où tu dois le rencontrer ?

— Voie D.

— Tu connais la station ?

— Comme ma poche. C'est mon ancien quartier. C'est une station sur deux niveaux. Les voies A sont au rez-de-chaussée. Les voies D sont au-dessous.

— Tu as des tickets ?

Fourrageant dans son sac, Mackinley marmonna entre ses dents :

— Si je dois acheter des tickets, je n'y serai jamais à temps !

Puis elle ajouta :

— Je ne crois pas que tu doives venir avec moi.

— Tu es folle ? Voilà ce que nous allons faire. Tu y vas la première. Je te suis à distance. Il est clair que le type a l'intention de t'approcher directement. Même s'il te parle, ne le regarde pas. Les choses pourraient mal tourner si tu vois à quoi il ressemble.

Rafe frissonna. Une image fugace traversa son cerveau : Mackinley poussée sur la voie du métro.

Dans l'intervalle, elle avait trouvé les tickets. Elle en glissa un dans la poche de Rafe.

— Cette fois, dit-elle d'une voix frémissante, il a l'air très menaçant. Tu ferais mieux de m'attendre à l'extérieur de la station.

S'efforçant de garder la tête froide, Rafe soupesa les différentes options. Il faisait déjà nuit. Les gens rentraient chez eux, les trottoirs étaient bondés. Les rues encombrées.

— C'était le même homme que d'habitude ? demanda-t-il.

— Je ne sais pas. La voix n'était pas claire.

— Il utilise sûrement un brouilleur de voix…

Au comble de l'angoisse, Mackinley s'agrippa des deux mains au tableau de bord.

— Il a dit que si je les doublais, il tuerait Olivier. Il avait l'air… désespéré.

— A-t-il dit comment il avait l'intention de le tuer ?

— Non. Simplement qu'il le ferait si j'appelais la police.

— Bien ! Plus un ravisseur est dangereux, plus il se fait précis.

La plupart évoquaient la torture, poursuivit Rafe *in petto*. Parfois, surtout en Amérique du Sud, les flics se révélaient être les demandeurs de rançon. Dans les affaires de ce genre, tout le monde était suspect. Regardant Mackinley à la dérobée, il eut soudain envie de changer de vie. Il s'emplit les yeux du joli profil de sa compagne. L'auréole angélique de ses cheveux dorés. Son ravissant nez droit. Ses lèvres délicates. Bon sang ! décida-t-il, si Jack prenait sa retraite, lui pourrait peut-être diriger le bureau tout en habitant le New Jersey ?

— Rafe ?

Il cligna des yeux. Le moment était mal choisi pour s'imaginer une vie bucolique à la campagne ! Il prit à gauche dans la 7e Rue, et encore à gauche dans Bleeker.

— Oui ?

— Je ne veux pas que tu viennes avec moi, répéta Mackinley en enfilant ses gants.

— Quoi ?

— S'il voit que je ne suis pas seule, il tuera Olivier !

Rafe se gara, et éteignit le moteur. Puis il balaya le trottoir du regard. A l'affût d'un visage suspect.

— Ecoute, répliqua-t-il patiemment. S'il menace, c'est qu'Olivier est toujours en vie.

Peut-être pas pour longtemps, songea-t-il à part lui. Jusqu'à maintenant, Mackinley avait été la vache à lait des ravisseurs. Mais si ses comptes en banque se tarissaient, quels scrupules auraient-ils à supprimer Olivier Spain ?

— On voit que tu n'as pas entendu sa voix ! protesta Mackinley en serrant contre elle le sac de toile.

— Je l'écouterai tout à l'heure, sur la bande.

A condition que les coups de klaxon, le bruit des moteurs, le hurlement des sirènes n'aient pas brouillé la qualité de l'enregistrement, songea Rafe.

— Ne t'inquiète pas, reprit-il. Il ne me repérera pas. Je fais ça depuis des années. Quant à toi, marche normalement. Quoi que tu fasses, ne te retourne pas vers moi. Dès que le type s'empare du sac, je lui saute dessus.

— Mais… je te répète, il y avait dans sa voix quelque chose d'inhabituel… d'effrayant.

— Voilà une semaine que nous attendons cet appel. Nous n'allons pas laisser filer ce type !

— Ah ! Fais comme tu veux ! marmonna Mackinley entre ses dents.

Malgré sa colère, elle cédait, songea Rafe. Il se sentit soulagé.

— De quel côté de la voie dois-tu te trouver ? Vers le nord ou vers le sud ?

Mackinley le contempla. Puis :

— Vers le sud.

— Parfait. Sois prudente.

D'un geste brusque, elle ouvrit la porte, et la fit claquer derrière elle. Toujours en colère, constata Rafe. A quoi attribuer cette réaction ? A la nervosité, espéra-t-il en la regardant s'éloigner.

A travers son pare-brise, il l'observa se glisser entre un homme d'affaires et une blonde qui tenait en laisse deux dobermans. Au milieu de la foule, son manteau poil de chameau passait presque inaperçu. Bien que transportant dix mille dollars au bout du bras, elle remontait l'avenue d'une démarche naturelle.

Rafe attendit encore quelques secondes. Puis, jaillissant de la Humvee, il suivit Mackinley à distance. Elle dépassa un kiosque à journaux. Une pizzeria. Puis s'engouffra dans l'escalier poussiéreux de la station de métro.

Assailli de mauvais pressentiments, Rafe lutta pour ne pas

courir à ses trousses. Que se passerait-il si les ravisseurs avaient donné de fausses directives à Mackinley ? S'ils s'apprêtaient à lui arracher son sac d'une seconde à l'autre ?

Le temps que Rafe franchisse le tourniquet, Mackinley avait disparu. Il jeta un regard alentour. Pas de personnage inquiétant. Au moment où il s'engageait dans le tunnel menant aux voies du sous-sol, une trame libéra un essaim de voyageurs, qui se dirigea vers lui au coude à coude. Grinçant des dents, il consulta sa montre. Plus que quelques minutes. Comment le type allait-il aborder Mackinley ? Risquait-il de lui faire mal ?

D'ailleurs, où diable se trouvait-elle ? Parvenu au quai sud, il le scruta du regard. Pas de Mackinley. Ses yeux coururent machinalement le long des escaliers conduisant aux voies A. Personne. Au fond du tunnel, les phares d'un train approchaient. Désemparé, il porta alors son regard de l'autre côté de la voie. Sur le quai nord. Là, contre toute attente, il aperçut Mackinley.

Bon sang ! Elle lui avait menti ! Le rendez-vous avait lieu sur le quai nord. Séparée de lui par la largeur des doubles rails, elle avait posé le sac de toile sur une poubelle bleue. Leurs yeux se rencontrèrent. En un déclic, Rafe comprit ce qui allait se passer. Le ravisseur sauterait de la rame, attraperait le sac au vol. Ensuite, il se précipiterait vers l'escalier, et se perdrait dans la foule.

L'espace d'un instant, il envisagea de sauter sur la voie, pour rejoindre l'autre quai. Mais cela équivaudrait à un suicide. Le train qui arrivait l'écraserait. En désespoir de cause, sachant que c'était perdu d'avance, il se rua vers l'escalier. Au moment où il franchissait le tourniquet, il entendit le bruit métallique des freins sur les rails. Tout en courant, il imagina la scène qui se déroulait sur le quai nord : les portes des rames s'ouvraient ; le ravisseur posait le pied sur le quai ; s'avançait vers Mackinley…

Rafe dévala comme un dératé l'escalier menant au quai nord. Et se heurta à Mackinley. Haletante. Il lui saisit le bras au moment même où le train redémarrait.

— Où est-il ?

— P-parti, bégaya-t-elle. Il a arraché le sac… puis est remonté dans la rame.

— Tu l'as vu ?

— Non. J'ai gardé la tête tournée.

Désarçonné, Rafe gronda.

— Je croyais que tu voulais que je t'aide ?

Le comble, c'est que Mackinley ne semblait nullement se repentir de son attitude !

— Je t'ai déjà expliqué : cette fois-ci, il m'a vraiment fait peur. S'il t'avait vu, il aurait décidé de tuer Olivier. Et je n'aurais plus pu me regarder en face. Dans la voiture, je n'avais pas le temps d'argumenter avec toi.

Au fond de lui, Rafe se fiait à l'intuition de Mackinley. Grâce à sa ruse, elle avait peut-être sauvé Olivier. Il lâcha son bras. Mais la colère bouillait toujours en lui.

Furieux, il lança :

— A quel jeu joues-tu ?

Elle le regarda bien en face, et martela :

— J'essaie de protéger la vie d'Olivier. Et tu m'aiderais bien davantage si tu cessais de le considérer comme ton ennemi personnel.

— Ce n'est pas le cas, dit-il en mentant. Mais peut-être le devrais-je, après tout ?

Offensée, Mackinley le défia du regard.

— Tu crois que je me sers de toi ? Que je ne m'intéresse pas à ce qui se passe entre nous ? Que j'espère revivre avec Olivier ?

Autour d'eux, les gens commençaient à les dévisager.

La rage emporta Mackinley :

— De toute façon, que t'importe ? Que recherches-tu avec moi ? Une vraie relation ?

— Ne sommes-nous pas en train d'en vivre une ?

Comme Mackinley haussait les épaules, l'amour-propre de Rafe se cabra. Il ne put s'empêcher d'insinuer :

— Dis donc, mon cœur, quand le soir tombe et que je suis dans ton lit, tu ne t'en plains pas…

— Oh ! Je t'en prie ! Tu n'es pas homme à t'engager ! Tu le sais très bien.

Les mâchoires de Rafe se contractèrent.

— Il me semble que je me suis engagé jusqu'au cou à te sortir de ce pétrin.

Et pour tout remerciement, acheva-t-il en son for intérieur, elle allait lui filer entre les doigts. Comme Charmaine.

La lèvre inférieure de Mackinley tremblait. Ses grands yeux lançaient des éclairs.

— As-tu idée du calvaire que je viens d'endurer ? dit-elle. J'ai besoin d'air.

Sans autre forme de procès, elle se hâta vers l'escalier.

Rafe la regarda s'éloigner. Que désirait-il le plus ? se demanda-t-il. L'embrasser ou l'étrangler ? Dans ces conditions, mieux valait se calmer avant de la rejoindre. Et poursuivre sa propre enquête. Sans y mêler Mackinley.

D'ailleurs, dans son esprit, le terrain était déjà un peu déblayé. Ainsi avait-il appris les déboires d'Olivier chez Citicop. Il avait pris quelques mauvaises décisions, perdu beaucoup du capital investi. Dans ces conditions, il avait sans aucun doute suscité des haines. Se pouvait-il que quelques investisseurs ruinés aient enlevé Olivier ? Pour récupérer leur argent ? Un peu tiré par les cheveux ! En tout cas, cela expliquerait la relative civilité des coups de fil reçus par Mackinley.

En général, lorsque de grosses sommes étaient en jeu, les ravisseurs n'y allaient pas par quatre chemins. La terreur constituait leur arme principale. D'entrée de jeu, ils appelaient pour avertir la famille : elle recevrait bientôt un doigt de la personne enlevée, par exemple. Et ce n'était qu'un début, ajoutaient-ils. Tout de suite après cette annonce, ils raccrochaient. Point final. Pas un mot, pas une explication. La famille entrait alors dans les transes de l'attente.

Avec ce genre de types, Rafe savait comment s'y prendre. Mais dans ce cas précis, quelque chose clochait. De plus, il n'avait pas les coudées franches. Mackinley lui donnait trop de fil à retordre. Ne venait-elle pas de mentir pour protéger Olivier ? Le cœur serré, il en tira la conclusion qui s'imposait : son ex-mari délivré, elle essaierait de le reconquérir.

Là résidait tout le dilemme de Rafe : au fil des jours, il répugnait de plus en plus à négocier la libération de son rival.

— C'est exactement ce que tu soupçonnais, vieux, déclara Shark.

Il croisa les pieds sur la table, révélant des chaussettes d'un orange criard.

Rafe le dévisagea des pieds à la tête :

— Qu'est-ce que c'est que ce costume horrible ? Ces chaussettes monstrueuses ?

Shark gloussa.

— J'espérais que devant tant de mauvais goût, ton père nous permettrait de revenir à nos bons vieux jeans ! Pour l'instant, ça ne marche pas.

Il leva le pouce en signe de victoire :

— Mais au moins, tu as résolu le problème de Mackinley. Les dollars vont pleuvoir sur toi ! Excellent !

Rafe ne partageait pas l'enthousiasme de son ami. Quatre jours auparavant, Mackinley et lui avaient rejoint l'appartement dans un silence pesant. Lourd de rancœur et de frustration. Un silence qu'ils n'avaient brisé que le lendemain après-midi. Depuis, les choses étaient rentrées dans l'ordre. Pour le plus grand bonheur de Rafe.

Et patatras ! Ce qu'il venait de découvrir menaçait la belle harmonie qui régnait de nouveau entre Mackinley et lui. Il gratifia d'un regard meurtrier le magnétophone et l'épais dossier contenant preuves sur preuves. Y compris une photo d'Olivier Spain devant la maison où il demeurait.

— Mackinley est fauchée, répliqua-t-il enfin. Elle ne me paie pas.

C'était le cadet des soucis de Rafe. Ses pensées dérivèrent de nouveau vers Olivier Spain. Neuf mois auparavant, il avait simultanément perdu des millions au sein de la Citicop, et refusé sa paternité. En conséquence, il avait mis en scène sa propre disparition. Et aspiré la fortune de Mackinley. A cette idée, le cœur de Rafe se serra de nouveau.

— Peut-être devrions-nous coffrer Spain avant que je ne le dise à Mackinley ? spécula-t-il à haute voix.

Shark lui lança un regard aigu.

— Tu crois qu'elle aura une réaction violente, en apprenant ce que Spain lui a fait endurer ?

Rafe se passa une main nerveuse dans les cheveux.

— La violence, ce n'est pas son genre. Mais quand il s'agit de trahison, on ne sait jamais comment les gens vont se comporter.

Et lui ? s'inquiéta-t-il. Mackinley s'apprêtait-elle à le trahir ?

— Tu as raison, soupira Shark. Elle deviendra peut-être folle furieuse. D'un autre côté, elle peut ne pas te croire. Pour une raison que je ne m'explique pas, les femmes continuent souvent à faire confiance à leurs ex.

— Boucle-la ! grommela Rafe.

Ses yeux se posèrent sur les photos d'Olivier Spain, tenant un journal de langue espagnole à la main. Le laboratoire les lui avait renvoyées. Conclusion : la pellicule provenait d'un marchand de journaux de Long Island. Mieux : les empreintes digitales retrouvées au coin de l'un des clichés correspondaient aux empreintes d'Olivier.

Révolté, le cœur lourd, Rafe méditait : pendant tout ce temps, Mackinley s'était rongé les sangs pour un homme qui n'en valait pas la peine.

— Jamais elle ne récupérera son pognon, déclara Shark. Tu as une idée de l'endroit où il l'a planqué ?

— Il a sûrement joué fin. Dispersé l'argent dans plusieurs banques des Etats-Unis. Sous de faux noms. En tant que banquier, il connaît la musique.

Lui aussi la connaissait ! rumina Rafe. Et d'une manière ou d'une autre, il rendrait son argent à Mackinley. Parole d'homme !

Soudain une pensée désagréable lui traversa l'esprit. Il plissa les yeux de contrariété.

— Je présume que maintenant, tout le monde sait où se trouve Spain ?

Shark haussa les épaules.

— Dès que nous avons su qu'il n'était pas en danger, j'ai lancé quelques coups de fil…

— Des deux côtés de la loi ?

— Bien sûr. Spain payait des types pour lui faire parvenir en une nuit les journaux sud-américains. Je me suis rendu dans le quartier latino. Il nous fallait le lieu d'habitation de Spain, nous l'avons obtenu.

Shark observa une courte pause, avant de reprendre.

— Si tu veux attendre avant de dire la vérité à Mackinley, tu peux. Spain se trouve au même endroit depuis des mois. Il ne va pas en bouger. A mon avis, il n'est pas dangereux. C'est un escroc, pas plus.

— Comment en être sûr ?...

Rafe arpenta la pièce pendant quelques secondes. Puis il s'accota à la fenêtre et regarda la rue. Une grande lassitude l'envahit. Il avait trop longtemps vécu en ville, songea-t-il. Et quand il ne se trouvait pas à New York, il se cloîtrait avec des clients, le plus souvent en Amérique latine. Protégés par des caméras video et des chiens. Ce n'était pas une vie.

— Tu as déjà envisagé de vivre à la campagne ? demanda-t-il.

— Tu blagues ?

L'air stupéfait de Shark se mua bientôt en dérision.

— Ne me dis pas que tu veux t'installer à la campagne avec Mackinley ! Une petite maison avec pelouse bien entretenue, des gamins, des chats et des chiens ?

— Qui sait ? rétorqua Rafe d'un ton rêveur.

La perspective de dire la vérité à Mackinley et Barbara le révulsait. Les enlèvements révèlent toujours une traîtrise à un moment donné. En général, les trahisons émergent à l'occasion de l'investigation concernant la vie de la victime : liaisons extra-conjugales, vices cachés.

Il aurait tant aimé lui annoncer une nouvelle plus réjouissante. Cependant, il faisait confiance à Mackinley : elle était forte. Elle l'avait prouvé à maintes reprises. Après tout, n'avait-elle pas infiltré la Compagnie Ransom ? Ne lui avait-elle pas subtilisé les données de son ordinateur ? En outre, en dépit de leurs nuits d'amour, l'incident de West Fourth Street Station montrait bien à quel point elle poursuivait son propre but.

— Ne laisse pas tes sentiments se mêler à cette affaire, conseilla Shark. Ce n'est pas pour rien que nous ne couchons jamais avec nos clientes...

Rafe laissa passer la leçon de morale de son copain. Mackinley n'avait jamais été une cliente au sens habituel du terme. Et elle était devenue tellement davantage...

Devant le mutisme de Rafe, Shark reprit :

— Tu sais ce que tu vas faire avec Spain ?

— Dès que nous serons chez elle, je parlerai à Mackinley. Elle a le droit d'être la première à savoir.

Mackinley plaqua Rafe contre la porte fermée de sa chambre. Dans la lumière déclinante du soir, ses yeux rieurs offraient des reflets ambrés. Ils échangèrent un sourire.

— Je veux te remercier une nouvelle fois, commença-t-elle. Je sais que tu es toujours en colère, après ce qui s'est passé à la station de métro. Mais… ta présence chez nous nous réconforte beaucoup, maman et moi.

— Tant mieux, murmura-t-il.

Néanmoins, il ne se faisait pas d'illusions : une fois Spain coffré, songea-t-il, il devrait s'en aller. Dieu sait pourtant qu'il n'en avait pas la moindre envie ! Au contraire. Il s'était habitué à cette chambre. Au lit trop étroit.

Il ouvrit la bouche pour parler d'Olivier, mais ne trouva pas les mots adéquats. En désespoir de cause, il serra plus fort Mackinley contre lui.

— Je t'ai désirée toute la journée, avoua-t-il. Je ne peux te regarder sans avoir envie de te prendre.

— Eh bien, prends-moi…

Malgré l'urgence qu'il ressentait à parler de Spain, Rafe se laissa emporter par le parfum vanillé de Mackinley. Le baiser passionné qu'ils échangèrent suscita en lui des ondes de chaleur. Se sachant déjà presque au point de non-retour, il protesta :

— Il faut que je te parle…

— Maman a emmené K.G. au magasin au coin de la rue, expliqua Mackinley pour l'amadouer. Nous avons quelques minutes.

Les mains de Mackinley sur son torse finirent de convaincre Rafe. Au fur et à mesure qu'elle dénouait sa cravate et déboutonnait sa chemise, il sentait sa respiration s'accélérer. Sa virilité se durcir.

Une faim insatiable l'emporta. Il s'empara des lèvres de Mackinley, explora sa bouche de sa langue. Laissa courir ses mains sur ses hanches, le long de ses cuisses. A travers la trame du tissu de sa jupe, il ressentait les frissons qui parcouraient son amante. L'intensité de son désir égalait le sien, et c'était jubilatoire.

Cependant, dans un coin de son cerveau, une pensée l'assombrit : une fois Spain derrière les barreaux, tout ne changerait-il pas ? Mackinley ne se détacherait-elle pas de lui, lorsqu'il ne vivrait plus chez elle ? Après tout, elle l'avait séduit dans le but d'obtenir son aide. Ils avaient même conclu un marché. Peut-être leur relation se bornait-elle à cela, aux yeux de cette femme têtue ?

Un peu dégrisé au plus fort de son désir, Rafe se força à reculer.

— Pourquoi ne pas parler un peu avant le retour de ta mère ? suggéra-t-il.

Inconsciente du tumulte intérieur qui agitait son compagnon, Mackinley s'alanguit et soupira :

— Ah ! les hommes ! Toujours envie de parler !

Charmé malgré lui, Rafe protesta pour la forme :

— Tu cherches à m'enjôler ?

— Devrais-je enjôler quelqu'un d'autre ? susurra-t-elle.

Les yeux verts de Rafe s'assombrirent de jalousie.

— Je ne te le conseille pas, menaça-t-il.

Aguichante, Mackinley demanda :

— Que lui ferais-tu ?

— Je le tuerais, sans aucun doute.

Les joues de Mackinley s'empourprèrent de plaisir. Son pouls battant la chamade, elle passa la main sous sa jupe et fit lentement glisser ses collants.

La gorge sèche, Rafe lui laissa ensuite déboutonner sa chemise, glisser les doigts dans la toison de son torse. Avec de sourds grondements, il lui mordillait les lèvres, les léchait, les aspirait. La voix enrouée, il murmura :

— Je suis fou de toi.

Il ne pouvait plus s'arrêter. Pas maintenant. Jamais. Nuit après nuit, il lui avait fait l'amour. Dans les ténèbres de la chambre, il l'avait explorée comme jamais il n'avait exploré une femme. A lui en faire perdre la tête. Jusqu'à ce que, pantelante, elle sombre dans une violente félicité. Pour étouffer les gémissements rauques qui lui échappaient alors, il pressait sa main contre la bouche de Mackinley.

Pendant des semaines, il l'avait aimée dans le noir, sous les couvertures.

Léchant les lèvres pulpeuses de Mackinley, il chuchota :

— Je veux te voir. T'entendre.

— M'entendre ?

— Entendre les sanglots que tu étouffes d'habitude dans le noir.

Les yeux embués de désir, il entraîna Mackinley vers le lit. Il lui enleva son chemisier, dégrafa son soutien-gorge. Au creux de ses paumes, il soupesa avec délice les seins pleins et ronds. Se penchant, il dessina du bout de la langue des cercles humides autour des pointes dressées. Une dernière pensée cohérente traversa son esprit embrumé : Mackinley et lui méritaient ce dernier moment d'intimité passionnée. Avant que le ciel ne leur tombe sur la tête. Il lui donnerait tout le plaisir possible, avant que la vérité ne fonde sur elle : elle avait été trahie par un salaud qui ne lui arrivait pas à la cheville.

Il attisa les seins de Mackinley jusqu'à la limite du supportable. Ce moment où le plaisir devient douleur. Alors il sentit sa compagne lutter avec la fermeture Eclair de son pantalon. Passer une main à l'intérieur de son slip. Caresser la preuve palpitante de son désir.

Au comble de l'excitation, se sentant prêt à exploser, il murmura dans un souffle :

— Avec toi, le plaisir est une torture…

Il la voulait tout entière. Son corps. Son esprit. Son âme. Sa passion. Avec une infinie douceur, il l'allongea sur le lit. Sur le ventre. Sans prendre la peine d'enlever sa chemise, il se débarrassa de son pantalon. Il dévorait des yeux le corps somptueux de son amante. Ses cheveux dorés. Sa nuque gracile. Sa chute de reins voluptueuse. Qu'elle était belle…

Un gémissement sourd s'échappa de ses lèvres. S'agenouillant entre les jambes de Mackinley, il releva sa jupe des deux mains. Un instant, il demeura comme pétrifié.

Quand elle tenta de se retourner, il l'en empêcha en murmurant :

— Ne bouge pas, ma chérie. Ça me plaît tant…

— A moi aussi, souffla-t-elle.

Se penchant, il embrassa la chair offerte, la mordilla, l'attisa. Puis il passa une main sous elle et la souleva un peu. Les yeux voilés de désir, il glissa deux doigts dans la corolle humide qui s'ouvrait à lui. La gorge sèche, le cœur battant à grands coups, il explora le fourreau palpitant qui l'enserrait.

Les gémissements que poussait Mackinley, les ondoiements de son corps sous les caresses, ses mains qui griffaient le drap, tout contribuait à rendre le désir de Rafe intolérable. N'y tenant plus, il retira ses doigts, et sans rompre le rythme, la posséda. Lui était dur comme de l'acier. Elle, douce comme du velours.

Les yeux mi-clos d'extase, il admirait le bas du dos de Mackinley qui venait à sa rencontre, ondulait au tempo de ses coups de butoir. D'une main, il caressait la peau soyeuse de son ventre. Puis cette main glissa fiévreusement plus bas, encore plus bas. Arrivé au bouton éclos de sa corolle, il le titilla tout en accentuant la cadence de ses va-et-vient.

Sous cette double caresse, Mackinley ne pouvait tenir longtemps. Bientôt, toute notion de lieu et de temps oubliée, elle s'envola vers le plaisir.

Le cœur gonflé du bonheur de donner, Rafe s'abandonna à son tour en longs spasmes. Au moment de la félicité suprême, il enfouit le visage dans la masse des cheveux dorés de Mackinley et cria son nom.

Haletant, Rafe retourna Mackinley et la serra contre lui avec passion.

— J'ai joui en toi, chuchota-t-il d'un ton rauque. Excuse-moi...

Mackinley passa ses deux mains sous la chemise de Rafe. Enivrée de plaisir, de gratitude, elle caressa son dos moiré de sueur.

— Ça ne fait rien... Je suis si heureuse...

Effleurant les cheveux de Mackinley, Rafe fut tenté de lui murmurer mille mots doux à l'oreille. Au lieu de cela, comme il avait entendu la porte d'entrée s'ouvrir, il déclara d'une voix encore enrouée :

— Nous ferions mieux de nous rhabiller.

En gestes rapides et tremblants, ils renfilèrent leurs vêtements. Rafe calma l'ardeur de son cœur. Quand il se sentit maître de lui, il déclara :

— Avant que nous sortions de cette chambre, j'ai quelque chose à te dire.

Mackinley lissa sa jupe de ses mains. Levant les yeux vers Rafe, elle fronça les sourcils.

— Quoi donc ?

— J'ai localisé ton ex-mari. A Long Island. Le ravisseur, c'est lui.

Mackinley vacilla sur ses jambes. Tout au long des explications de Rafe, elle se tint les bras ballants, au pied du lit. Concentrée comme jamais, elle écoutait sans en perdre une miette. Mais un voile noir, épais, obscurcissait ses facultés mentales.

— Où est mon mari ? dit-elle enfin.

— Ton ex-mari.

Elle se tordit les mains.

— Excuse-moi. Je ne l'ai jamais appelé mon ex. Je crois tant au mariage... Tout au fond de moi, je pense toujours avoir fait une erreur qui a tout gâché.

Rafe faisait de gros efforts pour ne pas traverser la chambre et prendre Mackinley dans ses bras.

— Tu n'as rien fait de mal, assura-t-il. Tu ne veux pas que j'appelle la police ?

Le rouge de l'indignation monta aux joues de Mackinley. Elle prit une profonde inspiration.

— Tu n'y penses pas ! Olivier n'aurait jamais fait ce que tu viens de me décrire. Je le connais, quand même ! On a dû le forcer à agir comme il l'a fait ! Peut-être que quelqu'un me menaçait, ou menaçait le bébé ? Tu dis qu'il se trouve à Long Island ? Long Island, New York ? Tu en es sûr ?

Le cœur de Mackinley palpitait. L'indignation se mêlait en elle à un sentiment de trahison. Ses mains s'affairaient machinalement à boutonner son chemisier. Des heures semblaient s'être écoulées depuis que Rafe et elle avaient fait l'amour.

— Et les photos Polaroïd ? se força-t-elle à dire. Olivier y posait avec des journaux en espagnol. C'est bien la preuve qu'il se trouvait en Amérique du Sud, non ?

Rafe secoua la tête avec tristesse.

— Je suis désolé… Il a passé les neuf derniers mois aux Etats-Unis.

Décidé à la convaincre, Rafe lui fournit l'adresse d'Olivier. Puis il passa dans ses cheveux une main nerveuse.

— Depuis combien de temps soupçonnes-tu Olivier ? demanda Mackinley d'un ton agressif.

Au lieu de répondre, Rafe la contempla un long moment. Puis il la rejoignit. Posa fermement ses deux mains sur ses épaules, il plongea son regard dans le sien.

— Souviens-toi…, prévint-il d'une voix douce. Tu es en colère contre Olivier. Pas contre moi.

Faux ! Les genoux de Mackinley flageolèrent.

— Réponds à ma question !

Les mains de Rafe resserrèrent leur étreinte.

— J'ai considéré cette éventualité depuis que tu m'as montré les Polaroïd. Pour être honnête, il est rare que la victime d'un enlèvement conserve ses lunettes.

La bouche de Mackinley s'entrouvrit. L'incrédulité l'envahissait. Elle articula avec peine.

— Tu pensais que mon mari me… volait ? Et tu ne m'as rien dit ?

— Ton ex-mari. Et je n'avais que des soupçons.

— Pourquoi avais-tu des soupçons ? Ai-je vraiment la tête de la parfaite idiote, dont on peut facilement se jouer ?

— Tu es la victime. Tu n'as rien fait de mal. J'ai vu cela mille fois.

— C'est pour ça que tu me trouvais trop crédule ? Trop confiante ?

Aux yeux de Rafe, songea-t-elle, elle n'était qu'une victime de plus. A ajouter à ses statistiques.

— Suis-je la seule victime que tu aies… réconfortée ? Ou bien Charmaine…

Mackinley n'acheva pas sa phrase. Un doute affreux lui traversa l'esprit : Rafe n'avait-il ressenti que de la pitié pour elle ?

— J'ai aidé le frère de Charmaine. Mais entre toi et moi, c'est différent. Et tu le sais. J'ai commencé à soupçonner Olivier, parce que, lorsque de telles sommes sont en jeu, les ravisseurs agissent à plusieurs. D'autre part, une empreinte digitale sur une photo correspond à une empreinte que j'ai relevée sur une raquette qui lui appartient.

Mackinley tremblait des pieds à la tête. Elle essayait de ne pas penser aux nuits d'insomnie. Nuits passées à prier pour Olivier. A refouler ses larmes. A s'inquiéter de savoir s'il était nourri, vêtu. Et maintenant, elle était censée l'envoyer en prison ? Non ! Impossible !

— Il a probablement récupéré lui-même l'argent que tu apportais aux rendez-vous qu'il te fixait, ajouta Rafe.

Une panique incontrôlable monta en Mackinley. Lorsqu'elle ouvrit la bouche, elle ne reconnut pas sa propre voix.

— Tu fabriques cette fable de bout en bout ! proféra-t-elle d'un ton altéré. Tu n'as jamais vraiment voulu m'aider. Tu es jaloux, peut-être ?

Le regard vigilant, Rafe durcit le ton :

— Tu es embarrassée parce qu'il te semble que tu aurais dû deviner quelque chose…

Un son étouffé s'éleva de la gorge de Mackinley.

— Pour toi, je suis un cas parmi d'autres… un sujet d'étude…

— Je fais ce métier depuis longtemps…

Mackinley tournait en rond. Rafe se trompait ! se répétait-elle. Elle n'était pas complètement stupide, tout de même ! Olivier appartenait à une bonne famille. Un homme honorable.

— Olivier est… un self-made man, balbutia-t-elle. Il est déterminé, beau, bien élevé. Il a tout ce qu'on souhaite d'un homme !

Les yeux verts de Rafe s'assombrirent comme le fond des océans.

— Merci.

— Ce n'est pas ce que je veux dire ! cria Mackinley.

Son esprit vacilla. Peut-être s'était-elle trompée au sujet d'Olivier ? Mais comment accepter son humiliation devant Rafe Ransom ? Comment continuer sa vie, si elle ne comprenait pas l'ampleur de son erreur ?

Une nouvelle fois, Rafe serra les épaules de Mackinley entre ses mains. Puis il pivota sur ses talons. Prit un dossier dans son attaché-case. Le lui tendit.

— Si tu ne me crois pas, dit-il d'une voix calme, tu trouveras tout ce dont tu as besoin là-dedans.

— Tout ce dont j'ai besoin ? Un homme loyal, par exemple ? Dis, Rafe, est-ce que je vais trouver ça dans ton joli petit dossier ?

Les yeux rouges de larmes, Mackinley se força à ouvrir le dossier. Tournant les pages une à une, elle vit les rapports du laboratoire, l'analyse des empreintes digitales. La photo d'Olivier à l'extérieur d'une maison en briques. Avec une adresse au-dessous.

Preuve après preuve.

Mais, embourbée dans la stupeur, Mackinley ne parvenait pas à croire au machiavélisme d'Olivier. Comment l'aurait-il assez peu respectée pour la dépouiller avec méthode de sa fortune ? Une fortune que son père avait mis tant d'années à édifier.

Une fois les documents parcourus, elle n'eut pas la force de regarder Rafe en face. Elle avait tellement besoin de lui ! Depuis qu'il vivait chez elle, ils menaient une vie domestique intime et chaleureuse. Celle qu'elle avait toujours rêvé de partager avec Olivier. Cependant, Rafe n'était pas le genre d'homme à se marier. Certes, il aimait faire l'amour avec elle. Mais jamais il ne faisait allusion à une relation plus exigeante.

— Maintenant, nous savons tous les deux à quoi nous en tenir, dit-elle enfin.

— C'est-à-dire ?

— Tu étais censé m'aider, mais tu ne m'as pas tenue au courant. Je ne sais pas ce qui a pu se passer. Tout ce que je sais, c'est qu'Olivier est honnête. Tu aurais dû me faire part de tes soupçons, qui me concernaient, ainsi que ma famille et… son fils.

Rafe était tendu à l'extrême.

— Ta famille, dit-il. Je vois…

La gorge nouée, Mackinley s'exprimait avec difficulté :

— Je suis désolée. Mais… ce n'est pas à ça que je m'attendais.

Les yeux étincelant de colère contenue, Rafe rétorqua :

— A quoi t'attendais-tu ? A ce que je te ramène un gangster sud-américain ? Comme dans les films ? Tu espérais un conte de fées ? Olivier te serait si reconnaissant de ce que tu avais fait pour lui qu'il te tomberait dans les bras ?

— Peut-être. Mais c'était avant que tu ne surgisses dans ma vie.

Le cœur de Mackinley flancha.

— Il existe à tout ça une explication raisonnable. Par exemple, quelqu'un a contraint Olivier à agir comme il l'a fait. Avant de s'enfuir avec l'argent récolté. Ensuite, Olivier n'a peut-être pas eu le courage de me revoir. C'est la raison pour laquelle il vit dans cette maison de Long Island.

Mackinley observa Rafe quelques instants, puis lui lança :

— Comment as-tu pu nourrir de tels soupçons sans m'en parler ?

— Je cherchais à te protéger, mon chou.

— Je ne suis pas une petite fille, riposta-t-elle. Ne me materne pas !

Soudain furieuse, elle jeta le dossier sur le lit et enfila son manteau.

— Où vas-tu ? demanda Rafe d'une voix qu'il voulait calme.

— Parler à Olivier.

— Quoi ?

Elle s'emporta.

— Que veux-tu que je fasse d'autre ?

— Appelle la police.

Mais aucun argument logique ne pénétrait le cerveau traumatisé de Mackinley. Sa pensée tournait en rond autour du même déni : jamais Olivier n'aurait eu le cœur de faire subir pareille épreuve à sa femme et à sa belle-mère. Elle pensa à la belle maison familiale de Jane Street. Vendue. A l'argent transféré dans une banque d'Amérique latine. Entre les mains d'Olivier !

— Impossible, murmura-t-elle.

Rafe retint Mackinley par le revers de son manteau.

— Je sais que c'est difficile, dit-il. Mais à présent, tu dois faire ce qui convient.

Un éclair de défi dans le regard, Mackinley riposta :

— Ce qui convient ? Parler à Olivier !

Rafe durcit le ton :

— Mais enfin… c'est un escroc ! Sa place est en prison !

Dans l'esprit de Mackinley, des images sans suite tourbillonnaient : la longue robe blanche, parsemée de perles, qu'elle portait le jour de son mariage. A l'église, l'organiste qui jouait le morceau de Mozart que son père affectionnait. Sa voix claire et émue à la fois, lorsqu'elle avait dit « Oui » à Olivier. Tout n'était-il que mensonge et illusion, dans sa vie ? L'amour ressemblait-il toujours à un feu de paille ? Sa mère lui dissimulait-elle quelque chose au sujet de son mariage avec son père ?

— Ce n'est pas possible ! protesta-t-elle une nouvelle fois d'une voix rauque. Tu ne comprends pas ? Je crois au mariage ! Rafe… Toi, tu n'as jamais assez aimé une femme pour décider de t'engager.

Une ombre dangereuse assombrit le regard de Rafe.

— C'est ce que tu penses ?

Une poigne saisit Mackinley au cœur. Elle blessait Rafe. Elle foulait au pied ses propres sentiments pour lui. Mais elle demeurait intraitable : l'heure était venue de regarder les faits en face.

— C'est ce que tu m'as dit, rétorqua-t-elle. Je sais ce que tu penses du travail bénévole. Donc, je te remercie de ce que tu as fait pour m'aider.

— Appelle-moi M. le Magnanime, ironisa Rafe.

— Olivier m'aidera à retrouver l'argent qu'on m'a extorqué. De cette façon, je pourrai…

D'une voix à peine audible, Rafe acheva :

— Me rembourser ?

Avant qu'elle ne réponde, il se pencha sur le lit et ramassa le dossier.

— Laisse tomber, ajouta-t-il en enfilant son manteau.

Puis il pivota sur lui-même, sortit de la chambre, et referma sans bruit la porte derrière lui.

9

Assis dans sa voiture, à quelque distance de la maison d'Olivier Spain, Rafe ruminait les propos de Mackinley. *Tu n'as jamais assez aimé une femme pour t'engager.*

Elle n'avait pas tort, songea-t-il. Mais c'était avant de la rencontrer.

La veille, après avoir quitté l'appartement, il s'était attardé un moment au pied de l'immeuble de Mackinley. Le vent s'engouffrait dans son manteau. Le froid lui glaçait les pieds. Qu'avait-il récolté à jouer les bons Samaritains ? Un cœur en berne. Brisé par une femme et son bambin.

Derrière son volant, le regard rivé à l'endroit où Mackinley avait garé sa voiture, Rafe retournait les événements dans sa tête. Ces dernières semaines, entre Mackinley et K.G., il s'était senti heureux. Barbara avait elle aussi contribué au bien-être qui lui réchauffait le cœur, jour après jour. Elle lui avait cuisiné ses plats préférés, repassé ses chemises. Pour la première fois de sa vie, il avait eu le sentiment d'avoir une mère.

Mais quelle déception, au bout du compte ! Pour la énième fois, il enragea contre lui-même. Le coup de Charmaine aurait dû le vacciner, que diable ! Au lieu de ça, il avait replongé tête baissée ! Comme un novice !

En quittant l'appartement, il avait au passage caressé la tête de K.G. « A bientôt, petit gars », lui avait-il murmuré. Ces mots lui avaient brisé le cœur. C'est alors qu'il avait pris la résolution de demeurer assis dans sa voiture toute la nuit, dans la rue de Mackinley. Sans dormir. Sans manger. Pour la suivre, lorsqu'elle se rendrait chez Olivier Spain. Le guet s'était éternisé : contre toute attente, elle n'était sortie de chez elle que ce matin.

Qu'importe ! songea Rafe. Pas question de laisser une femme de cette qualité gâcher sa vie avec cette ordure de Spain ! Il le réduirait en miettes, s'il le fallait. Pour ce faire, il avait demandé à Shark de le seconder.

— Que fait-elle dans sa voiture ? grommela Rafe avec humeur. Elle se ronge les ongles ?

De l'endroit où il se situait, il ne voyait pas la porte d'entrée de Spain. Mais il connaissait la maison : une jolie bâtisse à deux étages. Avec de jolis fauteuils d'osier sous le porche. Exactement ce dont il avait rêvé pour Mackinley et lui. Dans l'allée, la voiture de Spain était remplie comme un œuf. Projetait-il un voyage ?

Un voyage vers la prison, oui ! se réjouit Rafe.

Une vive impatience le gagnait. Qu'attendait Mackinley pour sortir de sa voiture ? Pour se diriger vers la maison ! Avait-elle changé d'avis ? La nuit lui avait-elle porté conseil ?

Rafe enfouit la main dans sa poche. L'acier glacé de son revolver le réconforta. Avec un peu de chance, il trouverait une excuse pour abattre Spain ! En attendant, il attrapait des engelures, pesta-t-il. La neige tombait à petits flocons. Maintenant, elle formait une pellicule translucide sur son pare-brise, lui ôtant un peu de visibilité.

Il jeta un coup d'œil à la maison de Spain. Une maison un peu isolée, dans un cul-de-sac, entourée de bois. Par bonheur, l'homme ne semblait pas trop dangereux, se persuada-t-il.

Selon Mackinley, il représentait même tout ce dont une femme peut rêver ! Eh bien ! Qu'elle le récupère, son charmant banquier de mari ! Son blond aux yeux bleus ! Si intelligent, avec ses lunettes cerclées d'acier ! Et pourtant… Elle avait beau le nier, sa perle rare n'avait pas été enlevée le moins du monde. Olivier Spain était tranquillement revenu d'Amérique latine en avion. Ensuite, le cœur léger, il avait loué cette maison à Long Island.

Au moment où Mackinley sortait enfin de sa voiture, Rafe grinça entre ses dents.

— Pas trop tôt ! Je commençais à croire que j'allais y passer la journée !

Il ouvrit la portière de la Humvee, en prenant soin de ne pas la claquer derrière lui. Se glissant parmi les arbres, il ne perdait pas Mackinley des yeux. Si seulement ses chaussures ne craquaient pas sur le sol glacé ! s'agaça-t-il. Il s'arrêta un instant contre un sycomore. Quelques oiseaux moins frileux que les autres gazouillaient dans les branches. Puis il reprit sa lente progression vers la maison.

Pour quelle raison se mêlait-il encore de cette affaire ? se demanda-t-il. Mystère ! A présent, Mackinley se moquait sans doute de lui comme de l'an quarante. Elle agissait pour *sa* famille, *son* mari, *son* enfant. Parvenu à la lisière des bois et du jardin de la maison, il s'arrêta une nouvelle fois.

Il essayait de se mettre à la place de Mackinley. Qu'est-ce qui la poussait à vouloir encore parler à Spain ? Un homme qui l'avait manipulée. Ruinée. Le fait d'avoir un bébé en commun ? La raison lui parut acceptable. A la rigueur.

En outre, raisonnait-il, la capacité de Mackinley à nier l'évidence ne révélait que le mauvais côté de son caractère buté. Le bon côté, c'était ses nerfs d'acier. Grâce à sa résistance, elle avait porté seule le lourd fardeau que Spain lui avait imposé. Elle était parvenue à s'introduire dans la Compagnie Ransom. A se procurer sa base de données. A se rendre seule aux rendez-vous des ravisseurs. Cela dénotait beaucoup de courage. Une grande force de caractère.

En fait, les griefs de Rafe se résumaient à un reproche essentiel : l'intérêt de Mackinley pour lui se bornait à un unique objectif — obtenir son aide professionnelle.

Soudain, le corps en état d'alerte, Rafe reprit pied dans la réalité immédiate : Mackinley s'arrêtait sur le trottoir. Elle serrait son enfant contre sa poitrine. Jetait autour d'elle des regards méfiants.

Rafe tourna la tête vers l'avenue. Dieu fasse que Shark ne se soit pas endormi dans la Humvee ! Puis il reporta son attention sur Mackinley. A la vue de K.G. dans les bras de sa mère, son cœur se serra. Quel gâchis ! Jamais il ne pardonnerait à Mackinley son sens dévoyé de la loyauté !

Quand la femme de sa vie se remit à marcher, il caressa du regard sa silhouette menue. Veste rouge courte. Jean qui moulait ses formes parfaites. Une bouffée de désir s'engouffra en lui.

Aspirant une goulée d'air, il fila vers l'arrière de la maison. Ce faisant, il perdit de vue Mackinley. Sur la pointe des pieds, il s'avança vers la baie vitrée coulissante. Chance inouïe, elle n'était pas verrouillée ! constata-t-il. En outre, les rideaux étant ouverts, il avait vue sur une sorte de boudoir. Au second plan, il apercevait très bien le salon.

Mais que faisait Mackinley ? Elle aurait déjà dû sonner à la porte ! Etait-elle retournée à la voiture ? Pour quelle raison ? Il l'imaginait sur le perron de la maison, K.G. dans ses bras. Le cœur battant à se rompre. Hésitante. D'une seconde à l'autre, elle se déciderait. La sonnette retentirait. Olivier Spain ouvrirait-il ?

Le temps s'éternisait. Bon sang ! Où était-elle ? Ses nerfs de négociateur aguerri le lâchaient. Sa main se referma sur son revolver. Il était ici pour agir, que diable ! Pas pour faire le pied de grue dans l'air glacé !

Sur le trottoir, Mackinley hésitait. Elle avait attendu un long moment dans sa voiture. Sûre qu'Olivier se trouvait dans la maison. Le véhicule garé dans l'allée regorgeait de valises, et de bouteilles d'eau d'Evian. L'eau préférée de son mari.

Tout à coup, elle pivota sur ses talons. Rejoignit sa voiture. S'y enferma. Le cœur battant, elle chercha son agenda dans son sac. Composa le numéro de l'appartement de Rafe. Pas de réponse. En désespoir de cause, elle appela la Humvee.

— Je suis toujours là, répondit une voix masculine à la première sonnerie.

Ce n'était pas Rafe !

— Shark ?

— Oui, Mackinley. Où êtes-vous ? Toujours devant chez Spain ?

Mackinley lança à la façade de la maison un regard furtif.

— Comment le savez-vous ? demanda-t-elle.

— Qu'importe ! Rentrez à l'intérieur de la maison.

— De quoi parlez-vous ? Où se trouve Rafe ?

— Il vous attend à l'intérieur.

— Mais… je ne veux pas ! protesta-t-elle. J'y ai pensé toute la nuit, et… de toute façon, j'ai K.G. avec moi, et ma mère…

La patience de Shark était à bout.

— Allez-y ! s'impatienta-t-il. Vous êtes couverte… et votre ex est un escroc. Il n'est pas dangereux, mais nous avons besoin de vous pour l'attraper.

Le cœur de Mackinley battait à grands coups désordonnés. Toute la nuit, elle avait réfléchi. Les arguments de Rafe avaient peu à peu pris tout leur poids dans son esprit. Cependant, une infime partie d'elle-même refusait encore la vérité.

— Vous êtes sûr ?

— Allez-y ! répéta Shark. Spain va finir par vous repérer et nous filer entre les doigts.

Mackinley raccrocha.

— En avant, murmura-t-elle.

— Je suis si content de te voir ! dit Olivier.

A la stupeur de Mackinley, il fit un pas sous le porche, et l'attira dans ses bras.

— Et ce petit bonhomme est…

— Notre fils.

Les larmes qui embuèrent alors les yeux d'Olivier suscitèrent en Mackinley un accès de rage rentrée.

— Un fils, dit-il d'une voix étranglée d'émotion.

Mackinley s'était préparée à tout sauf à des effusions. Elle jeta un œil par-dessus son épaule. Où était Rafe ? Lorsque Olivier l'attira dans la maison, une peur sournoise s'empara d'elle.

— Entrez. Tous les deux, invita-t-il d'un ton de conspirateur.

Incertaine, Mackinley regarda son ancien mari bien en face. Un doute s'insinuait en elle : s'il avait vraiment empoché les sommes considérables qu'elle avait versées, n'aurait-il pas adopté un train de vie beaucoup plus luxueux ? Or, il s'habillait de la même façon qu'avant. Par ailleurs, il n'avait fait aucun effort pour travestir son visage. Pas une ombre de barbe pour dissimuler ses traits. Toujours les mêmes lunettes cerclées de métal.

— Je t'en prie, répéta Olivier. Entre. Dépêche-toi.

— Pourquoi ? demanda-t-elle.

De nouveau, elle regarda par-dessus son épaule. Pas de Rafe. Pas de Shark. Désemparée, elle entra.

L'endroit était confortable. Bien éclairé, chaleureux. Mackinley nota la disposition circulaire des lieux. A droite, une salle de séjour donnait sur la cuisine, qui ouvrait sur un boudoir, donnant lui-même sur la salle de séjour. Tout à coup, du coin de l'œil, elle crut voir passer une silhouette devant la baie coulissante du fond de la maison. Rafe ? Shark ? Un intense soulagement l'envahit.

Comme pour la rassurer, Olivier déclara :

— Il n'y a personne dans la maison.

Le regard de Mackinley flotta sur les meubles modernes, le tapis bleu.

— Ne t'inquiète pas, ajouta-t-il. Je vais tout t'expliquer.

Mackinley ne quittait pas Olivier des yeux. Il agissait presque comme s'il avait attendu sa visite. L'avait-il aperçue par une fenêtre, avant qu'elle ne frappe à la porte ? Ou alors, en escroc consommé, mentait-il avec aisance, en toute circonstance ?

Aux aguets, elle attendait l'intervention de Rafe. Que diable faisait-il ? Presque sans le vouloir, elle évoqua ses mains brûlantes sur son corps. Entendit ses murmures fervents. Jamais elle n'avait partagé cela avec Olivier. D'ailleurs, à y regarder de plus près, elle déchiffrait dans la physionomie de son ancien mari quelque chose de faux. Ses yeux brillaient trop. Son sourire était trop radieux.

— A qui appartient cette maison ? demanda-t-elle.

— Comme je te l'ai dit, je vais tout t'expliquer.

Les derniers doutes de Mackinley à l'égard de la trahison d'Olivier s'évanouissaient à vue d'œil.

— Assieds-toi, dit-il en lui désignant un siège.

Troublée, elle refusa de la tête.

— Je te comprends, reprit Olivier d'une voix calme. Mais quand je t'aurai dit ce que j'ai subi, tu te rendras compte que les apparences sont trompeuses.

— Oh ! Je commence à comprendre…

Comment avait-elle pu se méprendre à ce point sur cet

homme ? se demandait-elle. Son rejet au moment de sa grossesse ne jouait certes pas en sa faveur. Elle ne l'avait pas occulté. Mais jamais, au grand jamais, elle ne l'aurait cru capable de vol. De chantage. Elle réprima un frisson. Rafe lui pardonnerait-il d'avoir voulu rencontrer Olivier ? Comprendrait-il les sentiments si contradictoires qui l'agitaient, hier soir ?

Olivier prit un siège.

— Assieds-toi, offrit-il une nouvelle fois.

K.G. gigotait de plus en plus entre les bras de Mackinley. A contrecœur, elle se percha sur le bras d'un fauteuil près de la porte. Plus elle regardait Olivier, plus la situation dans son ensemble lui paraissait surréaliste. Se tenait-elle vraiment en face de l'homme qu'elle avait librement choisi d'épouser ? L'homme pour lequel elle avait craint le pire ? Pour lequel elle avait tout bradé ?

— Explique-moi pourquoi tu m'as extorqué la fortune que mon père avait mis toute une vie à édifier, exigea-t-elle.

— Je ne sais par où commencer… Tu ne vas pas me croire.

Jetant des regards furtifs à droite et à gauche, Mackinley cherchait à faire parler Olivier.

— J'avais si peur pour toi, continua-t-elle. Peur qu'on te torture. Qu'on te tue.

Olivier, en homme rusé, la contemplait d'un air appréciatif :

— Tu es en beauté…

Une bouffée d'hystérie monta dans la gorge de Mackinley.

— C'est tout à fait comme notre mariage ! s'exclama-t-elle. On se parlait beaucoup. Mais pour ne rien dire !

La suite se passa en un éclair. K.G. se dégagea brusquement des mains de sa mère et faillit tomber. Olivier se leva d'un bond, le recueillit dans ses bras, et se rassit.

— Attention, mon petit gars ! dit-il en souriant.

Saisie d'un mauvais pressentiment, Mackinley se leva à son tour. « Rafe, où es-tu ? »

— Pose cet enfant, Olivier ! demanda-t-elle.

Spain la gratifia d'un air de reproche.

— J'ai bien le droit de tenir mon fils entre mes bras, dit-il avec amour. Après ce que j'ai vécu, est-ce trop demander ? Tu veux m'empêcher de connaître mon propre enfant ?

Sous l'impulsion de la peur, de l'humiliation, Mackinley fit un pas en avant.

Olivier fit alors un signe du menton dans la direction de l'escalier derrière Mackinley.

— Calme-toi, chuchota-t-il. Les ravisseurs sont là-haut. Ils m'ont permis d'ouvrir la porte. Pour t'entraîner à l'intérieur.

Mackinley pivota d'un bloc sur elle-même. Mais non ! réagit-elle aussitôt. Il mentait ! Une fois de plus. Lorsqu'elle se retourna vers Olivier, il pointait un pistolet dans sa direction.

— Tu as toujours été si crédule, ma pauvre fille !

Comme il se levait, K.G. dans ses bras, Mackinley le regarda. Sa bouche se tordit d'horreur.

— Je t'en prie ! Donne-le moi, implora-t-elle.

— Ne t'inquiète pas. Je ne ferais pas de mal au fruit de ma propre chair. Quand tu es tombée enceinte, tu ne m'as plus intéressée. Mais j'ai toujours voulu ce bébé. Maintenant, il est à moi.

Lentement, Olivier se dirigea à reculons vers le boudoir. Vers la baie vitrée coulissante.

Au contact des négociateurs de la Compagnie Ransom, Mackinley avait appris une règle d'or : en mission, se laisser aller à ses émotions se révélait toujours très dangereux. Forte de cette conviction, elle essaya de toutes ses forces de garder son calme.

— Cela peut se discuter, concéda-t-elle. Mais d'abord, pose K.G.

— Comme si tu t'intéressais à quelqu'un d'autre qu'à toi ! ricana-t-il.

— Que veux-tu dire ?

— T'es-tu intéressée à moi, quand les choses ont mal tourné, à la banque ?

Le faire parler ! s'enjoignit Mackinley en son for intérieur. En silence, elle maudit Rafe et Shark. Pourquoi n'intervenaient-ils pas ?

La façon dont K.G. souriait à son père lui brisait le cœur. Lui non plus ne résistait pas au charme d'Olivier ! songea-t-elle avec amertume.

— Tu disais toujours que tout marchait sur des roulettes, à la banque, riposta-t-elle.

Olivier recula d'un pas.

— Je perdais des millions, tu veux dire ! C'est pourquoi il fallait que je me refasse.

Comme il reculait encore, Mackinley fit un pas en avant.

— Mais... papa était très malade... Il te suffisait d'attendre que j'hérite...

— Maintenant, j'ai l'argent pour moi seul. Sans m'encombrer de liens maritaux.

Un frisson de terreur parcourut l'échine de Mackinley. Comment aurait-elle vu venir la trahison d'Olivier ? Il avait toujours réponse à tout ! Beau. Elégant. Bien élevé. Mais malhonnête. Incapable de sentiments sains. Pas le moindre remords. Pas le plus petit signe de regret. Il fallait à tout prix récupérer K.G. Pouvait-elle courir vers la cuisine ? Rejoindre le boudoir ? Rattraper Olivier par-derrière ?

— Comment as-tu pu faire ça ? demanda-t-elle.

— Tout le monde ne peut être à la hauteur du grand Carter Leigh, persifla Olivier. Mais maintenant, le millionnaire, c'est moi.

Olivier atteignait le seuil du boudoir. Il agita son revolver.

— Fais ce que je te dis, et je ne te ferai aucun mal.

— Pose mon fils, et je t'obéirai.

— Jette les clés de ta voiture à mes pieds, ordonna Olivier.

L'adrénaline fouetta le corps de Mackinley. Un goût métallique dans la bouche, elle martela :

— Tu ne me voleras pas mon fils !

— C'est *mon* fils, corrigea Olivier.

— Comment ai-je pu avoir confiance en toi ?

A ce moment-là, elle distingua une silhouette sous la véranda à l'arrière de la maison. Rafe se tenait derrière la baie vitrée. Il portait le même costume que la veille, remarqua-t-elle. Preuve qu'il avait passé la nuit dans le froid. A l'attendre. Puis à la suivre. Une boule se forma au creux de sa gorge. « Jamais il n'aurait fait ça, s'il ne m'aimait pas. »

Rafe se plaça dans le champ de vision de Mackinley, et lui fit signe de jeter les clés.

— Très bien, abdiqua-t-elle en envoyant les clés en direction d'Olivier. Mais tu sais, je n'avais pas la moindre intention de te poursuivre. Tout ce que je veux, c'est K.G. Plus tard, nous pourrons nous le partager à l'amiable, comme tous les couples divorcés.

— Pas question.

Cause toujours ! songea Mackinley *in petto*. Du coin de l'œil, elle vit Rafe saisir la poignée de la baie. Immobile comme une statue, le visage bleu de froid, il gardait les yeux rivés sur le dos d'Olivier. Elle imagina les bras Rafe. Des bras forts, qui l'avaient choyée. Des bras d'acier, qui s'apprêtaient à capturer leur proie.

Olivier n'était plus qu'à quelques mètres de la baie coulissante. Dans quelques instants, il se retournerait pour ouvrir la porte et s'enfuir.

— La police arrive, prévint Mackinley. Je l'ai appelée.

— Menteuse !

Cependant, il marqua une pause, et contempla son ancienne épouse. Dans son regard, elle discerna une note de tristesse. Tout à coup, il lui rappela l'homme dont elle s'était éprise, des années auparavant.

— Que t'est-il arrivé ? murmura-t-elle.

— C'est la vie… Mais qu'importe ! Ma chance a tourné, maintenant.

Le cœur empli de pitié, Mackinley chuchota :

— Je crains que non…

Au moment où Olivier reculait encore, la porte glissa derrière lui. Rafe projeta la main en avant, et saisit Olivier au collet.

— Pose par terre le petit paquet que tu portes ! ordonna-t-il.

Perdant toute sa superbe, Olivier demanda :

— Le revolver ?

— Ça aussi. Mais commence par K.G.

Tandis que Rafe immobilisait Olivier, Mackinley se précipita vers K.G. Elle le prit dans ses bras, le serra farouchement contre sa poitrine. Une seconde plus tard, Shark débouchait par la porte d'entrée. Au même moment, dans le lointain, retentirent les sirènes de voitures de police.

— Rafe ? cria Shark.

— Par ici ! Dans le boudoir !

Reconnaissante, Mackinley se retourna d'un bloc vers Shark.

— Salut, Mackinley ! lança-t-il.

Puis, sans perdre de temps, il vint à la rescousse de Rafe, passer les menottes à Spain.

Sa mission accomplie, Rafe recula de quelques pas. Mais il évita le regard de Mackinley.

— Merci d'être venu, murmura-t-elle en lui tendant K.G.

Au désarroi de Mackinley, Rafe sembla prendre l'enfant presque à contrecœur. Ne les avait-il pas suivis jusqu'ici par amour ? s'alarma-t-elle. Tout à coup, elle doutait.

Le visage fermé, Rafe proféra :

— Un jour, j'aimerais être traité de cette manière.

Mackinley plongea son regard dans les yeux intenses de Rafe.

— Quelle manière ?

— La manière dont tu traites ton… mari.

Bouche bée, elle le contempla un instant. Ne mesurait-il pas les sentiments qu'elle éprouvait pour lui ?

— Mon ex-mari, corrigea-t-elle pour la première fois. Rafe, je ne l'aime plus ! Simplement, je ne pouvais croire à une telle malhonnêteté envers maman et moi. Hier, les preuves que tu m'as présentées m'ont anéantie.

— Un jour, peut-être, une femme m'aimera assez pour croire les yeux fermés tout ce que je dirai ou ferai.

Il tourna un regard appuyé vers le salon, où Shark avait conduit Spain pour attendre la police.

— J'espère seulement que ce jour-là, je mériterai davantage la confiance de cette femme que ce pauvre type, ajouta-t-il en désignant Olivier du menton.

Une conscience aiguë de la situation saisit Mackinley aux tripes : c'était sa dernière chance de dire à Rafe ce qu'elle éprouvait pour lui. Elle se lança :

— Cette femme… tu l'as déjà trouvée. Je t'aime, Rafe.

Rafe haussa les épaules et regarda K.G. Les yeux emplis d'une étrange émotion, il effleura le front de l'enfant de ses lèvres. Puis, sans un mot, il se dirigea vers la baie vitrée. Là, il pivota sur lui-même et regarda Mackinley :

— Tu dis que tu m'aimes ?

— Oui.

— Désolé, mais je n'en crois pas un mot.

Mackinley voulut protester. Hélas, il était déjà parti.

— Mon Dieu ! s'alarma Barbara. Les déménageurs seront ici d'une minute à l'autre, et je ne trouve pas B.B.

Distraite, Mackinley regardait par la fenêtre la neige tomber. Si seulement Rafe appelait ! songea-t-elle avec tristesse. Elle parcourut du regard le désordre des lieux. Des cartons jonchaient le sol. Certains marqués d'un M. D'autres d'un B. En effet, sa mère et elle emménageaient chacune dans un appartement différent. Pour la première fois, elles prenaient leur indépendance. Quand le regard de Mackinley tomba sur le lit qu'elle avait partagé avec Rafe, son cœur flancha.

— B.B. se trouve sans doute dans un des cartons, maman.

— Le petit adore son doudou, insista Barbara. Pourquoi n'appelles-tu pas Rafe ? Peut-être sait-il où il est ?

Pourquoi pas, en effet ? songea Mackinley. Parce qu'elle n'en avait pas le courage ! Plusieurs fois, elle avait soulevé le combiné du téléphone pour l'appeler. Chaque fois, elle s'était ravisée au dernier moment. Que lui dire, au juste ? raisonnait-elle. Entre eux, les choses s'étaient déroulées avec une certaine logique. Pendant un certain temps, Rafe avait pris ce qu'elle avait à offrir. En échange, il avait respecté leur contrat : n'avait-il pas retrouvé Olivier ? Maintenant, la conscience tranquille, il poursuivait sa route. Pouvait-elle s'attendre à davantage ?

Depuis l'arrestation d'Olivier, sa vie était peuplée de banquiers et de policiers. Derrière les barreaux, son ex révélait enfin son vrai visage : il avait à jamais renoncé à ses droits sur son fils. Mackinley songea à sa confrontation avec lui, à Long Island. Ce jour-là, elle l'avait enfin compris : certes, K.G. avait besoin d'un père. Mais pas de son père biologique.

« Il a besoin de Rafe… Et moi aussi. »

Hélas, dans le domaine sentimental, elle était une perdante invétérée. D'abord Olivier. Ensuite Rafe. Et chaque fois par sa faute ! Elle avait trop aimé, s'était montrée trop crédule. Sauf lorsqu'on lui mettait la vérité sous le nez ! rectifia-t-elle avec ironie. La leçon était amère, mais elle la digérerait, songea-t-elle en frissonnant. Pour se rassurer, elle frotta son menton contre le sommet du crâne de K.G., et murmura :

— Tout ira bien, mon chéri…

Heureusement, au cours des neuf mois écoulés, Olivier avait agi profil bas. Il n'avait donc pas dépensé tout l'argent qu'il lui avait soustrait. Par conséquent, elle avait pu racheter l'immeuble où elle vivait jusqu'à aujourd'hui. Par ses soins, des équipes du bâtiment changeaient les tuyauteries trop bruyantes, refaisaient les plâtres, peignaient. A la grande satisfaction des locataires, qui ne tarissaient plus d'éloges à son endroit !

Pour sa part, elle aimait son nouvel appartement, dans West Village. A un bloc de la maison dans laquelle elle avait vécu avec ses parents. Elle se réjouissait à l'idée d'y retrouver ses commerçants préférés : Jacques le fleuriste ; M. Kim de l'épicerie fine ; Chin-Lee du restaurant chinois.

Barbara, quant à elle, emménageait près du musée d'Histoire. Son nouvel emploi semblait durable et la passionnait. Bien sûr, tous ces changements se révélaient un peu douloureux. Mais nécessaires. Ensemble, elles coupaient le cordon ombilical qui les reliait encore.

A ce moment de ses réflexions, la sonnette retentit. Mackinley tressaillit. Serait-ce Rafe ?

— J'y vais ! cria-t-elle à sa mère.

K.G. sur la hanche, elle se précipita vers la porte et l'ouvrit. Pas de Rafe. Dissimulant tant bien que mal sa déception, elle salua le facteur.

— Un paquet pour vous, ma petite dame.

Après avoir signé le formulaire que l'homme lui tendait, elle referma la porte et ouvrit le colis. Ebahie, elle en extirpa B.B.

— Tiens, dit-elle à son fils. On dirait que Rafe a retrouvé ton doudou dans sa voiture.

Ravi, K.G. tapa dans ses mains.

Mackinley, quant à elle, souffrait en silence. Rafe n'avait pas saisi cette excuse pour lui rendre visite. Il ne tenait donc vraiment pas à elle. Comment cela se pouvait-il, après l'intensité des moments intimes qu'ils avaient partagés ? Chaque nuit, elle revivait leurs caresses, leurs baisers, leurs embrasements. Elle sentait sous sa main les battements désordonnés du cœur de Rafe. Revoyait l'éclat sauvage de son regard vert, juste avant la jouissance. Elle rêvait d'emmêler ses doigts dans la toison noire qui couvrait son torse. De sentir ses larges mains glisser le long de ses hanches.

Oh, bien sûr, elle avait recouvré une partie de sa fortune. Justice lui avait été rendue. Mais l'absence de Rafe la laissait solitaire et meurtrie. Avec devant elle un avenir en friche.

Cependant, au milieu de son chagrin, une bouffée d'orgueil blessé l'envahit. Non ! Elle ne s'avouait pas vaincue ! Elle pouvait encore avoir le dernier mot, se jura-t-elle. Au moins ça, puisque le bonheur se révélait impossible !

— Les déménageurs sont arrivés ? cria Barbara depuis sa chambre.

— Non. C'était le facteur.

Déterminée, rageuse, Mackinley sortit son carnet de chèques et un stylo de son sac. Malgré ses efforts pour se dominer, son menton tremblait. Elle calcula mentalement le montant des honoraires de Rafe et rédigea le chèque d'une seule traite.

— A mon avis, Rafe est surpayé, siffla-t-elle à l'adresse de son fils.

Au moment où elle écrivait l'adresse de Rafe sur l'enveloppe, elle sombra dans le désespoir. Comme il se trompait ! songea-t-elle. Elle l'aimait de toutes ses forces. La vie sans lui se présentait comme un long tunnel sans lumière.

Néanmoins, elle cacheta l'enveloppe et la timbra.

Rafe arpentait la salle de conférences.

— Que cette femme est irritante ! fulmina-t-il. M'envoyer un chèque ! A moi !

— Les femmes sont parfois étranges, mon petit, dit Jack. En tout cas, c'est une offre d'ouverture. A partir de là, les négociations peuvent s'engager.

— A mon avis, intervint Shark, il faudrait la faire mariner quelques jours avant d'agir. Comme nous le faisons d'habitude. Au fait… puisque Rafe et Mackinley ne sortent plus ensemble, ne pourrait-on en profiter pour abandonner nos costumes et revenir au jean ?

— Non ! aboya Jack.

— Pourquoi m'envoie-t-elle un chèque ? reprit Rafe. Pour me remercier de mes services d'étalon ?

Jack le morigéna :

— Fils, ceci est une négociation. Laisse tes émotions de côté.

— Exact, souligna Shark. Dans cette affaire, c'est ton cœur qui est pris en otage.

A son tour, Rafe remit les pendules à l'heure :

— Ne sombrons pas dans le drame !

En réalité, songea-t-il, il s'était rendu chez Spain bien décidé à se battre pour Mackinley. Mais cette volonté obstinée de parler avec Olivier, de le comprendre, l'avait rendu furieux. La jalousie l'avait aveuglé.

— De toute façon, réfléchit Shark, regarde les choses de manière positive. Après une rupture, la plupart des types ne reçoivent pas des chèques, mais des factures !

— C'est vrai, concéda Jack. Mais c'est une remarque à côté de la plaque. Ce qu'il nous faut, c'est une solution pour Rafe et Mackinley.

— Si on demandait au Silencieux comment il interprète ce chèque ? proposa Shark.

Rafe fourra ses mains dans ses poches et refusa :

— Pas lui ! Il en est à son troisième divorce !

— A Magnum, alors ?

— Non plus ! Il n'a jamais eu de liaison durable. Les femmes détestent sa passion pour le jeu.

Jack se grattait la tête d'un air pensif :

— A mon avis, par ce chèque, Mackinley veut te signifier que son mari ne compte plus pour elle.

— Son ex-mari ! marmonna Rafe.

Shark réfléchissait. Il finit par déclarer :

— La dernière fois que tu as vu Mackinley, ne m'as-tu pas dit qu'elle avait appelé Spain son ex-mari pour la première fois ?

— En effet, reconnut Rafe.

Analysant les implications de la question de Shark, Jack hocha la tête avec intérêt.

De son côté, Rafe relisait le chèque. D'ordinaire, l'écriture de Mackinley était petite et nette. Or le chèque était rédigé d'une écriture cursive, avec des fioritures.

— Regardez cette écriture, grinça-t-il à haute voix. On dirait qu'elle signe la Déclaration d'indépendance !

Shark fronça les sourcils.

— Pourquoi ne pas lui dire que, pour être libre, il faudra qu'elle te passe sur le corps ? proposa-t-il.

Jack pesa le pour et le contre.

— L'idée tactique est bonne, dit-il enfin. Mais Mackinley n'est pas femme à se laisser impressionner.

Puis il soupira et, les yeux embrumés, ajouta :

— K.G. était si charmant… C'était attendrissant d'avoir un bébé parmi nous…

Un regret poignant déchira le cœur de Rafe. K.G. lui manquait à un point qu'il n'aurait jamais cru possible. De son côté, son père avait construit un bel édifice dans sa tête : Rafe épouserait Mackinley. Il serait le père de K.G. Ils emménageraient dans la banlieue de New York. Rafe arrêterait de voyager. A la place, il dirigerait la Compagnie. Pendant que son père, devenu retraité, se consacrerait à l'organisation de séminaires de synergie.

— Arrête de me culpabiliser, papa, dit-il d'un ton rogue.

La nuit, dès qu'il parvenait à étouffer sa colère, son désir pour Mackinley le consumait. Il souffrait bien davantage qu'il n'était prêt à le reconnaître.

— Qu'est-ce qui lui a pris ? s'interrogea Shark. Quand elle a appelé la Humvee, devant chez Spain, elle semblait pourtant avoir très envie de te parler.

Rafe tourna lentement la tête vers son ami.

— Elle a appelé la Humvee ? Pourquoi ne me l'as-tu pas dit ?

Shark haussa les épaules :

— Qu'y avait-il à dire ? Elle a appelé. Je lui ai expliqué que tu attendais qu'elle entre chez Spain. Voilà tout.

La poitrine de Rafe se contracta.

— Elle a frappé chez Spain parce qu'elle savait que j'étais là ?

Ne comprenant toujours pas, Shark répliqua :

— Elle s'apprêtait à rentrer chez elle. Elle avait changé

d'avis et ne souhaitait plus parler à son ex. C'est moi qui lui ai intimé d'aller sonner chez lui.

Rafe n'en croyait pas ses oreilles. Il contempla un instant le chèque qu'il tenait entre ses mains.

L'heure de la négociation avait sonné.

Mackinley rangea la poussette de K.G. devant la boutique du fleuriste.

— Vos fleurs sont magnifiques, Jacques ! s'exclama-t-elle.

Des roses, des tulipes, des narcisses, des jonquilles. Toutes ces couleurs éclatantes lui mettaient du baume au cœur.

Hélas, cela ne durait pas.

La nuit, la nostalgie de Rafe l'obsédait. Fermant les yeux, elle devenait l'esclave de ses fantasmes. Des fantasmes qui la mettaient à la torture. La bouche brûlante de Rafe. Sa langue. Le feu de ses yeux. La hardiesse de ses mains. Elle rêvait à la fois de doux murmures et d'élans sauvages. De tendresse et de passion.

Inconscient des pensées érotiques de Mackinley, le fleuriste poursuivait :

— Avec cette température, je commence à exposer mes fleurs à l'extérieur. Ça sent le printemps !

Tous deux continuèrent à deviser un moment. Puis Mackinley s'éloigna. La foule des samedis après-midi envahissait les trottoirs. Les arbres mettaient des bourgeons. Une atmosphère primesautière régnait un peu partout : on entrevoyait la fin de l'hiver. Comme elle pénétrait dans son immeuble, Mackinley dut s'arrêter un instant : deux amoureux s'embrassaient devant la porte. Le cœur serré d'envie, elle les regarda.

En sortant de l'ascenseur qui la déposait à son étage, elle sursauta en entendant la voix de Rafe.

— Mackinley ?

Le souffle coupé, les yeux soudain embués de larmes qu'elle retenait, elle poussa la poussette jusqu'au seuil de son appartement, et tourna la clé dans la serrure. Enfin, elle se retourna :

— Pour une surprise, c'est une surprise, bredouilla-t-elle.

Rafe suivit Mackinley dans l'appartement. Il referma la

porte d'un coup de pied tranquille. Le cœur de Mackinley battait la chamade.

— Nous devons négocier un nouvel arrangement, annonça-t-il d'un air mutin.

Bouleversée, Mackinley tenta d'adopter le même ton :

— Un arrangement ?

Comme elle dévorait des yeux le buste de Rafe, ses bras ballants de chaque côté de son corps, elle remarqua le bouquet de jonquilles qu'il tenait contre sa cuisse. Sa gorge se serra.

— Tu me suis depuis chez Jacques ?

— Il m'assure que ce sont tes fleurs préférées, répliqua Rafe en lui tendant le bouquet.

Mackinley les accepta d'une main tremblante. Pour cacher son émotion, elle y enfouit son nez. Sa vie s'illuminait tout à coup. Comme si Rafe lui offrait le soleil.

— Elles ont la couleur de tes cheveux, dit-il.

— Je les aime, répliqua-t-elle à voix basse.

Rafe se rapprocha d'elle.

— Et moi ? Tu le pensais, quand tu m'as dit que tu m'aimais ?

Les genoux de Mackinley flageolaient sous elle. Pour se donner une contenance, elle posa une main sur la barre de la poussette.

— Oui… Je reconnais mes erreurs. J'ai eu tort de vouloir aller parler à Olivier. Après toutes les preuves que tu m'avais données, je n'aurais même pas dû envisager de le faire.

Rafe se rapprocha encore. Il fit une coupe de ses mains autour du visage de Mackinley.

— Tu es entrée chez Olivier parce que j'y étais. Shark m'a raconté.

Sa voix se fit murmure pour achever :

— Je suis toujours là pour toi…

Les yeux dans les yeux, ils s'abîmèrent dans la contemplation l'un de l'autre. Puis un léger sourire monta aux lèvres de Mackinley.

— Pas si vite, chuchota-t-elle. Je croyais que nous étions en train de négocier…

Rafe déboutonna la veste de Mackinley et lui passa les bras autour de la taille.

— Tu as raison. Ne précipitons rien.

L'air concentré, Mackinley réfléchit à haute voix :

— J'ai appris une bonne leçon : j'ai trop donné au cours de mon mariage. Je serais très facilement devenue une épouse comme ma mère : une femme qui suit son homme.

La tête penchée sur le côté, Rafe objecta :

— Je croyais que tes parents formaient le couple parfait ?

— Je l'ai trop idéalisé.

— Et maintenant que tu as repris tes esprits, tu veux tout ? Je vois… Continue ta négociation.

— D'abord, dis-moi ce qui t'a décidé à venir ?

— La synergie, rétorqua-t-il du tac au tac. Et puis… vous m'avez tous tant manqué. Toi surtout. Mais aussi ta mère. Et K.G.

Repoussant une mèche de cheveux de Mackinley derrière son oreille, il soupira et ajouta :

— Je suis fou de toi.

Il l'attira contre lui et s'empara de ses lèvres.

Aussitôt, une douce chaleur se diffusa dans le corps de Mackinley. Cependant, elle temporisa encore :

— Pas de baisers ! Nous sommes en train de traiter une affaire.

La voix de Rafe se faisait de plus en plus rauque :

— Heureusement que je suis le patron…

Mackinley planta son regard dans les yeux verts de Rafe.

— Si tu… devenais davantage que… mon patron… emménagerions-nous en banlieue, à la campagne ?

— Accepterais-tu de t'installer avec un homme qui dirige une compagnie, et travaille de 9 heures à 17 heures, pour que son père puisse voyager ?

Le cœur de Mackinley s'enfla de joie. Jamais elle n'aurait pu s'habituer à de longues séparations. Aux dangers inhérents à la vie de négociateurs d'otages. Cependant, elle fit mine de réfléchir.

— J'ai quelques conditions à te soumettre, dit-elle enfin.

Le regard de Rafe s'aiguisa.

— Je t'écoute, dit-il.

— Je quitte mon emploi actuel, pour revenir à l'édition. Et je choisis moi-même ta prochaine assistante.

Ce fut au tour de Rafe de feindre la contrariété.

— Ne me dis pas que tu refuses de t'adresser à l'agence Francesca ? C'est là que nous avons toujours recruté nos secrétaires !

Le rire de Mackinley ressembla à un roucoulement :

— Tu ne crois pas si bien dire ! En fait, je pense à Mme Alvarez. Celle qui habitait au cinquième de notre ancien immeuble.

— La femme à la moustache ? protesta Rafe.

— Ne sois pas malveillant ! C'est une femme très compétente, bilingue… et au chômage.

Rafe prit un air contrarié.

— A une condition, contra-t-il.

Les yeux de Mackinley se réduisirent à deux fentes :

— Désolée. Mme Alvarez n'est pas négociable.

— Tu ne sais même pas ce que j'allais demander !

Les sourcils froncés, Mackinley concéda le point :

— Dis ?

— Un autre enfant… Et la promesse que tu m'épouseras avant la prochaine Saint-Valentin.

Le cœur de Mackinley s'arrêta de battre. Elle essaya de sourire, mais n'y parvint pas. Au contraire, des larmes s'amoncelaient derrière ses paupières.

Devant tant d'émotion, Rafe abandonna cette parodie de négociation.

— Veux-tu m'épouser ? demanda-t-il d'une voix où perçait son propre tumulte intérieur.

— Oui, murmura-t-elle.

Leurs yeux se rencontrèrent. Une grande paix envahit Mackinley. En même temps qu'une certitude : ils ne se trompaient pas.

Ils seraient l'un à l'autre pour toujours.